Alabanzas a
Criando los Cuervos

Moncrief enlaza con destreza una compleja historia con dramatización de ficción-una versión sinóptica de los trabajadores mexicanos atraídos a los Estados Unidos es proporcionada dentro de la historia. Es un libro de investigación detallista que maneja el entretenimiento y edifica de igual medida. . . Un noble relato de sindicato para los lectores en busca de la ficción histórica conmovedora.

Kirkus Reviews (Libro Recomendado)

Cría cuervos es una novela dramática e inspiradora acerca de la lucha de Sixto Torres, un campesino que lleva a su familia y su comunidad a luchar contra la explotación, la injusticia y el racismo durante la era de César Chávez. Moncrief escribe con una auténtica pasión que revela los mitos y muestra cuánta sangre, sudor y lágrimas se requirieron para lograr cada pequeno avance y como esa lucha continúa hoy en día.

-Alan Rinzler, Editor Consultante

"Criando los Cuervos" es la mejor novela que he leído sobre los retos que enfrentan los emigrantes pobres de zonas rurales de México que luchan para asentar raíces en América. La vida de Sixto Torres, el protagonista de este detallado - épico, virtualmente encapsula la experiencia del trabajador emigrante, del mundo-posterior de la Segunda Guerra Mundial, de un constante reto para lograr seguridad y aceptación en California y en el Suroeste.

- Eric Brazil, former City Editor of the *Salinas Californian* and former Los Angeles bureau chief for *USA Today.*

Moncrief relata esta historia por medio de los ojos de un hombre, Sixto Torres, de cómo él y su familia forjaron su camino de México hacia Texas y finalmente a Salinas…Moncrief elabora una verdadera narración comprensiva de como Sixto Torres confronta a los terratenientes, líderes de la ciudad y otros trabajadores que rivalizan con él para vender barato su esfuerzo en organizar una comunidad dentro de Salinas. Sin embargo, el nunca pierde el coraje o su determinación para reclamar el espacio de su hogar adoptivo. Esto es estupendo, lectura con fuerza y hermosamente escrita.

-Carol Lynn McKibben, Historian and Professor, Stanford University

"Criando los Cuervos" es una literatura exquisita, del todo cautivante. La destreza de Moncrief para contar la historia y el lenguaje me mantuvo aprisionado. Siento que conozco a Sixto y sus compadres, yo he enseñado a sus niños y continuo la buena batalla en el salón de clases.

- Julia Turner, Gonzalez High School English Teacher

Una historia inspirante, excelente para leer, hermosamente escrita….

- The Salinas Californian

La mayoría de gente dice que San Jerardo no podría haber ocurrido en el Valle de Salinas en los años setentas. Cuando todavía era un hombre joven, yo viví ahí, en la Cooperativa, y aun hoy, soy el manejador. Nadie pensó que eso podría pasar tampoco…. Todo empezó cuando nosotros los emigrantes decidimos que no iríamos a regresar a México o Texas después de que las cosechas fueran piscadas. ¿Por qué tendríamos? Nosotros teníamos nuestros trabajos. Nosotros teníamos nuestro sindicato. Nosotros sabíamos, que si luchábamos con un poco más de esfuerzo, obtendríamos una casa verdadera aquí en el Valle. Creo que es la promesa de América; luchar y triunfar. Nosotros vivimos esa promesa. En Criando los Cuervos, Moncrief relata la historia de Sixto a través de la voz de Sixto. Es una buena historia y con una voz fuerte.

-Horacio Amezquita, Manejador, San Jerardo Cooperative

EL AUTOR

Nacido en Los Angeles en 1942, Edward Moncrief creció en un pueblo rural de Redlands, California. Desde niño, solía ganarle al calor del verano durmiendo al aire libre. Se despertaba por las mañanas, escuchando a los braceros campesinos, cantando sus alabados entre los arboles de naranjas. Dedicó diez  años estudiando para ser sacerdote Franciscano, recibió conocimiento solido en las artes liberales. Durante esos años, él desarrolló un cariño por la literatura y el lenguaje Ingles.

Moncrief decidió dejar sus estudios para el sacerdocio a la edad de veintitrés. El se casó con Judi Carl in 1967. El siguiente año, ingresó a la escuela de posgrado donde obtuvo su grado de Maestría en Trabajo Social con énfasis en Organización de Comunidades y Desarrollo; después de lo cual, primero se trasladó al Valle de San Joaquin y enseguida al Valle de Salinas.

Moncrief dedicó cuarenta y uno años de su profesión dirigiendo organizaciones de viviendas sin fines de lucro y desarrollando nuevas viviendas para familias de trabajadores campesinos y otras personas con desventajas económicas. "Creciendo los Cuervos" está basado en sus experiencias desarrollando viviendas para trabajadores campesinos.

En 1980, fundó Community Housing Improvement Systems and Planning Association (CHISPA), una corporación de desarrollo de viviendas sin fines de lucro con operaciones en la Costa Central de California. A lo largo de los años, ha sido un columnista invitado y ha escrito editoriales y artículos para el "Salinas Californian", el "Monterey County Herald", y "Western City Magazine" entre otros periódicos y revistas. El también fue escritor contribuyente de Jill Shook's "Making Housing Happen", una antología de historias basadas en la fe de modelos de viviendas asequibles en los Estados Unidos. Más tarde en su profesión como escritor, Moncrief fue reportero por cuenta propia para el "Salinas Californian"

CRIANDO los CUERVOS una Novela

"CRÍA CUERVOS, Y TE SACARÁN LOS OJOS."

Singwillow
PUBLICATIONS

Singwillow
PUBLICATIONS

P.O. Box 457

Salinas, CA 93901

408.836.6117

www.edwardmoncrief.com

ISBN: 978-1-54395-309-1

LCCN: **2018912101**

Los liricos de "Sin Tí" por José Guízar Morfín se usen con el permiso de Memorial-Maya Music

Imprimido en los Estados Unidos

Dedicado a la memoria de

Benjamin J. McCormick
Sacerdote, profesor de literatura, consejero, mentor
y amigo, quien me enseñó a amar y a respetar la
lengua inglesa.

Esta historia está basada en eventos reales. Sin embargo, en ciertos casos, algunos incidentes, personajes y líneas de tiempo han sido modificados para crear un efecto dramático. Algunos personajes pueden ser combinaciones de varios personajes o completamente ficticios. Con excepción de algunos personajes selectos o figuras públicas, cualquier parecido con personas vivas o muertas es mera coincidencia.

PROLOGO

Jaime Robledo, el nuevo presidente, golpeó la mesa de Fórmica. Los golpes resonaron en todo el cuarto, indicando la investidura de los nuevos oficiales de la mesa directiva que ya me había destituido como presidente de San Jerardo. A pesar de seguir angustiado por los resultados de la última elección, había decidido asistir a la primera reunión del nuevo Consejo. La agenda incluía la propuesta de expulsar a la familia González.

Me puse de pie y tomé la palabra. Robledo y los otros nuevos seis miembros del Consejo fijaron la vista en el vacío atrás de mí.

—Señores —dije— Antonio González no es un mal hombre. Ustedes saben qué difícil es trabajar tantas horas desde la madrugada hasta entrada la noche y aun así controlar todo lo que tus hijos puedan llegar a hacer.

—¿Por qué Torres nos hace perder el tiempo defendiendo a este hombre? —dijo Adalberto Castillo desde su lugar en la mesa. — Fue él quien prospuso la orden de expulsión contra Antonio González durante todas estas semanas y meses. ¿Quién se cree Sixto Torres para venir aquí a último momento y hablarnos de eso? No tiene nada nuevo que añadir. — Las cerca de veinte personas que estaban presentes murmuraron nerviosamente entre sí. Castillo continuó— Durante diez años hemos tenido que escuchar a Torres y sus mentiras, ¡pero esta vez se acabó! Ya hemos escuchado suficiente a Sixto Torres.

Cada vez que Castillo decía mi nombre sacaba la barbilla como si estuviera escupiendo al aire. Tanto él como su esposa Catalina habían estado tras de mí durante años. Ahora me habían destituido. Yo ya no podía hablar como el presidente de la Cooperativa de la Vivienda para Campesinos de San Jerardo; el nuevo presidente tenía mi mazo en su mano. Yo era solamente un hombre que pedía clemencia para un amigo, y nada más.

— ¿No podrían darle un poco más de tiempo para corregir la situación?—pregunté.

—Señor Presidente, por favor. — y Castillo arrojó una libreta en la mesa mientras continuaba diciendo—¡Propongo la moción de expulsar a la familia González de la cooperativa!

Se secundó la moción y se votó sin mayor discusión al respecto. La decisión de expulsión fue unánime. Ni siquiera Juan Alemán, quien había sido mi amigo, apoyó mi petición.

De repente, Antonio González saltó de su silla. Le gritó al nuevo presidente, luego a Alemán y a Castillo señalándolos enojado con el índice.

—¡Pendejos!—gritó— ¡Pinches pendejos! ¡Conozco a muchos otros que rompen las reglas y nadie los está corriendo!

Me acerqué a Antonio y lo agarré del brazo para sacarlo de ahí mientras él seguía gritando. Casi llegando a la puerta escuché que Castillo me llamaba. Me volteé y vi que estaba parado haciéndome señas con los brazos para pedirme que volviera.

— ¡Ey, Torres! ¡No te vayas! Tengo una segunda moción para ti. — Levantó su libreta de la mesa y la puso frente a sus ojos.

—Sr. Presidente, —declaró hojeando sus notas— propongo que establezcamos un comité para que se reúna con nuestro abogado con el propósito de elaborar una lista de denuncias en contra de Sixto Torres. Todos sabemos que es culpable de numerosas violaciones a los estatutos de nuestra organización. Es momento de que levantemos cargos formales en su contra.

No me quedé a escuchar la respuesta del Consejo. Antonio había dejado de maldecir y se había echado en la banca de afuera, lejos de la luz. Me agaché para pasar un brazo sobre su hombro y decirle algo,— no sé qué le dije— cuando escuché atrás de nosotros la voz de Juan Alemán. Se había retirado de la mesa para seguirnos hacia la obscuridad de la noche. Me veía fijamente con ojos que parecían dardos.

—No deberías haber venido hoy, Sixto, ¿ves? Este ya no es tu asunto.— Lo miré fijamente incapaz de decir nada. Él se volteó y volvió a entrar en la habitación.

Me senté junto a Antonio en silencio y en la obscuridad. Saqué dos cigarrillos y le di uno. Froté un cerillo en la banca de madera. El olor a azufre nos rodeó.

—Ahora vienen por ti, lo sabes.— me dijo. — No van a parar hasta que tú también te hayas ido.

Primera Parte

CAPITULO UNO

Desde que era un niño de nueve años yo ya sabía que yo era un trabajador fornido. Cada mañana acarreaba dos baldes de madera hasta el río, columpiándolos en un palo atravesado sobre mi cuello y mis hombros. Los llenaba y los llevaba de regreso por todo el camino de tierra hasta la tenería de mi padre.

—¡Oye!, camotito morado, ¿a dónde vas? — Los niños más grandes siempre se reían de mí, mientras ellos se adelantaban con el doble de mi carga de baldes. —Así es como se ve,— decían, riéndose de su propia astucia. —Como un camote cocido.

—¡Mi nombre es Sixto!— les grité— ¡Sixto Torres!

La burla diaria me hacía apretar la mandíbula. Me imaginaba tirando los baldes al piso, agarrando el palo por un extremo y golpeando las espaldas de los que se burlaban de mí y embistiendo a los tres con mi fornido pecho antes de que pudieran responder. Seguramente con mi violento estallido los haría perder el equilibrio y rodar colina abajo donde terminarían tirados como palos a la orilla del río.

Cada día iba hasta quince veces al río, acarreando el agua colina arriba hasta la puerta de nuestra casa, maniobrando con cuidado a través de la estrecha puerta y rozando con los bultos de piel de ternero, para después verter el líquido cristalino en la respectiva tina de tinte.

—Sólo dos más. — pensé. Y resistí la tentación de parar y decirle a mi papá que ya había terminado antes de haber llevado la última cubeta. Algunos de mis amigos me presionaban a hacerlo, pero yo no podía ceder. Eso habría significado que yo no era un trabajador fuerte.

—Tus brazos están creciendo como maíz, m'ijo.

—Gracias, abuelito, — dije, corriendo hacia el fondo del pasillo mientras pasaba junto a mi abuelo.

En la madrugada, mientras la primera helada del otoño me atravesaba el sarape, mi papi y yo nos fuimos en una carreta para cortar y poner los montones de mazorcas de maíz en filas. Me costaba mantener el paso, a veces tosiendo sobre las polvorientas chalas de maíz, siempre tratando de ignorar los rasguños que me provocaban las hojas secas, más afiladas que mi machete. Más tarde regresábamos a envolver los montones en pilas formando mogotes, y más tarde todavía volvíamos para cargarlas y llevarlas a los establos para los caballos, las cabras y los cerdos.

Papi decía que hacer bien el trabajo duro era una cualidad del alma. Saber que yo era un trabajador fuerte me mantenía durante horas en la banca del taller mientras le arrancaba la corteza al timbó y al encino. La machacaba con el mango de un hacha oxidada, produciendo el polvo que mi padre necesitaba para el tinte del cuero.

Más tarde me paraba a su lado junto al pequeño lavabo y veía como se restregaba las manchas de las manos utilizando la crema de leche colorada de la bodega de la señora Alonzo, una de las muchas tiendas de la plaza de mi pueblo, San Ciro de Acosta.

"Por favor, Papi, yo también necesito un poco", le rogaba.

"Sí, ¿cómo no? ¡Haces buen trabajo!". Mi padre frotaba bien a fondo con la pomada curativa las palmas de mis manos y a lo largo de las marcas que había debajo de mis brazos.

Una noche a mediados de diciembre, yo tenía quizás 11 años, me desperté oyendo que mis padres hablaban con el señor y la señora Rosillo. De inmediato me di cuenta que mamá todavía estaba en el salón de en frente, en el sofá donde estaba sentada cuando me quedé dormido. Estaba a unos pocos metros y yo podría escuchar muy claramente su suave voz.

—"Sí, fue en este mismo día, cuando yo tenía sólo seis años que los bandoleros llegaron a San Ciro.

Entonces mi padre dijo —Amelia, mi amor, no tienes por qué contar esta historia.

—No, Fili. Sí la tengo que contar. Samuel y Juana ya son amigos nuestros hace bastante tiempo. Quiero que sepan lo que pasó.

Miré hacia la oscura cortina que separaba mi cuarto del pequeño pasillo que llevaba al salón. Mis hermanos dormían pegados a la pared opuesta. Permanecí inmóvil, respirando profundamente para no perderme ninguna palabra.

—Ya habían pasado antes cabalgando. Tú sabes, la revolución estaba comenzando. Los federales, los revolucionarios y los bandoleros, todos iban y venían en busca de alimento, dinero y armas. Pero esta vez debían estar más desesperados.

—Nuestras familias tuvieron la fortuna de haberse salvado de todo eso — dijo el señor Rosillo— Juana y yo crecimos en la Capital. Ahí mandaban los federales.

Después de un momento mi mamá continuó.

—Como siempre, muy temprano por la mañana, las mujeres bajaban desde las colinas de todas direcciones hacia los pueblos pequeños, siempre vestidas de negro, cantando himnos a la Virgen y cargando nuestras velas y, en frente, los cueteros tronando cuetes, igual que hoy en la mañana. Yo iba caminando con mi madre. Llegamos a la plaza y la cruzamos hacia la iglesia. Fuimos a misa. Igual que hoy, cuando salimos, algunos de los hombres ya estaban poniendo los puestos y preparando todo. Mi padre llegó con una canasta de maíz y calabazas y me dijo que pelara el maíz.— Entre más hablaba mi madre, podía escuchar más claro cómo aumentaba la tristeza en su voz. Decía las palabras como luchando con la carga que implicaban.

Después de un rato, la escuché decir —Tenías razón, Fili, esto es muy duro… Ya ha pasado mucho tiempo, pero quiero que ellos lo sepan... voy a terminar.— Ahora lloraba suavemente.

La señora Rosillo dijo —Está bien si continuas o no, Amelia. Depende de ti, pero tómate todo el tiempo que necesites.

Me di cuenta que mi madre estaba contando una historia que ella no querría que yo oyera, pero ya era muy tarde para que yo no lo escuchara. Ella había mencionado a su padre, lo que era muy raro. Cuando yo era más chico, si yo le preguntaba acerca de mi abuelo materno sólo me contestaba: "Murió antes de que tú nacieras."

Mi madre comenzó a hablar de nuevo.

—Tú conoces el árbol de ceiba que está en la plaza. Nuestra familia siempre se ponía cerca de él con nuestro maíz y vegetales, y los rosarios que hacía mi madre. Ese día, al atardecer, la plaza estaba bien llena de gente comprando y vendiendo, y todo el mundo a nuestro alrededor iba y venía. Entonces, alguien gritó que venían los bandoleros, pero ya era muy tarde.

—Entraron montados a caballo, levantando polvo, agitando sus rifles y disparando al aire, eran unos veinte o treinta. Por supuesto que la plática, la venta, la música, todo se detuvo inmediatamente. La gente los miraba fijamente mientras los jinetes rodeaban la plaza y algunos se ponían a lo largo de todos los lados. Mi madre nos agarró a mi hermano y a mí y nos puso en el suelo, pero mi padre permaneció parado donde estaba y observó en silencio junto con los demás. El comandante de la pandilla se acercó adonde estábamos, todavía montado y sosteniendo su rifle. Recuerdo que la culata estaba rajada.

Escuché que mamá inhaló profundamente y exhaló con un suave quejido, —Es tan estúpido —dijo ella—pero eso era lo que yo veía, la culata del rifle. Era demasiado joven para saber lo que estaba sucediendo. El comandante no dijo nada. Sólo asintió y algunos jinetes desmontaron y juntaron comida y dinero de donde lo pudieran agarrar. Entonces, algunos de nuestros hombres empezaron a murmurar enojados y comenzaron a moverse, en forma casi imperceptible, hacia donde el comandante se encontraba sentado a horcajadas sobre su caballo, cerca de la ceiba.

—Vi a mi padre mirándolos a todos. Él se dio cuenta que todos lo veían a él como esperando que él hiciera algo porque estaba más adelante, más cerca. Oí a mi padre gritar: "Mira, Capitán, por favor, ¡no hagas esto!"

—Vi cómo el hombre miró a mi padre y dudó por un instante. Justo en ese momento, los otros comenzaron a gritar y, después, a empujar hacia adentro del círculo sin moverse realmente. De repente vi cómo los negros ojos del hombre se voltearon hacia mi padre. En ese momento levantó su rifle y disparó. Mi padre cayó frente a nosotros. — De nuevo escuché la voz de mi madre quebrarse en un sollozo. Mi propio corazón latía muy fuerte y mis ojos se llenaron de lágrimas. Mamá continuó,— Por supuesto que todos estábamos llorando, la gente gritaba, mi madre, mi hermano y yo gemíamos, pero nadie se atrevió a moverse después del disparo. Entonces dos o tres bandoleros se acercaron con una cuerda. La amarraron bajo los brazos de mi padre y la aventaron sobre una rama del árbol colgando de esta manera su cuerpo inerte sobre nosotros…—

—Escuché a Doña Juana gritar: "¡Dios mío!"

—Escuché un movimiento apagado y deduje que la mujer se había movido para estar más cerca de mi mamá y darle fortaleza lo mejor que pudiera.

—Sí. Todo esto pasó el día de hoy hace treinta años,— exclamó mi madre a través de sus gemidos.

Sus palabras penetraron en mi corazón, llenando mi mente con imágenes de mi abuelo muerto colgando de la gran ceiba, la hermosa y acogedora ceiba bajo la cual yo jugaba cuando niño. Lloré por mi abuelo, cuya vieja foto coloreada todavía estaba colgada en el salón, asesinado frente a su esposa e hijos, y por mi madre, quien había tenido que vivir con esos recuerdos durante toda su vida y había sentido que tenía que mantenerlos escondidos de sus hijos.

Se me revolvió el estómago por la lástima, el enojo y la confusión que me generaba el hecho de cómo y por qué tenían sucedían eventos tan terribles como ese en este mundo. Me enfurecía que pudieran existir este tipo de injusticias. Mi pecho se estrujó como si un vacío estuviera succionando todo mi aliento. No podía permanecer en este cuarto con su luz tenue y mis perturbadoras pesadillas.

Salté del catre. Mis pies tocaron el frío piso de piedra mientras la cabecera de la cama golpeó ruidosamente contra la pared. Apenas capaz de pararme, me tambaleé hacia la cortina casi cegado por mis lágrimas. Torpemente me abalancé a través de la abertura y me sostuve agarrándome de la pared de yeso. Me estabilicé al mismo tiempo que secaba mis ojos y los entrecerraba porque la luz del salón me daba directamente en la cara. Avancé pasando a mi padre y a los Rosillos hasta llegar a los brazos de mi madre. Al verme, ella trató de limpiarse las lágrimas sin ningún éxito.

—¡Sixto! ¿Estás despierto?

—Sí, mamá.—

—¡Pobrecito!, me escuchaste hablar de tu abuelo.

—Sí, mamá.

—No quería que supieras esto sino hasta que fueras más grande, m'ijo. Debí haber tenido más cuidado.

Para ese momento, yo ya estaba llorando sin parar y me aferraba muy fuerte a la calidez de mi madre.

—¿Por qué, mamá? ¿Por qué le dispararon?— Mi madre no respondió. Sólo me acercó más a ella.

Finalmente me contestó —No lo sé, m'ijo. Quizás es sólo que hay gente mala en el mundo.

Mi padre se levantó y caminó hacia nosotros. Permaneció parado en silencio. Con una mano tomó mi hombro desde atrás y con la otra acarició el tupido cabello suelto de mamá.

Como te puedes imaginar, después de esa noche, ya nunca más pude caminar cerca de la gran ceiba en el cuadrante de San Ciro sin recordar la muerte de mi abuelo y el sufrimiento de mi madre.

Tres años después, el Padre Joaquín nos pasó a visitar. El sacerdote les dijo a mi padre y a mi madre que había notado mis buenos hábitos y mi devoción cuando los ayudaba en la casa. Él había notado que mis contribuciones a toda la parroquia eran como las de un acólito. La verdad es que, desde que fui capaz de caminar, mis tías habían estado presentes junto con mis padres para asegurase que me vistiera correctamente para estar listo para ir a misa.

—¡Ándale!, m'ijo. Mira, toma este peine para tu cabello— me decían. —¡Ven y ponte este saco!—me decían.

El sacerdote habló muy animado.

—En cualquier caso, su hijo no es rencoroso,— observó. —Reconozco que le pegó a Popo García con una rama hace algunos meses, ahí entre los restos de adobe de la Hacienda de Montoya, pero sólo tras sufrir años de acoso a manos de ese rufián del diablo. Es mi opinión que Sixto mostró un autocontrol admirable hasta el momento de propinar la paliza. Sin lugar a dudas, el bravucón se merecía cada golpe y, de hecho, desde entonces dejó de molestar a los niños más pequeños. — El sacerdote sonreía con orgullo.

Al final todos estuvieron de acuerdo, incluyéndome, en que yo debía continuar con mi educación, no en el pequeño salón con forma de L de mi pueblo con sus cinco maestros, sino en el seminario que estaba a doscientos veinte kilómetros en San Luis Potosí.

Ese verano, mis padres me compraron pantalones de vestir, una camisa blanca y una corbata negra nuevas. La noche antes de mi partida, mis tías, tíos y primos, junto con las comadres y los compadres, llenaron la casa con comida, contando historias en mi honor.

—Ves, Sixto, te digo, es porque tú eres un Leo. Por eso eres tan fuerte.— Mis abuelitos siempre decían que ser un Leo era la fuente de mi fuerza, que mi signo zodiacal me ayudaría a alcanzar los grandes logros que me esperaban más adelante.

— ¿Qué vas a hacer entre tanta gente, Sixto? Aquí sólo somos unos cientos. Dicen que en San Luis Potosí hay miles.

Más tarde por la noche, me encontraba acostado sobre mi catre entre soñando y despierto. Mañana me iría de allí. No había conocido ningún otro hogar que San Ciro, con sus casas blancas, el río, las tiendas, los campos y el jardín y la laguna. Había oído decir que San Luis Potosí estaba hacia el oeste, pero ni mi mamá ni mi papá habían conocido ese lugar. Había escuchado que Tampico estaba hacia el este, pasando el arroyo de la Sierra Madre, pero sólo unas pocas personas de nuestro pueblito habían viajado tan lejos, regresando con postales en blanco y negro que mostraban la playa arenosa y el mar más allá. Antes de ver la foto de la postal, la laguna era el cuerpo de agua más grande que yo había visto en mi vida. En verdad no podía imaginarme que pudiera existir tanta agua en este mundo.

De repente, aunque podía saltar de mi cama y estar ahí en dos minutos, extrañé la casa de mis abuelos, la Casa Grande, ubicada a tan sólo dos cuadras subiendo la calle. Los visité casi todos los días para sentarme durante horas en el guayabo comiendo fruta. Mis tías y tíos pasaban por ahí.

—Miren al chango— se reían. — ¿Es eso que vemos un chango comiéndose nuestras guayabas?

Yo no respondía. Ni siquiera sabía lo que era un chango. La verdad es que jamás había visto uno. Yo pensaba que un chango debía ser algo parecido a un perro o un coyote, o tal vez un marrano. Esos animales los conocía; vivían en las colinas cerca de la casa o en los ranchitos.

En toda mi vida sólo había ido a un solo pueblo, a Rioverde. Nuestra familia fue a Rioverde en mayo y luego de nuevo en septiembre para las fiestas. Mis amigos y yo corríamos a través de los árboles de mango, limón y naranjas. Nos escondíamos bajo las ramas y comíamos las dulces naranjas Valencia hasta que ya no podíamos comer más.

En Rioverde la brisa avanzaba a través del túnel ubicado entre la montaña de Tampico y el mar, para luego bajar hacia el valle rodeando el río, pero, en muy raras ocasiones, visitaba a San Ciro. Mi papá decía que el clima de aquí era muy difícil. La gente lograba cultivar unos pocos árboles frutales y vegetales, junto con la caña de azúcar y el maíz, pero nada como en Rioverde. En ocasiones, San Ciro sufría por la falta de lluvia durante tres o cuatro años. Todo se secaba.

Papi decía que tenías que pensar acerca de San Ciro como en tres partes: el plano, el pueblo y la laguna. Cuando llegaban las tormentas, éstas traían consigo un torrente que bajaba desde la Sierra Madre llenando los ríos que cruzaban el plano. Cuando los ríos se llenaban, las inundaciones fluían hacia la laguna, que, antes de su llegada, era sólo una vasta extensión de tierra que parecía una media botella acostada a los pies del pueblito. Cuando por fin se llenaba la laguna, la gente se ponía feliz ya que se podían esperar de uno a quizás dos años de buena cosecha.

Las tablas de madera crujieron cuando me volteé impaciente sobre mi catre. Mis cuatro hermanos menores dormían cerca de mí. Ellos permanecían quietos, moviéndose sólo cuando les ganaba una inhalación profunda.

Juanito tenía casi doce años aunque todavía era muy pequeño y frágil, con brazos y manos chuecos, era lento para entender y hablar, y siempre me seguía mientras yo trabajaba, tratando de ayudarme lo mejor que podía... Papi me había dicho muchas veces que era mi trabajo proteger a Juanito.

Enrique tenía sólo nueve, pero cada día estaba más alto y fuerte. Ahora la tarea de cuidar a Juanito sería de él. Polo siempre quería darle de comer a los animales. Apenas estaba empezando la escuela. Después seguía Chito, de casi tres años, Licha, de seis. La bebita Mago dormía al otro lado del pasillo.

La brisa de septiembre bufaba en la ventana, trayéndome un vago aroma que me recordaba otro tiempo en mi corta vida: el olor de agua rancia. Me trajo a la memoria la imagen de un distante punto negro en el cielo sobre el sol del atardecer. Vi el lodo y las nubes rotas, volví a oler los carrizos en descomposición que estaban a todo lo largo de la árida costa. El agua puerca... muy lodosa... yo tenía... quizás diez... ciertamente no más de diez...

En septiembre, por el día quince, estábamos parados en un círculo observando a un viejo armando y envolviendo los globos... viendo cómo fabricaba globos... de madera y papel... construyéndolos para que pudieran volar... madera y... mi amigo Rafael, a quien le decíamos el Flaco, dijo que era un papel de China. Algunos de los globos eran muy grandes y coloridos. Me preguntaba cómo podían haber producido papel de tantos colores distintos: azul, naranja, verde y... Mi padre podía teñir cueros de sólo dos tonos... y...

Todos nosotros en un círculo veíamos cómo el hombre envolvía el papel alrededor de una pequeña estructura hecha de tiras de carrizo. Con sus dedos oscuros y chuecos, pero delicados, ataba la lata de petróleo bajo el globo y acercaba un cerillo para encender el líquido.

— ¡Cuide sus zapatos, Sixto!— Y me alejé hacia la multitud que me rodeaba, protegiendo mis zapatos de la amenaza de la lumbre. Esa mañana me había vestido para la fiesta con mi nuevo uniforme de la escuela, todo de blanco y planchado con pliegues al frente. Mamá me había dado un par de brillantes zapatos, los primeros zapatos de vestir que eran míos. Antes siempre había usado sandalias o zapatones de trabajo, aun para ir a la escuela.

—¡Ten cuidado, hijo! Son muy bonitos. ¡Cuídalos! — El viejo prendió el petróleo. La lumbre salió disparada de la lata.

Ahora, en la obscuridad de mi cuarto, sonreía mientras me acordaba de la primera vez que vi la magia del globo levantándose lentamente con la ayuda de tan sólo un poco de calor... alejándose de nosotros por encima de los puestos y las mesas, pasando la torre de piedra de la iglesia, más allá de las últimas casas y árboles y hacia el plano.

Mis compañeros de la escuela y yo veíamos con asombro cómo volaba cada vez más alto gracias a esa misma brisa de septiembre que siempre provenía de Tampico y del mar (y que en ese mismo momento hacía vibrar la ventana sobre mí).

—Hola, muchachos. ¡Síganlo! ¡Síganlo! ¡Un centavo para el que traiga de vuelta la armadura!— El viejo hombre nos decía. —¡La armadura! ¡Un centavo!—

En un instante me hallé corriendo tras la imagen que se elevaba, siguiéndola con todos los demás y corriendo como si me hubieran enlistado en una causa de gran importancia, rodeado de mis compañeros, mis primos y mis amigos de Rioverde; más allá de la plaza, más allá de la iglesia, más allá de la arboleda de encinas y hacia la extensa planicie. Yo no era un corredor rápido, pero aun así esperaba poder ser el afortunado. Quizás el globo caería rápidamente del cielo justo a mis pies. Quizás los otros se cansarían antes de que yo me aburriera de la persecución. Mientras corría, yo observaba cómo el objeto volador se volvía cada vez más pequeño y oscuro contra la luz que se desvanecía.

Las nubes más altas dejaron caer un indicio de lluvia. No le prestamos mucha atención. Nuestros padres, alarmados por la creciente humedad y dándose cuenta de nuestra ausencia, se fijaron en la posición del sol. Se abrieron camino hasta el borde de la planicie y se esforzaron en llamarnos, pero no podíamos escucharlos porque estábamos gritándole al globo que volviera. No sentimos la lluvia; no nos fijamos en el sol que se apagaba. Sólo veíamos la flotante bola que se obscurecía y se alejaba y cada uno de nosotros nos aferrábamos a la firme esperanza de poder recuperarla.

Corrimos por más de dos kilómetros cuando unos pocos empezaron a disminuir la velocidad. Algunos de nosotros continuamos hasta la abertura de la pantanosa laguna, pero algunos se dieron la media vuelta para alejarse de su esponjoso y enlodado suelo. Permanecieron quietos y en silencio observando la alfombra que formaba la ribera que se curveaba a lo largo de los bordes de la laguna y hasta la cima de las colinas.

El globo parecía llevar al resto de nosotros a propósito hacia la fétida red de pasto y juncos enredados de la laguna. Para cuando me detuve y miré a mi alrededor, ya sólo quedábamos cinco o seis en la persecución. Habíamos caminado con mucho trabajo unos cien metros hacia adentro del fango cuando el punto en el cielo desapareció junto con el mismo cielo.

Los otros también se detuvieron para recuperar la sensatez.

—Mejor deberíamos regresar— dijeron todos al darse cuenta del peligro.

Volteé a ver mi previamente blanco uniforme y mis antes brillantes zapatos negros. A pesar de la penumbra podía ver cuán manchados y dañados estaban con la mugre de la laguna. Demasiado tarde me quité los zapatos y los até alrededor de mi cuello. Me remangué los pantalones hasta las rodillas. Con sólo mis enlodados calcetines cubriéndome los pies comencé el largo trayecto de regreso al pueblo.

Más allá de la entrada de la laguna, nosotros los pródigos por fin pudimos escuchar el llamado de nuestros padres. A mitad de la planicie ya alcanzábamos a ver las antorchas que ellos habían prendido para guiarnos. Yo recordaba, mientras entraba en un sueño profundo, cuan enojado se había puesto mi papá, dispuesto a tomar una faja y pegarme en la espalda por haber echado a perder el uniforme, pero aún más por los zapatos. Yo estaba muy agradecido de que mis abuelitos me defendieran.

CAPITULO DOS

—¡Bienvenidos! ¡Bienvenidos!— El padre Joaquín recibió a mis padres con un abrazo. — ¡Este es el día del Señor!— dijo con una sonrisa. Se paró junto a la puerta del autobús y esperó a que todos nos subiéramos. Federico, a quien todos llamaban Kiko, y Teodoro, conocido como Toro, también iban a asistir a la escuela conmigo. Saludaron al sacerdote y abordaron el autobús. Mis padres, hermanos y hermanas me abrazaron uno a la vez. Mi mama me dio un beso suave mientras me susurraba palabras de aliento a pesar de su tristeza. Su cara ovalada y sus ojos de ébano reflejaban una mezcla de tristeza y orgullo, cada sentimiento entremezclado con el otro como lo hacían los tintes del taller de mi padre. Mago se aferró a mi pierna apoyando sus regordetas mejillas y su cabello enmarañado contra mi rodilla. Mis abuelos y Licha me besaron en la frente.

—Adiós, Sixto. Nos vemos en Navidad.—

Nosotros tres abordamos el autobús. El Padre Joaquín vino con nosotros. El sacerdote comenzó a leer el libro negro de oraciones que siempre llevaba consigo. Me asomé por la ventana cerrada del autobús. Mi familia permanecía esperando en el mismo lugar donde los dejé. Sus ojos me besaron otra vez mientras el gimiente autobús se alejaba por las estrechas calles.

Una mezcla de emoción y miedo me carcomían el estómago y el corazón. Mis hermanos y hermanas me dijeron adiós con las manos y yo les regresé el saludo hasta que el autobús rodeó una curva.

En Rioverde, el sacerdote nos condujo las dos cuadras hasta a la estación de trenes. Llegamos justo a tiempo para abordar el tren diario y comenzamos nuestro viaje de diez horas hasta San Luis Potosí. Kiko y yo nos tapamos las orejas para atenuar el ruido del tren que esperaba para arrancar, pero aun así podíamos escuchar los continuos comentarios y recomendaciones de Toro. No había dejado de aconsejarnos desde que dejamos San Ciro. Después de todo, él era un viajero experimentado por haber estado en San Luis en varias ocasiones y haber ido dos veces a la Capital.

—¡Oh! ¡Eso no es nada!— dijo Toro, sentado frente a nosotros. —Deberían escuchar el ruido que hay en San Luis. Diez trenes pitando todos al mismo tiempo. Después de un rato uno se acostumbra.

Me incliné hacia Toro para escuchar sus palabras mientras seguía tapando mis orejas. Estaba acostumbrado a las fanfarronerías de mi amigo. Siempre iba a la carga como si fuera un joven toro. Nosotros tres nos conocíamos de toda la vida. A Toro le encantaba hablar. Era más alto y rápido que Kiko o yo. Era mejor estudiante. Sus padres eran dueños de un gran rancho más allá de la laguna. Sin embargo, a diferencia de Kiko, yo no me permitía a mí mismo jugar el papel de burro de Toro.

Hacía mucho tiempo había notado las suaves manos y los delgados brazos de Toro y había llegado a la conclusión de que él no podría sobrevivir ni siquiera diez viajes llevando los baldes de agua desde el río hasta la casa. Toro sería incapaz de preparar el colorante. No podría haber armado los mogotes. ¿De qué le servía saber tanto sobre lugares lejanos?

Toro tenía puesta una camisa con rayas de colores y cuello almidonado. Usaba pantalones plisados y un cinturón negro que hacía juego con sus brillosos zapatos, además estaba muy bien peinado. Yo escuchaba a través del estruendo cómo seguía dándonos consejos.

—Sólo esperen a que se empiece a mover. ¡Mejor siéntate bien y agárrate, Kiko! Sólo esperen. Te empuja contra el asiento. Si estás parado, Kiko, ¡te caerás en tu culo de un sentón!

Me sujeté con fuerza cuando el tren dio un bandazo al alejarse de la estación. El ruido que me rodeaba agarró un ritmo constante que me taladraba el cerebro y hacía que tensara los hombros subiéndolos hacia el cuello. Apreté cada vez más las manos contra los oídos. El tren agarró velocidad resoplando a través de campos de cañas de azúcar y huertos de árboles frutales.

— ¡Mira!— gritó Toro, señalando hacia afuera por la ventana. — ¡En un minuto podrás ver el río!

Eché un vistazo a la larga fila de carros que estaban delante de nosotros y observé la distante máquina que se arrastraba hacia la oscura silueta de un puente de hierro. En pocos segundos pasamos entre los negros pilares de acero dejándolos atrás. Toro se paró junto a la ventana y miró hacia abajo.

— ¡Mira!

Kiko Y yo también nos pegamos al vidrio. Contemplamos el espacio que estaba más allá de las varillas color carbón del puente y alcanzamos a ver la corriente del agua y las enmarañadas orillas del Río Verde muy debajo de nosotros. El corazón me latía con un ritmo ferviente sincronizado con el golpeteo del paso del tren. Nunca antes había observado el mundo desde semejante altura. Cerré los ojos por un momento, pero cuando los volví a abrir el río ya había desaparecido.

—¡Oh!, eso no es nada.— dijo Toro. —Deberías ver los puentes mucho más altos que hay más al norte.

Después me di cuenta que había un fuerte olor a rancio que parecía subir a través del piso del tren. Kiko también lo sintió y se cubrió la nariz.

—Eso es el combustible— dijo Toro. —No se preocupen. Ya se acostumbrarán al olor.

En efecto, después de un rato me di cuenta de que la intensidad del ruido de la máquina había disminuido y que el olor que antes era molesto se había disipado. Observaba cómo pasábamos los árboles de mango y los campos de caña de azúcar a lo largo del plano de Rioverde. Percibía las vueltas que daban las grandes ruedas de acero conforme chocaban con los inflexibles rieles. Sonreí al ver pasar los familiares bosques de encinas. —Así que aquí es donde crece este árbol,— pensé al recordar la tenería de mi padre y el turbio colorante.

Después de dos horas las encinas empezaron a espaciarse. Ahora un espeso chaparral de árboles de Mesquite y nopal, retama amarilla, pirul y eucalipto cubría el terreno. Por instantes divisaba cabras y vacas pastando con sus crías. Tallos de maíz apilados formando montículos que parecían canastas regadas esparcidas por todo el paisaje. Paredes hechas de piedras sostenidas por palos y ramas entretejidas de palmera para encerrar a los marranos y a las ovejas.

Al llegar la tarde empezamos a sentirnos inquietos y hambrientos. El tren se detuvo a la orilla de un pueblo. Las calles de tierra y las casas de adobe me recordaban a San Ciro. Una mujer cubierta con un rebozo negro y dos niñas pequeñas vestidas con largos vestidos grises pasaron vendiendo tacos, enchiladas y tamales. Me acordé de mi madre y mis hermanas. El Padre Joaquín nos trajo el almuerzo, les pagó a las vendedoras y ellas se fueron. Estábamos comiendo cuando el silbato señaló que partíamos.

Llegamos a San Luis Potosí ya de noche. Me bajé con cuidado del tren y entré en el griterío y el resplandor de la estación. Me quedé inmóvil por un momento, asombrado de los murales que había en las paredes y del alto e imponente techo de la estación que tenía forma de caja.

— ¡Oh!, esto no es nada— decía Toro. — ¡Deberían ver la estación que hay en la Capital!

Toro se echó a correr sintiéndose como en casa. Yo volví a sentir la mezcla de emoción y miedo, que ya se me estaba haciendo familiar, mientras seguía al Padre Joaquín. Me aferré a mi maleta y miré fijamente cada nueva maravilla que me encontraba en la estación: las gruesas columnas cuadradas, el piso de mármol, las puertas de hierro, la escalera de madera, los grupos de soldados vestidos con sus uniformes verdes, sus rifles y sus pistolas enfundadas, hombres vestidos de traje oscuro y corbata —el tipo de ropa que mi papá usaba para las bodas— y mujeres jóvenes con vestidos que no les cubrían las pantorrillas ni los zapatos.

Nunca antes me había encontrado con un sacerdote o una monja que no me conociera y me recibiera como el hijo del señor Filiberto Torres. Ahora, docenas de clérigos y religiosas se entremezclaban con la multitud que me rodeaba. No me prestaban atención. Ni siquiera se detenían a saludar al Padre Joaquín.

Afuera me detuve abruptamente. Ya era de noche y, por primera vez en mi vida, miré hacia arriba, hacia el cielo, y sólo pude ver un vasto vacío. ¿Dónde estaban las plateadas motas de luz? ¿Dónde estaba la bola que brillaba como la cara sedosa del brillante cuero listo para el mercado? En San Ciro yo conocía las estrellas, que eran para mí fieles compañeras.

Me guiaban en las noches cuando mi mamá me mandaba a darles sobras a los marranos y me acompañaban por las calles, de camino a la Casa Grande, cuando mi abuelo necesitaba hierbas para preparar medicina.

—¿Dónde están las estrellas?— le pregunté al Padre Joaquín quien sonrió y puso una mano sobre mi cabeza.

—¡Pobrecito!— dijo, —No te preocupes. Ahí están. Pero no podemos verlas por las luces de la ciudad. Ya te acostumbrarás.— El taxista tomó mi maletas y la caja.

—¿De dónde es usted, joven?

—De San Ciro.— le informó Toro metiendo sus bultos a la cajuela.

—San Ciro, ¿eh? ¿Y dónde queda eso?

—Cerca de Rioverde—

—¡Rioverde!— El taxista asintió. —Ah, sí, he escuchado hablar de Rioverde.

Recorrimos calles de adoquín, pasamos al lado de casas, pequeñas tiendas, fábricas, restaurantes y edificios de oficinas. Había postes de luz que iluminaban todas las calles, mostrando una cadena de carteles, murales y posters que anunciaban productos extraños y desconocidos. Para entonces ya eran las ocho en punto. Vi a muy poca gente en las banquetas, algunas personas estaban cerrando sus negocios para irse a descansar y otros se encontraban parados en las esquinas sin ninguna razón aparente.

El taxista, un señor chaparro y fornido, tenía una cara regordeta y una papada que llegaba hasta el cuello y la camisa. Pegado a su labio inferior llevaba un cigarrillo que se meneaba cuando hablaba con el Padre Joaquín.

—Si los alemanes vencen a los Aliados, Padre, pronto los tendremos a nuestras puertas. He oído que allá están quemando gente.

Era la primera vez en días que alguien mencionaba la guerra. En San Ciro, la gente se reunía una vez a la semana en la plaza para escuchar la radio. — ¡Las noticias de XAUU Radio México!— Yo sólo fui un par de veces. Se reunían bajo las retorcidas ramas de la vieja Ceiba en medio de la plaza. Las mismas ramas que todavía hacían llorar a mi mamá por otro tipo de guerra de hace mucho tiempo... Si alguien compraba una revista, la gente la pasaba de mano en mano, de casa en casa, pero yo jamás había podido ver una durante demasiado tiempo.

Durante muchos años mi papá había sido el tesorero municipal de San Ciro. En algunas ocasiones yo lo había acompañado al Ayuntamiento para verlo mientras trabajaba con el Secretario del Ayuntamiento firmando recibos y autorizando pagos. El secretario contaba que los japoneses estaban tirando bombas. Él respondió que los americanos se iban a encargar de ellos.

Kiko sacó la cabeza por la ventana abierta. Señaló hacia adelante mientras el taxista nos llevaba por una ancha avenida bien iluminada, bordeada de árboles y grandes anuncios resplandecientes. —Mira, Sixto. ¡Ese edificio es enorme! — gritó. — ¿Cómo llega la gente hasta arriba? ¿Con una escalera? Toro se rio ante esa idea. —¿No has oído hablar de los elevadores?

No. ¿Qué es eso?— preguntó Kiko. Mis ojos recorrieron hacia arriba las cinco hileras de ventanas del edificio.

—Ese es el Hotel Altamirano— nos aclaró el taxista. Mientras yo me le quedaba viendo, mi corazón saltó en respuesta a unas letras que centelleaban contra la obscuridad de la noche sobre el techo. Las palabras "Carta Blanca" aparecían, desaparecían y volvían a aparecer.

—Mira eso.— dijo Kiko señalando el anuncio.

—Un elevador es una caja— afirmó Toro.— Te metes en
ella y te lleva hasta arriba.—

—¿Cómo puede hacer eso?— Kiko ahora señalaba al
anuncio parpadeante mientras Toro procedía a explicar el fun-
cionamiento del elevador.

Dejé de escuchar, atraído por el encanto de las maravillas eléctricas que nos rodeaban. Las casas en San Ciro tenían,
cuando mucho, un solo foco eléctrico que colgaba del techo
de la cocina o del salón. A todo lo largo de la avenida se veían
gigantescas palabras que brillaban y relampagueaban iluminando el paso del taxi: "Ropa de Frío", "Zapatería Canadá",
"Banco de México". Las inquietas luces parpadeantes que
parecían estarnos persiguiendo atravesaban enormes paneles
de vidrio transparente, más grandes de lo que jamás hubiera
visto antes, iluminando en forma intermitente vitrinas llenas
de objetos de piel y joyas, cremas de mano y jabones, vestidos y zapatos, muebles y artesanías… Yo me preguntaba cómo
alguien podría tener el tiempo suficiente para usar todo eso.

Al final de la avenida entramos en una gran plaza. El taxi
se detuvo y el taxista saltó rápidamente fuera del carro y le
dio la vuelta, para primero ayudar a bajar al Padre Joaquín y
luego a nosotros tres. Permanecimos inmóviles en silencio en
la penumbra frente a la gran fachada y torres de piedra del "El
Santuario de Guadalupe". Ni siquiera Toro hablaba.

El Padre Joaquín le pagó al taxista. El sacerdote nos guió
a través de una puerta lateral, bajando por un corredor cru-
damente labrado y hacia el oscuro y parpadeante interior de
la iglesia. Desde mis primeros y cautelosos pasos a lo largo
del apenas alumbrado pasillo y luego en el enorme santuario
abovedado, sentí escalofríos dentro de mi cuerpo.

El apenas perceptible calor que subía de las velas que tenía
cerca no disipaba ese frío. Mi fornido pecho temblaba desde

lo más profundo mientras el Padre Joaquín nos adentraba más en la extraña y húmeda caverna. El interior de esta grandiosa iglesia mostraba altares, tapices, estatuas, filas interminables de bancas, cera llameante, vitrales, pisos de mármol y paredes de cantera adornadas con oro. Hicimos una reverencia frente al altar. Me volteé, deteniéndome por un momento para mirar el angosto pasillo central hasta el fondo donde se veía la oscura y lejana salida. Nos arrodillamos.

Las maravillas de ese día —la fuerza de la jadeante locomotora, la vastedad del enorme techo arqueado de la estación, las ruidosas multitudes y luces parpadeantes, el bosque de pinos y aun mi corto momento revoloteando como un pájaro sobre el cristalino Río Verde— todo eso quedó atrás bajo el alto domo con forma de sombrilla que nos cubría. El Padre Joaquín hizo la señal de la cruz, y cada uno de nosotros repetimos el gesto. Recé en silencio pidiéndole a Dios, como siempre, que protegiera mi pueblito y que librara a mi familia de todo mal. Sin embargo, a la mitad de mi plegaria el temblor en mi pecho y mi estómago seguían confundiéndome y distrayéndome. Volví a mirar las franjas de luz que se desprendían de las hileras de velas votivas. Me incliné hacia adelante hacia el frío piso de mármol, esperando distinguir un reflejo de mi cara en el patrón de espirales. Como la luz era tan tenue, sólo pude ver unas sombras saltarinas.

El Padre Joaquín se paró frente a mí. Puso sus manos sobre mi cabeza y me dio su bendición. Luego lo hizo con Kiko y con Toro. Se detuvo y esperó a que nosotros alzáramos la vista. Nos habló con suavidad, sin embargo su voz llenaba la titilante vastedad.

—Si trabajan duro y rezan, van a estar bien.— nos dijo. —Ahora les voy a presentar al Padre Rector y luego vamos a comer.

Afuera lo seguimos de nuevo a través de un laberinto de corredores y bóvedas.

—La catedral es hermosa— dijo Kiko.

—¡Oh! ¡Eso no es nada!— respondió Toro. —Deberían ver la de la capital

Durante casi tres años yo creí que me convertiría en un sacerdote como el Padre Joaquín. Me levantaba cada mañana con el repicar de la campana. Su orden era seguida por el rechinar y los crujidos de las camas de hierro y el golpetear de los pies desnudos en los fríos pisos de madera. Los seminaristas se apresuraban hacia la línea de lavabos que se encontraban en un rincón del dormitorio o a los baños y escusados que estaban más allá. En una semana yo ya había entrado en la rutina diaria de la Misa, el desayuno, la clase, los momentos de recreación y de estudio. Hice nuevos amigos, pero pasaba la mayor parte de mi tiempo libre con Kiko y Toro. Juntos explorábamos los rocosos edificios de piedra del seminario, los grandes campos, los huertos de árboles frutales y los jardines bien cuidados.

—Parece una prisión.— observó Toro la primera mañana mientras salíamos hacia la gran plaza después de desayunar.

Después de la cena, explorábamos los obscuros pasillos y escaleras, las torres y los sótanos, los clósets y los patios. Con cuidado y cuchicheando emocionados, empujábamos las pesadas puertas que daban a almacenes mohosos llenos de estatuas talladas de santos desconocidos, antiguos y maltratados libros, candelabros de plata y vestimentas con adornos dorados que colgaban de las mohosas ventanas talladas en roble y con vitrales.

Recorríamos sigilosamente pasajes escondidos y probablemente prohibidos, espiábamos el pasillo del claustro de los sacerdotes y nos escabullimos de ahí sin que se dieran cuenta. Kiko y yo observábamos desde lejos a Toro que, con certeros y hábiles movimientos, seguía a los estudiantes más avanzados a través de los grandes estantes de la biblioteca, seleccionando volúmenes al azar y revisando intensamente cada uno de ellos con una fingida actitud de estudio de palabras sin sentido. Nos reíamos disimuladamente hasta que alguien nos miraba fríamente y eso hacía que nos fuéramos.

Durante muchas semanas después de llegar, yo pasaba la noche sin poder dormir, llorando quedamente porque extrañaba mi casa y a mi familia. Entre clases me quedaba en los pasillos mirando hacia afuera de las ventanas, incapaz de alejar de mi mente la imagen de mis abuelitos. El Padre Días, quien enseñaba Latín, se detuvo junto a mí.

—Va a llegar tarde a clase, joven. — Estaba teniendo dificultades con el latín, pero me había llegado a encariñar con el Padre Díaz.

—Dispense, Padre, — respondí. El Padre notó la tristeza en mis ojos.

¿En qué está pensando?— me preguntó.

—Mi familia.

—Estoy seguro de que también lo extrañan, pero ya va a ser Navidad en unas pocas semanas. — Se detuvo y puso una mano sobre mi hombro. —Ahora lo que tiene que hacer es llegar a su clase de historia.

—Sí, Padre.

Más tarde, el Padre Díaz me encontró solo en el taller de carpintería.

—¿Ha decidido trabajar con la madera como su pasatiempo?

—Sí, Padre.

El sacerdote dio un vistazo a mi casi vacía caja de herramientas. — Parece que alguien necesita algunas herramientas.

—Sí, Padre.

—Siempre me quedan algunas de los graduados del año anterior. Voy a buscarle algunas.

—Gracias, Padre.

—¿Qué está haciendo?

—Una escalera para el sacristán.

—Va a ser más fácil trazar esas líneas cuando te encontremos una escuadra.

—Sí, Padre.

—¿Todavía está pensando en su casa?—

—Sí, Padre.

El sacerdote se puso de cuclillas cerca de mi lugar junto a una mesa de trabajo, con su sotana doblada sobre sus rodillas y zapatos.

—¿Todavía piensa que quiere convertirse en sacerdote?

—Sí, Padre.

—Mire, cuando extrañe a sus padres, hermanos, hermanas y abuelos quiero que recuerde que aquí también somos como una familia. De hecho, cuando vaya a su casa para la Navidad, puede que descubra que, después de unos pocos días, también va a extrañar a su familia de aquí.— El Padre Díaz se levantó y se dirigió hacia la puerta. —Sixto, cuando se sienta triste y quiera hablar puede venir a verme, ¿entendido?

—Sí, Padre.

Poco a poco me acostumbré a la rutina diaria. Cada vez pensaba menos en mi casa y mi familia y me familiaricé más con los edificios y el espacio, los dormitorios y los armarios, los salones de clase y el comedor, los estudiantes y los maestros.

Cada martes me reunía durante una hora en el taller de carpintería con Gonzalo Ordoñez, quien iba dos años delante de mí. De Gonzalo aprendí cómo cortar una tabla bien derecho y cómo usar un taladro eléctrico— algo que jamás había visto en mi vida, sino hasta el día en que Gonzalo puso uno en mi mano y me hizo sostenerlo con firmeza frente a un grueso pedazo de madera seca. También me enseñó cómo ponerle tarugos a los escalones de una escalera para que no se zafaran. En algunas ocasiones Kiko y Toro me acompañaban en el taller de carpintería, pero a Kiko le interesaban más las plantas y a Toro la pintura.

A última hora de la tarde de los sábados, cada estudiante se sentaba en la capilla examinando su consciencia preparándose para recibir los sacramentos de la Confesión y la Comunión. Yo tenía mucho que reflexionar. Apenas el día anterior había tenido una pelea con Moncho Moreno. Cuando estábamos jugando fútbol, Moncho me pateó más de una vez después de que la jugada había terminado de manera tal que el árbitro no se diera cuenta. Mi estómago era un caldero lleno de enojo, pero logré controlarme hasta que el juego terminó, ya que sabía que, si reaccionaba, seguramente me sacarían una tarjeta. Busqué a Moncho y lo confronté cuando nuestros equipos volvieron a los vestidores.

—¿Por qué me estabas pateando?— le exigí una respuesta permitiendo que mi ira se avivara de nuevo. Moncho era un poco más alto que yo, pero pesaba diez kilos menos. Todavía le corría el sudor en su afilada cara mientras entrecerraba los ojos.

—¡Ey! ¡Tú eres quien aventa su peso para todos lados, Camote!

—¡Jamás vuelvas a patearme, Macetón!

—¿A quién llamas cabeza de maceta?

Empezamos a empujarnos y a pegarnos uno al otro. Nuestros compañeros de equipo de inmediato nos rodearon, pero nadie intervino. De hecho, ellos en seguida tomaron partido por uno u otro y nos alentaban a continuar. Pronto estuvimos luchando en el suelo, lo que me dio una gran ventaja. Sin embargo, antes de que pudiera voltear a Moncho, dos estudiantes más avanzados se acercaron a nuestro grupo y nos separaron.

—¡Mira a los muchachos, tan avispados! ¡Son como avispas jugando!— afirmaron con amabilidad esperando aligerar el ambiente. Uno de ellos era alto y atlético. Levantó a Moncho del piso con facilidad y luego lo volvió a dejar en el suelo.

—¡Ey, Torpe! ¿No sabías que si el Padre Pesca te descubre vas a pasar un mes fregando pisos?

Moncho y yo nos sacudimos los uniformes todavía mirándonos con odio mientras los estudiantes más avanzados nos llevaban hacia la plaza junto con nuestros compañeros de equipo. Nos dijeron que lo mejor era darnos las manos y olvidar nuestras diferencias. Lo hicimos, pero no dijimos nada más y nos alejamos con nuestros respectivos amigos en direcciones opuestas.

Ahora estaba sentado en el duro banco de la iglesia. Podía ver el cuello delgado y el largo cabello lacio de Moncho tres filas más adelante. El olor a carne asada se filtraba desde el comedor a través de las ventanas de vitrales de la capilla como si montara en la luz menguante de la tarde.

El Padre Pesca era el prefecto del seminario. Su verdadero nombre era Padre Valentino. Se ganó el apodo de Pesca entre los estudiantes por sus ojos abultados, anteojos redondos y su trato frío, como el de un pez. Sentí alivio de que el sacerdote no hubiera escuchado nada sobre la riña.

Retomé mi auto examinación. ¿Por qué me fui sobre Moncho de esa manera? ¿Por qué simplemente no pude dejarlo pasar? No había tenido una pelea como esa desde el encuentro que tuve con Popo García dos años antes en la vieja Hacienda de Montoya. No estaba arrepentido de haber ventilado mi ira, incluso de haberla alimentado. Aun así, me preguntaba por qué.

Recordé a mi padre llegando de las reuniones de la comisión municipal, alimentando su propia ira con tequila. Me quedaba acostado en mi cama escuchando a mi papá furioso mientras él regurgitaba las revelaciones del día. El presidente de la comisión había reportado que los impuestos —los impuestos que mi papá tenía la responsabilidad de recolectar— se habían enviado a los oficiales de estado pero que, aun así, el prometido arreglo de los caminos y las alcantarillas se iban a retrasar un año más.

— ¡Te digo, mujer! Esos cabrones toman nuestro dinero, se lo embolsan y nos dejan sin nada!

Mi mamá escuchaba en silencio y le rogaba que se calmara para que no nos despertaran a nosotros los niños.

Algunas veces en la tenería, a mi padre se le resbalaba el cuchillo y cortaba un cuero o un pedazo de su propia piel. En un instante el ambiente cambiaba de la tranquilidad a la turbulencia. Papá aventaba el cuchillo al piso y le gritaba a la agraviante herramienta. — ¡Chingado pendejones!

Tenía que admitir que, si estaba solo y se me caían los libros y la tarea al piso o me golpeaba la espinilla contra una mesa de trabajo, aun ahí en el seminario, yo instantáneamente desembuchaba las mismas palabras. Entonces me tendría que ir a confesar con el sacerdote y aceptar la penitencia que me impusiera.

Ese día en la capilla supe con certeza que él me susurraría a través de la reja del confesionario: "Reza un rosario y suplica el perdón de la Virgen María, hijo mío."

Recordé a mi tío Neto, quien se vino a vivir un tiempo con nosotros. Neto tenía catorce años y yo sólo tenía cuatro. Todos los días Neto me molestaba y me asustaba hasta hacerme llorar. Una vez me envolvió dentro de en un colchón y se sentó sobre el mismo, apretándolo contra mí. Lo apretado del relleno no permitió que me retorciera y enmudeció mis gritos. Intenté luchar pero no podía mover los brazos, las piernas, ni la cabeza. Tuve problemas para respirar pero la pesadilla no acababa… Finalmente, cuando Neto se levantó, me liberé con un empujón gritando como loco, pateando, aventándome y golpeándolo con los brazos.

— ¡Te odio! — chillé furioso. —¡No quiero volver a verte nunca más! — Quizás fue en ese momento cuando mi furia comenzó a supurar.

Me moví en el banco. Sabía que iba a tener que decirle al sacerdote sobre la pelea con Moncho y que tendría que prometerle que iba esforzarme más para controlarme en los momentos en que alguien me provocara y me maltratara.

A mediados de diciembre, Kiko, Toro y yo abordamos el tren hacia Rioverde y luego el autobús a San Ciro para celebrar la Navidad. Durante nuestro primer día en casa corrimos por las calles de tierra, gritando alegremente y saludando a nuestros amigos. Nos reímos de la escuela con forma de L y de cuán pequeño se veía el auditorio de atrás de la iglesia. Muy pronto volví a acoplarme a la rutina familiar en las tareas diarias, ayudando a mis hermanos más pequeños que luchaban con los oscilantes botes que tenían que cargar y con los golpes del hacha.

También pasamos nuestros días en el auditorio. Hacía poco que los feligreses habían renovado el edificio. Olía a cemento fresco y a pintura. Los tres nos acuclillábamos en el piso en el centro del salón principal. Trabajábamos junto con las mujeres y sus hijas que estaban ocupadas preparando las decoraciones festivas. Los carteles, junto con figuras de cartón recién cortadas y pintadas, se recargaban en las paredes o yacían bajo las mesas de madera.

Kiko y yo nos arrodillábamos en el piso colocando con suavidad las tiras de papel maché sobre los moldes de carrizo para construir las piñatas. Toro había comenzado la mañana trabajando al otro lado del salón con algunas de las mujeres. Estaba dibujando grandes imágenes de ovejas y ganado para crear una escena del pesebre. Jamás había entendido cómo Toro, con tan sólo un lápiz y un poco de pintura, podía crear animales, personas y ángeles que parecían estar tan vivos.

Dos muchachas lo estaban ayudando. Me resultaba claro que las muchachas, Toña y Chelo, también estaban impresionadas con su talento. Exhortaban a todo el que entrara a que lo vieran dibujar. Yo las conocía desde hacía varios años, de cuando jugábamos en las calles. En especial me gustaba la más chaparrita, Antonia, pero Kiko nunca había sido amigo cercano de ellas. Toro no podía conocerlas demasiado bien. Él ni siquiera había crecido en San Ciro porque el ranchito de su familia estaba a 7 kilómetros de nuestro pueblo. Kiko y yo podíamos oír a las chicas y a Toro riéndose y bromeando al otro lado del salón como si fueran viejos amigos.

Mientras yo ponía la húmeda tira de papel de china sobre la nariz de un burro navideño, vi como el Padre Joaquín se acercaba a pedir a las muchachas que ayudaran a las mujeres que estaban cosiendo estandartes cerca de la plataforma elevada al otro lado del auditorio. Toro se quedó dibujando solo. Se lo merecía. El rector nos advertía antes de cada viaje de vuelta a casa que debíamos tener cuidado.

—Su vocación es un regalo muy especial del Señor, que no deberían poner en peligro relacionándose demasiado con las muchachas, — nos dijo antes de partir,— aun aquellas que han sido amigas de la familia. Después de todo, ellas están creciendo y se están convirtiendo en señoritas. — Toro debería saberlo bien para entonces y, aun así, esa no era la única vez que se había arriesgado a perder ese regalo.

En Nochebuena, el Padre Joaquín iba caminando junto a un burro peludo vestido con ropa de color lila y blanco forrada en dorado. El lento y pesado animal cargaba a una joven cubierta con un velo blanco y un amplio blusón azul. Un muchacho, una versión moderna de José en busca de posada, guiaba al burro. Kiko y yo, ambos vestidos con sotana roja y sobrepelliz, acompañábamos al sacerdote.

—¿Y dónde está Toro?— nos preguntó el sacerdote antes de comenzar. Yo lo había visto más temprano socializando en la multitud y hablando con Toña y Chelo.

—Estaba aquí, — dije — pero no sé dónde está ahora.

Los feligreses marchaban muy juntos a través de las estrechas calles de San Ciro. Los caminos de tierra y las paredes de yeso centelleaban por las oleadas de luz y sombras que generaban las antorchas y las velas cuando la humilde "familia" tocaba una puerta tras otra, pidiendo posada, pero encontrando únicamente rechazo. Una mezcolanza de voces se elevaba en el cielo nocturno. Las palabras de la canción describían el difícil, aunque majestuoso, peregrinaje de hace tanto tiempo. Sus melancólicos coros flotaban a todo lo largo del plano hasta la laguna y más allá.

—De la larga jornada, rendidos llegamos…

La procesión avanzaba bordeando un costado de la iglesia hacia la plaza, cerca de las extensas ramas de la ceiba. La luz de mi antorcha rozaba el borde de la copa del árbol, que parecía una sombrilla dibujada contra el cielo, y atraía mi mente hacia sus sombras donde las ramas, como siempre, se pavoneaban, boquiabiertas y gesticulaban torpemente frente a la colgante masa sin vida. La atractiva sombra se extendió hacia mí, llevándome desde el brillo del desfile navideño hacia la desolada y sombría historia contada por mi madre sobre los revolucionarios, los federales y los bandoleros y sus pecados asesinos.

Conforme la comunidad se unía al coro de *Glorias*, me di cuenta de que mi familia se había reunido cerca de mí como afirmando mi lugar ahí al frente con el Padre Joaquín. La canción terminó. La multitud escuchó por un momento la bienvenida navideña del sacerdote para luego entrar a la iglesia y asistir a la Misa de Gallo. Más tarde en el salón, la voz de Kiko, dura y llena de recriminación, sonó por encima del ruido generado por la multitud.

—¡Toro, tú tenías que servir en la Misa con nosotros! El Padre Joaquín te estaba buscando.

—No me sentía bien —dijo Toro, mientras bebía una taza de chocolate caliente y comía un pedazo de rosca.

La habitación estaba llena de parejas jóvenes con sus bebés. Los niños corrían entre las filas de brillantes estandartes y globos, cada chico con una pequeña bolsa de dulces. Cerca de la plataforma había mujeres muy ocupadas con bandejas de tamales, menudo, mole y pasteles, ofreciendo una gran variedad de comidas y bebidas.

Los feligreses esperaban pacientemente en fila mientras le echaban un ojo a todas las deliciosas posibilidades. Las parejas mayores descansaban en bancas pegadas a las paredes. Los adolescentes se agrupaban entre los listones colgantes. Los hombres se quedaban cerca de la puerta lateral fumando, hablando y entrando y saliendo discretamente para brindar en las sombras de la plaza.

Me senté junto con mis hermanos y hermanas menores, vigilando de cerca a Chito, que tenía tan sólo tres años. Se escabullía para ir y venir a la mesa de la comida, agarrando un pedazo de rosca con cada mano. Me acordé cómo mamá solía decirnos que tuviéramos de no beber mucho chocolate ni comer demasiado pan y dulces. Yo sabía demasiado bien cómo se sentía pasar una Navidad con dolor de estómago.

—¡Chito, ya es demasiado!— le grité por encima del estrépito. Toro iba pasando.

—Oye, Sixto, Toña me preguntó por qué estás tan callado. Ella quiere que las saludes a ella y a Chelo. ¡Vamos!

—Ahora no, Toro. Tengo que quedarme con mi familia.— Y señalé a mis hermanos menores.

—Dime, amigo, ¿eres una mujer o un hombre? ¡Vamos!

Moví la cabeza en negación y le hice señas con la mano para que se fuera. Justo en ese momento escuché un aplauso en el centro del salón y supe que había llegado el momento de las piñatas. Mis hermanos y hermanas corrieron para ponerse en la fila.

Regresamos al seminario para el semestre de primavera. Toro y yo estábamos en el taller de carpintería con Diego Martínez y Gonzalo. Escuchamos unos arañazos en la pared que separaba el taller de la cocina. Nos miramos levantando las cejas. Los arañazos venían de atrás de una enorme pintura de Jesús el Carpintero. Gonzalo cerró la puerta del pasillo mientras Diego retiraba la pintura de la pared. Apareció un panel corredizo de madera. Le dimos un golpecito e inmediatamente el panel salió volando para atrás. Había dos mujeres jóvenes sonriendo a través de la abertura.

—Hola, Rosa y Chonita.

—¡Hola!— contestaron, primero examinando y luego metiendo un brazo hacia el taller.

Gonzalo y Diego se acercaron de inmediato al panel, cada uno tomando y estrechando brevemente una de las manos que se asomaban a través del panel.

—Hace mucho que no las veíamos— dijo Diego.

—Nuestra mamá tuvo que salir para la tienda. Se va a tardar un rato.— La mayor asintió y sonrió mientras nos miraban cohibidas a nosotros dos.

—Este es Sixto.— Gonzalo se paró atrás de nosotros. —Y Toro.

—Buenas tardes,— dijo Toro con una amplia sonrisa. Yo permanecí en silencio sin saber cómo responder.

—¿Han estado trabajando duro?— Diego se volvió de nuevo hacia sus visitantes.

—Sí. ¿Cómo no? Alguien tiene que cocinar sus comidas todo el día y limpiar la cocina.

—¡Pobrecitas!— respondió Gonzalo, observando a sus visitantes con preocupación burlona.

Los dos estudiantes más avanzados se apoyaron cómodamente contra la pared a ambos lados del panel. La chica más joven se echó hacia atrás el largo pelo negro y me vio con cuidado con una mirada suave y penetrante. Sentí cómo mi cuerpo se cimbraba lleno de emociones como si estuviera meciéndome en la hamaca detrás del taller de mi padre. Incliné la cabeza hacia los bordes desiguales de la banca y me paré.

—Me tengo que ir.— dije juntando mis herramientas y metiéndolas en mi bolso.

—¡Ajá! Camotito está apenado— dijo Diego con una risilla. —Parece que ellos no tienen muchachas tan lindas en San Ciro. ¿Tú también nos vas a abandonar, Toro?

—Creo que me quedaré otro rato— contestó Toro con un tono de voz muy natural.

Asentí cortésmente volteando hacia la abertura del panel, me di la vuelta y me retiré del taller. A mis espaldas alcancé a escuchar a una de las muchachas decir: "¿Cuál es su problema?"

Más tarde en la plaza Toro repitió la pregunta.

—¿Qué pasó, camotito? ¿Por qué te fuiste tan pronto?

—No deberían hacer eso, — contesté— podrían meterse en un montón de problemas—

—¿Por qué? ¿Por hablar con las cocineras? ¡Estás loco!

Se me dificultaban mucho mis clases, en especial la de matemáticas y la de latín. Por las tardes, durante los tiempos de estudio, me exigía terminar temprano las tareas para dejarme más tiempo libre para la literatura. El Padre Benito nos daba a cada uno una copia de las obras de Julio Verne. Leí "La vuelta al mundo en 80 días". No podía soltar el libro aun después de que había sonado la campana que indicaba el toque de queda.

Más de una vez me escapé al baño después de que apagaran las luces para terminar un capítulo. Luego le siguió "Veinte mil millas de viaje submarino", y luego otra novela y otra más.

Nunca antes me había dejado llevar por un extraño viaje, incluso más extraño que el viaje desde San Ciro a San Luis Potosí. Jamás había sido testigo de semejantes hazañas heroicas de grandes hombres en tierras extrañas, ni había sido llevado hasta el mismo fondo del distante mar para encontrarme y defenderme de terroríficas criaturas que yo estaba seguro que todavía existían en esos lugares. Supe que, si llegara a tener la oportunidad, en un futuro yo también me encontraría con tales criaturas y yo también las derrotaría. Llegué a creer que la vida misma debía ser una lucha continua para llevar a cabo esas grandes hazañas.

El Padre Benito estaba sentado en su escritorio supervisando la clase y echando ocasionalmente una ojeada a sus notas.

Uno debe buscar siempre la belleza, mis jóvenes, y triunfar sobre la obscuridad con la luz de la belleza. ¿Pero qué es la belleza? Es cierto que es difícil de describir. Sin embargo, por siglos las grandes mentes han intentado definirla. La belleza es la verdad. Es la integridad. Es la totalidad, es ver la totalidad de la existencia.— El sacerdote formó una copa con sus manos y rodeó sus ojos con las palmas de sus manos limitando así el campo de visión.

—Algunas personas sólo ven lo que tienen frente a los ojos. Su visión está limitada por el estrecho mundo de lo que es. La belleza es una visión de la totalidad, no sólo de lo que es, sino de lo que debe ser. Debemos ver y esforzarnos por lo que debe ser. Al hacerlo nos encontramos con el Eterno. Encontramos la cara de Cristo estampada en toda la creación. Encontramos a Dios. Son los artistas—los pintores, los escultores, los escritores y los músicos— quienes nos muestran el camino y, cuando logran capturar la Integridad, la Totalidad y la Belleza, ellos nos muestran a la Divinidad. Cuando soñamos, cuando visualizamos un bien mayor y luchamos para alcanzar tal visión, es cuando cambiamos el mundo y, al cambiar el mundo, tocamos la Eternidad.

Escuché las maravillosas palabras del sacerdote. Mi corazón se llenó de inspiración. Me sentí transformado. Decidí que pasaría mi vida buscando alcanzar la Belleza, la Totalidad, y el Deber Ser. Nunca más permitiría que se me atraiga hacia la estrecha entrada de la cenagosa laguna mientras perseguía al globo. Ni la mezquindad, la ira, lujuria, envidia o avaricia, ninguno de los siete pecados capitales me gobernarían. Tenía la confianza de que podría ver la Totalidad y acoger la Belleza donde fuera que me la encontrara.

A comienzos de nuestro segundo año, en una tarde otoñal inusualmente calurosa, Kiko y yo estábamos solos en el taller de carpintería. Kiko había aceptado ayudarme a terminar una carretilla. Después de un rato volví a escuchar los suaves arañazos desde atrás de la pintura.

—¿Qué es eso?— preguntó Kiko. Permanecí un momento sentado en silencio, luchando contra la idea de escapar. Entonces escuché de nuevo el apagado arañazo en el panel de madera. La voz de una muchacha susurró a través del marco de la pintura.

—¿Quién está ahí?— Miré a Kiko, quien me veía con los ojos en blanco. Me acerqué al cuadro de la pintura y lo levanté de su clavo. —¡Hola, joven! Lo recuerdo.— La más joven de las dos muchachas apareció sola en el hueco, sonriendo como la vez anterior. —Déjame ver... Ya sé.. Camotito, ¿si?— Se río de su propia astucia. —Yo soy Chonita. ¿Me recuerdas?— Su bellos ojos miraron por encima de mi hombro. —¿Y quién es ese atrás de ti?— Kiko nos miraba fijamente, con la cara congelada. Él se paró, empacó su martillo y escuadra en la mochila que tenía a su lado, y salió corriendo del taller.

—Sí. Te recuerdo,— Le dije con voz baja. La muchacha tenía que ser al menos dos años mayor que yo. Por alguna extraña razón, esto me hizo relajarme un poco.

—¡Estás muy guapo, joven!— En toda mi vida nadie me había dicho que yo era guapo. —Ven para acá— La muchacha se estiró hacia mí. Di un paso. —Está bien si nos estrechamos las manos. Tú sabes, como amigos. Yo estaba lleno de confusión y pánico. Me hice para atrás y tartamudeé —¡Estás tratando hacerme pecar! ¡Le voy a decir al rector que estás aquí!

—¡Estás loco!— exclamó la muchacha. ¿Acaso eres un bebé? Sólo estoy tratando de ser amigable.

—¡No! ¡Eres el diablo!— le grité mientras me alejaba de ahí y, tal como había hecho Kiko antes de mí, salí corriendo de la habitación.

Kiko no quiso volver conmigo al taller de carpintería. Le expliqué varias veces que yo no hablé con la muchacha y que le había dicho que se fuera diciéndole que era el diablo, pero Kiko se mostró inflexible. Más adelante me di cuenta de que quizás Kiko era más sabio que yo.

Cada año en enero, el pueblito celebraba la fiesta de San Ciro
de Acosta. Para el día 15 de ese mes, llegaba una procesión de
camiones destartalados que venían de Querétaro vía Arroyo
Seco, donde habían contribuido enormemente para el festejo
de Año Nuevo. El agotado convoy arrastraba camiones de
remolque y vagonetas cubiertas con lonas impermeables rotas
bajo las que traqueteaban un montón de tubos dispersos y bultos con pedazos de metal.

Los jóvenes y los niños se reunían alrededor de la plaza.
Equipos de dos a tres hombres saltaban de sus cabinas y des-
cargaban las piezas sueltas de madera y de metal, la tela y
las lonas.

—¡Yo les ayudo!— solíamos ofrecer los muchachos más
grandes, saltando de camión en camión y esperando poder
agarrar un trabajo. — ¡Señor, yo cargo eso por usted! ¿Me
recuerda del año pasado? ¿Puedo trabajar de nuevo para usted?

—Quizás después. — respondían los trabajadores, sin
siquiera voltear a vernos ni detener su rutina. Nosotros nos
quedábamos tranquilos. Sabíamos que la tarea requería más
de lo que esos hombres podían manejar en el tiempo que
tenían para cumplirla. Los más persistentes y agresivos entre
nosotros encontraríamos nuestra recompensa al obtener un
trabajo pagado. Yo corría de camión en camión, ansioso por
encontrarme una cara conocida de los años anteriores, alguien
que recordara que yo era un trabajador fornido e inteligente.

Kiko me seguía. Ya sabíamos que Toro y su larguirucha imagen iban a reaparecer recién el martes en cuanto todo estuviera listo.

Durante la mayor parte de los siguientes cuatro días, los muchachos más jóvenes se sentaban entre la maleza y los arbustos en silenciosa contemplación mientras los hombres agrupaban la desorganizada chatarra en distintos lugares. Con un entusiasmo creciente, los muchachos observaban el desfile de trabajadores que ahora nos incluían a Kiko y a mí. Los más pequeños estaban maravillados como si, por medio de una fuerza incomprensible, estos raros pedazos de metal y bandas lentamente se acercaran por sí mismos, pieza por pieza, se amarraran, se martillaran y levantaran, se fijaran con pernos y se envolvieran hasta que finalmente de cada montón emergiera un atractivo y peligroso vehículo giratorio que los extasiaba. Veían cómo los rieles que estaban desparramados y la enorme base a su izquierda se convertían en un carrusel gigantesco. Los brazos de acero, las bancas de madera y la cadena de la derecha se habían transformado en una rueda de la fortuna, casi tan alta como la torre de la iglesia. La hojalata y los barriles redondos con asientos de cuero al frente habían renacido convirtiéndose en una montaña rusa que se perseguía a sí misma.

¡El viernes por la mañana el festejo que duraría nueve días comenzó con su música, su color, sus puestos y sus juegos! Los fayuqueros llegaron ese mismo día, muy temprano, trayendo su mercancía. Ellos venían desde miles de kilómetros a la redonda trayendo productos comprados en Tampico, Querétaro o San Luis, y otros hechos por sus propias manos. Ellos también llegaron al pueblo en viejos camiones y carretas. Mientras la Sierra Madre se iluminaba con el sol de la mañana, ellos desempacaron y amontonaron, desenvolvieron y colgaron, esponjaron y sacudieron. En toda la plaza el municipio había construido puestos hechos de postes cubiertos con mantas de algodón.

Para las diez de la mañana, la plaza ya reventaba con ansiosos compradores y vendedores que pregonaban la venta de tamales y burritos, tortillas y churros, sopa y camarones, frutas y vegetales, mole y menudo, sábanas para las camas, sarapes y cobijas, ollas para cocinar los frijoles y el arroz, cazuelas para freír huevos, machetes y cuchillos, cinturones y botas, camisas y pantalones.

Para la tarde comenzó la lotería. Los hombres y mujeres mayores, los muchachos y muchachas jóvenes, familias enteras se sentaban a lo largo de las bancas y mesas que estaban bajo el limitado cobijo de los árboles de escaso follaje. Inquietas, las personas jugueteaban con los granos de maíz entre sus dedos y escuchaban con mucha atención esperando ser los primeros en cubrir por completo el cartón de la lotería: doce cuadrados, cada cuadrado con la figura de un animal o algún deseado tesoro.

—Ese que muerde con su cola... ¡el cangrejo!— gritaba la persona que cantaba la lotería entre gruñidos de decepción y expresiones de felicidad. —El que le cantó a San Pedro no le volverá a cantar... ¡El gallo!— gritaba ante cientos de jugadores que dejaban caer los granos de maíz en la imagen de un elegante gallo.

Me senté en una mesa ojeando mi cartón y viendo a mi padre caminar por la plaza, yendo de puesto en puesto en su papel de tesorero municipal y recolectando con cada comerciante la cuota del día.

Antonia apareció con una bolsa llena de maíz y dos cartones. Se sentó del otro lado de la mesa. Ella se había convertido en una joven chaparrita y alegre con la cara redonda como la luna llena y cuya amplia sonrisa te invitaba escucharla, más allá del hecho de que ella hablaba todo el tiempo. Alguna parte de ella siempre estaba en movimiento mientras describía su último encuentro con un amigo o hablaba de su recién formada opinión acerca de casi cualquier tema. Con frecuencia me maravillaba de cómo sus palabras fluían con tanta facilidad como el Río Verde durante una fuerte tormenta de invierno.

—Ayer estabas trabajando en la rueda de la fortuna. Chela y yo fuimos a ver si ya estaba lista.— Su cara se iluminó mientras pasaba de una oración a otra. —Pero sólo sabré que es segura si te veo subir a ella. — La voz de la persona que cantaba la lotería sonó desde su puesto al frente de las mesas.

—El camarón que se duerme se lo lleva la corriente... ¡El camarón!   Ya había comenzado un nuevo juego.

Toña y yo miramos nuestros cartones. Ella se inclinó hacia adelante y sus pechos parecían ofrecérseme a través del escote de su blusa. Me sentí apenado de que no había podido controlar mis ojos como el Padre Pesca había indicado que debíamos hacer. Nos había advertido con severidad: "¡*Custodia oculorum!* ¡Tienen que cuidar sus ojos!". Busqué en mi cartón la figura del camarón.

—Esa es la rueda de la fortuna más alta que he visto en mi vida. ¿Has llegado hasta arriba? Debe ser aterrador — continuó Toña.

— El que le cantó para San Pedro, no le volverá a cantar... ¡El gallo!— sonó de nuevo la voz.

—No— dije — No nos lo permitieron. Todavía estaban trabajando en ella cuando nos fuimos anoche. Pero está muy alta.

—Solo, solo te quedaste de cobija de los pobres... ¡El sol!

—Probablemente puedas ver por sobre la iglesia desde ahí.

—Estoy seguro que podrías ver mucho más allá del río.—

La voz de la persona que cantaba las cartas se atravesó en nuestra conversación.

—Si te mueres te daré… ¡La corona!— y yo dejé caer un grano en la corona.

—No creo querer subirme sola, Sixto. ¿Me llevarías más tarde?

—Seguro— le respondí, sorprendido por la ausencia de duda. Siempre me había resultado fácil hablar con Antonia.

—Pórtate bien, cuatito, si no te llevará el coloradito… ¡El diablito!—

—Y después, ¡la olla grande!— ella dijo. —¡Vuelta y vuelta! Justo como cuando éramos niños.

—Sí, ¿cómo no?— le respondí, sonriendo ante la memoria de todos nosotros acostados en la gran base del carrusel de la fiesta.

—Este mundo es una bola, y nosotros un balón… ¡El mundo!— ladró la voz.

—Ayer mi mamá estaba muy enojada conmigo. Ella piensa que debo cortarme el cabello. ¿Tú qué opinas, Sixto? A mí me gusta así de largo. ¿Qué opinas?— Incliné la cabeza y apreté mis labios. Si hubiera contestado habría tenido que decirle la verdad.

—Con los cantos de sirena, no te vayas a marear… ¡La sirena!— se oyó la voz de nuevo.

—Pienso que tu cabello es hermoso, — dije con suavidad, intentando disipar con mi mano el hormigueo que sentía por toda la cara.

—¿Sabes qué? Mi papá es un cuetero este año. Dice que los fuegos artificiales van a ser mejores que nunca. Chelo y Toro me pidieron que te dijera que te sientes con nosotros, ¿okey?

—Con placer,— dije.

El verano siguiente después de haber terminado nuestro segundo año, los tres estudiantes regresamos a San Ciro. Pasé los días ayudando a mi padre. El negocio familiar estaba creciendo. Mis tíos habían abierto una fábrica de botas y cada vez nos pedían más cueros de nuestro taller.

Un sábado a medio día después de la misa, Toro pasó por mi casa. Iba yendo a reunirse con un grupo de viejos amigos. Estaba manejando la camioneta de su papá. Kiko se rehusó a venir porque los muchachos planeaban nadar en el río y habían invitado a unas muchachas. Kiko repitió lo que el Padre Pesca había dicho sobre que salir con muchachas era como aventar un preciado vaso de vidrio al aire: "Jóvenes, recuerden que sólo se necesita de una distracción para que el vaso se rompa para siempre."

—¡Tú no sabes cómo divertirte, Kiko!— Toro le recriminó a nuestro concienzudo camarada por querer quedarse atrás.

Yo respetaba la opinión de Kiko, pero había aprendido, en al menos dos ocasiones diferentes, cómo estar con Antonia sin hacerla sentir que podíamos ser algo más que amigos. Al final, Toro y yo fuimos hasta la playa, nos cambiamos en la camioneta y bajamos por el rocoso malecón hasta la playa arenosa. Toña y Chelo ya estaban nadando con otras ocho o nueve personas. Toña nos recibió calurosamente, pero luego pasó la mayor parte del tiempo con Paco Moraga. Después de haber vadeado el río ida y vuelta por media hora, me senté en la playa poco profunda.

—Hola, Sixto, — Toña me sonrió brevemente al pasar frente a mí sin detenerse para regresar junto a Paco. No pude evitar notar lo hermosa que se veía en su traje de baño. Durante largo rato esa tarde traté de mirar fijamente solo los árboles.

Cuando estábamos por regresar al seminario para nuestro tercer año, Toro anunció que no iría con nosotros.

—Ustedes dos deberían persistir, pero yo no me puedo quedar. ¡Tú sabes, las muchachas!— Agitó las palmas de sus manos en son de disculpa y nos deseó buena suerte.

Kiko y yo viajamos con otros cuatro nuevos estudiantes que miraban con asombro a través de la ventana del tren. El padre Joaquín nos había designado, por ser estudiantes más avanzados, para actuar como chaperones. Viajamos en silencio la mayor parte del camino. Aunque éramos buenos amigos, sin Toro, Kiko y yo no teníamos mucho de qué hablar.

Acabábamos de terminar el primer partido de fútbol para comenzar el nuevo semestre. Yo todavía traía puesto mi uniforme. Estaba en el taller de carpintería trabajando duro para arreglar la misma carretilla que Kiko me había ayudar a construir el año pasado. Marco Acuña había tratado de transportar rocas en ella y había roto uno de los soportes. Aurelio Acosta también estaba en el taller haciendo marcos para pinturas. Él escuchó primero los rasguños y antes de que yo me diera cuenta ya estaba descolgando la pintura incluso. Escuché la voz de Chonita.

—¡Hola! ¿Cómo está mi pequeño?— dijo volteándome a ver.

Aurelio nunca se permitía emocionarse con nada. Nos sonrió a mí y a la muchacha sin darle mucha importancia y comenzó a hablar con ella. Yo continué trabajando, tratando de ser cortés y, al mismo tiempo, tratando de ignorar su conversación en voz baja.

Después de unos instantes, Aurelio me sorprendió al anunciar que se tenía que ir. Hizo un gesto de despedida amigable y salió de la habitación con mucha calma. Miré a Chonita y le sonreí incómodo. Su cara me recordaba al gato negro con café del seminario que se sentaba muy cómodo cerca de la puerta del comedor, con sus oscuras pupilas flotando en una espesa luz amarilla.

—Bueno, mi Camotito— comenzó la muchacha sacudiendo su cabeza hacia atrás y proyectando su voz sobre mi mesa de trabajo, —has estado jugando fútbol. Te ves guapo con ese uniforme —

—Gracias— contesté con cautela.

—¿Todavía crees que soy el diablo? ¿Ves? No me he olvidado de eso.

En mi cabeza había ensayado este momento muchas veces para que pudiera decir lo que tenía que decir.

—Pienso que eres peligrosa— le dije tan calmado como me fue posible.

—¿Y por qué soy peligrosa?

—Tú sabes— respondí.

—No. No lo sé.

Ya me sentía confundido porque no sabía si se estaba burlando de mí o si era sincera.

—Estamos estudiando para convertirnos en sacerdotes. No deberíamos estar hablando a solas con muchachas.

—¿Así que los sacerdotes no necesitan saber nada acerca de las mujeres?— Chonita cruzó los brazos frente a su pecho como si ya hubiera ganado el debate.—Ahí es donde te equivocas, muchacho. Ese es el problema con los sacerdotes. Que no saben nada acerca de la vida.

Mis pensamientos estaban confusos. Yo no quería discutir con ella, ni ofenderla. Me arrepentía de jamás haberle contado sobre ella al Padre Pesca, pero no lamentaba que ella me hubiera encontrado aquí el día de hoy. Sabía que me tenía que ir, pero quizás ella tuviera la razón. Quizás yo era demasiado escrupuloso.

El Padre Tomás nos había advertido sobre las muchachas, pero también nos había dicho que no debíamos tener miedo de vivir en el mundo exterior. Si tan sólo pudiera relajarme y hablar con ella como lo hacía con Toña... Quizás si me quedaba otro rato. Pero no, ella era diferente. Me levanté y junté mis herramientas.

—¿Así que huirás otra vez?— preguntó alegremente. — Mira, Sixto. Antes de que te vayas, ¿quieres ver algo? ¡Ven aquí!— La muchacha sonreía con picardía y me hacía señas para que me acercara al pasaje. Me colgué la mochila sobre el hombro y me dirigí primero hacia la puerta y después, con su invitación, me regresé hacia la abertura. Pensé que, sólo por esta ocasión, yo podía darle la mano e irme. Sin embargo, mientras me acercaba, los ojos de la muchacha bailaban de tal manera que el espacio entre nosotros desapareció.

Consideré regresarme a mi mesa o escabullirme a mi dormitorio, pero sabía que, si me iba, este momento con ella se terminaría. Me sorprendí al descubrir que yo no quería que eso pasara. —Estamos solos— pensé. —Nadie va a venir al taller tan tarde. ¿Qué daño hay en pasar aquí un momento más?— Mientras tomaba la decisión de quedarme, me alejé de la puerta y me acerqué a la muchacha. Sentí cómo mi corazón latía más rápido y el impulso de entrar en el aura de sus ojos cada vez era más fuerte.

Ella continuó sonriendo. Di un paso más. Mi estómago se contraía y, con el agitado fluir de mi sangre, ya no me resistí más ante el deseo de acercarme a ella. Dejé caer la mochila en el piso mientras ella se estiraba para alcanzarme y tomar mis manos con suavidad para ponerlas en las de ella.

—¿Ves?— me dijo apretando sus labios con satisfacción,— sólo somos amigos. Ahora dame un abrazo amistoso, ¿eh?— Dudé, pero luego me acerqué más al pasaje. La dejé que pusiera mi brazo derecho alrededor de su cintura. Entonces Chonita se inclinó hacia mí y habló con un susurro casual. — Mira, Camotito, ¿te gustaría sentir algo más?

Ella ladeó su cabeza y de nuevo apretó sus labios, en espera de una respuesta. Me quedé inmóvil, absorbiendo sus palabras y curioso de conocer sus intenciones. No hice nada para escapar del temblor frío que sentía en mis entrañas y del caliente latido que había debajo de ellas.

—Sí, ¿cómo no?— dije simplemente. La muchacha llevó mi mano izquierda hasta sus pechos. Hizo que mis dedos formaran una copa y, dándome suaves instrucciones, presionó mi palma arqueada sobre la suavidad y tibieza debajo de su blusa.

—Me gusta. ¿Y a ti?

—Sí— contesté, volteando hacia abajo para mirar sus inquebrantables ojos y sintiendo que estaba al borde de un mundo que ella ya habitaba, un mundo de un conocimiento especial, de poder y de una peligrosa pero triunfante felicidad. Ahora mis labios estaban muy cerca de los suyos. Por un momento pensé en besarla, pero entonces ella se volteó.

—¿Quieres ver?— preguntó. Yo dudé, paralizado en una maraña de deseo y terror. El taller tras de mí había desaparecido por completo. Ya no pensaba ni en el patio, ni en el salón o en la catedral. Me quedé quieto, inmerso en ese momento, a la expectativa, deseoso. — ¿Quieres?

—Sí, ¿cómo no?

Mi voz, aunque apenas audible, llenó el espacio entre nosotros. La muchacha alzó los ojos hacia el techo y volteó su cabeza para suavemente liberar mi mano y mi brazo y alejarlas de ella. Entonces, con un rápido movimiento de sus dedos, jaló el cordón de su blusa. Con un hábil segundo movimiento sostuvo sus pechos desnudos con las manos y los levantó hacia mí.

—Ahí está, Sixto— ella dijo— ¡ahora ya sabes algo acerca de las mujeres!— Por un breve momento me quedé mirando fijamente la belleza de la muchacha, con los pezones levantados y su suaves orbes de miel.

—¡Chonita!— brotó una voz desde un rincón de la cocina.

—¡Mi mamá!— dijo ella, quedándose sin aliento, amarrando su blusa y volteándose hacia la pared opuesta a la dirección de dónde provenía la voz. —¡Ahorita vengo!— le contestó sobre su hombro. —Adiós, Sixto— susurró y luego cerró la puerta del panel y desapareció.

Me quedé por un largo rato viendo fijamente la división de color crema. Al final levanté la pintura y la colgué sobre el pasaje. Caminé hacia la puerta y salí al pasillo. Mi corazón había dejado de golpetear. Ya habían desaparecido el escalofrío dentro de mí y el cálido y se había calmado el fuerte fluir de mi sangre.

En los días siguientes, al pensar en Chonita, no experimenté ni culpa ni remordimiento por los breves momentos que pasé con ella. Aun así, después de ese día ya no volví al taller de carpintería. Nunca la volví a ver, ni nunca volví a sentir la misma confianza de que algún día yo me convertiría en un sacerdote como el Padre Joaquín.

A mediados de nuestro tercer año regresamos de nuevo a casa para las vacaciones de Navidad. Como siempre, Kiko y yo ayudamos en la parroquia. Ayudamos a poner los estandartes y las piñatas en el auditorio. Pusimos las mesas y las bancas y colgamos las decoraciones.

Un sábado por la mañana, después de la misa, entré al comedor para desayunar. La madre del Padre Joaquín y su hermana menor estaban de visita desde Rioverde. La muchacha, Verónica, tenía mi edad. Ya la había visto antes, pero no habíamos hablado más que tres veces. Ella era muy amigable y muy hermosa, con rasgos esculpidos como los de una reina Azteca.

—¿Has estado practicando piano, Sixto?— preguntó el Padre Joaquín mientras la sirvienta y su madre se levantaron para recoger los platos.

—Un poquito, Padre— le respondí.

—Verónica toca muy bien. ¡Ven! Ella nos puede entretener.

Seguí al sacerdote, su madre y su hermana hasta la sala de estar. Las lámparas, muebles, estantes, libros y cuadros me habían hecho sentir muy cómodo desde mis días como un joven acólito. Me senté y escuché en silencio mientras la joven tocaba canciones navideñas, incluyendo "A la Nanita Nana", mi favorita. Después de un momento, la sirvienta llamó al Padre Joaquín, y él demoró media hora en regresar.

—¿Quisieras aprender alguna?— preguntó Verónica. Su madre me sonrió y asintió en consentimiento.

—La primera— dije.

Me senté junto a ella en el piano y observé cómo sus manos acariciaban las teclas, extrayendo de ellas la melancólica canción de cuna. Sus dedos eran tan frágiles y suaves como las delicadas esculturas de santos que había cerca del altar principal de la iglesia. Ella tomó mis manos y las guió en el teclado mientras yo luchaba por aprender los patrones, pero no había practicado lo suficiente como para tocar los acordes y la melodía al mismo tiempo como ella lo hacía.

A pesar de mi torpeza, su gentil calidez me alentaba a continuar. Mis dedos seguían la guía de su roce. "A la nanita nada, nanita ella, nanita ella.", cantaba ella con suavidad, y empecé a cantar con ella. Entonces levanté las manos para escuchar y observar. Ella tocaba con una elegancia incluso más directa y poderosa que la vasta extensión del santuario en San Luis, más hermosa que la canción y el ritual de una posada de media noche, más eterna que el moteado cielo sobre San Ciro. "Mi Jesús tiene sueño, bendito sea, bendito sea."

Mientras nuestras voces se entremezclaban, me levanté de la silla y me paré atrás de Verónica y, con sentimientos de bienestar y valentía que, hasta ese momento, jamás había conocido, puse mis manos en sus hombros y canté las palabras. Canté, como diría el Padre Benito, sin miedo y estremecimiento.

Ese momento cayó sobre mí como los últimos golpes del palo contra una oscilante piñata. Mis emociones liberaron un manantial de preguntas y dudas sobre el camino de mi vida. Por primera vez me di cuenta de que quizás después de todo yo no cambiaría los muy reales misterios de una mujer como Verónica por los prometidos misterios del Santuario de Guadalupe.

En cuanto terminaron las festividades navideñas, otra vez comenzamos con los preparativos de la fiesta de San Ciro. La celebración, con su carnaval y bailes, desfiles y rodeos continuaron durante nueve días.

Por las mañanas los jinetes, algunos de ellos agitando sus lazos para alistarse para la competencia venidera, caminaban en fila por la plaza en su camino a la charreada. Los golpes de cascos contra el pavimento opacaban las voces de los niños que jugaban y el sonido de las trompetas y tambores de una banda lejana. En medio del bullicio, yo deambulaba entre la multitud revisitando en mi mente la calidez del cuerpo de Verónica junto a mí tocando el piano. No podía silenciar las preguntas y dudas que ella había hecho brotar en mí.

Sabía que debía tomar la decisión de regresar. ¿Cómo podía abandonar el regalo que se me había dado? Era imposible pensar que yo no regresaría, pero, a diferencia de años previos, el pensamiento de regresar no me hacía feliz. Cada vez más, estaba batallando con la decisión. Cada vez más había estado pensando sobre cómo sería mi vida si decidiera no convertirme en un sacerdote.

Por la tarde, bajo un hilo de colgantes y tenues bombillas, me quedé de lado observando a las parejas bailar y descansar entre canciones para reírse y platicar, abrazarse y besarse.

Pera se acercó. Ella era otra amiga de mi infancia que se estaba convirtiendo en una joven mujer. Sus ojos de color ámbar se encontraron con los míos. Nunca antes había notado que usaba lápiz labial.

—Sixto, ¡voy a concursar para reina! ¿Comprarías un boleto?

—Por supuesto— contesté sacando veinte centavos de mi bolsillo.

—¡Gracias! ¡Te amo!— dijo riéndose. Sin previo aviso, se levantó y me besó en los labios, rozándome al retirarse. Sobresaltado me volteé para verla moverse alegremente por la plaza, sintiendo en mi boca un cosquilleo y una extraña dulzura. Esperanza Estrada, a quien había conocido durante toda mi vida me había dado mi primer beso, mi primer beso verdadero por parte de una muchacha, de una muchacha de mi edad.

Me volteé para observar a las parejas bailar, saboreando la esencia del baño de vapor y el perfume que, por un breve momento me había envuelto y al mismo tiempo había hecho desaparecer todo el polvo y el ruido que me rodeaba. Permanecí en silencio con mi corazón latiendo demasiado rápido.

El Padre Joaquín nunca se olvidó de advertirnos cuando llegábamos para las vacaciones de Navidad: "Cuando vean a una chica guapa no piensen en ella. Las chicas guapas no son para ustedes. Deben cuidar sus ojos para cuidar su vocación. Deben ser especialmente cuidadosos de las muchachas que siempre quieren limpiar las pelusas de su ropa. Son esas muchachas amistosas que pellizcan tu suéter para quitarte una pelusa o un hilo y bien pronto te tomarán del brazo y querrán salir a dar un paseo contigo…"

Conforme el polvo y el ruido de la fiesta reaparecieron gradualmente, me encontré preguntándome: ¿Por qué tengo que sentirme siempre como si fuera un forastero? ¿Por qué tengo que ser el que es diferente? Quizás, en realidad, yo no era diferente. Quizás no había pensado lo suficiente sobre lo que estaba haciendo y por qué.

De nuevo deambulé entre la multitud. Decidí hacer de cuenta que no regresaría al seminario, sólo para ver que se sentiría ser independiente, libre de hacer lo que me plazca, bailar con Verónica o Pera o Toña, pero el experimento no cambió nada en absoluto. En realidad no podía bailar con ellas, ni tocarlas o besarlas.

Me alejé de la multitud. Caminé más allá del zócalo donde se había acomodado la banda. Dos de mis tíos estaban en el conjunto con sus instrumentos listos. En una esquina de la plaza subí apesadumbrado los escalones de piedra y jalé el anillo de acero de la pesada puerta de madera de la iglesia. El oscuro interior, con sus ahumadas paredes de piedra y sus colgantes tapices, guardaba el olor del tiempo pasado. Me forcé a avanzar hacia el pasillo, abrazando mi corazón como para protegerlo y aliviarlo de su onerosa carga. Me encontraba solo en el gran espacio del ábside. Todo estaba en silencio. Todo estaba inmóvil excepto las oscilantes velas. Me arrodillé en un banco al frente y cubrí mis ojos con las palmas de mis manos.

—Dios mío, — recé, — ¿qué debo hacer? ¿qué debo ser?

Las emociones del día se desbordaban. Empecé a sollozar sin control. A través de mis lágrimas me vi a mí mismo de nuevo como un niño, persiguiendo el globo en la pantanosa laguna. Mi ferviente mente se posó en la imagen del Padre Benito y recordé sus historias sobre los grandes monstruos de los libros de literatura.

"La vida de un sacerdote consiste en sobreponerse a los monstruos que nos asustan a todos, aunque este trabajo no es sólo para los sacerdotes. Es para el grande y el pequeño, para los visionarios y los líderes, los buscadores, los artistas y los poetas. ¡Ellos nos deben enseñar a ver más allá de lo que es, para descubrir lo que Debe Ser!" Las palabras del sacerdote rebotaban en mi cabeza. "Debemos buscar la Belleza, mis jóvenes, y vencer a la Oscuridad con la belleza de la luz; la Belleza es la Verdad. Es la Integridad. Es la Totalidad. Algunos sólo ven lo que está frente a ellos, lo que es. La Belleza es una visión de lo que Deber Ser, de la Totalidad. ¡Cuando soñamos, cuando nos imaginamos un bien mayor y luchamos por alcanzar esa visión, cambiamos el mundo, y al cambiar el mundo, tocamos la Eternidad!"

Aun si no me convierto en sacerdote, me dije que no abandonaría esa búsqueda de mi alma. Gotas de sudor cubrían mi frente. Mis hombros todavía se mecían de la emoción. Finalmente, me limpié las lágrimas. Permanecí sentado en el banco, mirando fijamente los retablos con sus pilares decorativos que encuadraban al Cristo crucificado. La herencia de España me rodeaba: el domo sobre mi cabeza, los antiguos retratos de los oscuros y ensangrentados santos que colgaban de las paredes labradas. La imagen del Padre Bartolomé, nuestro maestro de historia, me vino a la mente.

"Por trecientos años, los españoles explotaron a México y, luego, otros europeos hicieron lo mismo; por último, también lo hicieron los americanos. Durante los últimos cincuenta años nosotros nos hemos explotado los unos a los otros. Pareciera que no conocemos otra forma de vida."

La imagen del sacerdote se desvaneció, pero la pregunta permaneció. ¿Qué había quedado para mi generación? Como sacerdote, la mesa estaba servida para mí. Pensaba que conocía todo lo que había que saber sobre la vida que llevaba el Padre Joaquín. Sin embargo, ¿cómo encontraría mi camino viviendo en el mundo como una persona común y corriente, con la libertad de seguir mi camino a donde fuera que este me llevara? ¿Sería que iba a engendrar una nueva revolución como lo hicieron Zapata o Villa, en un país que todavía se tambaleaba por haber sido diezmado por varios siglos? Con mi temperamento, mi pasión y mi sed de justicia, ¿me encontraría yo con el tipo de monstruos que habían masacrado a mi abuelo? ¿Los podría vencer por completo como había vencido al bravucón de San Ciro, Popo García?

Volví a analizar la decisión en cuestión. Si abandonaba, mi mamá y mis abuelitos llorarían. El Padre Joaquín diría: "Has llegado tan lejos. No des marcha atrás." Me preguntaba a mí mismo: ¿Es solo el temor de decírselo a mis padres y al Padre Joaquín lo que me incita a continuar con mis estudios?

Esa noche me quedé acostado en mi catre con una incesante lucha dentro de mi cabeza y mi corazón. Para mi familia y amigos de la infancia yo me había convertido en un joven serio y callado. Durante tres años había estado luchando contra el fuego en mi estómago que sabía que explotaba cuando me provocaban. Bajo la tutela de Fray Díaz y los demás sacerdotes, yo había aprendido sobre la reflexión y la adaptación. Había aprendido a evitar las confrontaciones y alegatos que inevitablemente me llevaban a que mi temperamento estallara. A pesar de eso, me preguntaba qué sería de mí sin la calmante presencia de los sacerdotes como guía. ¿En qué me convertiría sin el seminario para contenerme con la fluidez de su vida diaria de oración, estudio y trabajo? La gente en San Ciro sabía que yo había querido convertirme en sacerdote.

—Señora Torres, usted debe estar muy orgullosa— le decían a mi mamá cuando se la encontraban en la calle.

Estaba muy agradecido por todo lo que había aprendido del Padre Joaquín, pero, más allá de la apariencia superficial de mi vida, había una creciente urgencia y pasión que me estaba llevando, no a cuestionar el pasado, sino a cuestionar cuan fiel podría mantenerme para llevar la vida de un sacerdote. Mi enojo siempre me había acompañado, pero este segundo fuego tan fuerte, o incluso más fuerte que ese primero, había invadido mis entrañas. Este enredado pulso de pasión y deseo se agitaba sin descanso y, aun como sacerdote, permanecería ahí hasta el día de mi muerte.

Después de muchas noches de insomnio, por fin pude reconocer y aceptar lo que mi corazón me estaba diciendo. Tenía que decirles la verdad a mis padres y al Padre. Ellos deberían aceptarla. La verdad era que no podía continuar. Quería algo diferente para mi vida. No iba a seguir los pasos del Padre Joaquín. Yo no era el Padre Joaquín. ¡Que Dios me perdone! ¡Yo no quería ser como el Padre Joaquín!

Me desperté sabiendo que tendría que hablar. Estaba asustado aunque, al mismo tiempo, sentía paz interior, porque sabía que una vez que hubiera revelado mi decisión, mi vida cambiaría para siempre. Esa carga iba a desaparecer.

Al salir de la casa me di cuenta que mis ojos y mi mente estaban recreando mágicamente mi pueblito. Cada árbol, cada edificio, cada centímetro del camino de piedra aparecían en mi mente como algo nuevo y fresco, como si estuviera viéndolos por primera vez, como si de nuevo estuviera haciendo ese primer viaje en tren hacia San Luis Potosí. Las hojas de los árboles brillaban intensamente. Hasta los perros que ladraban mientras pasaba frente a ellos me llenaba de felicidad y emoción de estar vivo y de dirigirme hacia un futuro desconocido. Ahora mi mundo contenía infinitas posibilidades. Mi vida ya no seguía un rumbo fijo.

Por la tarde permanecí junto con la multitud para ver los fuegos artificiales. Kiko pasó con sus padres.

—¿Cuándo va a regresar Toro de la capital?— preguntó Kiko. —Sería bueno verlo antes de que volvamos... o quizás él pase por la escuela a visitarnos.

—¿Quién sabe?— respondí.

Me sentí incómodo y miré hacia adelante. Kiko y su familia siguieron su camino mientras el sonido de una pequeña orquesta con su trompeta, sus guitarras y su acordeón, sonaba a través de los árboles y por encima del ruido de la abarrotada plaza. El estallido de los fuegos artificiales que salían disparados hacia el cielo sonó por sobre la música. Entonces escuché la alegre inflexión de la voz de Toña.

—¿Te gustan los cuetes?— dijo señalando la luz púrpura y rosada que descendía sobre nosotros. Ella estaba cargando sus zapatos. —No debería haber usado estos tacones. Me están matando.

Los "Ah" de los ciudadanos señalaron otro estallido más de luces multicolores que iluminaban la noche.

La sonrisa de Toña agraciaba su cara en forma de luna.

—¿Cómo has estado, Camotito? Casi no he tenido oportunidad de saludarte en estas seis semanas. ¿Qué es lo que te mantiene ocupado? El Padre Joaquín te ha tenido trabajando día y noche. ¿No es verdad?

—Mi papá ha necesitado de mi ayuda. Es un tiempo muy ajetreado para él y mis tíos.

—¿Qué? Se supone que estás de vacaciones. ¿Y cuándo regresas a tu seminario, a tu vida de monje?— Ella estaba acostumbrada a molestarme hasta que yo también sonriera. No le contesté de inmediato y después me di cuenta que tenía que decir algo o arriesgarme a develar mi secreto.

—Una semana más.

Toña sintió mi vacilación y me vio con sospecha.

—¿Entonces sí vas a regresar?

—Ese es el plan.

Ella encogió los hombros y asintió.

—Estoy segura que es un buen plan y que vas a ser feliz con la carrera que escogiste. Cuídate, Sixto.— Y con eso se estiró y me dio un rápido beso en la mejilla.

—Nos vemos.

Se metió entre la multitud.

Me daba lástima no haberles dicho a Kiko y a Toña, pero sentía que ellos no debían ser los primeros en saber. Finalmente, esa noche más tarde, se los dije a mis padres cuando el resto de la familia ya estaba en la cama.

—No voy a regresar.

—¡Ay, Dios mío!— dijo mi mamá.

—¿Estás seguro, Sixto?— preguntó mi papá.

—Sí, papi, estoy seguro.

—¿Pero por qué? Creíamos que eras feliz allá, — los ojos de mi madre ya se estaban empezando a llenar de lágrimas.

—No lo sé. Sólo sé que no puedo regresar. Lo siento.

Permanecieron juntos sentados por un momento sin decir nada.

—¿Ya le dijiste al sacerdote?— preguntó mi papá.

—Todavía no.

A la mañana siguiente todos en la casa estaban molestos. Mi mamá se sentó en su cuarto a llorar en silencio todo el día. Mi papá se quedó en la tenería trabajando en silencio con los niños más chicos. Yo deambulaba dentro y fuera de la casa, suspendido entre la culpa y la excitación. Había abandonado el regalo. No sabía cómo podía despreciarlo después de haber sido tan bendecido, no obstante, en el acto mismo de dar marcha atrás, una cierta excitación me elevaba más allá del momento doloroso, incluso del dolor que mi mamá estaba sintiendo. Caminé hasta la rectoría para hablar con el Padre Joaquín. Ya no lo podía posponer más.

—Pero, joven, — dijo el Padre con un tono exasperado, —
usted ha llegado tan lejos… tiene tanto para dar…

Traté de escucharlo pero mi mente divagaba.

—Lo siento… Lo siento mucho, Padre.

Esa tarde, de regreso en la plaza, busqué a Kiko o a Toña.
Mi sentido de alivio y entusiasmo me empujaron a compartir
la noticia con toda confianza. Había parejas tomadas de las
manos en las bancas, susurrando y abrazándose. Mis tíos y su
conjunto de instrumentos de viento tocaban en una esquina
lejana. Un grupo de adolescentes se había reunido en frente
de la iglesia. Como siempre durante la fiesta, ahí se había clavado muy profundo en la tierra un grueso tronco de encina. Se
elevaba a cuatro metros por encima de la fría brisa de enero.

—¡Veinticinco centavos!— ladraba Felipe Gómez, el jar-
dinero y manitas de la parroquia.

En su mano sostenía una delgada vara con un brillante
trapo atado en un extremo. Sumergía el trapo en una cubeta
que estaba cerca del camino llena con manteca de cerdo y la
untaba en todo el poste pulido, tan alto como pudiera alcanzar.

—¡Veinticinco centavos para tener la oportunidad de llevarse a casa un peso de plata!— Terminó de untar y dejó el
trapo en el piso para luego agarrar otro palo más delgado que
entraba en una pequeña copa por uno de sus extremos. Mostró
un peso de plata a todo el círculo de espectadores.

—¡Veinticinco centavos por trepar hasta arriba! ¡Es muy fácil! ¡Llévate a casa el peso de plata!

Me uní al círculo entre Eliseo y el Flaco. De inmediato ellos me dieron la bienvenida, riéndose y dándose de empujones hacia el poste. El Flaco se sacó su playera, exponiendo su huesudo pecho de adolescente. Felipe levantó la copa hasta lo más alto del poste y dejó caer la pieza de plata sobre la superficie plana que había arriba de todo.

—¡Ve y tráelo, Flaco!— El joven se acercó al liso y resbaloso poste. Lo abrazó entre gritos de aliento.

—¡Agárrate bien! ¡Más fuerte! ¡Trepa!— el Flaco gruñía y pateaba, pero muy pronto cayó, cubierto de sudor y manteca de cerdo.

—¡Otra!— gritó Felipe. David Barajas entró al anillo de espectadores, luchó momentáneamente para intentar llegar hasta arriba, pero no logró avanzar mucho más.

—¡Otra!— gritó Felipe. En un arranque de euforia me arranqué la camisa y me quité los zapatos. Unas manos entusiastas me aventaron hacia adelante.

—¡Sixto! ¡Sixto!— cantaban y aplaudían. —¡Sixto! ¡Sixto! ¡Agárralo, Sixto!—

Me aferré al palo y presioné mi fornido pecho contra él. Trepé con lentitud, rodeándolo con mis piernas y forzando a mis pies desnudos a lo largo de la redondeada superficie. Ya me encontraba a un metro del suelo y estaba progresando. Llegué hasta el metro veinte, más alto de lo que los demás habían llegado.

—¡Sixto! ¡Sixto!— el cántico continuaba.

Al metro y medio ya no me pude sostener más y me abalancé para tomar la moneda. Le di una manotada al lado rasposo del extremo superior del poste, pero mis dedos no dieron en el blanco porque no alcancé a sujetarme y me caí hacia atrás. Me quedé tirado en el piso, exhausto y mugroso. El círculo de voces volvió a hacer erupción.

—¡Popo! ¡Popo!—

Me levanté a tiempo para ver cómo Popo García comenzaba el laborioso ascenso. La multitud vitoreaba mientras escalaba hacia arriba, alcanzando el metro veinte en cuestión de segundos. Desée haber esperado. Popo tenía una mejor oportunidad ahora que el poste estaba ya casi limpio de la manteca de cerdo. Sus fuertes músculos y su fornido pecho se batían contra la madera. Se detuvo para recuperar sus fuerzas.

—¡Popo! ¡Popo!— la multitud lo animaba a seguir.

En un repentino empujón ganó otros treinta centímetros. Dudó de nuevo, con la cara muy tensa, la mandíbula apretada y los ojos entrecerrados. Casi a los dos metros miró hacia arriba, clavó la mirada y aventó su brazo sobre el borde superior del poste. Como la lengua de una serpiente, sus dedos jalaron la moneda y la agarró con fuerza mientras se caía al piso en una explosión de vítores y risas.

—¡El palo encebado!— gritó Felipe mientras la multitud se dispersaba.

—Regresen en una hora. Vuelvan a intentar trepar el palo encebado. ¡Dentro de una hora!

Caminé hacia la Lotería, donde Toña estaba sentada sosteniendo sus trozos de maíz. Vio cómo me acercaba.

—Hablé con el Padre Joaquín. No voy a volver.— le dije.

—Lo sé—me respondió con una sonrisa amable y consoladora.

CAPITULO TRES

Por supuesto que no regresé al seminario. Durante un mes trabajé en la tenería de mi padre, pero mi corazón no estaba en
ello. Mi mente estaba llena del vasto mundo que había descubierto durante mis estudios, más allá de San Ciro. Mis padres
sabían que me encontraba inquieto.

—Si no eres feliz aquí, m'ijo, quizás es mejor que te vayas
para la Ciudad de México y te quedes con tu tía Chita y tu
tío Mayolino. — Mi mamá sonrió con suavidad, con sus ojos
llenos de amor y de resignación.

—Los llamamos anoche— dijo mi padre, —y están felices
de recibirte. Tu tío piensa que puede encontrarte algún trabajo
y que puedes terminar tus estudios.

—Gracias— les dije con tristeza.

Chita me recogió en la estación de trenes de la capital. Ella
tenía casi treinta años. Era la más joven y hermosa de mis tías,
y siempre había sido mi tía favorita.

—¡Bienvenido, sobrino!— me llamó desde la plataforma
mientras me bajaba del tren. Me abrazó con cariño. — ¡Ahora
vas a conocer la ciudad más bella del mundo!

Como lo había prometido, mi tío Mayolino me encontró
un trabajo de mudanza de muebles. Cada noche regresaba

del trabajo en camión y subía los dieciséis escalones de mármol hasta su departamento. La pareja no tenía hijos. Estaban felices de tenerme ahí, de apoyarme y de compartir sus vidas conmigo.

—¿Y a dónde llevarás las camas y sillones hoy, mi sobrino?— me preguntó Chita, cuando salí para el trabajo esa mañana. —No dejes que ese tipo Macías se aproveche de ti, solo porque tú puedes cargar el doble que él.— y también agregó — Ten cuidado con tu espalda. No vale la pena matarse por ningún trabajo.

—No hay mejor manera de aprender quién es quién y dónde están las cosas que haciendo mudanzas, joven,— declaró mi tío mientras detenía a su pequeño terrier negro. —Al hacer mudanzas puedes ver toda la ciudad. Conoces todo lo que hay que conocer. ¡Quién le está haciendo qué a quién! Quién va para arriba y quién va para abajo.— Mi tío Mayolino se reía más fuerte que todos los demás de sus propias bromas. —Siéntate. La cena estará lista como en media hora. Toma, aquí tienes una cerveza…—

Esa fue mi rutina vespertina durante tres años y mi tío tenía razón en todo. Ahora conocía cada calle de la Ciudad de México y todos los rincones de cada una de las colonias, así como a la mayoría de los residentes más importantes. ¿Quién sabe lo que podría resultar a partir de esa educación?

Una tarde, cerca de la parte más alta de la escalera, vi que Chita no era ella misma. Sus oscuros ojos estaban enrojecidos y su suave piel se veía resquebrajada de tanto llorar. La pareja me guió en silencio al interior del departamento. Fuera cual fuera el problema, pensé, mi tía había dejado de llorar justo antes de que yo llegara. Sentí que ella puso toda su atención en mí. Con cada paso hacia el interior de la sala, yo sentía cómo ella reunía fuerzas y se controlaba más. Cuando al fin habló, fue con frases cortas y firmes.

—¡Siéntate, Sixto! Te tenemos malas noticias. Debemos partir de inmediato para San Ciro. Tu padre está muy enfermo... una infección... Está muriendo. Dicen... que no se puede hacer nada.

En pocas horas, Chita y yo ya habíamos abordado el autobús para Ciudad Valles y luego el tren. Me recargué contra la ventana de nuestro camarote mientras el tren nocturno rodaba a través de la oscuridad hacia Tamasopo y Cárdenas, y luego hasta Rioverde. Chita estaba sentada a mi lado. Yo agradecía tenerla ahí conmigo, pero no tenía ganas de hablar. Durante la larga noche luché con lo sombrías e irrefutables que sonaron sus palabras. Ella había dicho todo lo que tenía para decir: todo lo que sabía.

—Se está muriendo. No se puede hacer nada.

Esas palabras me asediaban sin parar. ¡Esto es una locura... es muy loco! Mi papá no se está muriendo... Mi papá es fuerte... el más fuerte... Eso era lo que todos sus amigos siempre decían... Tu papá es el más alto, el más guapo, ¿ves?... es lo más fuerte... Es más fuerte que cualquier otro hombre de San Ciro. Puede levantar el cuero empapado de un animal completo, ¡sobre su cabeza! Es capaz de levantar diecisiete cueros secos al mismo tiempo. ¿Quién más puede hacer eso? Tu papá es un buen hombre, Sixto... Tu papá ha sido elegido como delegado de los ejidos, Sixto. Nadie más podría haber organizado los ejidos. ¡Deberías estar orgulloso, joven!

Recuerdo a los ancianos llegando en el árido anochecer.

—Fili, amigo, mira hombre... Sabes que no hemos tenido lluvia este año... ¿Nos podrás regalar algo de maíz?

—Sí, Rigoberto. ¿Cómo no? Sixto, lleva a nuestro amigo a la bodega y dale un saco de maíz...—

—Fili, mira cómo nos tratan. El ejido no tiene un lugar de reunión… Nos metieron en este pequeño salón de escuela como si fuéramos insignificantes…

—Señores, quiero que escuchen esta idea y quiero que crean en ella. Nosotros podemos construir nuestro propio centro ejidal… Cada uno de ustedes debe comprometerse a contribuir con algo… dinero y horas de trabajo voluntario…

—Tu papá, Sixto, organizó todo, ¿ves? Guardaba el dinero en una lata de café. Tienes que estar orgulloso, ¿ves? Ese edificio existe gracias a él.

Cuando llegamos a la casa, mi mamá y mis tíos estaban reunidos con mis hermanos y hermanas pequeños. Me recibieron en silencio, con gestos de cabeza silenciosos y distraídos. Mi mamá me abrazó sin decir nada y luego se sentó apática y alicaída. Mis tíos, agitados, hablaban con tensos susurros.

—¡El doctor no hizo nada!— Alex, el hermano menor de mi padre, estaba parado entre donde estaban ellos y la puerta cerrada de la habitación de mi papá. —Durante dos días no hizo nada. ¡Nada! Imagínense, una espina en el pie y ¡no hizo nada! ¡Debería haber ido por la medicina! ¡No hizo nada!— Mi tío gesticulaba con la mano dirigiéndose a Chita y caminaba preocupado, furioso e incrédulo. —Recién ahora decidió ir, pero todos sabemos que ya es muy tarde. ¡El veneno ya surtió efecto!

Chita se me acercó.

—Tu padre sabe que estás aquí.

En silencio seguí a mi madre hasta la habitación de Papi mientras mi tía y los demás esperaban afuera. El sol de la mañana trajo su calidez y su luz a la estrecha habitación. Las manos de mi padre, enormes y agrietadas, yacían sobre la cobija. Todavía estaban oscuras por el barniz color borgoña de las tinas y del tinte. Sus ojos estaban entrecerrados. Mamá se acercó con tristeza hacia la cama. Al escuchar mis pasos, mi padre abrió sus ojos completamente y se me quedó mirando fijando toda su atención, mientras se enderezaba trabajosamente para tratar de llegar hasta mí.

—Fili,—murmuró mi mamá,— no te muevas demasiado.— y puso una silla para mí. Me incliné para besar la frente de mi papá mientras sus familiares brazos me abrazaban con una fuerza inesperada. Me costó trabajo hablar.

—Te amo, papi— susurré.

—Sixto, ¡qué bueno te has vuelto! Te he estado esperando.— La voz de mi padre sonaba forzada y apagada. Mamá lloraba. Mi padre aferró mi mano con fuerza como para asegurarse de que no me fuera. —Sixto— me dijo con fervor, —tú eres el mayor, Sixto. Necesito que ayudes a tu mamá mientras los demás crecen. Tienes que hacerte cargo de tus hermanos y hermanas.

Miré fijamente a sus ojos, buscando las palabras que pudieran tranquilizarlo. Yo titubeé.

—Sí, papi— susurré.

—¡No! ¡No!— La voz de mi padre, ahora con su familiar fuerza, sonó con urgencia. Soltó mi mano y me agarró de la chamarra.—¡No! ¡Prométemelo! Este dolor no es nada para mí. ¡Pero prométeme esto! ¡Prométeme que te vas a quedar con ellos hasta que aprendan a trabajar! Sus palabras estallaron desde lo más profundo de su garganta. Su gran pecho se sacudió en un acceso de tos bajo las cobijas. Sin embargo volvió a repetir, —¡Prométemelo! ¡Prométemelo!

Volvía a tomar su mano y me sorprendí al escuchar mi propia voz alta y fuerte.

—Si, papi. ¡Lo prometo!— Mi padre se recostó respirando con dificultad. Volvió a toser y escupió en un trapo. Me quedé mirándolo, sintiéndome vacío y con miedo.

Tres días después, mi querido papi, Filiberto Torres, fall-eció debido a un envenenamiento de la sangre por el pinchazo de una espina en el pie porque el doctor no creyó que fuera algo serio y esperó demasiado para viajar los treinta y cinco kilómetros hasta Rioverde y traer el antibiótico que segura-mente le habría salvado la vida.

Antes de llegar a la iglesia esa mañana, yo había pensado que quizás de alguna manera podía evitar ir al funeral, pero sabía que debía asistir. Sí lo haría. Debía estar presente acom-pañando a mi familia. El servicio me resultó extrañamente confortante, a pesar de que me sentía resentido con Dios por haber permitido que mi padre muriera tan sin sentido.

Desde mi regreso a San Ciro y con la muerte de mi querido papá, caminaba por todas partes como si fuera un forastero en los familiares alrededores que ahora no tenían ningún sen-tido para mí. No me podía imaginar la vida en San Ciro sin mi papá entre nosotros. Después de la misa, anduvimos las cinco cuadras desde la iglesia hasta el camposanto y en silen-cio vimos cómo los hermanos de mi padre bajaban su cuerpo hacia la fosa.

Mi madre gimió y lloró toda la mañana. De nuevo junto a la fosa, sollozó llena de angustia. No fue sino hasta después de que alguien me pasó la pala, de que eché la tierra seca en la fosa y que escuché el sonido de la tierra al caer sobre el ataúd de madera, que se me salieron las lágrimas. No podía impedir que mis anchos hombros temblaran descontroladamente. La emoción se apoderó de al alejarme de la pila de tierra. Entonces, Chita se puso a mi lado, abrazándome y llenando mis sentidos con su fragancia y calidez, pero mi pesar y mis lágrimas no me liberaron de mi ira.

Más tarde, los dolientes se reunieron en el salón de la iglesia. Me quedé afuera con mis hermanos y tíos. De repente, el pendejo del doctor salió de su carro. En cuanto lo vi, la ira me brotó y se apoderó de mí. Me moví con rapidez hacia el camino de tierra, agarré de su abrigo al desprevenido hombre y lo zarandeé mientras le gritaba viéndolo a sus asustados ojos.

—¿Por qué no fue a Rioverde en su automóvil? ¡Idiota! ¡Se quedó esperando aquí a que llegara el autobús!

Lo aventé al piso antes de que mis tíos finalmente pudieran controlarme. Después de eso, cada mañana me sentía más perdido y más vacío al ver a mi madre luchando para levantarse de su cama solitaria, y a mi familia luchando por lidiar con su rutina diaria.

Deambulaba sobre los fríos pisos de ladrillo de nuestra casa. Pasaba todo el tiempo frente al cuarto de mi madre escuchando sus suaves sollozos. Ella estaba exhausta e inconsolable. Las hermanas y hermanos de mi padre se quedaron todo lo que pudieron, pero llegó el momento en que tuvieron que regresar a sus propios hogares, familias y trabajos. Antes de partir, algunos me incitaron a continuar trabajando en la tenería.

—Es lo mejor— me aconsejaron. — ¿De qué otra manera vas a cumplir la promesa que le hiciste a tu padre de cuidarlos a todos?— Yo los escuché pero no dije casi nada.

Mi hermana Licha, ahora de doce años, preparaba las comidas y trataba de mantener en orden la rutina diaria. Ella cuidaba de nuestros hermanos más pequeños tan bien como podía, mientras mis hermanos y yo luchábamos por surtir las órdenes de las pieles que quedaron pendientes durante la enfermedad de nuestro padre. Enrique, de catorce, y Polo, de diez, cargaban los baldes de agua colina arriba hasta las expectantes tinas. Juanito tomó su lugar en la mesa de trabajo, trabajando con sus dedos chuecos y sus brazos torcidos para arrancar la cáscara de los troncos del timbó y la encina como yo solía hacerlo. Golpeaba la corteza con la misma hacha oxidada que usábamos para preparar los tintes.

Durante las horas de la mañana, yo arrancaba la piel y el pelo. La ira que había en mis entrañas se ensañaba con la parte de abajo de las pieles de los animales. Mientras raspaba el tejido para limpiarlas, la larguirucha figura de Enrique apareció a través de la estrecha puerta. Mi hermano dejó caer dos cubetas de madera y observó la última piel que yo había aventado sobre la pila cerca de las tinas. Entonces me volteó a ver con cautela cuando dejé de afilar el cuchillo para descarnar. Yo no había trabajado en la tenería por más de dos años. Enrique todavía no se acostumbraba a tenerme de regreso.

—¡Tú rasgaste esta piel!— dijo con brusquedad, sosteniendo la piel de lo más alto y mostrando el centro rasgado. Él supo de inmediato la fuente de mi error. Más temprano esa mañana había estado observando el trabajo que me costaba controlar la cuchilla debido a mis ahora frecuentes arrebatos de ira. Enrique temía que también iba a echar a perder otras pieles de la misma manera.

—¡No estás ayudando al trabajar de esta forma!— me ladró desde el otro lado de la habitación.

—¡Chíngate!— repliqué malhumoradamente.

Me di la vuelta y lo regañé. Él se quedó parado en silencio y se conmocionó por mi inusual uso de groserías. Después de un momento, continuó con su trabajo. Dejó la piel dañada en una esquina sobre una pila de pieles de segunda, lo que sirvió tan sólo para reavivar mi mal humor y esto me llevó a dar rienda suelta a mi furia. Aventé el cuchillo hacia la base del poste para desollar y pateé el lodoso cemento mientras caminaba. Me salí de la malsana y húmeda tenería hacia el cálido sol.

Una docena de pollos amarillos y cafés piaban a mis pies. Bruto, el desaliñado sabueso de pelo corto de la familia, olió mis pantalones y mi delantal. Me agaché para rascarle la maltratada oreja. Por supuesto que yo sabía que había fregado demasiado fuerte. Por supuesto que sabía que mi padre, de haber estado ahí, no habría tolerado mi descuido al desgarrar las pieles. No necesitaba que Enrique me lo dijera... El perro lamió mis mugrosas botas de trabajo... Pateé torpemente a mi perro mestizo con una bota, sin atinarle y haciendo que los pollos salieran disparados en todas direcciones. Una ansiosa madre gallina cacareó con desaprobación cerca del cobertizo de los huevos. Me quedé ahí parado ignorando el disturbio que había ocasionado. Froté el piso con una bota. Estaba apenado por mi explosión. Nunca antes había usado ese tipo de lenguaje con mis hermanos menores. Tendría que disculparme.

Mis pensamientos pasaban de pensar en mi papá a mi vida en el seminario, a la educación que había recibido y que había abandonado, a la capital, a la casa de mis tíos Mayolino y Chita, a la rutina diaria, a cargar el camión de mudanzas y a trasladarme por las oscuras calles de la ciudad. ¿Cómo iba a mantener unida a mi familia? Ni siquiera había completado mi educación secundaria. Volví a entrar al taller y agarré una nueva piel.

Recordé los cursos que todavía debía tomar para recibir mi diploma de preparatoria. Justo antes del día de la llamada, mi tía Chita me había ayudado a inscribirme en las clases vespertinas, en particular las de ciencias e historia. Ahora no estaba seguro de nada. No necesitaba ningún certificado para trabajar en una pequeña tenería en San Ciro de Acosta. Cuando Enrique regresó con los botes llenos hasta el borde, me esperé a que los hubiera vaciado.

—Lo siento, mano— le dije. —Mira— y le enseñé con cuánto cuidado había limpiado la nueva piel que ahora colgaba del palo para desollar.

Mis pensamientos regresaron al funeral de mi padre. Había visto como el Padre Joaquín rociaba el ataúd con agua bendita. Había escuchado impasiblemente cuando el sacerdote entonó el "Dies Irae" ("Día del Juicio Final"). La voz del Padre ya no era tan vibrante y clara como yo la recordaba. Su envejecido cuerpo se ahora movía con más lentitud, y le costaba trabajo mover el deslustrado incensario de plata. Rodeó el ataúd junto con un acólito que lo seguía de cerca para agarrar la pesada solapa de la casulla negra con dorada, liberando de esa forma el brazo del sacerdote mientras él levantaba el tazón humeante hacia el cielo. El aire se volvió más denso con el aroma del incienso que se quemaba.

Recordé las numerosas misas de funerales a las que había asistido como acólito. Cuán simple y distante parecía esa vida. Me sentía desconectado de ella, aunque no podía decir por qué. Mis tíos ya no practicaban su fe, ya no asistían a las misas semanales y yo muy pocas veces encontraba la manera para asistir al culto ahora que me había independizado.

Mayolino y Chita estaban en desacuerdo con los demás. Antes de partir, ellos me llevaron a un silencioso rincón de la casa para decirme que debería considerar llevarme a todos para la Ciudad de México, donde yo todavía tenía un trabajo y donde podía concluir mi educación.

—¿Puedes ser feliz viviendo en San Ciro?— me preguntó Chita. —Creo que te conozco lo suficiente, Sixto, para saber lo que va a pasar. Te vas a aburrir y te vas a desesperar. Eres un buscador, mi sobrino.— Se estiró para darme una palmadita en el hombro, ya que ahora yo era más alto que ella. —Necesitas de un lugar más grande que lo que te puede proporcionar San Ciro para encontrar cuál será tu misión en la vida.

Pasaron los días. Me di cuenta de que ni mi familia ni yo podíamos quedarnos en este lugar. Los pedazos de la vida de mi papá— las relaciones y la rutina diaria— eran demasiado frágiles para poder reconstruirlas. Lo que las mantenía unidas era la fortaleza de mi padre.

Una noche tarde, hablé en susurros con mi mamá para no despertar mis hermanos.

—Mamá,— le dije,— nunca hubiera pensado que ni mi papá ni tú se irían de San Ciro, pero no nos podemos quedar aquí. Sin Papi la tenería se vendrá abajo. Todo está cambiando. Tú sabes que la tenería de los Serranos ya estaba creciendo aún antes de que Papi falleciera. De por sí, algunas personas ya les están comprando a ellos. No falta mucho para que Licha y los niños tengan que regresar a la escuela. Serrano sabe que no podemos mantener el ritmo. Incluso los tíos pronto se van a impacientar cuando ya no alcancemos a surtir sus órdenes.

Mi madre estaba parada en el otro extremo de la mesa. Su descolorido vestido estampado colgaba suelto hasta sus tobillos y su cabello estaba en un chongo apretado. Desde la muerte de Papá su ánimo, que solía ser tan vivo, había decaído. Sus mejillas se habían secado. Su humor alternaba entre pensativo y esquivo. Sus cansados ojos miraron más allá de mi hombro, examinando el pequeño lavabo y la estufa donde ella había pasado la mayor parte de su vida. Dio un paso adelante y se sentó lentamente en una silla. No dijo nada. Al final extendió los brazos sobre la mesa y tomó mi mano entre las suyas.

—La tenería era la vida de tu padre— me dijo, con su voz apenas audible. —Entiendo que no es así para ti, pero debes darme un tiempo antes de decidir. Quizás nos quedemos aquí. Quizás nos vayamos. Lo volveremos a discutir más adelante.

Cuatro días después, mi madre estuvo de acuerdo en dejar la casa, los muebles, los animales y la huerta para mudarnos a la Ciudad de México. Ya había hablado con su hermano. Me vio con tristeza, pero con decisión.

—El tío Manuel se encargara de las cosas por aquí,— me dijo,— hasta que podamos venderlo todo.

Me sorprendió que hubiera aceptado mudarse tan rápidamente. Sin embargo, en las siguientes dos semanas ya habíamos empacado lo que necesitábamos para el viaje y habíamos abordado un autobús a la capital, donde yo continuaría con mi trabajo y mis hermanos y yo podríamos terminar la escuela.

Mayolino y Chita nos ayudaron a encontrar un departamento a pocas cuadras de su casa. Yo regresé a las mudanzas desde el amanecer hasta la puesta del sol. Por las noches tomaba clases o me sentaba en la mesa a estudiar. Tenía un especial interés en la historia de México y sus incesantes luchas.

Mis hermanos también se inscribieron a la escuela. Mi madre se recuperaba poco a poco. Llegó a aceptar lo que no podía cambiar y de nuevo comenzó a cuidar de los niños más pequeños y volvió a ocupar su lugar en la cocina.

Finalmente, después de cuatro años de clases intermitentes y exámenes recupera torios, obtuve mi certificado, pero eso sólo sirvió para hacerme sentir de nuevo intranquilo. Día tras día seguía mudando muebles, pero cada vez más me iba hartando de la monótona y extenuante rutina. Deambulaba por la casa de un cuarto a otro, planeando y esperando el momento justo para compartir mis ideas con mi madre. Mis estudios habían alimentado mi inquietud viajera y la lectura de las noticias diarias me había convencido de que mi familia no podía esperar una gran mejoría en nuestra gastada existencia rutinaria mientras permaneciéramos en la Ciudad de México, es más, mientras permaneciéramos en México.

Había escuchado que se podía hacer dinero en el norte, cruzando la frontera a los Estados Unidos. Había visto a los jóvenes bravucones regresar al finalizar la temporada de la cosecha y caminar por toda la calle principal para presumir sus Stetsons y Levi's, cargando la batería de sus radios de transistores con nombres como Philco y Zenith, y usando sus relojes de oro Timex.

—Deberíamos ir al norte a buscar trabajo— le dije a mi madre. —Al otro lado de la frontera se consiguen más trabajos y mejores pagas.— Esperaba que ella opusiera resistencia, pero no cedí. —Puedo ver lo que está sucediendo aquí, mamá. La economía está creciendo un poco, pero tú sabes tan bien como yo que en este país los beneficios nunca llegan hasta los que estamos bien abajo. Incluso Mayolino está de acuerdo. En mi trabajo estoy estancado en un punto muerto.— Noche tras noche yo seguía presentando mis argumentos.

—Tienes otros hijos, mamá. Pronto ellos también van a necesitar de un empleo. Ellos también sueñan con algo mejor. Y no lo van a encontrar aquí… ¡Vamos al Norte, madrecita!— Mi madre seguía sentada en silencio como lo había hecho en San Ciro.

—¡Todos están de acuerdo en que hay mayores oportunidades en los Estados Unidos! Juan y Enrique y Licha, todos ellos recibirán una mejor educación. Es un país rico, mamá. A todos nos va a ir bien ahí y, si no lo logramos, siempre podemos volver.

Tras varios meses de haber tenido esas conversaciones, logré convencer a mi mamá de empacar en cajas de cartón y envolverlas con cordeles, de agarrar a los niños y abordar el autobús a Matehuala para dirigirnos al norte. En realidad creo que accedió sólo porque tenía familiares en Monterrey y en el Valle del Río Grande. Creo que pensó que, pasado un tiempo, me cansaría de esta nueva aventura y querría regresar a casa.

Viajamos en calientes camiones llenos de gente a través de los áridos desiertos en compañía de niños que lloraban, gallinas y cerdos que chillaban, y costales de yute agrios con el olor a maíz y frijoles demasiado maduros. Nos detuvimos en Matamoros. Tras buscar en tres direcciones distintas y de dejar rendido al taxista después de haber hecho que nos llevara a través de los polvorientos caminos que pasaban por detrás de la ciudad, encontramos la casa de Don Ramón Yañez y de su esposa Josefina, amigos de Julia, la hermana de mi madre, quien vivía al otro lado del Río Bravo en Santa María.

El matrimonio Yañez tenía siete hijos. Ellos eran los dueños de un modesto rancho llamado La Palma, en el que sembraban algodón y vegetales. La tía Julia había arreglado para que viviéramos en la casa de huéspedes cerca de la gran hacienda La Palma. De esta manera, tendríamos trabajo para prepararnos para en algún momento cruzar hacia los Estados Unidos.

Esa tarde, mientras una refrescante brisa descendía de la Sierra de la Iguana, conocí a su hija mayor, una sorprendentemente bella mujer llamada Elida. Nos vimos a través del cuarto mientras su madre nos mostraba nuestras habitaciones. Sentimos la tibieza de nuestros cuerpos cuando nos rozamos en el estrec pasillo, mientras preparábamos las camas para poder pasar la noche.

Desde esos primeros instantes, la profunda mirada y el negro cabello que se volcaba sobre los hombros de Elida hasta la parte baja de su espalda y su esbelta cintura se apoderaron de mi corazón y mi mente. Observaba sus movimientos mientras, con una serena confianza, ayudaba en los preparativos y disimuladamente me regresaba mis apreciativas miradas.

Pronto entendí que, a pesar de tener poco menos de treinta años, Elida casi no había tenido experiencia con los hombres. El rancho estaba muy lejos del pueblo y pocos visitantes pasaban por ahí, con excepción de los que buscaban trabajo. Don Ramón insistía que ningún simple trabajador merecía recibir la atención de su hija. Su deber, como hija mayor, era concentrarse en mantener el bienestar de su familia y del hogar. Los años fueron pasando. Había pocos pretendientes disponibles, y a ninguno se le había permitido cortejarla.

El día posterior a nuestra llegada, con el sol de mitad del verano cociendo las plantas llenas de espinas, mi familia y yo nos pusimos a trabajar con el algodón. Me uní al grupo asignado a descargar las carretas. Mi madre y mis otros hermanos estaban fajados con largos costales blancos que colgaban a sus espaldas hasta que cada recolector lo hubiera llenado con cientos de blancas bolas de fibras de algodón mezcladas con semillas. Cuando se llenaban, ellos arrastraban los voluminosos costales para que los cargadores los vaciaran. Ahí los recolectores esperaban en silencio, abanicándose bajo el despiadado sol hasta que los cargadores les aventaban los sacos a sus pies. Entonces ellos regresaban en una extenuante caminata hasta las filas de picudas ramas.

Pocos días después de haber llegado a La Palma, Elida y yo encontramos algunos momentos para reunirnos y platicar en escondidos rincones de los cobertizos del rancho. Considerando nuestra mutua falta de experiencia en esos asuntos, las conversaciones fluían con facilidad mientras compartíamos historias de nuestra niñez y educación.

—Estudié para ser sacerdote, — le revelé mientras los dos nos recargábamos contra la negra pared el cobertizo donde se separaban las semillas del algodón.

—¿Tú?— gritó Elida. —¡No es posible!

Me reí. —Era muy joven en ese entonces.

A lo largo del verano, mi familia y yo aguantamos la maldición del sofocante calor de la jornada laboral. La infalible llegada de la refrescante y gentil brisa del mar señalizaba el fin de la jornada. Sólo entonces podíamos encontrar confort y refrescarnos sentándonos en el estrecho porche de nuestra modesta casa de huéspedes de dos habitaciones. Mientras pasaban las semanas, los momentos que pasaba con Elida y nuestras conversaciones se alargaban y nuestros encuentros se volvían más atrevidos. Con frecuencia, cuando comenzaba a atardecer, Elida se escabullía para acompañarme a dar largas caminatas a lo largo de los secos caminos de tierra rodeados con maleza por ambos lados.

En una tarde como aquella y mientras el sol se derretía bajo un grupo de encendidas nubes naranjas, le pregunté sobre algo que se había vuelto importante para mí.

—¿Cómo es que no tienes novio?

—No hay nadie— me contestó Elida. —No desde que dejé la escuela. Eso fue hace casi diez años.— Nos percatamos de que el horizonte estaba obscureciendo y dimos marcha atrás hacia las distantes casas y cobertizos del rancho. —Este es un lugar solitario—, continuó, — Tú sabes. Mis padres me necesitan. Además, ¿quién te crees tú para hablar? Tú también todavía estás cuidando de tu familia.— se rio con soltura.

Mientras caminábamos tomé su mano por primera vez.

—Eres una mujer, bella Elida. No puedo dejar de verte, de pensar en ti y de preguntarme si tengo alguna oportunidad…

Elida me cortó de tajo.

—Mi padre nunca lo permitiría.— Su rechazo fue muy espontáneo. —Tú tan solo eres uno de sus trabajadores. Para él tú eres un peón. Tú lo sabes. No tienes ningún ranchito, ni riqueza.— Su tonó se llenó de amargura. —Eso te descalifica.

Me le acerqué otro paso y me detuve frente a ella.

—No estoy preguntando sobre tu papá. Te estoy preguntado si tú me encuentras atractivo. ¿Tengo alguna oportunidad contigo sin importar si él lo acepta?

Elida me miró.

—Veo lo que está en tus ojos, Sixto. Veo en ellos un serio sentido de urgencia, una pasión, una convicción de querer saber para dónde te llevará tu camino en la vida. En ese primer instante pensé: él es lindo… incluso guapo.— Ella sonrió y dio un paso atrás. Ladeó su cabeza y me analizó de arriba abajo.

—Y a pesar de tus modos que son a veces bruscos, esos ojos,

esas mejillas, el negro cabello rizado, el bigote bien cortado, el metro ochenta de altura, tu fornido pecho y tu voz profunda se combinan para impresionarme y persuadirme.

Para entonces yo me estaba riendo y asumiendo una postura imponente. Afirmé su declaración con una superioridad fingida, manteniendo mi cabeza en alto y sacando mi barbilla hacia adelante con una sonrisa burlona.

—¡Cierto!— declaré. — Yo soy la combinación perfecta entre el antiguo y noble azteca y el merodeador y voraz español, y es en este disfraz que llegué para robarte.— Su risa tan sólo me alentó a continuar. —Soy el primogénito del Presidente Municipal de San Ciro de Acosta y el nieto de su padre, quien llevó el mismo cargo.

Terminé con un ademán e hice una reverencia tomando de nuevo su mano. Elida sonrió y se arrulló como si estuviera abrumada por mis credenciales y luego se relajó.

—Me gustan tus historias. Me haces reír,— me dijo, retirando su mano de la mía. —Sí, señor Torres, yo lo encuentro muy atractivo.— Ella vaciló. Su sonrisa desapareció y se atragantó con sus palabras. —Me encantaría seguirte viendo, hablando así y hacer estas caminatas… pero mi padre…

Volví a agarrar su mano y la acerqué hacia mí aun cuando sus lágrimas brotaron. Las sequé con mi manga y entonces acerqué su cuerpo hacia mí. Me sorprendí de ver cuán ligera era ella y con cuánta facilidad me dejó abrazarla. Le levanté su cara hacia la mía y besé sus labios por tanto tiempo como ella lo permitió y con más pasión de la que yo jamás había sentido. Por fin cuando nos separamos, caminamos en silencio durante un rato. Nos detuvimos y volvimos a besarnos.

—Tendremos que lidiar con tu padre,— le dije.

Don Ramón no ignoraba el intercambio de miradas y sonrisas existente entre nosotros ni nuestras largas caminatas durante la puesta del sol. Una noche, poco después de nuestro primer beso y mientras mi familia y yo nos relajábamos en el porche de la casa de huéspedes, al otro lado del patio apareció la angular figura de baja estatura de Don Ramón y caminó hacia nosotros. Traía puesto un mohoso sombrero de paja lleno de mugre y de sudor. Su camisa estampada y sus oleosos pantalones vaqueros estaban empapados de sudor.

Después de los cumplidos iniciales se dirigió hacia mí.

—¿Cuáles son sus planes para el futuro, joven? Yo supongo que su sueño será algún día llegar a tener su propio rancho como este.

De inmediato escuché el tono sarcástico del hombre. Había escuchado un tono semejante muchas veces por parte de algunos clientes acaudalados a los que les había llevado sus muebles en el camión de mudanzas hasta sus enormes casas en los suburbios de la Ciudad de México.

—¡Lleve esa mueble para allá, joven! Manéjelo con cuidado— chascaban, —¡Por qué se está tardando tanto? Póngalo ahí. ¡No, mejor ahí!

El que se dirigieran a uno como "joven" podría haber resultado adecuado para un joven de diecisiete años, pero no para un hombre de veinticuatro. De inmediato sentí que el patrón estaba menos interesado en recibir una respuesta a su pregunta, que en mandar el mensaje de su intención de poner punto final a mis paseos con su hija.

Sin esperar una respuesta, Don Ramón se dirigió a mi madre.

—Señora Amelia, está bien si usted ha venido a visitarnos y a trabajar. — Se detuvo un momento dejándome fuera de la conversación por completo. —Pero tenemos muchos trabajadores experimentados por aquí y tan sólo unas pocas semanas para recolectar la cosecha. Su hijo tiene muchas responsabilidades, muchas bocas que alimentar. Sería mejor si él encontrara un trabajo de tiempo completo en la ciudad o cruzando la frontera. Usted es bienvenida a quedarse y seguir trabajando en los campos, pero él no. Ya no lo quiero aquí. No tenemos nada para él. Ni trabajo, ni hospedaje. Lo quiero fuera de aquí para mañana.

Nos quedamos perplejos mientras Don Ramón se dio la vuelta y caminó sobre sus pasos hacia su casa. Lo miré enojado pero no le contesté. Así que esta era la manera de mantener a Elida sólo para él. Por supuesto que mi madre había estado consciente de mi interés por ella. No había hecho nada para disuadirme. Inclinó su cabeza y se quedó mirando fijamente a la descolorida madera del porche.

Nadie se movió. Moría de ganas de correr tras el hombre y gritarle en la cara. —¡Déjela ir! ¡Ya es una mujer! ¡No puede aferrarse a ella para siempre, cabrón! ¿Acaso no lo ve?— Estaba asqueado de Don Ramón y su presunción de superioridad. Ve tras él. Confróntalo. Hazlo entrar en razón. Estaba a punto de saltar de mi silla cuando la voz de mi mamá irrumpió a través de mi ira.

—¿Qué vamos a hacer, m'ijo?— preguntó.

—Voy a hablar con él,— le respondí bruscamente. —¡Voy a hacer que me escuche!

—¡No, no debes hacer eso!— me dijo. —Sólo vas a empeorar la situación.— Ella pensó por un momento. —Vamos a llamar a tu tía Julia— dijo. —Quizás ella pueda ayudarnos.

CAPITULO CUATRO

Aunque habíamos viajado al norte con la idea de ir a los Estados Unidos, hasta el momento de la declaración de Don Ramón, ni mi madre ni yo habíamos hecho planes sobre cómo o cuándo cruzaríamos para allá. En ese momento, la necesidad nos llevó a pedir otra vez la ayuda de la tía Julia. Horacio, el hermano de Elida, nos llevó hasta Matamoros para hacer la llamada telefónica. Julia llegó a la tarde siguiente.

—¿Estás bien, hermana? —, le preguntó mi madre abrazando apresuradamente a su hermana en cuanto la exuberante mujer entró a la habitación y de inmediato respondió con uno de sus muchos dichos mexicanos.

— "Una buena vida, arrugas tira" —, proclamó. Ella dejó caer su chaparra y regordeta figura sobre el sofá. —Yo debería haberte advertido sobre él—, continuó. —"Ojos que no ven, corazón que no siente"—. Se sentó para recuperar el aliento y dio un vistazo a la habitación. —Él no puede esperar que, sin previo aviso, recojas todo y te vayas—, aseveró. —Vamos a arreglar esto. Yo voy a hablar con Josefa.

Licha y yo nos habíamos acomodado en las ahora familiares sillas de madera rayadas que estaban cerca de la ventana del frente. La tía Julia se enfocó en mí.

—Joven—, dijo, —"piensan los enamorados que los otros tienen los ojos quebrados". Usted aprendió demasiado tarde que no es así—. Mientras hablaba se ajustaba un arete. —No me mal entienda, hace mucho que yo siento que Elida debería tener su propia vida y así se lo he dicho a sus padres. Pero, señor Don Juan, "antes de salir a cazar, asegúrese de tener casa en que morar y tierras que labrar.". Eso es algo que usted no hizo y ahora vemos los resultados—.

—Sí, tía—, le respondí con respeto. Ese no era el momento para debatir con mi tía o cuestionar ninguna de sus interminables series de dichos. —Tendremos que esperar a ver si lo que dicen es cierto, —continuó—. "Las buenas palabras quebrantan las penas y ablandan los corazones.".

Ella era una mujer generosa y con recursos. A pesar de su desilusión sobre cómo se dieron las cosas, en seguida se dirigió a la casa principal y convenció a Josefa de que fuera con ella hacia el cobertizo del tractor, donde persuadió a Don Ramón de la necesidad de darles el tiempo necesario para arreglar su cruce de la frontera. La conversación también nos dio la oportunidad a Elida y a mí de encontrarnos en nuestro lugar de siempre entre las pilas de tiras algodón. Nos abrazamos y nos besamos todo el tiempo que nos atrevimos. Mientras Elida salía apresurada por la puerta de atrás, le juré que encontraría la manera de volver a verla.

En los siguientes dos días y en una rápida sucesión de eventos, mi tía Julia hábilmente arregló que nos expidieran permisos de trabajo temporales y compró boletos para que atravesáramos el Río Bravo en el transbordador. Don Ramón aceptó que mis tres hermanos adolescentes permanecieran en La Palma y ayudaran a completar la cosecha de las espinosas plantas de algodón. Cuando la temporada terminara, él haría los arreglos necesarios para su cruce.

Una vez completados los preparativos para nuestra partida, mi mamá, Juanito, Chito, Licha, Mago y yo nos levantamos temprano para despedirnos de los chicos. La tía Julia nos llevó hasta el Río Bravo en su muy desgastado pero espacioso automóvil. Cuando llegamos al irregular borde del río, cruzamos a una desvencijada plataforma de acero. El macizo chasis del automóvil avanzó con pesadez hacia una lancha estropeada. Nos sentamos sin nada que hacer hasta que escuchamos que arrancaba el motor del transportador. Conforme éste se alejaba de la orilla, salimos del vehículo y nos quedamos parados en silencio, observando la orilla opuesta con su asimétrica línea de árboles de palo verde, fresnos, nogales americanos y sauces.

Pasé un brazo sobre los hombros de mi madre para confortarla. Ella estaba estresada, sobre todo por haber dejado a mis hermanos sin saber cuándo podríamos regresar por ellos. La gravedad de nuestra decisión de dejar nuestra tierra natal se iba ahondando a medida que se profundizaba el río. Nos acercamos a la orilla opuesta y desembarcamos en el nuevo y desconocido territorio del norte, los Estados Unidos.

El sol del mediodía nos envolvió en un globo del calor de Texas. Julia nos llevó a la casa de la señora Raya, una vieja comadre de Santa María, quien tenía dos habitaciones extra y estaba feliz de poder tener compañía, además de recibir un ingreso adicional por la renta del hospedaje con alimentos. Al despedirse, la tía Julia abrazó a su hermana, besó a sus sobrinos y sobrinas más jóvenes y luego me volteó a ver.

—"Con paciencia, se gana el cielo."— afirmó, al tiempo que pasaba a mi lado y salía por la puerta.

Pasamos la tarde familiarizándonos con nuestra nueva casera, una mujer demacrada y determinada, de sesenta y tantos años, de mirada traviesa y con una sonrisa juguetona que usaba con gran maestría para enfatizar sus muchas historias.

Ella afirmaba haber cabalgado con Carranza como una soldada durante la Revolución, antes de que ese famoso hombre se convirtiera en el gobernador de Coahuila y, más tarde, en el presidente de México; tiempo después fue asesinado o se suicidó. Nadie lo sabía con certeza.

—Denme un momento—, dijo, levantándose despacio y deslizándose con suavidad a mi lado con sus pantuflas moradas. De su habitación trajo una reseca funda de pistola de cuero y nos la mostró reverentemente.

—Esta es la que yo usaba en ese entonces—, anunció.

Vi cómo la agobiada cara de mi mamá se tornó aún más desanimada. Nuestra inconsciente anfitriona se paseaba de un lado al otro, sin darse cuenta de la incomodidad de sus huéspedes al escuchar sobre los valientes revolucionarios, que mi mamá en su mente no podía distinguir de los bandoleros que habían asesinado a su padre.

Al caer la noche, notamos la falta de una brisa refrescante que nos hubiera proporcionado algún alivio frente al pesado aire. La señora Raya se retiró. Al fin solos, nos quedamos mirando a nuestro alrededor. La estufa y el refrigerador de la cocina eran lisos y brillantes, el sillón era de un brillante azul turquesa, las paredes de la sala de estar eran de color verde pastel con adornos blancos, las bases de las lámparas y la mesita de café eran de una delgada madera descolorida. Nada nos resultaba familiar. Todo había cambiado. Estábamos entre extraños en un país desconocido, donde la lengua oficial era el inglés y donde los gringos, de quienes sabíamos muy poco, eran los que mandaban. Casi no teníamos posesiones, no teníamos trabajo y no sabíamos lo que nos deparaba el futuro.

Para mí, el cruce en sí mismo era algo secundario; lo que más me preocupaba era: ¿Cómo haría para seguir viendo a Elida? Nuestra breve despedida sólo había servido para encender más mi pasión y para reafirmarme que yo estaba enamorado de ella y ella de mí. Supuse que en algún momento yo tendría que regresar a La Palma para traerme a mis hermanos, quizás durante el otoño, cuando la temporada de cosecha hubiera acabado. Yo encontraría la manera de estar con ella.

A cambio de reemplazar sus raídas llantas, la tía Julia y mi tío Norberto me prestaron un maltratado y automóvil Frazer Vagabond, todo descolorido por el sol , cuya voluminosa carcaza había estado abandonada por demasiado tiempo en la parte posterior de su casa. El automóvil vibraba y funcionaba bastante bien. Me propuse salir a buscar trabajo. Conseguí un trabajo cortando calabacines, lechuga y cebollas, algo sobre lo que yo sabía muy poco. Al finalizar el día, yo estaba exhausto por el calor y me dolía el cuerpo por el pesado trabajo, pero me había ganado los $6.68 en efectivo que tenía en mi bolsillo, y sentía que era un hombre afortunado.

Después de dos días, yo ya había demostrado mis cualidades como trabajador fornido que aprendía rápido. Para la tercera mañana, el capataz me llevó al lugar donde había una máquina con un disco enganchado en la parte de atrás.

— ¿Alguna vez ha manejado un tractor? —, me preguntó el capataz, dirigiéndome hacia un polvoso Ford 8N rojo. Muñoz, un larguirucho cortador proveniente de Durango a

quién recién había conocido el día anterior, intervino para traducir. Una vez que hube comprendido la pregunta, sentí la
oportunidad de obtener una mayor paga. Con fingida competencia, yo afirmé que podría con el trabajo.

—Encontrará un campo de lechugas ya cortadas a unos
800 metros de distancia. Vaya ahí y comience a preparar el
terreno—, dijo el capataz.

Afortunadamente, el hombre le ordenó a Muñoz que me
acompañara y se asegurara de que yo supiera qué hacer. En
México, nuestro vecino era el dueño del único tractor que yo
había tenido cerca. Mi papá contrataba al hombre para arar las
dos hectáreas de tierra en las que sembrábamos nuestro maíz.

Muñoz en seguida se dio cuenta de que yo era un novato.
Él se subió conmigo al tractor y me enseñó a usar las velocid-
ades y las palancas.

—Haga dos pasadas. No se olvide de levantar los discos al
llegar al otro extremo antes de que dar la vuelta—. Después de
una hora me dijo—Va a estar bien. Nos vemos máarde.

Al finalizar mi primer día de arar con el disco, un día en
el que el calor y la humedad habían drenado mi fuerza aún
más que las horas pasadas cortando coles, me acosté bajo un
árbol, incapaz de moverme. Cuando por fin regresó el capataz, luché para ponerme de pie, todavía tieso y sudoroso. El
hombre se rio de mi condición, pero me dijo que regresara al
día siguiente.

Al anochecer llegué a nuestro hogar temporal. La señora
Raya me prohibió entrar antes de que me hubiera arrodil-
lado sobre un pedazo de tierra lodosa en el patio de atrás, me
hubiera arrancado los jeans y la camisa de mi cuerpo tran-
spirado, y me hubiera enjuagado con la refrescante agua que
salía del destrozado extremo de una manguera. La abarrotada
residencia no contaba con aire acondicionado ni ventiladores.

Nuestra anfitriona trató de hacernos sentir bienvenidos, pero ella había vivido sola por demasiados años y no podía evitar hacer comentarios sobre la más pequeña de las intromisiones en su rutina diaria.

Muy pronto decidimos irnos. Encontramos un lugar para rentar más acogedor en un edificio de departamentos en Santa María. De nuevo empacamos y cargamos nuestras pertenencias, despidiéndonos de la ex Adelita de la revolución. Para nuestra sorpresa y alivio, al llegar a nuestro nuevo hogar, encontramos entre nuestros vecinos a algunas familias de León y Zacatecas, e incluso algunas de San Luis Potosí y San Ciro.

Me volqué en mi trabajo, aprendiendo todo lo posible sobre tractores y arado, sobre filas de placas de acero que se movían lentamente sin cesar en forma circular, sobre cada aditamento diseñado con precisión para arar, surcar o plantar, y sobre los bancos de latas de semillas acomodados en interminables filas. El sol de septiembre refrescó. Me sentaba en el asiento de metal del Ford 8N o del John Deere M-60 e inhalaba el olor de la tierra recién arada. Admiraba la maquinaria, eficiente en su diseño y compacto al tacto. En "La Palma", los hermanos de Elida no me habían permitido acercarme a los tractores. Ellos tenían más experiencia que todos los demás, pero, aquí, el capataz me había dado rienda suelta y yo saboreaba la oportunidad.

Tras completar una parcela de cinco hectáreas me sentí animado, orgulloso e incluso valiente por haber logrado lo me que había propuesto hacer. Comparé mi trabajo con el de otros conductores, observando su paso, su atención al detalle cuando realizaban sus vueltas, la precisión de las líneas al formar las camas. Pasaba las tardes leyendo los manuales para aprender acerca de la mecánica de la maquinaria y su mantenimiento. Competía conmigo mismo, y con los otros, para hacer más, aprender más y, con suerte, ganar más. Me propuse ser el mejor conductor de tractores y, una vez ganada esa distinción, la iba a portar con orgullo. Sin embargo, me di cuenta de que, sin importar cuán duro trabajara, mi paga seguía siendo de 60 centavos de dólar por hora.

Yo fraternizaba con los otros conductores y mecánicos. Nos reuníamos después del trabajo bajo un gran pimentero para beber cervezas, fumar Lucky Strikes y Camels y, como siempre, contando historias sobre nuestra niñez y nuestros pueblitos.

—Mira—, me preguntó uno de ellos, — ¿alguna vez viste a Feliciano Zedillo? Yo una vez lo vi de lejos cabalgando con sus guerrilleros a toda velocidad saliendo de Rioverde. Yo venía por el camino, usted sabe, y ¡caramba!… pasaron junto a mí con sus caballos y todo el botín… y se fueron hacia las colinas. Los soldados nunca pudieron atraparlos—. El narrador sacó un cigarrillo y bebió de su botella. —Una vez, escuché que, durante la Guerra Mundial, incluso trataron de tirarles bombas. ¡Bien tontos los soldados! Ellos creían que los ladrones todavía estarían en el arroyo, pero las bombas sólo consiguieron matar a los caballos, las vacas, las ovejas y todo lo que había alrededor, excepto a los bandidos.

¿Y qué le pasó a Zedillo? —, preguntó otro.

—¡Creo que ya hacía mucho que se había ido a Guanajuato! —. Los hombres se rieron de la ineptitud de los soldados.

Durante todo ese tiempo, nunca dejé de extrañar a Elida. A pesar de la distancia y de las dificultades de comunicación (en el rancho "La Palma" no había teléfono), trataba de mantener el contacto. Mandaba postales sin saber si ella las vería o no. Esperé respuesta con una reservada esperanza.

Un viernes de mediados de septiembre, cuando el trabajo comenzaba a disminuir, conseguí un aventón para cruzar la frontera en dirección al sur a través de Matamoros, hacia el campo abierto. Durante meses, yo había desarrollado el hábito de vestirme como texano, usando un sombrero Stetson gris, una camisa estampada de manga larga, jeans con un grueso cinturón y una hebilla redonda de cuero que tenía un relieve de los cuernos de un novillo. Me sentía particularmente orgulloso de mis botas que eran tan suaves como las que fabricaban mis tíos.

Caminé las últimas dos millas hasta "La Palma". Para mi buena fortuna, encontré a Elida sola en su casa. Me recibió con una desinhibida explosión de emoción mientras nos besábamos y abrazábamos en la entrada de la casa de su padre. Nos aferramos el uno al otro por un momento. En el mismo instante, ambos supimos dónde podríamos encontrar privacidad. Para ese entonces, mis hermanos se habían mudado a Monterrey, Nuevo León, para trabajar con un tío que dirigía una gran fábrica que fabricaba autobuses.

Conduje a Elida a través del porche hacia la vacía casa de huéspedes y atravesamos el escasamente amueblado salón hasta entrar en la habitación que mis hermanos y yo habíamos compartido. Ahí pasamos la tarde juntos, por fin solos y libres de aquellos que querían mantenernos alejados. Hicimos el amor por primera vez y, a pesar de algunos pequeños inconvenientes, la experiencia fue placentera y al mismo tiempo abrumadora. Todas nuestras dudas desaparecieron. El hacer el amor confirmó que nos teníamos que estar juntos y que eso nada ni nadie lo cambiaría jamás.

Después permanecimos recostados en silencio, sintiendo una creciente confianza de que este amor iba a sobrevivir sin importar el tiempo o el espacio que pudieran separarnos.

—Cuando traje aquí a mi familia—, reflexioné, — yo pensé que conocía las razones para hacerlo. Sentía un impulso, pero ahora sé la verdad. Vine a encontrarte a ti. Ahora ya nada es lo mismo en mi vida.

—Tampoco es lo mismo para mí—, Elida concordó conmigo. Las oscuras lunas de sus ojos reflejaban el sol del atardecer que se cernía a través de la atrayente sombra. — Por el momento, yo debo continuar obedeciendo a mi padre, pero ya no soy más su pequeña niña. Creo que él lo sabe. Aun así—, suspiró, — lamento decir que no creo que te llegue a aceptar algún día—. Nos abrazamos de nuevo.

—No te preocupes por tu padre—, susurré. —Él piensa que es fuerte, pero nosotros somos más fuertes.

Elida se vistió y se echó el cabello para atrás, alistándose para regresar a sus quehaceres domésticos. Me dio un último beso y abrazo.

—Casi me olvido—, dijo juguetonamente. —Gracias por las postales. Mis primos recogen nuestro correo. Ellos me las han hecho llegar, pero por favor comprende cuán difícil es para mí contestar.

Más tarde, mientras regresaba al norte en una maltratada camioneta pickup con un desconocido muy generoso, pensé en los años que habían pasado desde que dejé el seminario. Yo había mantenido la promesa que le hice a mi padre. A pesar de mudarnos de San Ciro, yo había mantenido a mi familia unida. El transporte diario de mudanzas a través de las calles de la capital nos había mantenido alimentados y vestidos.

Yo había logrado saliéramos de México hacia el Norte para encontrar mejores oportunidades.

En México, durante las horas de la tarde, con frecuencia yo veía la televisión de mi tío, una extraña, maravillosa y novedosa máquina proveniente de los Estados Unidos. Escuchaba la peculiar música que provenía de ese otro mundo, observaba en las calles a los bravucones con sus jeans, sus sombreros Stetson, sus brillantes botas y sus radios de transistores. Las visiones y expectativas de mi juventud, así como mi sensibilidad, mis emociones e incluso mi enojo, me habían llevado tener éxito no sólo en una camioneta que se arrastraba a través de las calles de la Ciudad de México, sino que, aunque modestamente, también en el mundo en expansión que había más allá.

Ahora había conocido a Elida, un golpe de buena fortuna que afirmaba todos los compromisos y abandonos de mi juventud y de principios de mi adultez. En todos los años desde que dejé el seminario y, a pesar de la agitación que me llevó a tomar esa decisión, yo no había aprovechado ninguna oportunidad para conocer muchachas y, ahora, mujeres de mi misma edad. Había desplazado a mi familia para venirnos al norte. Apenas hoy yo podía entender el por qué. Recién ahora había encontrado a esta bella y maravillosa mujer que esperaba por mí.

Mientras viajaba hacia la frontera en la destartalada camioneta pickup del generoso desconocido, bajé la ventana y canté desvergonzadamente hacia la tibia corriente de aire que pegaba en mi ruborizada cara. Canturreé una docena de ardientes canciones de amor, pregonando en cada una la pasión, el dolor y la felicidad que consume la vida de todo amante y que ahora también se había apoderado de la mía.

Sin ti,
No podré vivir jamás
Y pensar que nunca más
Estarás junto a mí.
¿Sin ti,
Qué me puede ya importar
Si lo que me hace llorar
Está lejos de aquí?

El generoso desconocido me sonreía a mí, al joven Don Juan que estaba sentado a su lado. Vigorosamente, se unió a mí en cada verso.

Al término de la cosecha, conseguí trabajo en una lechería en Harlingen. Un hombre llamado Ray Holllings me supervisaba.

— ¿De dónde es usted? —, me preguntó en español.

— Santa María—, contesté.

— ¿Qué sabe sobre vacas?

—Sé lo suficiente como para aprender más—, respondí con una amplia sonrisa. El hombre se rio.

—Es la mejor respuesta que he escuchado hasta el momento. ¡Venga mañana a las seis en punto!

Pasé los primeros días limpiando el espacioso establo, pero Hollings pronto me reclutó para operar las recién instaladas máquinas para ordeñar. Cada mañana conectaba las tetas de las mangueras de espina de pescado en las ubres de sesenta y siete aparentemente abstraídas vacas y monitoreaba el flujo de leche hacia los expectantes tambores. Reparaba las mangueras y abrazaderas de las máquinas, aventaba el heno al comedero y llevaba bloques frescos de sal a los corrales.

Mientras tanto, mi mamá encontró trabajo como cuidadora en La Feria y se mudó allí con los niños. Licha también se fue para ocuparse de la casa de mi tío en Nuevo León. Allí se encontró con sus hermanos.

Con todos estos cambios, yo sentía que ya había cumplido con la promesa que le había hecho a mi padre de cuidar de la familia. Mis hermanos y hermanas de más edad ya podían mantenerse por sí mismos. Ya me había ganado el derecho de disfrutar de una mayor independencia en lo referente a sus preocupaciones diarias. Pronto renté un pequeño departamento en Mercedes para vivir más cerca de mi trabajo.

Cada mañana me preguntaba si llegaría alguna respuesta de Elida a mis postales. Nunca había recibido una carta de su parte. No importaba lo que dijera la carta; sólo importaba que la hubiera mandado. Me prometí a mí mismo que si ella llegara a contestar mis cartas, yo saldría de inmediato a "La Palma". Esperé durante dos meses y ya casi había perdido la esperanza.

Durante la tercera semana de noviembre, el patrón, el señor Hollings, se me acercó. — No tiene que venir desde el jueves—, me dijo, — hasta el lunes. Viene el Día de Acción de Gracias. Mi hijo va a venir de vacaciones de la escuela y él puede cubrirlo.

Yo no sabía qué era el Día de Acción de Gracias, pero estaba encantado por este descanso. Liberado de las vacas, tomé mi Frazier verde, con su motor recién reparado, y me dirigí al sur para estar con Elida. La carcaza en forma de avispón del auto avanzaba a los saltos a través de los estrechos y agrestes caminos de Brownsville y cruzando el Puente

Viejo que llegaba a Matamoros. Mi mente estaba encendida por la pasión y el deseo que sentía por ella. Ella era una mujer extraordinariamente bella. Me transmitía la sensación de ser un pájaro herido, pero resistente, un ser amoroso y sensible moldeado por la solitaria existencia impuesta por su propio sentido de responsabilidad y las exigencias de sus tradiciones.

— ¿Qué estoy esperando? —, me pregunté a mí mismo mientras avanzaba en el tráfico de la mañana. — ¡Estamos enamorados! ¡Ya no somos unos niños! Somos adultos, que aún viven como niños. ¿Qué estoy esperando? —. Yo sabía que Elida no continuaría llevando una existencia en cautiverio durante mucho más tiempo. Durante nuestras primeras intimidades, me había dicho que me amaba y que me había estado esperando durante toda su vida. Ella sentía la posibilidad de obtener la libertad y pronto se la exigiría para ella misma a su familia.

— ¡Despierta! —, pensé. — ¡Despierta! Ya es tiempo. La tengo que traer conmigo al otro lado. Mi mamá está bien. Juan y Enrique tienen trabajo y ahora Licha está hablando de matrimonio. Soy un trabajador fornido y con formación. De ser necesario, encontraré la manera de mantener a mi madre, a José, a Mago y a Elida también.

Habíamos hecho rápidamente los arreglos para nuestro encuentro a través de la red de primos de Elida, algunos de los cuales vivían en Mercedes, Harlingen y San Benito. Los primos tenían teléfono o le podían escribir a Elida sin miedo a que nos descubrieran. Algunos vivían en Matamoros. Uno de los primos estuvo de acuerdo en traer a Elida a la zona centro de esa ciudad, supuestamente para llevarla de compras.

Nos reunimos frente a la estatua de Don Miguel Hidalgo y Costilla. Rápidamente nos despedimos de su primo, habiendo acordado la hora a la que la recogería más tarde, y nos metimos en mi destartalado automóvil. Nos abrazamos y nos besamos hasta que un policía municipal nos pidió que nos fuéramos de ahí.

Manejamos hasta el fresco aunque árido campo, y nos detuvimos en un estrecho apartado del Río Bravo. Yo traía todo lo necesario para pasar nuestra tarde juntos, así que llevamos todo a través de la maleza. Mientras Elida me observaba, yo amarré una lona a un tronco y a las ramas de un árbol caído que estaba entre la maleza y el agua. Su cabello se agitaba con suavidad en el viento otoñal. Un extremo de la lona revoloteaba contra la rama superior.

Aventamos una cobija sobre la acojinada arena y nos envolvimos bajo la carpa de lona en una cobija de lana. Una parvada de gaviotas volaba contra el viento, graznando con fuerza. Habíamos escogido bien el lugar para nuestra cita, ya que notamos que la curvatura de orilla del río nos protegía de ser vistos. Nos recostamos en la arena, por fin juntos, sin intrusos que pudieran interferir con nuestra gozosa pasión.

A medida que redescubríamos las maravillosas curiosidades y sensaciones de hacer el amor, yo cerré mis ojos. A través de Elida, mi pasado y mi futuro convergían. Ella poseía la sensibilidad que yo había adquirido a través de todos mis años de estudio y auto examinación. Y ella transmitía una cualidad de determinación de ir más allá de nuestras vidas presentes y definir nuestros futuros, sin importar el costo. Me imaginé a mí mismo balanceándome sobre ella como un gran péndulo que rota sobre el eje de la Tierra, con nuestros pasados evolucionando con lentitud, e inevitablemente dirigiéndonos hacia nuevas elecciones y oportunidades.

En los meses que habían transcurrido desde que nos conocimos, Elida había llegado a creer que si su padre no aceptaba su independencia, ella debía, optar por continuar siendo sumisa, o cortar esos lazos. Ella me había contado lo que su madre le había dicho cuando trabajaban juntas en las serenas horas del mediodía en la casa vacía, mientras su padre y sus hermanos estaban fuera trabajando.

— Su padre es muy necio, m'ija. Él va a salirse con la suya. Yo sé que nunca va a cambiar. Su amigo Sixto parece ser un joven sincero, pero no tiene nada que ofrecerle. La sinceridad y los sentimientos no son suficiente para su padre, ni para mí. Usted lo sabe. No podemos detenerla de hacer lo que sea que usted tenga que hacer, pero si eso es irse con él, no nos pida nuestro permiso ni nuestra bendición.

Una vez liberada nuestra pasión, nos acurrucamos en nuestra pequeña e improvisada carpa.

—Ya tengo mi propio departamento en Mercedes. Quisiera que lo viera uno de estos días —. Ajusté más la cobija que nos cubría.

—A mí también me gustaría—, respondió Elida, con su cabeza colgando de mi brazo.

—Estoy empezando a ganar algo de dinero, a pesar de que he estado gastando mucho de él en mi familia.

—Entiendo. ¿Y sus hermanos también están contribuyendo?

—-Sí, pero ellos ganan tan poco en México y, en los Estados Unidos, todo es mucho más caro. Mi madre también tiene un trabajo como cuidadora y Licha se va a casar.

—Sí, supe de eso.

—En cualquier caso, poco a poco… Me está yendo bastante bien. Puede ser que me lleve un poco de tiempo…— Me levanté y me arrodillé en la arena, acercando a Elida hacia mí. Puse su cara entre mis toscas manos. —De todas formas…—, dije con una aprehensión poco característica en mi voz. —De todas formas, Elida, yo...— De nuevo dudé. — Yo quiero saber si se casaría conmigo.

Elida parpadeó y se me quedó mirando fijamente mientras me estudiaba en silencio, examinando mis ojos.

— ¡Oh! —, dijo mientras se estiraba para tocar mis labios. De repente, una sonrisa apareció en sus ojos, pero desapareció igual de rápido. — ¡Ay!, Sixto —, suspiró sacudiendo su cabeza y comenzando a responder con un gemido confuso y desesperado. —Debería saber que yo ya había dejado de pensar en matrimonio. Mucho tiempo antes de que nos conociéramos, yo ya había perdido toda esperanza. Sé que mi padre me ama, pero me ha dejado sin ninguna opción. Mi único futuro es el de servir a las necesidades de mi familia y del rancho. Dejé de pensar en cualquier otra cosa.

Ella se detuvo un momento e inhaló profundo. —Entonces, una tarde, usted llegó a "La Palma". Gracias a la tía Julia usted se mudó a la casa de huéspedes. Esa fue la única razón por la que tuvimos la oportunidad de hablar, el único motivo por el que tuvimos esta oportunidad de estar juntos. ¿Sabía que mi padre nunca había dejado que uno de nuestros trabajadores viviera ahí, tan cerca de nuestro hogar? Y ahora todo ha cambiado… pero en realidad no, al menos para ellos —. La voz de Elida se fue subiendo de volumen y de tono conforme ella hablaba y su enojo aumentaba en su interior. —Antes yo creía que ellos pensaban que yo era feliz —, continuó. —Ahora yo ya le dije cuán difícil ha sido para mí vivir sin usted, pero, aun así, él quiere que me olvide de usted. Él asegura que yo no sé nada sobre el amor. Durante diez años ha estado inculcándome su doctrina: "¡Hay suficiente tiempo para encontrar un esposo!" Ahora él dice: "¡Ese hombre no es para ti! ¡Ese hombre no tiene nada que ofrecerte!" Como si yo debiera preocuparme sólo por el algodón y el maíz. Entonces, yo pienso que quizás él tiene la razón. Quizás yo no sé nada acerca del amor. ¿Cómo podría yo saber?

Elida juntó sus manos y las puso sobre mi hombro. Dejó caer su cabeza sobre mi camisa y su cabello rozaba mi mejilla.

—Estoy tan confundida. Amo a mi familia. ¡No sé qué hacer con ellos o cómo contestarle a usted!

Con las cobijas todavía cubriendo su cuerpo medio desnudo, ella abrazó mi cabeza con sus brazos.

—La amo—, afirmé. —Su padre no tiene ningún derecho a quitarle su felicidad.

Elida ahora estaba abrumada con emociones encontradas.

—Yo también lo amo, Sixto—, susurró, —pero necesito algún tiempo. En este momento no le puedo responder.

—Entiendo—, dije.

Semanas más tarde, cuando estaba tallando y lavando el piso de cemento gris del establo, la señora Hollings apareció en la puerta. Se acercó caminando sobre la superficie mojada y me entregó una carta.

—Esto llegó para usted—, dijo y sonrió ante mi animado "¡Gracias!"

Me quedé mirando el suave sobre azul con mi nombre escrito en él: "Para Sixto Torres, a la atención de la Lechería Leone, Harlingen, Texas, U.S.A.". Enjuagué el jabón de mis manos. Arranqué con prisa el suave papel y leí: "Querido Sixto. Aquí estamos muy ocupados. Sus hermanos y Licha están bien. Estoy feliz de que haya escrito. Si está disponible, quisiera verlo pronto. Elida."

A pesar de haber notado un sentido de urgencia escondido bajo esas pocas palabras, pasaron algunos días antes de que yo pudiera regresar a "La Palma". En esta ocasión me encontré con que la mamá de Elida estaba en la casa. Ella pasó por detrás de su hija y me saludó brevemente antes de desaparecer hacia la cocina. Elida me llevó al salón. Hasta este momento nunca me habían invitado a entrar en la casa.

Dos gruesas sillas de madera acolchonadas y tapizadas con piel de vaca estaban a un lado de una modesta chimenea de ladrillos. De una viga del techo colgaban lámparas de latón y entre las sillas había una mesa de hierro forjado y vidrio cubierta con periódicos y revistas con las esquinas dobladas. La casa olía a carnitas y mole recién preparados. Elida me indicó que me sentara en un viejo diván de piel y se sentó a mi lado.

—Tengo que decirle algo—, me dijo. Tomó mi mano entrelazando sus dedos entre los míos. Ella esperó un momento más antes de continuar. —Creo que estoy embarazada—. Mientras hablaba me miraba a la cara. Al principio no respondí. Tan sólo la miré intentando comprender. Entonces, inhalé profundo y exhalé abruptamente, poniendo dos dedos sobre mis labios.

—¡Ay, Chihuahua! — exclamé antes de volver a inhalar y suspirar.

Eché mi cabeza para atrás y cubrí mis ojos con ambas manos. Me encontré a mí mismo pensando en su padre. Extrañamente, el olor de la silla de piel cerca de mí me transportó hasta la tenería de mi padre y a mi niñez. ¿Qué diría mi papi? Él estaría orgulloso de tener un nieto, pero quizás no bajo estas circunstancias.

—Mi madre está segura de que estoy embarazada. Insiste en que tengo al menos seis semanas de embarazo.

Me incliné hacia adelante todavía con mi cabeza entre mis manos. ¿Qué diría mi madre? ¿Mis hermanos y hermanas? ¿Mi tía Julia? Sacudí mi cabeza al darme cuenta de que nada de eso importaba. Me acerqué al borde del diván y abrí mis ojos. Mi cara se suavizó al ver a Elida y me puse de pie.

— ¿Ya lo sabe su padre? — pregunté.

—No.

— ¿Se lo va a decir?

—Por supuesto. De cualquier manera, pronto se dará cuenta.

De inmediato supe que tenía que convencer a Elida de que viniera conmigo. Tendríamos que confrontar a su padre y hacerle saber que ella ya se había liberado de su yugo. Con gentileza, ayudé a mi amada a ponerse de pie.

—Ahora ya no tenemos ningún motivo para esperar—, le dije. —Si él lo acepta, podemos casarnos y celebrarlo con él y con todos los demás.

—Eso espero de todo corazón—, contestó Elida, acurrucándose más profundamente en nuestro abrazo. —Pero mi madre dice que el hecho de que yo esté embarazada sólo lo va a hacer enojarse más con nosotros.

—Entonces nos tenemos que fugar—, afirmé. —Nos iremos ahora y viviremos del otro lado. Tengo trabajo y un hogar ahí, Elida.

Ella se volvió a sentar y empezó a llorar con suavidad cubriéndose con sus manos. —Yo esperaba no tener que llegar a esto—, dijo.

—Algún día él tendrá que aceptarlo.

Ella se restregó los ojos y miró hacia adelante sumergida en sus pensamientos; entonces, con una ligera mirada hacia arriba, ella de nuevo me invitó a sentarme junto a ella.

—Sixto, mi amor, lo amo. Quiero casarme con usted. Me voy a casar con usted—. Lentamente afirmó con su cabeza. La abracé con torpeza. Ella continuó, —Pero no me puedo ir de aquí con usted, no en este momento. Tengo que estar aquí esta noche cuando él regrese. Debo hablar con él.

Por fin Elida había aceptado mi propuesta, aunque yo tuviera que esperar para llevármela conmigo. Mis emociones

encontradas por los sentimientos de deseo, amor, miedo a per-
derla y enojo ante su continuo rechazo, hicieron que mis ojos
se llenaran de lágrimas. Yo sabía que no la podía convencer
de irnos de inmediato y de abandonar a su familia sin siquiera
decirles adiós. Yo entendía que, a su padre, una vez que supiera
la verdad, le teníamos que dar la oportunidad de aceptarme,
de aceptarnos a los dos como pareja.

—Tome todo el tiempo que necesite—, le dije. De nuevo,
permanecimos sentados en silencio. Escuchamos un ruido
en la cocina y recordamos que Josefa había permanecido ahí
durante toda nuestra conversación.

Elida se paró.

—Debe irse—, dijo.

Nos besamos por un buen rato. Me volví sobre mis pasos a
través del salón y hacia la tibieza del día.

Después de una larga semana recibí noticias de la tía Julia,
quien había recibido una llamada del padre de Elida. Ni Don
Ramón ni Doña Josefa querían ceder. Ellos se rehusaban a
aceptar lo que todos los demás sabían que debía suceder:
un matrimonio decoroso y jubiloso. Los tíos y tías de Elida
hablaron con ellos. Sus hermanos hablaron con ellos. Sus primos hablaron con ellos. Todo fue en vano.

A los tres días de haberse enterado de que Elida estaba
embarazada y que yo era el padre, Don Ramón, aún determinado en controlar el destino de su hija, manejó las treinta millas hasta Matamoros para rentar un pequeño departamento,
pagando tres meses por anticipado. Él había decidido que ella
tendría a su bebé en la ciudad. Después, ella regresaría al rancho y retomaría sus responsabilidades como parte de la familia.

—La traeré mañana—, le dijo Don Ramón al casero. —
Yo regresaré cuando haya que pagar la renta.

Habiendo completado estos preparativos, él le llamó a mi tía Julia para avisarle sobre su decisión.

— ¿Cómo se está tomando todo esto Elida? —, ella le preguntó.

—Habla muy poco, pero creo que muy pronto va a entrar en razón.

—Don Ramón—, le respondió la tía Julia, — ¿puedo darle un consejo?

— ¿Por qué no? —, contestó.

— La mula que no patea, muerde.

De hecho, Elida se quedó sentada en reprimida aceptación cuando su padre le informó lo que él había hecho.

—Sus tías y sus primos están allá para ayudarle por si necesita algo—, declaró, como si esta información por sí sola pusiera un punto final a todas las preocupaciones que ella pudiera tener en cuanto a esta solución a su condición. Josefa permaneció en el umbral de la puerta, escondiendo sus dudas con discreción. Elida había decidido que, por el momento, no se rebelaría abiertamente.

Sin embargo, a las tres semanas de haber llegado a Matamoros, ella y yo ya estábamos intercambiando llamadas y tramando nuestra fuga. De hecho, sus tías y primos fueron de mucha ayuda, pero no de la forma en la que Don Ramón había esperado. En el día designado para ello, le proporcionaron a Elida el dinero del costo del pasaje de taxi para que llegara hasta la frontera donde se encontraría conmigo. La tía Julia ya había arreglado para que un juez en San Benito nos casara. Ella, el tío Norberto, mi mamá y, por supuesto, nosotros dos, fuimos los únicos testigos de nuestra ceremonia.

Otra vez los padres de Elida llamaron a mi tía Julia. Ella nos contó que cuando escucharon sobre nuestro matrimonio se pusieron furiosos. Durante la conversación, ella podía escuchar la voz de Don Ramón en el fondo declarando que iba a desheredar a Elida y que no quería tener nada más que ver con ninguno de nosotros dos.

Elida se rehusó a aceptar esta declaración como la última palabra. Ella amaba a su padre y a su madre y creía que ellos todavía la amaban. Tenía fe en que, con el tiempo, ellos cederían.

Cuando nació Sixto Junior, ella les escribió una carta y les mandó una foto. Les contó sobre nuestra vida en el Valle de Río Grande. Les agradeció por todo lo que habían hecho por ella de pequeña y en sus primeros años de adulta. Les mandaba cariños a sus hermanos y hermanas. Terminaba la carta con una nota de esperanza: "Esperamos con ansias poder llevar al bebé a verlos cuando sea lo suficientemente mayor para viajar". Esperó con paciencia una respuesta, pero ésta nunca llegó. Sus primos le dijeron que el enojo de sus padres ante su hija y su actitud hacia mí no había cambiado en lo absoluto.

Nuestra familia creció con el pasar de los años: cuatro bebés en los primeros diez años y cuatro más después. Con la llegada de cada nuevo niño, la tía Julia se reía y repetía su dicho favorito: "Donde hay hijos, ni parientes, ni amigos.".

Durante esos primeros años, yo continué trabajando en la lechería hasta que Elida y yo decidimos que, con ella a mi lado, juntos podíamos generar más dinero en el campo. En la primavera y a principios del verano, yo cultivaba y plantaba algodón y maíz para los granjeros locales. Juntos recogíamos duraznos y albaricoques. Cuando no estaba embarazada, Elida me ayudaba empacando jitomates.

Nos contrataron en una granja de pollos en Weslaco. En Harlingen, empacábamos huevos y ganábamos $70 dólares por semana entre los dos. Con frecuencia traíamos a los bebés con nosotros, como era común entre nuestros compañeros de trabajo y amigos. Con el tiempo nos mudamos a McAllen y compramos una modesta casa de tres habitaciones.

Donde fuera que yo trabajara, con frecuencia me pasaba las tardes con mis amigos, con nuestros vecinos, con mis compañeros de trabajo o con cualquiera que quisiera unirse. Algunas noches después de trabajar, los hombres nos recargábamos contra una destartalada pickup que olía a herrumbre, humedad y a vegetales rancios, mientras nuestras esposas preparaban la cena y ponían a dormir a nuestros hijos.

Algunas noches nos reuníamos en un porche trasero después de cenar, o bajo el techo de una cochera abierta vacía, con nuestras camionetas y automóviles estacionados en las obscuras calles sin alumbrar. En algunas ocasiones, en especial los sábados, al caer la tarde nos reuníamos en la cantina "El Pilón", o en algún otro sórdido bar, y nos quedábamos ahí hasta muy tarde.

Durante todas esas noches, bebíamos y fumábamos juntos, contándonos historias. Hablábamos sobre nuestro trabajo, nuestras familias o sobre los pueblitos que habíamos dejado atrás. Conversábamos sobre nuestro México y nuestras vidas en los Estados Unidos, el país al que habíamos venido y en el que todavía luchábamos por conseguir un lugar para nosotros y para nuestros seres amados. Hablábamos sobre los gabachos, los gringos, lo bueno y lo malo.

Esa noche, Rodrigo, quien vestía una gorra de béisbol azul y una delgada chamarra de los Dodgers, bebía una cerveza Lucky Strike.

—No—, comenzó, —a mí no me gusta la manera en la que actúan algunas veces, usted sabe... usted sabe—. Se rascó la barbilla con barba de dos días. —La forma en la que los capataces actúan. Para mí es, como usted dice, ¡una mierda! ¡Es pura cacatoria! ¡Muy rudos y superiores! ¡Venga para acá! ¡Vaya para allá! ¡No toque eso!

—Sí, por cierto, tiene razón—. Sergio continuó con la discusión. —Pero mire, hombre, piense sobre lo que está diciendo. Pasa lo mismo en México. Al menos aquí tiene trabajo. Al menos aquí sus hijos tienen un chance, tienen una oportunidad—. Sergio levantó un *paquete de seis* cervezas que estaba en medio del círculo.

—Ellos piensan que todos los mexicanos somos burros, ¡poco más que perros! —, afirmó Rodrigo. —Pronto se dará cuenta.

Yo escuchaba las burlas en silencio, pero al final tuve que hablar.

— ¡Quizás sí lo somos! —. Los hombres se sorprendieron al escuchar esto. —Quizás somos burros. Después de todo, ¿por qué estamos aquí? —. Ellos me miraban, una sombra encorvada en la semi-oscuridad generada por la inclinación de la luz del porche. Me estiré para agarrar otra cerveza y lamí el pliegue entre mi pulgar y mi dedo anular para cubrirlo con una pizca de sal. — ¿Por qué estamos aquí? —, les volví a preguntar, lamiendo la sal y bebiendo. —Estamos aquí para trabajar como burros y nada más, según ellos, según los gabachos—. Los otros asintieron con la cabeza en silenciosa aceptación.

— ¿Pero estamos aquí sólo para trabajar? No, no, mis amigos. Sergio tiene razón. Estamos aquí por la oportunidad. No es por nosotros que estamos aquí. Es por nuestros hijos, por los niños, señores. ¿Qué oportunidad podrían tener ellos en México? Ninguna. Nada. Ustedes saben perfectamente lo que ha sucedido en México y lo que sigue pasando.

Recordé las clases del Padre Bartolomé sobre la historia de México en el seminario y las clases que había tomado en la capital, además de todo lo que había seguido leyendo después de eso.

—México abandonó a su gente hace más de cien años. A Porfirio Díaz todos lo querían porque construyó caminos y escuelas, pero todo se hizo a expensas del futuro de México. Por un lado, él permitió que los americanos llegaran y compraran millones de hectáreas en el norte. Los Rockefellers, los Hearsts, todos los "capitalistas inescrupulosos", J. P. Morgan y demás. Ustedes han escuchado esos nombres, ¿no? Nunca los olviden. ¡Eso explica por qué ustedes están aquí!

—La Anaconda Company, la Standard Oil, la Continental Rubber, la United Fruit entre otras compañías. Todas ellas se robaron todo: el cobre, el latón, el petróleo, los caminos, el caucho, la plata, el ganado, el algodón y demás. Lo que se les ocurra. ¡Lo perdimos todo! —, continué como si estuviera sobre una tarima improvisada.

—Durante el Porfiriato, los federales les robaron la tierra y sus recursos a los campesinos y lo vendieron todo a los inversores americanos. Seguramente alguien les ha contado lo que les pasó a sus padres y a sus abuelos, ¿o acaso necesitan una lección sobre su propia historia? —. Elida me había advertido de que yo me ponía muy emotivo cuando discutía sobre nuestra historia. Era verdad. Mi ira y mi indignación aumentaban, en particular cuando me encontraba con paisanos como algunos de estos hombres que no tenían idea alguna. —¡Para 1920—, continué, —los americanos ya eran los dueños del 25 por ciento del México y del 80 por ciento de sus ferrocarriles! Los campesinos se quedaron sin nada, ¡nada!

—No, no, Sixto, lo comprendemos, pero eso fue hace mucho tiempo—, indicó Sergio. —Recuerdo que mi padre me dijo alguna vez que, cuando él y mi madre se casaron en 1907, México había tenido que importar maíz para hacer sus propias tortillas.

— ¡Exactamente! —, afirmé. —Y después, cuando México recuperó la tierra de los americanos, no cambió casi nada. Los capitalistas mexicanos tomaron el control y ellos también controlaron la tierra e ignoraron la agricultura en el norte del país. Y así es como los industriales han manejado y exprimido al país durante los siguientes cincuenta años, así que aquí estamos.

—Temo que tiene razón—, declaró Sergio con resignación.

—El Norte todavía está descuidado—, declaré, —lo dejaron seco para que se pudriera bajo el sol del desierto—. Aspiré con fuerza mi Marlboro. —Todo el dinero está en las ciudades y es por eso que estamos aquí

Refugio ofreció un comentario desde un rincón de la tenue luz.

—Es cierto. La gente no tenía ningún lugar a dónde ir, más que a las ciudades o a los Estados Unidos—. En la obscuridad, Torivio atisbó al grupo a través de sus gruesos anteojos negros, colocados bajo la adelgazada línea de nacimiento de su pelo. —Eso nunca va a cambiar , observó sin ninguna emoción. — ¿Cómo podría cambiar? —, y se volteó hacia mí.

—Este tipo de cambio tiene que venir desde abajo. El pueblo debe realizar el cambio, pero no tiene ningún interés—, afirmé pasándole una cerveza.

—De nuevo tiene razón—, dijo Sergio. —Tiene razón, hombre, pero ¿por qué? ¿Por qué nadie tiene ningún interés?

—Porque—, contesté, —tienen una salida; pueden irse. Si no pudieran irse a las ciudades o a los Estados Unidos, entonces sí, y hablo sobre nosotros, podríamos tener un gran interés en cambiar a México.

—En México los que tratan de cambiar las cosas no viven mucho tiempo—, dijo Rodrigo. Todos asintieron.

El grupo permaneció sentado en silencio por un largo rato. Al final, Rodrigo dijo: "La bruja me llama". Todos se rieron. "Sí. ¡Por cierto!" repetían. "¡La bruja me llama! ¡Ya nos vamos todos!"

Nos levantamos y manejamos hasta nuestros respectivos hogares.

Pocos días después, al finalizar la tarde, yo observaba a Elida sentada en el pasto en la plaza "Porfirio Díaz" en Harlingen. Sixto Junior y Enrique, de siete y cinco años respectivamente, jugaban en los columpios cercanos y en el tobogán. Celina y Moisés tenían tres y dos, respectivamente. Estaban recostados con ella sobre una cobija, mientras ella amamantaba nuestra bebé Elida. Poco después de su nacimiento, Celina y yo habíamos tratado de pronunciar el nombre de nuestra nueva bebé y salió más parecido a Gloria que a Elida, así que la llamamos Baby Gloria.

Los observaba a través de la ventana del automóvil. Había terminado con mi trabajo del día y había venido para llevarlos a casa. Elida no se había dado cuenta de mi llegada. Yo esperaba que se encontrara feliz por haberse liberado de la tensión y el enojo que surgió entre nosotros la noche anterior. A pesar de parecer relajada, no tenía duda alguna de que todavía estaba molesta conmigo. Ella observó a los niños, luego cerró sus ojos y volteó su cara hacia el cielo, quizás como un gesto de agradecimiento por su salud, quizás en desesperación. Cerca de ahí, los jardineros trabajaban en los jardines del parque.

El olor a pasto recién cortado llenaba el aire tibio. Sin duda alguna, eso le recordaba el rancho de sus padres. A los dos años de habernos casado, con el inminente nacimiento de nuestro segundo hijo, sus padres se habían suavizado. Estaban entusiasmados por ver a su primer nieto y darle la bienvenida al nuevo bebé cuando naciera. Desde entonces, nuestras visitas ocasionales a "La Palma" habían ayudado a sanear las heridas familiares.

Su padre y su madre le habían dicho que yo no le podía dar nada; sin embargo, ahora saboreaban cada momento que pasaban con sus nietos, recibiéndolos con chucherías y dulces comprados durante sus frecuentes viajes a Nuevo León. Aun Ramón descuidaba sus deberes en los campos y graneros de "La Palma" para abrazar a los bebés y cubrirlos de amor y de cuidados.

Elida disfrutaba mucho de ser madre. Durante un tiempo de su vida, todos esos años después de completar su educación secundaria y vivir con sus padres, se había preguntado si algún día llegaría a casarse y tener hijos. Ahora se regocijaba cuando su doctor le confirmaba, casi cada año, que de nuevo estaba embarazada.

Sin embargo, las novedades recibidas de otros doctores no eran buenas. Últimamente me había estado sintiendo inusualmente débil y cansado. Había perdido peso y me veía ictérico. El doctor me había advertido que podía tener enfermedad hepática en etapas iniciales. Ahora a Elida le preocupaba que yo nunca me llegara a recuperar, en especial porque yo tendía a suavizar las noticias e ignoraba las indicaciones del doctor sobre dejar de fumar y de beber.

Yo no estaba preocupado. Siempre había confiado en mi habilidad para mantener a mi familia. Con el medicamento, yo había sido capaz de regresar a un ritmo de trabajo constante después de unos pocos días de descanso.

Por supuesto, la mayoría del tiempo estaba fuera de casa trabajando o buscando algo mejor. Elida estaba sola en casa con nuestra creciente progenie. Yo sabía que tenía que compensar lo que ella no ganaba. Cuando podía, trabajaba tiempo extra o aceptaba todo tipo de trabajos para complementar. De alguna manera las cuentas se pagaban y todos los días lográbamos tener comida en la mesa.

Tenía que admitir que disfrutaba de beber con mis amigos y de intercambiar nuestras historias y sueños. Elida me decía que yo era demasiado soñador, siempre confiado, siempre confiado en el futuro y siempre seguro de que aparecería una nueva oportunidad.

— ¿Se le ha ocurrido que su familia está creciendo y que yo necesito de su ayuda en la casa? ¡Pasa demasiado tiempo con sus sonsacadores compadres y gasta demasiado dinero en alcohol! ¡No tenemos ahorros ni ninguna seguridad más allá de la llegada del siguiente sueldo!

Era por eso que, la semana anterior al volver de "La Palma", otra vez se había enojado conmigo.

— ¿Por qué, Sixto? ¿Por qué? —. Me gritó, con las botellas entrechocando entre Junior y José en el asiento trasero de nuestra camioneta. — ¿Por qué está comprando tales cosas? ¡Veinte botellas de tequila! Está destruyendo su salud, su fuerza y su habilidad para ganarse la vida y mantenernos. ¡Si tuviéramos unos centavos extra, los desperdiciaría en beber con sus amigos en lugar de traerlos a casa!

Y por eso se había vuelto a enojar conmigo la tarde anterior. Yo había estado bebiendo, pero no me caía de borracho. Jamás había regresado a casa cayéndome de borracho. Por lo visto, mientras yo no estaba, ella había contado las botellas que quedaban en el armario.

A Elida no le gustaba demostrar su enojo frente a los niños, pero, cuando regresé, ella ya estaba a punto de explotar.

—Son las 11, Sixto. ¡Usted y sus borrachos amigos ya se han terminado once botellas!—, gritó. —¡Ya no puedo vivir así!— Se paró y me miró fijamente. Yo abrí mi boca para hablar.

—Mira, bebé—, mascullé.

— ¡No! No lo voy a escuchar. ¡Usted me va a escuchar a mí! — Hizo una pausa y trató de calmarse, pero la ira surgió a través suyo y brotó hacia el agrio aire. — ¿Piensa que estoy enojada solo por la bebida, Sixto Torres? ¡No! Yo he vivido toda mi vida con el olor de hombres que beben. Mi padre bebía. Mis hermanos bebían. ¡Estoy acostumbrada! ¡Jamás he criticado eso! ¡No! ¡No! ¿Sabe por qué? ¡Porque no está aquí cuando lo necesito! ¡Mire este lugar! ¡Yo no puedo hacerlo todo! ¿Entiende? ¡Además, usted sabe muy bien que tiene un problema de salud! ¿No le preocupa que el beber noche tras noche lo empeore? — Su voz se colapsó. Sus ojos se llenaron de lágrimas, pero se recuperó y continuó. — ¿Cómo puede gastar su dinero en José Cuervo en vez de en comida para sus hijos?

—Mire, bebé...— traté de hablar de nuevo, de calmarla. Me di cuenta de que no tenía nada que decir, así que me senté para aclarar mi cabeza. —Mire—, me fui a tientas, — usted sabe que los compré muy baratos en México. No cuestan mucho—. Estaba seguro de que esta era la respuesta correcta. Elida se me quedó mirando fijamente. Dejó de gritar. Se paró junto al lavabo. De repente, ella ya estaba frente a mí sirviéndome una taza de café y hablando muy lento y con determinación.

— ¡No sea absurdo! ¡No me importa dónde las haya comprado, Sixto! ¿Me está escuchando? — Ella ya había agotado sus emociones. Yo sorbía el café. —Esto es lo que va a pasar—, me dijo. —Le voy a decir lo que va a hacer. ¿Me está escuchando?

Levanté la mirada hacia ella, pero en seguida de nuevo me quedé mirando fijamente al piso.

—Dígame, mujer—, le dije dócilmente. —Estoy bien. Estoy escuchando.

—Va a estar aquí todas las tardes conmigo y con los niños. Va a dejar de matarse bebiendo todas las noches. Además, todavía tiene nueve botellas de José Cuervo en el armario. Tómelas, Sixto. Mañana llévelas todas al mercado de pulgas en Harlingen y véndalas. ¿Entendió? Quiero que vaya y las venda. Va a obtener al menos el doble de lo que pagó en México. ¡Mañana, Sixto! — Con eso se dio la media vuelta y se fue hacia la habitación.

—Okey—, rezongué mientras ella se alejaba. Recosté mi cabeza en el deshilachado mantel. Sentía que había escarmentado con su enojo. A la mañana siguiente, hice lo que me pidió y llevé las nueve botellas al mercado de pulgas. Prometí controlar mi bebida y pasar más tardes en casa. No estaba seguro de poder cumplir con esas dos últimas promesas.

CAPITULO CINCO

Cuando dejaba de llover en Texas y escaseaban las cosechas, yo pintaba casas, trabajaba en un taller de hojalatería y pintura o regresaba a ordeñar vacas y a limpiar establos. Con la cosecha reducida por el retraso de las lluvias, empecé a trabajar en una panadería en Harlingen. Cada mañana me levantaba a las 4:00 a.m. para ayudar al encargado a mezclar la harina, el glaseado y el caramelizado. El nombre de mi jefe era Conrad Klaus. Él exigía un día laboral de 10 horas en semanas de seis días de trabajo por tan sólo 8 centavos por hora.

Poco después de mi llegada, observé que los otros ayudantes hablaban muy poco entre ellos. Todos eran mexicanos y tenían la tarjeta de residencia permanente como yo. Pensé que era extraño que mis compatriotas no me dieran la bienvenida ni me preguntaran sobre mi vida. A pesar del dulce aroma del aire, la atmósfera se sentía tensa y apagada.

Conrad, de sesenta y tantos años, tenía mala cara y era un empresario exigente, que se estaba quedando calvo y tenía un abdomen que se zarandeaba sobre su cinturón como un delantal lleno de harina. Gruñía las órdenes en inglés con un acento alemán o, con mucha frecuencia, en fragmentadas frases en español. A nosotros los ayudantes nos resultaba difícil entenderle en cualquier idioma. Confiábamos más bien en cómo sacudía sus manos y sus brazos para entender lo que quería.

Una tarde, después del trabajo, cuando yo caminaba hacia mi automóvil, se me acercó otro de los ayudantes, a quien yo conocía como Jaime. El hombre tenía más o menos mi edad, pero su cabeza apenas me llegaba a los hombros. Era de complexión delgada, se estaba quedando calvo y tenía largas patillas que enmarcaban su estrecha cara.

— ¿Sabe algo acerca de este lugar y de lo que está sucediendo?—, me preguntó casi susurrando.

—Nada—, le contesté.

Jaime miró con cuidado hacia la panadería.

—Hay seis tiendas de aquí a Bronwsville: ésta, la que está en Mission, otra en San Juan, Welasco, Edinburg y La Feria. Este tipo y su hermano son los propietarios de todas ellas. Así que pienso que debería saber sobre esto —. Miró con nervios hacia la tienda. —Estamos organizando una sindicato.

— ¿De verdad?— le dije.

Encontré fascinante la idea de formar un sindicato. Había escuchado hablar sobre campesinos en California que se estaban sindicalizando. Jaime levantó una ceja y asintió excitado.

—Estamos hablando con todos y tratando de que se afilien. Espero que venga a la reunión mañana por la tarde, pero no puede decirle nada a él—. Gesticuló sobre su hombro.

—Por supuesto que no—, prometí.

La noche siguiente, asistí a la junta y me senté en silencio en el salón de un desconocido para escuchar a los demás trabajadores de la panadería Klaus. Algunos se expresaban con cautela. Otros se quejaban abiertamente con voz alta y en tonos coléricos.

Yo sabía que en México existían los sindicatos, pero jamás había tenido la oportunidad de participar en ninguno. Seguí a Jaime hasta el cuarto trasero con otros diez o doce mexicanos. Ellos se reclinaban hacia la silla de Jaime para escuchar la traducción de lo que sucedía.

Al frente, un inglés larguirucho llamado Randy se dirigía al grupo. Él tenía quizás treinta años, con intensos ojos azules rodeados de una cabeza cubierta de tupido cabello rubio y una barba. Él venía de la oficina del sindicato de Brownsville. Otros ocho gringos y dos negros ocupaban las primeras tres filas de sillas.

Randy sostenía un bloc amarillo. Se presentó mientras golpeteaba sus labios con un lápiz, agitándolo en el aire cuando quería enfatizar algo o masticándolo cuando no estaba hablando.

—Okey, así que, como dijimos la semana pasada, el personal del Rainbow se fue a huelga y obtuvieron un contrato en menos de tres semanas. Consiguieron un aumento del veinte por ciento por hora y cobertura médica. Rainbow sabía que no tenía otra opción y, como dijimos la semana pasada para los que no estaban aquí, no hay ningún motivo por el que no podamos lograr lo mismo.

Randy se metió el lápiz entre los dientes y pasó los dedos de su mano izquierda entre su tupido cabello.

—Así que, en este punto, los hermanos Klaus nos están pagando por debajo del precio de mercado y van a seguir abusando de sus trabajadores si nosotros se los permitimos.

Esa noche, mientras manejaba hacia mi casa, me sentí animado. Me gustaba la idea de gente tomando acción, uniendo fuerzas para cambiar sus vidas. Me recordó a mi padre, de cómo se encargó de construir un espacio comunitario para

San Ciro. Me recordó al Padre Benito: "¡Ustedes deben ver más allá de lo que es y luchar por alcanzar lo que debe ser!"

Dos reuniones después, ya no pude permanecer en silencio. Había notado que Jaime era buen traductor pero que, en realidad, contribuía muy poco a la reunión. Podía notar cómo nuestros compatriotas se contenían. No tenían ningún motivo para desconfiar del Anglo1, pero tampoco para confiar en él. Todos permanecían en silencio, sin hacer preguntas sobre lo que les preocupaba más. Al final levanté mi mano. Randy me señaló con su lápiz.

—Si, señor, ¿usted quiere decir algo?

Me puse de pie. Yo siempre he tenido una voz fuerte. Cuando hablé se hizo el silencio en toda la habitación.

—Algunos de nosotros aqufulanoí—, comencé en español—, tenemos *Green Cards*2. Si nos vamos a huelga, nos van a despedir. Si nos despiden, no tendremos trabajo. Y nos mandarán de regreso.

Jaime tradujo y Randy respondió con rapidez.

—Ellos no van a despedirlos. Ellos no quieren esa publicidad. Ya se los dije. Rainbow cayó en tres semanas. No despidieron a nadie.

Randy se movió cuan alto era y miró hacia otro lado, escaneando la pequeña habitación.

— ¿Alguna otra pregunta?

—Dispénseme—, yo tenía otra pregunta. —Rainbow es una panadería grande. Quizás la mala publicidad le afectaría más de lo que lo haría a una pequeña compañía como Klaus.

---

1 Persona blanca de habla inglesa en los Estados Unidos y que no es de ascendencia hispana.

2 Tarjetas de residencia permanente.

Cuando Jaime tradujo, Randy se movió de nuevo y asintió impaciente.

—Les digo a todos una cosa y que quede claro. ¡Ellos no van a despedirlos! Las panaderías son locales. Ellos necesitan de sus clientes leales, la mayoría de los cuales, por cierto, son mexicanos. Ustedes deben irse a huelga y sus esposas, sus primos y sus compadres, todos se van a enterar. Si los despiden o los reemplazan con esquiroles, ellos se van a enfurecer. Van a dejar de ir a la panadería Klaus. A esto se le llama tener el poder—. Randy hizo una pausa para que Jaime se pusiera al corriente y luego continuó.

—Tienen que aprender a usar las cartas que tienen en la mano. Para eso estamos nosotros aquí. Para averiguar cuáles son sus cartas y ayudarlos a usarlas.

Yo tenía otra pregunta.

—Si tenemos que irnos a huelga, ¿de dónde saldrá el dinero para alimentar a nuestras familias?

Randy se frotó la parte de atrás del cuello.

—Bueno, como les dije antes, no creo que tengamos que irnos a huelga, pero, de ser así, el sindicato se asegurará de que nadie se muera de hambre.

Después de la reunión, todos los mexicanos se reunieron a mi alrededor y me agradecieron por preguntar todo eso. Jaime sugirió que yo debería unirme al comité negociador. Los otros asintieron y, de inmediato, me eligieron para ser parte del equipo de tres hombres. Más adelante, después de que la reunión formal había terminado, vi a Jaime y Randy hablando en secreto en la puerta de la cocina. Ellos se me acercaron y me invitaron a ir con ellos para realizar otras visitas a domicilio.

—Usted como que me desorientó con todas sus preguntas—, afirmó. —Pero el hecho es que necesitamos a alguien como usted. Necesitamos que alguien hable con los mexicanos que todavía se están reprimiendo.

Acepté a ayudar. Ya en casa, le compartí orgulloso a Elida las novedades de mi nuevo nombramiento. Elida no dijo nada. Ella sabía que mi emoción significaba que, una vez más, volvería a estar fuera de casa con demasiada frecuencia, aunque también comprendía la necesidad de luchar por obtener mejores salarios. Pronto ya estaba pasando las tardes con Randy y Jaime.

Una noche visitamos la casa de Simón Salazar. A Randy le gustaba comenzar por describir la Service Employees International Union y el éxito obtenido con la panadería Rainbow. Después de eso, él hablaba sobre la solidaridad. Esa era la "llave para el éxito". Luego les mencionaba a sus oyentes que los miembros del sindicato "se han puesto a sí mismos en peligro". Para concluir, describía los beneficios de formar parte de un sindicato.

—Vamos a exigir un incremento en la paga por hora y también vamos a insistir en que den cobertura médica.

Jaime tradujo. Randy terminó y asintió hacia mí. Se sentó en una silla vacía cerca de una pequeña TV que estaba sobre una mesa de TV. Simón había reunido a tres amigos, todos empleados de Kraus, para esta reunión. Prendí un cigarrillo y tomé unos sorbos de café. Dejé que el silencio del cuarto perdurara por un largo momento. Entonces puse mi taza sobre la mesa que estaba a mi lado.

—Señor Salazar—, comencé, dirigiéndome directamente al anfitrión de esa tarde —, Jaime me dice que usted es de Durango.

—Sí, soy de Durango—, afirmó orgulloso Simón Salazar. Tenía sus treinta y tantos años y era un hombre de huesos pequeños, de quizás 1.70, con manos y brazos delicados, ojos gentiles, nariz aguileña y labios delgados. —Nosotros tres somos de Durango—. Él señaló a sus dos compadres que estaban sentados a su lado. — ¡Oh!—, dijo, señalando al otro lado de la habitación, —y él es de Oaxaca. Su nombre es Omar Cisneros. Y, bueno, a nosotros ya nos conoce, pero estos son Rafael Murillo y Rufino Reyes.

Asentí mirando a los dos hombres y luego regresé mi atención a Salazar. Las afiladas facciones del hombre me recordaban a los dibujos de Atahualpa, el último gran emperador Inca a quien Pizarro venció en 1532, para luego ejecutarlo dos años más tarde.

—Yo nunca he estado en Durango—, agregué. — Cuénteme sobre él. ¿Cómo es la comida por allá?

— ¡Pollo borracho!— respondieron de inmediato los tres hombres al unísono, y se rieron con fuerza. — ¡Nuestro platillo típico es el pollo borracho!

— ¡Me gusta eso!

—También se nos conoce por nuestros alacranes. ¡Pero a esos no nos los comemos!— Y los tres hombres se rieron de nuevo.

— ¿Ni siquiera con tequila?—, pregunté.

— ¡No, no! ¡Nadie por allá come alacrán borracho! exclamó Simón.

Observé a los tres hombres y me acordé de mi juventud en San Ciro, sentado con Toña en la lotería, colocando un grano de maíz sobre el tablero mientras el encargado cantaba: "Ese que muerde con su cola… ¡el alacrán!"

De repente, Omar Cisneros habló.

— ¡En Oaxaca comemos chapulines!

— ¡Eso he oído!—, respondí. — Otra vez, ¿también primero los emborrachan?

—Es probable que algunos lo hagan—, exclamó Omar con una gran sonrisa, —pero yo nunca lo he probado así.

La conversación se detuvo por un momento. Me volteé hacia una fotografía que estaba sobre la mesa junto a mí.

— ¿Estos son sus hijos? —, pregunté, señalando el retrato. —Sí, gracias a Dios—, respondió Simón. —Tres hermosos bebés.

—Señor Gallardo, ¿usted tiene hijos?

Randy me observaba y asintió su aprobación.

—Sí, cuatro— dijo Omar radiante.

—¿Y usted, Cristóbal?

—No. Soy soltero.

—Pero está buscando, ¿no?

— ¡Sí! Por cierto, ¿no sabrá usted de alguien que también esté buscando?—, y los hombres se rieron entre dientes.

—Dígame, Señor Salazar, ¿en Durango alguna vez oyó hablar de los sindicatos?

— ¡Oh, sí! Teníamos sindicatos por allá, pero estaban llenos de política y de corrupción—. Yo estaba pensando que hablar de los hijos proporcionaría un comienzo perfecto para discutir sobre su futuro y la necesidad de un sindicato, pero, antes de que yo pudiera continuar, Simón tomó la iniciativa.

—Soy un hombre afortunado por tener este trabajo. Anita, la mayor de mis hijas, tiene 12 años, nació con un problema de salud, con un hoyo en el corazón. Creo que los llaman "bebés azules". El Señor Klaus le pagó a los doctores $2000 dólares para que la operaran. Lo sacó de su propio bolsillo. Ahora ella está bien. Mi esposa y yo le estamos muy agradecidos—. La voz de Simón temblaba cuando dijo estas últimas palabras. Cerró sus ojos e inhaló profundamente antes de continuar. —Es por eso que no podemos levantarnos contra él ahora. Él ha sido muy bueno con mi familia.

Los compadres de Simón estaban sentados atentos a sus palabras. Me di cuenta que ellos sabían sobre ese pago y que habían visto cómo la oscura vida de la pequeña Anita se había transformado gracias a la sanación de su corazón a lo largo de unos pocos meses. Ellos también habían decidido no votar por el sindicato por respeto a su amigo y a lo que Klaus había hecho.

La atmósfera de la habitación cambió. Me sentí confundido. Miré hacia Randy, quien estaba escuchando con atención a la traducción de Jaime sobre la historia de Simón. Randy decidió tomar el control. Se puso de pie, elevándose con toda su altura sobre nuestro anfitrión y sus invitados.

—Señor Salazar, Jaime me ha dicho todo lo que usted estaba contando hace un momento. Aprecio la situación en la que se encuentra. Y, créame, no estoy tratando de convencerlo de hacer nada que usted sienta que no puede hacer. Pero, ¿podría decirle una cosa?—, Jaime tradujo casi en un susurro. Miré a Randy de reojo con desaprobación. Yo ya estaba listo para retirarme. —Estoy seguro que el Sr. Klaus es un buen hombre. Por favor no me malentienda. El ayudar a su hija fue algo hermoso. Pero lo que hizo fue caridad. Y de nuevo, no me malentienda, pero de lo que estamos hablando esta noche no se trata de caridad, sino de derechos, de condiciones laborales y beneficios que, una vez que los hayamos ganado, ya no tendremos la necesidad de apoyarnos en la caridad. Y, bueno, cuando el Sr. Klaus acepte dar beneficios médicos, probablemente él ya no tenga que tener actos de caridad para sus empleados.

Mientras Jaime traducía, yo observaba la respuesta de Simón. Sus dóciles ojos flotaban suavemente alrededor de la habitación mientras escuchaba. Yo sabía que el alegato sincero de Randy tenía sentido en otro mundo fuera de esta habitación, pero nada de lo que Randy dijera tocaría el alma de Simón como lo había hecho Klaus con su gentil acto. Me puse de pie. Era tiempo de terminar nuestra reunión. Miré a Randy y le hice un gesto con las manos como diciéndole: "¡Suficiente!".

Le agradeció a nuestro anfitrión. Él y Jaime les dieron la mano a todos antes de retirarse en silencio. Yo me detuve un momento en la puerta.

—Usted haga lo que tenga que hacer, Señor, Salazar. Que Dios cuide a Anita.

Simón respondió: "¡Vaya con Dios!"

El sábado me ofrecí para repartir volantes en el supermercado Safeway de McAllen en apoyo al boicot nacional en contra de las uvas de California. Los agricultores del Valle de San Joaquín se habían rehusado a firmar contratos con un nuevo sindicato de campesinos dirigido por un hombre llamado César Chávez. La respuesta ante eso fue organizar un boicot de uvas en todo el país. Yo ya había estado repartiendo volantes durante una hora cuando vi de reojo a Conrad Klaus mientras cruzaba el estacionamiento. Klaus me vio casi al mismo tiempo. Nos miramos en silencio hasta que Klaus desapareció dentro de la tienda. Por un momento me hallé admirando lo que Klaus había hecho por Salazar, aunque yo sabía que la generosidad del jefe no cambiaba la necesidad de formar un sindicato. Randy tenía la razón sobre eso.

Una semana después, Josef y Conrad Klaus se habían situado a un lado de un raspado escritorio de madera en una habitación trasera de las instalaciones de la panadería Klaus en Harlingen. Yo me senté al otro lado con Jaime, Randy y Toby, un hombre larguirucho cuya piel y cara me recordaban a las fotografías de los guerreros Zulú que había visto en la revista de *National Geographic* en el consultorio del doctor en Brownsville. La mirada de ese hombre era intensa. Sus iris reflejaban la luz del final de la mañana, quieta en un mar de color higo.

Randy comenzó a hacer las presentaciones y luego se fue directo al grano.

—Representamos a la región 623 de la SEIU3 de Brownsville. Treinta y tres de sus trabajadores se han afiliado con nosotros. Nuestros cálculos indican que ellos representan un 91 por ciento del total de los trabajadores de su empresa—. Hizo una pausa. Los dos hermanos esperaban estoicamente. —Y estos caballeros aquí presentes representan al comité negociador del grupo. Creo que ellos tienen algo que decir. ¿Jaime?

Jaime habló en un inglés entrecortado.

—Bueno, nosotros vemos lo que sucede en Rainbow. Pensamos si Rainbow paga un dólar, ¿por qué Klaus no paga un dólar? Y, si Rainbow paga gastos médicos, ¿por qué Klaus no paga gastos médicos? Eso es lo que sentimos.

---

3 Unión Internacional de Trabajadores de Servicio

Conrad se encorvó con sus codos apoyados sobre la raída mesa, apoyando sus grandes manos como copa debajo de la barbilla. Su hermano, un hombre más joven y delgado, se recargó hacia atrás y se giró ligeramente sobre una silla de oficina verde cubierta de plástico. Cruzó los brazos sobre su pecho.

—Somos una compañía más pequeña que Rainbow—, respondió Conrad. —Tenemos costos operativos más altos. No tenemos dinero para pagar más. Hemos abierto seis tiendas en cuatro años—. Su hermano asintió ligeramente. Conrad continuó, —No hay dinero para pagar más.

Randy sonrió fríamente.

— ¡Ajá! Hemos oído mucho de eso en este negocio. Pero tengo que decirles que van a tener mucho menos dinero si todos nos vamos a huelga.

—Me han dicho que las huelgas son ilegales—, anunció Conrad con confianza.

Randy colocó ambas manos sobre sus muslos, con sus largos dedos recorriendo hacia abajo las costuras de sus jenas. Se inclinó hacia Conrad.

—No sé quiénes ""se lo han dicho"… Quizás es ilegal. Quizás no. Pero digan lo que digan, estos hombres están preparados para hacer lo que tengan que hacer.

Toby tomó la palabra.

—Ya estuve antes en huelga. Puedo hacerlo otra vez. También he estado antes en la cárcel.

Él sonrió y miró a todos a su alrededor. Jaime tradujo en mi oído. Josef y Conrad se quedaron mirando a Randy. Josef prendió un cigarrillo. La cara de Conrad flotaba sobre el rollo de piel bajo su barbilla.

— ¿Por qué ha venido desde Brownsville a causarnos problemas?

— ¡Ey, amigo!— dijo Randy encogiéndose de hombros. — Estos son sus empleados. Ellos nos buscaron para pedir nuestra ayuda.

Yo me moví en mi silla. Deseaba poder hablar mejor inglés para poder explicar lo que era tratar de alimentar a mi familia. Jaime me miró de reojo, haciendo un ligero gesto con su cabeza.

— ¡Dígalo!— susurró.

—Señor Klaus—, dije en español, —usted paga tan sólo 80 centavos por hora. Nosotros tenemos hijos que necesitan ropa, comida y un techo.

Jaime tradujo. Conrad sonrió burlonamente, agitó su mano en el aire y se volvió a apoyar en el respaldo de su silla. Se quedó mirando a Randy.

— ¡Este hombre comenzó quizás hace un mes y ahora me está exigiendo un aumento! ¿Por qué lo trajeron aquí?— Randy no dijo nada. Pareció sorprenderse de que yo fuera un nuevo empleado. Jaime tradujo. Se hizo el silencio.

—Necesito un doctor—, dijo Toby. —No tengo para pagar. ¿Qué pasa si me enfermo?— Los otros asintieron con la cabeza. Ni Josef ni Conrad contestaron.

De nuevo hablé en español. —Ustedes están pagando 80 centavos. Rainbow está pagando un dólar. Nosotros no podemos vivir de sólo 80 centavos.

Conrad ya había escuchado suficiente.

—Mucha gente vive con eso—, declaró en un tono apagado. — ¡Si no les gusta, vayan a trabajar a otro lado o regresen a México! ¡Quizás les vaya mejor allá! — Con esto, se puso de pie, indicando que la reunión había terminado. Jaime tradujo. Yo también me levanté, respondiendo como si Klaus hubiera dado un argumento serio que necesitaba una respuesta.

—Señores—, declaré, —¡nosotros no nos vamos a regresar a México! Estamos aquí para quedarnos. ¡Lo que estamos pidiendo no se va a resolver diciéndonos que nos regresemos a México!— Para este momento, los hermanos se estaban yendo hacia la puerta de la panadería. Levanté mi voz. — ¡Señores!— Mi expresión cobró fuerza con un tono más urgente. —Ustedes pueden decir que muchas personas viven de sólo 80 centavos, pero les estamos diciendo que no es suficiente. ¡Quizás deberían escuchar!— Jaime se levantó y tocó mi hombro con gentileza. Los demás también se pararon. Los hermanos se detuvieron y se dieron la vuelta en la puerta. Se me quedaron mirando fijamente y luego se miraron entre ellos.

—Escuchen—, Randy decidió tratar una última vez. — Necesitamos saber lo que ustedes están planeando. Necesitamos su respuesta en los próximos 10 días. ¿Okey? Aquí está mi tarjeta. Llámennos.

Josef y Conrad desaparecieron a través de la puerta. Despejamos el cuarto y caminamos al estacionamiento. Randy nos reunió a su alrededor.

—Eso salió bien—, declaró con una sinceridad fingida mientras nos daba la mano a todos. Mi sangre todavía hervía y Jaime se veía preocupado. Randy lo notó y cambió su tono. —No, de verdad—, dijo, — todos lo hicieron muy bien. Todo va a estar bien.

— ¡Hijoepu!— gruñí.

Jaime y yo nos despedimos de Randy y de los demás agitando la mano con desgano. Caminamos de regreso a la panadería para reanudar nuestras labores. Toby se dirigía a Edinburg y Randy a Brownsville.

En la mañana del sábado, en mi día libre, de nuevo me uní a los boicoteros en frente del supermercado Safeway, pero ahora en Harlingen. Randy estaba ahí, ayudando a repartir volantes y botones para los voluntarios, y contándole sobre la movilización en California a todo el que quisiera escuchar.

—Este tipo Chávez—, declaró, — él es el bueno. Nadie antes organizó campesinos en la forma en la que él lo ha hecho. El hecho es que él puso a los agricultores a correr. Este boicot los tomó de sorpresa por completo. Ellos saben que van a tener que pagar el precio de una u otra forma. El fulano de tal público sólo no va a comprar sus uvas si no empiezan a pagar decentemente. Y la próxima semana, Fred Ross de la IAF4 va a estar aquí en McAllen apoyándonos. Chávez aprendió mucho de Alinsky, Ross y todos esos tipos en Chicago.

La tensión y el silencio en la panadería continuaban tan densas como un glaseado de maple. Conrad no dijo nada sobre la reunión, pero todos notaban que Josef venía a hablar con él más de lo usual. Ellos se encerraban en el cuarto trasero. Nadie podía escuchar lo que ellos dos estaban diciendo. Entonces, en los siguientes de diez días, exactamente como Randy había predicho, él recibió una llamada. Los hermanos habían acordado un aumento de 15 centavos por hora y a dar cobertura médica. El sindicato cedió a los 17 centavos y ambas partes alcanzaron un acuerdo. Conrad Klaus tenía una sola condición.

—Nosotros debemos reestructurar—, dijo. —Debemos dejar ir tres trabajadores.

La *Service Worker's Union*5 presentó la oferta a los miembros, quienes aceptaron por mayoría. Todos estaban de acuerdo en que era desafortunado que el jefe tuviera que despedir a tres de los más nuevos empleados, pero, ¿qué podían hacer? No era de su incumbencia decirle al hombre cómo dirigir su negocio.

---

4 Asociación Internacional de Campesinos

5 Unión de Trabajadores de Servicios

Escuché a un trabajador decir: "No parece justo, en especial para este tipo Torres. ¡Como que me caía bien! Parece que él tiene las de perder."

Jaime vino a contarme sobre los despidos.

—Lamento lo que sucedió. Me parece que estaban muy enojados con usted.

Me le quedé mirando a Jaime, incapaz de creer lo que me decía. "Así que así funciona", pensé. "Uno defiende a los compañeros y ellos ven en silencio cuando el jefe te corta los huevos". Jaime dudó en decir algo más. Él sintió mi enojo.

—Es una mierda—, dije en español. — ¡Pura caca! No está bien. El sindicato debió habernos protegido.

—Mire, amigo, tuvimos suerte de obtener lo que nos dieron. Ellos no iban a rechazarlo. Pero lo hizo muy bien. Es bueno organizando. ¿Dónde aprendió eso?

No contesté. Quería regresar a la panadería y golpear al viejo Klaus en la boca.

—No lo aprendí en ningún lado. ¡Dígale a Randy qué son puras pendejadas! —. Me di la media vuelta y caminé hacia mi automóvil para empezar a buscar otro empleo.

Poco después de que Josef y Conrad Klaus les hubieran dado a todos sus trabajadores un aumento de 17 centavos con cobertura médica y que me hubieran despedido, una terrible catástrofe le sucedió a nuestra familia. Después de que pasó, Elida no fue capaz de contármelo con todo detalle, pero yo conocía a mi mujer y a mi hija. Junté todos los pedazos de lo que había sucedido en mi cabeza…

Elida estaba parada junto a un montón de ropa que estaba tirada en el piso. Ella ya casi había terminado de lavar su primera carga de ropa y pronto comenzaría con la siguiente. Mientras se vaciaba la lavadora, ella levantaba cada prenda de la tina y le exprimía el agua con las manos. Entonces ella alimentaba el exprimidor de ropa eléctrico que consistía en dos rodillos de hule duro que giraban en tándem. Ella alimentaba la exprimidora de ropa y observaba cómo, uno por uno, los pantalones, las camisas y los pañales desaparecían a través de esta implacable prensa que exprimía hasta la última gota de agua, dejando la ropa lista para los tendederos de afuera. Ella llenaba la tina con más ropa y comenzaba con otra carga.

A los ocho meses, su barriga distendida se presionaba contra la redonda lavadora. Cuando dejó caer la última pieza dentro del agitador, ella escuchó llorar a Romeo, tras despertarse de su siesta vespertina. Ella caminó hacia la segunda habitación, donde nuestro bebé de 18 meses estaba parado en la cuna intentando ansiosamente alcanzarla.

Baby Gloria, de tres años, había estado jugando en el salón. Concentrada en su dibujo, no se dio cuenta que su mamá se había retirado de su lugar junto a la lavadora. Ella se dirigió hacia el zumbido que venía del porche de atrás. Agarró el marco de la puerta de la cerca del porche. Ella parpadeó al encontrar el cuarto vacío.

—¡Mamá!—, gritó.

—Estoy aquí con Romeo—, le contestó su mamá. —Le estoy cambiando su pañal. En seguida voy para allá.

Baby Gloria era una niña de naturaleza muy curiosa. Disfrutaba de explorar objetos y sensaciones nuevos. Por un momento, se quedó escuchando el zumbido y el rugido y se quedó mirando la blanca tina redonda.

Había una silla y una cesta de ropa junto a la tina. Ella tiró la cesta al piso y se trepó a la silla para dar un vistazo al remolino de ropa mientras se lavaba con la blanca espuma de jabón, así como para ver más de cerca los tambores que colgaban encima de la lavadora y giraban uno sobre el otro. Los tambores giraban, giraban, giraban. Ella se estiró y los tocó con cuidado. Estaban tibios y suaves. Se estiró de nuevo y con empujó suavidad los dedos de su mano derecha hacia dentro de la negra línea entre los rodillos. Sintió el hule contra sus uñas y empujó con un poco más de fuerza.

Sin previo aviso, los rodillos agarraron sus dedos y no los querían soltar. Ella los jaló para atrás, pero los rodillos no la soltaban. Demasiado tarde, ella comprendió que los rodillos no eran rodillos en realidad, sino una criatura, una bestia salvaje e incontrolable que estaba comiéndose sus dedos y su mano. Ella gritó, pero antes de que el grito hubiera salido de su boca, ese demonio estaba arrastrando su muñeca hacia él, comiéndosela y continuando para devorar su antebrazo.

— ¡Mamá! ¡Mamá! —, gritaba Baby Gloria, mientras la boca del monstruo succionaba y su estómago zumbaba y rugía. Los gritos se atoraron en su garganta y se transformaron en mudos gritos de dolor. De la boca del monstruo salía sangre a borbotones. Ella jalaba a pesar de la abrasadora y dolorosa agonía. Su berreo penetró a través de los brutales ruidos de la bestia.

Un instante más tarde, su madre estaba junto a ella con Romeo en brazos.

— ¡Baby! ¡Dios mío! ¡Dios mío! ¿Qué pasó? ¡Oh, Dios mío! ¿Qué es lo que he hecho?—, gritaba su madre, e incluso Romeo se unió a la desesperada cacofonía con un grito de terror.

A través de una lluvia de lágrimas, Baby Gloria vio a su madre poner a Romeo junto a la cesta de la ropa y arremeter contra la bestia; su cuerpo se golpeaba contra ella, balanceando y golpeando, doblando y estirando su mano hacia abajo; todo esto mientras Romeo se encontraba en el piso junto a ella, llorando desconsoladamente.

Baby Gloria escuchaba a su madre gritar una y otra vez: "¡Aguanta, m'ija! ¡Aguanta!

Al fin, Elda arrancó el cable de la pared. De inmediato la máquina se detuvo. Entonces ella luchó contra el seguro de la secadora, jalándolo, golpeándolo con fuerza y, finalmente lo soltó junto con la mano y el brazo ensangrentados de Baby Gloria.

Le dio un vistazo a la herida de su hija. La secadora había arrancado las capas de la piel, desde la muñeca hasta el codo, como si hubiera estado pelando una ciruela demasiado madura y hubiera revelado su pulpa carmesí.

— ¡Dios mío! ¡Dios mio! ¿Qué es lo que he hecho?

Baby Gloria gemía, ahogándose en sus lágrimas para después caer en un ataque de aullidos y gritos. Elida sabía que tenía que encontrar ayuda. Sus ojos recorrieron la habitación. Agarró un pañal recién lavado y envolvió su brazo, gimiendo involuntariamente por el miedo y el remordimiento. Los berridos de Romeo habían disminuido hasta convertirse en un frenético sollozo.

Uno por uno, Elida cargó a sus hijos hasta la habitación del frente de la casa. Junto a la puerta había una carriola. Recostó a Baby Gloria en ella, mientras planeaba lo que iba a hacer a continuación. Agarró a Romeo y atravesó la puerta mosquitera saliendo hacia la tarde de fines de noviembre. Lo sentó sobre la tierra y la maleza y regresó por la carriola. De nuevo abrió la puerta y empujó la carriola a través del umbral de la puerta y la sacó torpemente bajándola por el escalón. Incluso antes de haber logrado levantar a Romeo con un brazo y empujar la carriola hacia la banqueta, ya estaba gritando por encima de los continuos y desesperados sollozos de Baby Gloria.

— ¡Ángela! ¡Ayuda! ¡Ayúdeme! ¡Ángela!— Su voz retumbaba en toda la calle vacía, con un tono suplicante y agudo. Ángela Mora salió disparada a través de la puerta de su casa y corrió hacia la encorvada figura y los bebés que lloraban.

— ¡Mire el brazo! — gritaba Elida, —¡Mi niña! ¡Baby Gloria! ¡Vamos al hospital! ¡Por favor! ¡Ahorita!

Ángela se quedó mirando el pañal manchado de rojo. Se volvió y corrió por su automóvil. En pocos minutos, las dos madres y sus cuatro hijos iban manejando frenéticamente hacia el hospital en McAllister. Algunas horas después, yo entré por la puerta del frente de la casa de regreso del trabajo. Vi a Elida y a Ángela sentadas juntas. Los niños estaban desperdigados en el piso en distintos lugares.

Junior se levantó de inmediato y habló con voz baja: "Baby Gloria está herida". Él describió el accidente brevemente mientras yo me acercaba hacia Elida. Ella se paró pero, tan pronto como la toqué, empezó a llorar con voz lastimera. La abracé tratando de confortarla. Ángela habló.

—Los doctores reacomodaron la piel lo mejor que pudieron. Le dieron un sedante y está dormida. Dicen que, si las células viven, va a sanar en unas pocas semanas. De no ser así, va a tener que someterse a varias operaciones.

Llevé a Elida, todavía llorando, a la habitación de Baby Gloria para que la viera dormir. Observamos su perturbada respiración. Luego vinieron los niños y se quedaron mirando en silencio desde el pasillo. Mis ojos paternales también se llenaron de lágrimas.

— ¿Sixto Torres, qué tal, hombre? ¿Cómo está? —Me dijo Memo Corralejo con una amplia sonrisa, mientras sostenía una botella de tequila a medio terminar. —Pienso que ya ha paleado suficiente estiércol de vaca el día de hoy. Siéntese, amigo. Caliéntese un poco.

Me acerqué hacia el acogedor calor del recién prendido fuego que estallaba vigorosamente cuando las llamas relamían el borde de un ennegrecido tonel de aceite. Me acomodé con cuidado en la silla, desconfiando de sus chirriantes uniones y su descamada pintura. Tomé un trago de la botella y la devolví. El ardor interno y externo me hizo olvidarme del sol que se estaba poniendo y de la fría tarde texana de diciembre. Corralejo se inclinó apoyando el antebrazo en su muslo.

—Lo he estado observando, Torres—, dijo, —Usted trabaja muy bien. ¡Fuerte! —. Golpeó un puño con su mano libre. Él era un hombre corpulento, de huesos anchos y bíceps gruesos que cubría con una camiseta apretada que dejaba expuestos los vellos de su pecho. Él expresaba lo que pensaba con frases cortas. Su bien afeitada y suave barbilla envolvía unos labios gruesos. Habló con la alegre confianza de un vendedor.

— ¿Cuántos hijos tiene?

—Cinco.

—Eso es bueno. Es un buen comienzo—. Tomó un rápido trago. —Yo tengo ocho—. Me acercó la botella. —El mayor tiene catorce. Lo va a ver por aquí un par de semanas cuando salga de la escuela. Yo sigo teniendo hijos. Usted también, Torres, necesita seguir teniendo hijos. ¡Esa es la única manera de ganarse la vida aquí en los Estados Unidos! — Corralejo dijo esta última frase con voz profunda y alegre, como la de un publicista de la radio. — ¿Qué edad tienen los suyos?— preguntó.

—El mayor tiene nueve. Después tengo uno de siete, otra de cinco, una de tres y un bebé recién nacido—, respondí. — La de cinco y la de tres son niñas, y el resto son varones.

—Siga teniendo hijos, hombre—, me aconsejó. —Nos va muy bien en el verano. Tenga suficientes como para que ponga a tres o cuatro de ellos y a su mujer a cosechar, ¡así podrá hacer mucho dinero!

— ¿Usted donde cosecha?

— ¡Nos vamos de aquí en febrero, antes de que este lugar se convierta en un infierno y nos dirigimos hacia California!— Corralejo cantó la palabra "California" de nuevo como si estuviera promocionando a todo el estado. Me reí de su artística vocalización. Continuamos intercambiándonos la bebida en intervalos regulares.

—En Bronwnsville—, continuó, —hay gente cruzando todos los días; los chingones aquí no necesitan pagar nada. Los trabajadores diurnos minan los salarios. He estado aquí durante veinte años. En este entonces era muy bueno. Hacíamos mucho dinero. Pero hace como diez años, más o menos en el cincuenta y cinco, los campesinos, tanto anglos como mexicanos, empezaron a traerlos desde Reynosa, de Camargo, de todos lados—. Corralejo tomó un gran trago y exhaló ruidosamente con satisfacción. — ¿Alguna vez ha escuchado de ese tipo, Saúl Alinsky?

—No.

—Ese es otro chingón, pero uno bueno. Es un pez gordo, un organizador del trabajo en Chicago. Vino para organizarnos en la ciudad de Río Grande. Debería haberlo visto. Nos recostamos sobre el camino para evitar que trajeran a los esquiroles… Alinsky hizo que los jefes huyeran… pero entonces llegaron los policías y nos despejaron… Eso fue el final.

— ¡Qué vergüenza!—, dije. — ¿Qué es lo que cosecha en California?

—Principalmente jitomates: "Tomates de California ¡Bienvenidos a Bakersfield, Visalia, Mendota, Gilroy y Salinas! ¡Bienvenidos mexicanos, al estado del oro!". De nuevo cantó las palabras, levantando la botella frente a él como si se tratara de un micrófono.

Se terminó lo último del tequila y aventó la botella vacía en el fuego. Escuché cómo crujían las llamas y los distantes berridos de las vacas y los becerros. Había vuelto a la lechería después de que me despidieran de la panadería Klaus. Había vuelto a ganar los mismos 80 centavos por hora.

Hallé interesante la arrogancia de Corralejo. Había hablado con otras personas que se iban cada año a buscar trabajo a California, Michigan y otros lugares lejanos. Los había visto volver, compartiendo sus historias y contando su dinero. Yo había decidido que eso no era para mí. Necesitaba trabajo estable a lo largo de todo el año.

—Debería intentarlo—, me insistió Corralejo. —Comience ahora, hombre. De esa manera, cuando los niños crezcan, ya usted va a ser alguien conocido.

— ¿Dónde viven cuando llegan allá?

—Algunos agricultores tienen casas para sus trabajadores, otras veces en un campamento del gobierno. Los contratistas son dueños de algunas casas. Encontrará algún lugar. El

secreto es ser de los primeros en llegar—. Se levantó y se fue.
— ¡Nos vemos mañana!

—Quizás deberíamos considerarlo—, le dije a Elida esa
noche más tarde.

— ¡Usted piénselo!— respondió con impaciencia. — ¿Va a
renunciar a su trabajo? ¿Irá a California o a donde sea y espe-
rará encontrar algo? ¿Acaso no probó con eso antes?

—Pero apenas y la hacemos aquí. Nos puede ir mejor.

— ¿Y qué pasa si no lo logramos? ¿Qué pasaría con la casa?

—Encontraremos trabajo, Elida. Yo siempre encuentro
trabajo. Usted ha oído a nuestros amigos hablar de California.
Allá siempre hay trabajo. Sólo necesitamos estar ahí cuando
lleguen las cosechas y seguirlas. usted, yo, y quizás Junior
cuando esté de vacaciones, podríamos recoger los jitomates.
¿Quién sabe qué más? Quizás podríamos traer a mi madre
para que nos ayude con los bebés.

— ¿Y qué va a pasar con nuestra casa? ¡Estás loco! —, dijo
con un chasquido, alejándose con frustración.

Yo sabía lo que había debajo de ese enojo. Dos años antes
yo había viajado al oeste hacia la Ciudad Cristal. La había
dejado sola con los niños la mayor parte del verano. Había
encontrado algunos trabajos de recolección, pero la paga
era más baja de lo que yo habría podido haber ganado en
Harlingen y McAllen. Después de dos meses, regresé a casa
con el bolsillo vacío.

La peor parte no había sido el dinero. Elida debió haber
percibido algo más. Las largas noches lejos de casa era muy
solitarias. Me la pasaba en bares, bebiendo y fumando. Una
noche en particular una mujer, una puta de las calles, se me
acercó en la oscuridad. La llevé conmigo a mi sórdido cuarto
de hotel. Esa noche, por primera vez, le fui infiel a mi esposa.
Fue algo estúpido e imprudente y que inmediatamente despúes

lamenté profundamente. Al día siguiente decidí a regresarme a mi hogar. Me prometí que nunca más me iba a aventurar por mi cuenta buscando trabajo en lugares lejanos.

Pero ahora tenía otra idea. No dije nada más sobre mudarnos. Pero entonces, de manera extraña, Elida habló con sus amigos y vecinos sobre California. Muchos habían viajado para allá en busca de trabajo y aseguraban haber regresado a casa con dinero en el bolsillo, después de haber cubierto todos los gastos. Elida me alentó a informarme más al respecto.

El brazo de Baby Gloria no había sanado bien. Su piel se tornó negra y tenía comezón bajo el vendaje. Los doctores nos advirtieron que podía infectarse y le prescribieron antibióticos. Luego recomendaron tomar piel de la pierna de la niña para hacer injertos sobre la herida. ¿De dónde sacaríamos el dinero para semejante tratamiento?

CAPITULO SEIS

Cada año, cuando la neblina de fines de invierno se levantaba sobre el Río Grande y el escaso aroma primaveral flotaba sobre él, mis compatriotas y sus familias salían a buscar trabajo. Abordaban sus camionetas, sus pickups, sus destartalados automóviles de dos puertas y sus viejos Chevys. Algunos se dirigían al norte hacia Illinois, Iowa o Michigan, pero la mayoría viajaban hacia el oeste hacia California.

Elida habló con su comadre Ángela. Sus padres estaban entre los que se iban.

—Por supuesto que mi madre sabe acerca de la herida de Baby Gloria—, dijo Ángela. —Ella me dice que, si ustedes decidieran irse, deberían ir a Modesto. El hospital de ahí cobra de acuerdo con lo que hayas ganado ese año. Ellos van a cuidar de ella.

Cuando Elida oyó eso, quiso que partiéramos lo antes posible. Sacamos a los niños de la escuela y dejamos nuestra casa bajo el cuidado de sus primos. Por primera vez nos sumamos al flujo de migrantes hacia California. Además de tener la esperanza de encontrar tratamiento para Baby Gloria, nos enteramos de que la variedad de clima y de tierras de ese estado prometían mayores posibilidades de empleo estable y mejor paga de marzo a octubre.

Seguimos a nuestros vecinos y amigos de Brownsville y de Harlingen; de San Benito, La Feria, el Olmito y Pharr; de Mission, Weslaco y McAllen. Todos recorríamos el mismo camino, que nos mantenía pegados a orillas del Rio Grande y nos llevaba a través del abierto desierto a través de la Grulla y de Garciaville, de la Ciudad de Río Grande y de Roma, luego, a través de Lopeno, Zapata, San Ignacio y hasta Laredo; a través de Catarina, Asherton, Carrizo Springs y hasta el Paso del Águila. Después, hasta Del Río, Comstock, Marathon y Marfa.

No pudimos completar el viaje a California en un día ni en dos. Quienes teníamos la fortuna de contar con más de un conductor podríamos llegar a completarlo en tres. Para la mayoría, se trataría de un viaje de al menos cuatro días.

A algunos les tomó un día extra cruzar la frontera sur hacia México para visitar a sus familiares en los antiguos pueblos de Cerralvo y Camargo, o Nuevo Guerrero, Nuevo Laredo, Piedras Negras o Juárez.

Por las tardes, parábamos en las desteñidas gasolineras rodeadas de estacionamientos llenos de manchas de aceite. Los niños se amontonaban para buscar los baños mientras llenábamos el automóvil con gasolina y la mamá desempacaba con cuidado la pesada mochila con tamales de pollo y burritos de res. Después de cenar, dormíamos en nuestros automóviles y después seguíamos nuestro camino.

Durante cuatro años, al llegar la primavera, Elida y yo llenábamos nuestro Buick Caballero Estate del 57 con ropa, cobijas y comida, y nos dirigíamos hacia el noreste hacia los campos y las salas de empaque de Modesto, en el corazón del Valle de San Joaquín. Durante ese primer año seguimos los consejos de Ángela y buscamos el hospital del condado. Como nos había mencionado, el costo de los tratamientos de Baby Gloria se basaba en nuestro ingreso. Los doctores realizaron los injertos de piel necesarios y, poco a poco, nuestra pequeña fue sanando.

Cada año, después de que haber recolectado la cosecha, empacábamos todo y regresábamos a nuestra casa en Mercedes.

Durante los primeros años de nuestros viajes, con cinco niños, nuestra camioneta nos proporcionaba suficiente espacio. Para el quinto año, ya teníamos ocho niños, así que le amarramos un pequeño remolque al Buick y lo llenamos con todo lo necesario.

Para algunos de los viajeros, estos eran días aburridos manejando a través del desolado y tedioso terreno. Los ojos cansados se estresaban al intentar ubicar la siguiente mojonera que marcaba la tierra y medía el progreso a lo largo de las parcelas de mezquite, de erizos, de higos y de choya.

Para mí, como las tribus y culturas cuyos destinos se vieron definidos por este paisaje me resultaban familiares, el pelado terreno estaba intensamente cargado con los fantasmas de las naciones y las generaciones que habían pasado antes por ahí. Los mismos nombres de los pueblos recordaban las ancestrales historias acerca de la frontera y de los Ríos Grande y Bravo que se abrían camino de manera ininterrumpida hacia el sureste. Los mismos nombres de los pueblos evocaban historias de separación y de integración, de batallas y tratados, de asesinatos y de venganzas, de conquistas y conversiones, de reducción y aniquilación.

Para mí, cada milla de este viaje, ligado como estaba al camino del Río Grande, me traía imágenes de Fray Bartolomé parado delante de la clase, hablando de la historia de México. Recordaba sus historias sobre la colonización y el abandono, sobre el descarado hurto y las generosas contribuciones, sobre el amor y el enajenamiento, sobre la rectitud y la depravación de malversadores y quejumbrosos. No se me había olvidado la explotación de los comerciantes y maleantes, traficantes y ladrones, ministros y carniceros y, sobre todo, sus historias sobre la destrucción de las culturas, el saqueo de las tribus y de los remanentes que pronto desaparecieron o se mezclaron con los recién llegados.

—Como sacerdote—, había dicho Fray Bartolomé, — yo debo ser de todo para la gente. Pero ustedes, mis jóvenes, no pueden asumir semejante responsabilidad; no pueden ser esa persona para los demás si no saben quiénes son ustedes mismos. Es por eso que estudiamos a Hernán Cortés de Monroy y Pizarro, primer Marqués del Valle de Oaxaca. Es por ello que estudiamos las expediciones de los primeros conquistadores y estudiamos a los Aztecas, los Tlaxcaltecas y los Mayas; también por eso estudiamos los "Discursos" del capitán Alonso de León, el gobernador jefe y capitán del presidio de Coahuila, y su expedición de 1689, así como aprendemos los nombres de los indios del norte de México a quienes él se encontró ahí, en lo que ahora conocemos como el sur de Texas: los Boboles, los Tetecoara y, cruzando el Río Bravo, los Cacaxtles, los Tejas y muchos otros… Ustedes también pronto se familiarizarán con estos nombres tribales, algunos ya desaparecidos desde hace mucho tiempo…

Recordé los rugosos grabados de madera dibujados en las gruesas y amarillentas páginas y en los coloreados dibujos de los maltratados tomos que yo sacaba de los estantes de la biblioteca de la escuela y que devoraba con una extasiada devoción. Desde que llegué a Texas, yo había descubierto mucho más. Había leído sobre los Comanches, los Kiowas y los Apaches. Había visitado los sitios históricos de la Guerra entre México y los Estados Unidos, la lucha que cambió para siempre la forma de México y de los Estados Unidos y que marcó al Río Bravo, el Río Grande, como la frontera entre ambos países.

La noche antes de nuestro quinto viaje a California, celebramos nuestro doceavo aniversario. Mientras permanecíamos recostados en la obscuridad después de que todos se hubieran dormido, yo acariciaba el suave cabello de Elida, que ahora le llegaba hasta los hombros.

—Te amo—, susurré.

No me sorprendí de que no me respondiera con palabras, sino que tan sólo apretó mi mano con la suya. Conforme pasaban los años, ella se había vuelto más reservada. Yo sabía que me amaba profundamente, pero que su tiempo y energía se consumían en educar a nuestros hijos. Mientras hacíamos el amor, yo consolaba a Elida con palabras reconfortantes sobre el futuro. Después de todo, una nueva oportunidad nos estaba esperando en los campos de fresas de California.

— ¡Ay, Sixto! Usted es un gran soñador. Usted piensa que todo es fácil…

Ella pensaba que debía preocuparse por los dos. Se preocupaba por mi salud. Mi hígado enfermo seguía generándome un ligero tono ictérico y me drenaba la energía. Ella se preocupaba por cómo mantendríamos a nuestros hijos. A pesar de mi debilitado estado, a duras penas logré salir adelante durante medio año al encontrar trabajos de medio tiempo durante el invierno. Desde la primavera hasta el otoño, viajábamos al oeste en busca de los jitomates o trabajando en las uvas en San Joaquín.

Elida comprendía que mi enfermedad había limitado mis oportunidades con todos los empleadores. Yo ya no podía esforzarme tanto como solía hacerlo. Aun así, con Junior y Enrique que ahora podían contribuir como trabajadores, el viaje anual a California le había dado a ella una mayor confianza sobre el futuro.

Ahora, en la primera noche de nuestro quinto viaje, nos detuvimos en una de las sórdidas gasolineras que había a lo largo del camino. El encargado, un americano de sesenta y tantos años, alto y desgarbado con cabello plateado, salió cojeando para tomar mi billete de diez dólares. Nos surtió la gasolina y se alejó para traernos el cambio. A diferencia de otros que nos habíamos encontrado en el camino, el hombre se mostró simpático, y con amabilidad les regaló un globo, un libro para colorear y una caja con cuatro crayolas a cada uno de los niños.

Elida se quedó sentada en el asiento del copiloto cargando a Jaime, quien tenía tres años. Mario tomó su turno en el asiento más codiciado de la camioneta, entre su madre y yo.

— ¡Pásate la mochila! —, le dijo a Junior, quien de inmediato agarró la bolsa de la comida y se la pasó a Celina. Baby Gloria, Moisés y ella estaban sentados en el asiento de en medio. El encargado se agachó hacia la ventana.

—Parece que tienen mucho trabajo entre manos—, dijo, dándome mis dos dólares de cambio. —Ustedes necesitan descansar una hora o dos. Sólo muévanse hacia allá junto a la manguera de agua y estaciónense ahí todo el tiempo que necesiten.

Yo había aprendido suficiente inglés como para entender la esencia de su oferta. Le agradecí y me estacioné donde comenzaba la densa maleza del desierto. De atrás se oían los rechinidos de aire escapándose de dos de los globos cuando Moisés y Celina coordinaron sus esfuerzos para estirar cada una de las aberturas hasta alcanzar la tensión justa. Los niños más pequeños se trepaban sobre el asiento delantero y chillaban de gusto, mientras el aroma de la salsa y del bistec llenaban la camioneta.

Elida repartió la cena, asegurándose de que los dos mayores sólo agarraran dos burritos cada uno. Pelé la hoja de un tamal frío y me metí a la boca un pedazo de pollo desmenuzado, envuelto en la masa de harina de maíz con chile, saboreando el suave sabor del cilantro y del ajo. Le di un sorbo a mi Corona y le sonreí a mi esposa.

Mi madre y la tía Julia nos habían ayudado a prepararnos para el viaje. Habían calculado exactamente cuánto tendríamos que comer cada uno en cada comida.

—Relájense— les había dicho. —En esta ocasión tenemos dinero.

De hecho, yo todavía tenía en mi bolsillo la mayor parte de los doscientos dólares que había apartado para el viaje. Un hombre llamado Manuel Jiménez en Mercedes había ofrecido un anticipo de cincuenta dólares por cabeza para cada trabajador que firmara un contrato y se presentara el 15 de marzo para recolectar fresas en Salinas. Con los dos muchachos pudimos registrar a cuatro trabajadores. El nombre de la compañía era Pic'n Pac. Jiménez nos dijo que seiscientos acres de las primeras fresas del año nos esperaban al llegar.

Cuando me desperté a las cuatro de la mañana, abrí la puerta del automóvil. Elida también se estaba despertando.

—Necesito cambiar a Jaime— dijo.

Agarré la bolsa de pañales de la parte trasera de la camioneta, con cuidado de no despertar a Junior, Enrique y Romeo. Los dos mayores se habían posesionado de los asientos traseros, los cuales compartían de mala gana con su hermano menor. Traje la linterna a donde estaba Elida para alumbrarla mientras ella limpiaba y volvía a vestir al niño que dormía. Afortunadamente, una ligera brisa refrescó el aire.

—Tengo que orinar—, le dije. Caminé hacia la arena del desierto, guiándome con la luz de la luna en cuarto creciente. Me paré junto a un arbusto de escobillón rojo, cuyas flores plumosas se mecían suavemente. Después de un momento, Elida me acompañó y se acuclilló para orinar también.

—De verdad sabes cómo tratar a una mujer— bromeó secamente.

Caminamos un poco bajo la tenue luz entre los dulces árboles de acacias y los arbustos de acebo del desierto. Nos detuvimos un instante y nos abrazamos. La brisa matutina, fría y húmeda, agitaba nuestro cabello.

—Hemos hecho este viaje durante cuatro años— comenté, —pero este es diferente—. Le besé la frente. —La *Salad Bowl of the World*6 nos espera; las fresas y la lechuga… Creo que en esta ocasión haremos más dinero. ¿Alguna vez se ha preguntado qué pasaría si nos quedáramos en California? Dejar de viajar ida y vuelta año tras año.

—Me hago preguntas sobre mucho de lo que hacemos—, contestó Elida. —Me pregunto dónde vamos a acabar. Me pregunto sobre su salud y la escuela de los niños. A usted le gusta coger todo e irse. Quizás llegó el momento de hacerlo, pero no estoy segura de que California sea el lugar adecuado.

---

6 N. de T.: Así se le conoce al Valle de Salinas por la gran variedad de producción agrícola que se da en el área.

—Me siento bien sobre lo que vamos a encontrar en Salinas.

—Ya veremos…

Media hora después, ya habíamos pasado más allá de las vacías calles de Laredo y nos dirigíamos a través de la oscuridad hacia el Paso del Águila. Las luces frontales del Buick revoloteaban a través del oscurecido chaparral. Veíamos aparecer los arbustos de creosota con sus colores verde y amarillo entremezclándose entre sí. Los borrosos parches de doradas amapolas y de árboles de hojas color cobre florecidos pasaban con rapidez. La luz blanquecina tocaba las nubes que pasaban a la deriva y las distantes cimas y mesetas. Mientras manejaba, yo pensaba de nuevo acerca de nuestro destino: Salinas cerca de Monterey, en California.

Los nombres de los lugares de nuevo llevaron mi mente hasta fray Bartolomé pasándose la mano a través de su escaso cabello, asomándose sobre sus anteojos de marco delgado, con su negra sotana rozando el escritorio de cada alumno mientras caminaba por el salón de clases. —El día de hoy, mis jóvenes, vamos a repasar "La petición del consejo municipal de Monterrey para el gobernador". Ustedes recordarán que este documento de 1632 fue escrito en la ciudad de Nuestra Señora de Monterrey, en la Nueva Provincia de León—. El sacerdote había examinado previamente a los estudiantes del tercero y cuarto año del seminario. —Cuauhtémoc, por favor, lea los nombres de las tribus indias antes mencionadas.

De inmediato, Cuauhtémoc se enderezó en su asiento y pasó su mano sobre su estrecha frente, como solía hacer cuando lo llamaban. Le dio un vistazo a la página que tenía frente a él.

—Chichimecas, Cucuyamas, Matolaguas, Tepehuanes, Quibonoas, Tacuanamas, Icabias y Borrados del Valle de San Juan.

—Gracias—, dijo el sacerdote. —Y todas estas tribus indias han sido acusadas de levantarse en contra y negar el reconocimiento y obediencia que habían prometido a Su Majestad, ¿no es así, Sixto?

—Sí, Padre—, dije, tomándome un muy largo momento para revisar mis notas.

—Usted me va a dar una respuesta completa, joven.

—Sí, Padre, dispense—. Por fin encontré la respuesta. —La petición afirma que en muchas ocasiones ellos habían robado carretas y rebaños de ovejas y ganado, y que habían asesinado tanto a los españoles como a otros indios amigables.

—Muy bien, Sixto. Ahora, mis queridos alumnos, vean que estas atrocidades sucedieron ciento cincuenta años antes de que llegara Cortés. Los españoles son implacables en sus esfuerzos para civilizar y cristianizar a los nativos. Sin embargo, más de un siglo después, muchos todavía se rehúsan a aceptar el regalo que les han dado.

—Y estas depredaciones no son hechos aislados. Como ya hemos visto, son constantes en todo el norte. Y la historia cuenta que, en 1632, en el Valle de Salinas, cerca de la ciudad de Monterrey en Nuevo León, los nativos invadieron la tierra y robaron y mataron a más españoles e indios amistosos, incluyendo a mujeres y niños. ¿Y cuál es la acción que tomará el Consejo de Monterrey, Benito?

—Escribe una petición—, contestó Benito. —Quiere obtener la autoridad del gobernador para imponer castigos más duros.

—Y para apoyar a esta petición, ¿qué hacen, Francisco?

—La envían al Padre para pedir su aprobación y apoyo.

— ¿Y qué es lo que hace el Padre, Emiliano?

—Le dice al gobernador que apruebe la petición porque Dios les dio la tierra a los españoles y que, sin más soldados y castigos más severos, se perderá la tierra y no se podrá salvar el designio de Dios.

—Y como ustedes han leído—, continuó el sacerdote, —los castigos se incrementaron tanto que muchos de los que no se sometían eran colgados, mutilados o capturados y vendidos como esclavos para las minas de Zacatecas. Y, como ustedes han leído, se crearon las encomiendas, que facultaban a algunos líderes españoles selectos para explotar a grupos de indígenas, muchos de los cuales se rebelaron y escaparon a las montañas de Tamaulipas, para continuar desde ahí con sus ataques.

—Durante setenta y cinco años, los vecinos, como a los colonizadores españoles les gustaba llamarse a sí mismos, se vieron forzados a evitar las rutas del norte a lo largo de la costa del golfo, debido a los peligros y depredaciones de estos grupos hasta la década de 1740. ¿Qué pasó en ese entonces, Juan José?

—Las autoridades designaron a José de Escandón—, recitó Juan José, — para que trajera a las familias desde Nuevo León y Coahuila para ocupar el área desde Tampico hasta Río Nueces en Texas. Él le puso a esa zona el nombre de Nuevo Santander y estableció pueblos a lo largo del Río Bravo, pueblos como Reynosa, Camargo, Mier, Revilla y Laredo.

—Y, para concluir la lección, — afirmó Fray Bartolomé, revisando el reloj que había en la pared, —los franciscanos fundaron dieciséis misiones en Nuevo Santander. Pero para entonces, las autoridades centrales se rehusaron a proporcionar el apoyo adecuado. Le dieron la tierra a los soldados para que pudieran instalarse y pudieran cultivar y criar ganado, por lo que la cristianización de los indígenas se volvió algo secundario.

—En pocos años, las misiones del norte de México y Texas fallaron y las tribus se vieron arrasadas por la enfermedad y la malnutrición. Y las historias que construyeron la conquista en el sur se repitieron en el norte. Aquellos que permanecieron ahí vieron cómo sus hijos fueron esclavizados como criados y tanto su pueblo como sus culturas pronto desaparecieron.

El sacerdote permaneció de pie en medio del salón de clases y se dirigió a todos nosotros dándose una vuelta completa.

—Y ahora pueden ver por qué estudiamos estos nombres y lugares, mis queridos alumnos. La verdad es que los españoles perpetraron grandes pecados en contra de los indios y los indios respondieron con la misma moneda. Pero, cuando se completó esta terrible conquista, los españoles, quienes creyeron que su pura sangre era la raíz de su presunta superioridad, habían ido cambiando su identidad, en la misma medida en la que destruyeron la de los indios.

—Ellos habían creado un mundo en el cual la sangre española y la sangre de las tribus indígenas se mezcló a lo largo de muchos siglos a través de los esquemas de conquista y supervivencia, y así nació una nueva sangre y una nueva cultura, lo que ahora llamamos mejicano.

Mientras manejábamos a través de la obscuridad y nos acercábamos al Paso del Águila, mis pensamientos volvieron al mismo Río Bravo. Durante tres siglos los españoles redujeron a las poblaciones indígenas del sur del río por medio de la guerra, la conversión, el castigo y la enfermedad. No obstante, al norte del río, su el poder que tenían era débil cuando mucho.

Después de la derrota de los españoles por los mexicanos, la inmensa región ubicada a lo largo de la frontera quedó bajo el poder de la superior habilidad en el manejo de los caballos de los Comanches y sus aliados, los Kiowas, y de la astucia de los Apaches.

Pero entonces llegó un nuevo intruso con sus carretas, sus rifles y su ambición de tierras. Una nueva era de guerra y conquista culminó en 1846 con la invasión de México por los Estados Unidos. Tras la firma del Tratado de Guadalupe Hidalgo, decenas de miles de residentes mexicanos se convirtieron de inmediato en americanos por una sola razón: ellos vivían al norte de esa fluctuante vía fluvial, mientras que aquellos que todavía vivían en la trunca nación de México encontraron su tierra natal exterminada en derrota y en desorden.

Con el nuevo régimen americano llegaron las nuevas leyes diseñadas para despojar a las viejas familias de sus vastas posesiones. Éstas pretendían ser reglas democráticas que, en todo caso, trataba a los nacionales y tribus nativas mexicanos no como ciudadanos, sino como enemigos derrotados con muy pocos derechos. Los americanos impusieron una nueva superioridad basada no solamente en la ascendencia de la gente, sino en los propios logros y en una nueva forma de justicia que estaba disponible no sólo para los más adinerados, sino para cualquiera que estuviera dispuesto a luchar para llegar al poder y aferrarse a él.

Para media mañana ya nos acercábamos a El Paso. El terreno me inspiró a contar una historia a mi hijo mayor, la historia de Pancho Villa.

—Hace tan sólo sesenta años, ahí mismo, al otro lado del río, en el estado de Chihuahua, Pancho Villa se levantó para dirigir una revolución en el norte contra la gente que había asesinado a su amigo, el presidente Madero. Él fue uno de los grandes caudillos o líderes, que también era indio. Él estaba en el norte y Emiliano Zapata en el sur.

— ¿Por qué hubo una revolución? —, preguntó Junior desde la parte trasera del Buick.

—Porque, hijo, desde el tiempo en que México obtuvo su independencia de España, cada vez más y más la tierra estaba en manos de menos y menos personas. Los ricos hacendados controlaban casi toda la tierra.

Enrique todavía estaba chupando una de las paletas que Elida había comprado cuando paramos por gasolina. Se limpió el jugo morado de sus labios con su manga.

— ¿Qué le pasó a Villa? —, preguntó.

—Desafortunadamente, fue asesinado como Zapata por la gente que quería aferrarse al poder que tenía.

—Papi— dijo Junior desde atrás, — ¿por qué México siempre mata a sus líderes de esa manera?

Me sorprendió la pregunta. Miré a Elida. Ella miraba fijamente hacia al frente con un brillo en sus ojos.

—Usted abrió la puerta—, ella dijo, dándole palmaditas a Jaime que estaba recostado sobre su hombro.

—Quizás ellos decepcionaron y enojaron al pueblo porque no lograron hacer los cambios que habían prometido. Por supuesto que no todos eran deshonestos, no todos eran ladrones. El pueblo amaba a Porfirio Díaz, a Madero y a Lázaro Cárdenas. El pueblo lloró cuando asesinaron a Madero.

Cuando terminé de contar mi historia, Junior habló desde el asiento trasero.

—Papi, ahora ¿podemos dejar de hablar sobre españoles, indios y revolucionarios muertos? ¿Podemos escuchar algo de música? —. Elida sonrió y prendió la radio.

Continuamos siguiendo el camino del Río Grande a través de Las Cruces y hasta Socorro. Ahí dimos vuelta al oeste hacia Gallup. Manejamos durante muchas horas a través de la arena gris salpicada de arbustos de escobillón rojo que resistían con rigidez estática contra un árido viento.

Para el anochecer del tercer día ya habíamos cruzado Arizona y habíamos pasado a través del desierto de Mojave hasta el pueblo fronterizo de Needles en California. Ahí encontramos un descolorido cartel color limón que nos guio hacia el "Motel de la carretera 66", un lugar maloliente, pero no demasiado caro, donde descansar del terreno desolado y del aire seco. Alquilamos dos habitaciones dobles por una noche. Elida llevó a los cuatro muchachos mayores a su habitación.

—Quítense la ropa y métanse a bañar. Pónganse algo limpio. Vamos a buscar un lugar para comer.

— ¡Hamburguesas! ¡Hamburguesas! —, gritaron los muchachos al unísono.

Elida asintió con la cabeza.

—¡Sí, sí! ¿Cómo no?

Para la tarde del siguiente día, ya estábamos manejando a través de Tehachapis. Una hora más tarde, entramos al vasto Valle de San Joaquín. Pasamos a través de campos de trigo y alfalfa recién sembrados y de huertos de árboles de durazno y ciruelos. En este punto, en las primaveras y veranos previos, habíamos dado la vuelta hacia el norte por la autopista 99 para establecernos en Modesto, donde Elida y yo habíamos cosechado jitomates y cuidado de los viñedos.

En esta ocasión, en vez de seguir hacia el norte, cruzamos la seca planicie de Tulare. Las marchitas plantas de artemisa se mecían en el viento seco; las torres de perforación hacían reverencias como grises mantis religiosas de acero, adorando al suelo que había a sus pies. Seguimos al sol que recorría su arco por el lado oeste de los áridos campos de algodón y remolacha y nos dirigimos hacia la costa que pasaba entre las rodantes colinas y cañones inundados por los riachuelos estacionales que refrescaban el aire de marzo. A medida que la camioneta trepaba hacia una lugares más elevados, las flores silvestres de la primavera inundaban el paisaje: violetas y milenramas, escobillones y amapolas, ojos azules y cebadas de la pradera, arbustos conejo, ásteres y lirios.

Los niños admiraban las llamativas motas color amarillo y rosa, morado y rojo, dorado y blanco, naranja y verde. Bajé la velocidad por un momento para que pudieran observar la multitud de mariposas y abejas que revoloteaban y sobrevolaban las abundantes flores. El automóvil se inundó de aromas opuestos, unos dulces y otros acres. Dejamos atrás las faldas de la montaña en el Paso Robles y continuamos hacia el noroeste hasta un camino de dos carriles denominado por los españoles como "El Camino Real" y que ahora se conoce como *Highway 101*.

Ya avanzada la tarde atravesamos el Río Salinas cerca de San Lucas. Lo volvimos a cruzar apenas pasando *King City* y otra vez antes de Soledad. Los niños iban observando el recorrido errático de la ruta lo mejor que podían, a través de las ventanas del automóvil, señalando con el dedo la franja de agua de poca profundidad conforme aparecía, se escondía en las extensiones cubiertas de plantas silvestres y arbustos de escobillón rojo, y luego reaparecía por breves instantes a todo lo largo de su curso hasta llegar al mar.

—Más arriba, donde termina el río—, expliqué, —veremos el Océano Pacífico.

—¡Vayamos a verlo ahora mismo! —, suplicó Romeo, de cinco años, desde su asiento que estaba detrás del de su mamá.

—No podemos hacer eso hoy, mijo—, respondió Elida. —Tenemos que llegar a Salinas para buscar el lugar donde nos vamos a quedar. Pero iremos pronto en algún momento. Lo prometo.

Por fin habíamos llegado al corazón de Long Valley. Salinas estaba tan sólo treinta millas más adelante. Nos quedamos en silencio bajo la moteada luz que se iba desvaneciendo, el último aliento del sol que acariciaba los picos que se elevaban por encima de las uniformes filas de plantas de lechuga, brócoli y coliflor del valle.

Una capa de nubes stratus grisáceas se extendía horizontalmente a lo largo de la base de las Santa Lucías, cubriendo casi por completo el sendero de la ahora distante flora del río. La nube en forma de cuerda trepaba hasta la mitad de la cadena montañosa, dejando sus grietas y picos más altos expuestos contra el cielo que se iba oscureciendo. Al otro lado del valle, más arriba de las montañas *Gabilán Range* con sus serpenteantes cordilleras, más nubes reflejaban los matices color ámbar y borgoña del agonizante sol mientras trepaban como mechones, bucles y zarcillos por sobre los variados cultivos y los irregulares bosquecillos de eucaliptos.

—Este es un lugar hermoso—, señaló Elida con su piel suave y su ojos negros que reflejaban la luz menguante.

—Los trabajadores lo llaman "la crema"—, añadí, — porque el clima es muy suave en comparación al de San Joaquín.

Por fin llegamos a Salinas, encontramos como llegar hasta la calle Sherwood Drive y entramos al campamento para casas rodantes de Pic'n Pac, la compañía que nos había dado el adelanto del dinero para nuestro largo viaje. Un gran cartel de metal sobre un poste oxidado decía "La Posada". Nos detuvimos frente a la oficina. Un hombre de constitución media semicalvo vestido con jeans y camisa a cuadros bajó desde el porche de metal de una casa rodante de doble anchura. Se acercó a la camioneta con un portapapeles en la mano y se presentó.

—Soy Howard Hall, el administrador de este lugar. ¿En qué los puedo ayudar?

—Mi nombre es Sixto Torres—. Él nos buscó en su lista sin hacer ningún comentario adicional y, me indicó con un gesto que lo siguiera en el automóvil mientras él caminaba por un camino de asfalto, pasando fila tras fila de metálicas casas rodantes llenas de remaches, cada una de cuarenta pies de largo, con un pequeño porche con puerta mosquitero.

Los niños jugaban sobre el suelo de tierra entre bicicletas y sillas, botas para la lluvia y zapatos de trabajo, escobas, cubetas y trapeadores que había ahí tirados en los estrechos espacios que separaban una casa rodante de otra. Entre los largos sicómoros colgaban tendederos de ropa. Los automóviles, las pickups, las furgonetas y las camionetas de caja plana estaban estacionados a lo largo del camino en los espacios designados. Había hombres reclinados sobre sus camiones bajo la luz del atardecer, fumando y hablando con sus vecinos. Las madres, visibles a través de las ventanas sin cortinas, estaban paradas junto a sus estufas o fregaderos, agitando sus ollas o lavando los trastes.

Hall se detuvo frente a una casa rodante descolorida, con el número setenta pintado sobre el marco medio oxidado de la puerta. Elida se bajó del automóvil. Ella nunca había vivido en un espacio tan inflexiblemente limitado: largo, estrecho, de tan sólo doce pies de ancho.

—Tiene dos habitaciones—, dijo Hall, llevándonos hasta los peldaños de metal. —Es lo único que nos queda disponible.

Enrique y Moisés se adelantaron a empujones para ser los primeros en revisar su nuevo hogar. Corrían desde un extremo hasta el otro, una y otra vez. Entré, seguido por Elida, quien todavía llevaba a Jaime en brazos. Nos detuvimos y miramos a nuestro alrededor, tratando de imaginar cómo íbamos a meternos todos en un espacio tan pequeño.

—Como pueden ver—, continuó Hall, —tienen su fregadero, su estufa y un refrigerador por aquí, y algunas alacenas elevadas. La mesa es plegadiza y aquellos asientos se convierten en una cama.

Todo el lugar olía como el jabón de alquitrán y pino del abuelo, debido a una botella del mismo que habían dejado sobre el escurridero de vinil resquebrajado. Hall se quedó parado, estirando su cuello y girando los hombros, mientras los niños se amontonaban alrededor de nosotros. A pesar de que nuestra casa en Mercedes necesitaba numerosas reparaciones, tenía tres habitaciones en el doble de espacio del que teníamos aquí.

Elida y yo nos quedamos callados. Caminamos a lo largo de la casa rodante y le dimos un vistazo a las pequeñas habitaciones y al baño. Hall estaba ansioso por volver a su oficina.

—Oki, doki—, dijo, forzando una sonrisa. —Aquí están su contrato de arrendamiento y sus llaves —. Me entregó el portapapeles y un llavero. Le di un breve vistazo al documento de una página, escrito en inglés.

—Junior— llamé, —venga y ayúdeme con esto.

Junior revisó las pocas cláusulas numeradas.

—Dice que si uno deja de trabajar para Pic'n Pac, ya no puede seguir viviendo aquí. Si uno se atrasa en la renta, tiene que mudarse antes de tres días—. Me encogí de hombros, firmé el contrato y se lo regresé al administrador sin mayor comentario. Hall se volvió hacia la entrada.

—Se le descontarán cincuenta dólares de su cheque cada dos semanas para la renta y otros cincuenta dólares hasta que se haya pagado el anticipo—. La puerta mosquitera rechinó y se azotó al cerrarse mientras él se alejaba del porche. —El camión sale de la puerta principal a las siente en punto.

Elida y yo nos quedamos mirándonos. Los niños estaban cerca, observando sus alrededores en silencio. Me acerqué aún más a Elida. Nadie hablaba. Elida dio un vistazo hacia afuera de la ventana y vio las lúgubres filas de metálicas y remachadas casas rodantes que estaban alrededor nuestro nuevo hogar, el número 70. Yo estaba seguro de que ella estaba pensando en "La Palma", en sus padres y sus hermanos, quienes seguramente en ese momento estaban plantando el algodón. Era marzo, la mejor época del año, con el viento tranquilizante y la tierra abundante, las aguas fluyendo a través de los distantes pantanos hacia la Bahía de México.

—Todo está bien—, dije. Ella se sobresaltó cuando hablé. —Sólo estaremos aquí unos pocos meses. Vamos a juntar dinero y luego regresaremos a casa.

CAPITULO SIETE

De hecho, como pronto pudimos comprender, el campamento nos proporcionaba un nivel de comodidad que excedía por mucho lo que estaba disponible para la mayoría de las familias de campesinos del valle. La afluencia anual de migrantes superaba por mucho el número de casas disponibles. Más allá del campamento para casas rodantes "La Posada", con sus 130 casas rodantes, yacía una abarrotada zona de bungalós en mal estado y de departamentos insalubres que comprendían la mayoría de los vecindarios en East Salinas, donde vivía la mayor parte de los trabajadores.

Con el tiempo llegué a conocer las calles de atrás de Hebbron Heights y de Alisal: Market Street y Alisal Street, de Closter Park y North Sanborn, Williams Road, Garner Avenue y Towt. El área ofrecía una mezcla fortuita de opciones de vivienda desde casas en muy buen estado para una sola familia, ocupadas principalmente por una generación de personas de mayor edad de clase media y habla inglesa, hasta las interminables cuadras llenas de edificios de apartamentos de bajo costo de dos pisos, con una o dos habitaciones, construidos precipitadamente para los crecientes números de trabajadores.

Dispersos entre estos, a lo largo de las calles Madeira, East Market y más allá, había decadentes chozas individuales de diez por diez, construidas por los migrantes que llegaron de Oklahoma en los años treinta y que ahora eran el hogar de los mexicanos llegados más recientemente.

También supe acerca de los lejanos y deteriorados campos de trabajo regados al azar a lo largo del valle, entre los campos y cerca de las vías del tren, al pie de las colinas y cañones, en los callejones de atrás de Pájaro y Chualar y en la parte de atrás de las calles de González, Soledad, y King City. Los agricultores construyeron la mayoría de estos campos durante los años cuarenta, para recibir a los recién llegados braceros mexicanos. La falta de vivienda adecuada para los trabajadores reflejaba la actitud de la mayor parte de la comunidad frente a los trabajadores agrícolas: "Vengan cuando los necesitamos y luego regresen a sus hogares, donde sea que quede eso".

Todos los años venían al valle entre seis y siete mil migrantes para recoger las lechugas de los agricultores locales como D'Arrigo, Hansen Farms o los Merril Brothers, o para cosechar jitomates para Bob Meyer en King City.

Los hombres solteros encontraban refugio en barracas escuálidas que habían sido ocupadas previamente por los braceros antes de 1964, cuando el gobierno federal descontinuó el programa designado a traer a trabajadores temporales desde México. Desde finales de los sesenta, otros, como mi familia y yo, habíamos encontrado trabajo en compañías recién establecidas como InterHarvest, una subsidiaria de United Brand, antes llamada United Fruit, así como en Fresh Pict, cuyos dueños eran Purex y PIc'n Pac, propiedad de S. S. Pierce de Boston.

Muchos trabajadores desconocían el sistema de anticipos que utilizaba Pic'n Pac para asegurarse de obtener una mano de obra adecuada durante el clímax de la temporada de fresas. Habían venido sin saber dónde encontrarían un hogar para sus familias.

Los migrantes desocupados buscaban a contratistas como Manuel Jiménez, un hombre regordete de piel obscura que siempre tenía el ceño fruncido, pecas negras, un saltón diente de oro y un cráneo que se iba quedando calvo. Jiménez controlaba a sus trabajadores al proporcionarles lo que más escaseaba en el valle: un lugar para vivir. Además de bonos de trabajo, Jiménez les ofrecía chozas de cinco por cinco en un terreno insalubre a un lado de la Autopista 101, al sur de Salinas y aledaño a la prisión estatal de Soledad.

Conocí a Nacho Molina durante mi primer viaje en autobús hacia los campos. Ambos íbamos acompañados por nuestros dos hijos mayores. Junior y Enrique estaban ansiosos por llegar hasta las fresas y probar su habilidad como recolectores. Todos los trabajadores estaban hablando sobre cómo el sindicato de campesinos que estaba luchando en Delano ya estaba a punto de firmar sus primeros contratos con el mayor grupo de agricultores de uvas de San Joaquín Valley. La apagada conversación del alba iba se escuchaba a lo largo de todos los pasillos y asientos, pasando de una ventana a otra, mientras el autobús avanzaba ruidosamente por East Alisal Street hacia el naciente sol.

—Algunos dicen, usted sabe, que César Chávez va a estar aquí pronto, en cuanto los agricultores de Delano hayan firmado. Por lo que he podido escuchar, ¡eso podría suceder cualquier día de estos!

—Usted se está engañando, mano, ellos están luchando desde hace más de cinco años.

—Setenta y cinco centavos por huacal7. ¡Es ridículo! Quizás aquí logremos hacer que los agricultores nos paguen $1.20.

—Yo estaba en la ciudad de Río Grande en el 66. Nos rehusamos a recolectar los melones y llegó la policía montada de Texas. Los brutos comenzaron a golpearnos.

—No se sorprenda si aquí sucede lo mismo.

En un abrir y cerrar de ojos, mi compañero de asiento reveló su apasionado apoyo al sindicato.

— Recién llegado, ¿eh? —, dijo Nacho, con su gran cabeza calva inclinada hacia mí. —Usted tiene que saber lo que está sucediendo. Doy por hecho que usted es de Texas, casi todos los que viven en el campamento son de ahí. En estos últimos cinco años, los productores y los trabajadores de este lugar han ido desconfiando cada vez más unos de otros y están cada vez más enojados los unos con los otros. Todos hemos seguido la lucha allá en San Joaquín. Ha escuchado sobre eso, ¿verdad? César Chávez y el UFWOC, el comité organizador del Sindicato de Trabajadores Agrícolas Unidos.

Sentí el fervor de Nacho y pronto descubrí que el resto de los recolectores compartían su impaciencia. Los trabajadores lo sentían: se avecinaba un cambio en los campos y estaban preparados para ello.

---

7 Especie de cesta o jaula formada de varillas de madera, que se utiliza para el transporte de loza, cristal, frutas, etc.

Una pareja de mediana edad estaba sentada frente a mí en el autobús. Ellos se voltearon y nos dijeron: "Nosotros estuvimos los piquetes en Coachella y Delano. Obtuvimos un aumento, pero los agricultores no quisieron firmar un contrato con el sindicato".

Nacho continuó dándome más información.

Chávez no tuvo ninguna oportunidad en San Joaquín o en Imperial Valley, sino hasta que se le ocurrió realizar un boicot de uvas. Ahora parece que sí van a firmar. De hacerlo, nosotros pensamos ¿por qué no aquí también? ¿Por qué no tener contratos de lechugas y fresas?

Yo había participado en la promoción del boicot de las uvas en Texas al repartir volantes en el supermercado Safeway de Mercedes. Al mismo tiempo, durante nuestros cuatro veranos en Modesto, también había trabajado en los viñedos, lo que algunas personas habrían visto como una manera de debilitar el esfuerzo del boicot. No obstante, mi patrón en Modesto no había sido mencionado entre las compañías en las que César Chávez se había enfocado, así que yo no había tenido que escoger entre irme a huelga o unirme a los esquiroles, los rompehuelgas.

—Esta es East Alisal—, continuó Nacho. —Es la calle principal que atraviesa el pueblo de este a oeste. Se topa con la calle Old Stage Road cinco millas más adelante. Ahí es donde se encuentran las fresas.

Desde el principio, Mateo, el hijo de Nacho, superó incluso a su padre. Él tenía dieciséis, era fuerte y flexible, capaz de moverse con rapidez de una planta a otra. Había estado trabajando como recolector desde que tenía once años. No les prestó demasiada atención a mis hijos. Ellos eran cuatro y seis años menores que él y, aunque trataban de mantenerle el paso, caja por caja, no podían alcanzarlo. Finalmente, el capataz les tuvo que decir que disminuyeran el ritmo porque, en su prisa, estaban recogiendo muchas de "segunda". Al finalizar el primer día, Mateo había llenado ochenta y siete cajas. Junior y Enrique habían juntado tan sólo cincuenta y tres entre los dos.

Dos semanas después de nuestra llegada, yo estaba sentado en una de las desgastadas sillas plegables de metal asignadas a cada casa rodante. Unos pocos residentes y yo nos habíamos apiñado junto al porche de Nacho Molina, algunos en sillas, otros en cuclillas. Molina era un recién llegado desde Imperial Valley, donde había trabajado para InterHarvest. Él también había recibido el anticipo de Pic'n Pac, tras haber decidido pasarse de los vegetales a las fresas, con la esperanza de ganar más dinero.

Él me presentó a los demás. A Domingo Ortega, a quien todos llamaban Mingo, y a su padrastro, Pancho Vega, a Rogelio Peña y a Refugio Cabrera, conocida como Chuca. Todos ellos estaban entre las doce o más personas que habían asistido a esta reunión. Molina tenía una complexión robusta, con brazos fuertes y piernas regordetas. A primera vista me recordó a un nudo en un tronco, pero mi nuevo conocido rápidamente desmintió esta imagen con su gran energía y mente rápida. Le gustaba comentar y debatir, y no era tímido para dar su opinión sin importar el tema.

Mientras me volvía cada vez más consciente de la tensión que había en Salinas Valley, me di cuenta de que tendría que tomar la decisión de volverme un huelguista o un esquirol. Mi encuentro casual con Nacho Molina me había puesto en el centro del conflicto que se cocinaba a fuego lento con cada vez mayor intensidad conforme avanzaba la temporada de cosecha. Molina me había tomado bajo su ala y me empujaba a involucrarme cada vez más.

— ¿Alguna vez ha trabajado para un sindicato o se ha involucrado en la organización? — preguntó Molina.

—Un poco, hace tiempo cuando trabajé en una panadería en Texas. También terminamos ganando, pero a mí me despidieron por ser un líder de la huelga.

Le expliqué lo que los hermanos Klaus me habían hecho.

—Eso no está bien— , interrumpió en tono sarcástico Mingo Ortega, con sus tupidas pestañas tocando el puente de su nariz. —El sindicato lo debería haber apoyado en esa situación. Ellos no deberían haber firmado, a menos de que la compañía hubiera aceptado a mantenerlo. ¡Eso es lo que opino yo al respecto!

Antes de esa tarde yo había asistido sólo a una de las reuniones. Ahora permanecí en silencio y con curiosidad. Pronto aprendí que el débil grupo de huelguistas en potencia tampoco tenía ningún estatus ni con Pic'n Pac ni con el sindicato. Ellos llevaban a cabo estas reuniones para prepararse a sí mismos y a los demás residentes para la probable llegada de César Chávez.

Al igual que Molina, Mingo tenía la complexión de un carnicero: gruesa, ancha y sólida. Él era joven y temerario, con ojos desafiantes. Su suegro, Pancho Vega, era alto y delgado, un recolector de fresas veterano en la compañía. Pancho tenía siete hijos, cuatro de los cuales ya tenían suficiente edad para contribuir con su trabajo durante la cosecha del verano. Por más de un año, Mingo, él y los demás habían estado fomentando con discreción este apoyo entre los dos mil o más recolectores que trabajaban para Pic'n Pac.

La naturaleza difícil de Mingo había limitado su eficacia como un líder en el comité. No obstante, él estaba muy comprometido con la causa de los campesinos y le dedicaba todo su tiempo libre. No tenía hijos debido a que se había casado hacía apenas unos pocos meses. Con el comienzo de la nueva temporada, los miembros habían elegido a Nacho para hablar con los líderes del sindicato en Delano acerca del esfuerzo de organización del grupo. Recientemente, el sindicato por fin había firmado sus primeros contratos con los agricultores de uvas en Coachella.

—Les digo que no va a pasar nada—, comenzó con suavidad y determinación Peña, —sino hasta que logremos que venga para aquí el sindicato. Los pinches agricultores jamás van a acordar nada a menos que nos vayamos a huelga y, aún entonces, ¡es probable que necesitemos de un boicot!

Rogelio Peña se acuclilló. Todo el tiempo fumaba cigarrillos de un paquete de Camel. Él había nacido en Texas, poco tiempo después de que sus padres emigraran de Durango, México. Tenía veintitantos años y a veces era impulsivo, con demasiada energía y casi siempre sin suficiente información. De manera extraña, cuando él hablaba sus palabras llegaban al oído como en un frío y apático monólogo, como para disfrazar la emoción subyacente. El tono servía como el vehículo perfecto para el mordaz sentido del humor de Peña.

—Mire señor Peña, por favor, hemos hablado sobre esto muchas veces—. Nacho Molina toleraba a Peña porque había nacido en Texas, Nacho conocía a su padre, y porque Rogelio hablaba inglés, lo que era de gran ayuda algunas veces. De lo contrario, en lo que le concernía a Molina, se trataba tan sólo de otro joven radical chicano a quien le gustaba escuchar su propia voz. —El sindicato…—, continuó Molina.

—No entiendo por qué no están aquí ahora mismo—, interrumpió Peña. —Usted ha estado hablándole a Marshall Ganz durante meses. "Sigan reuniéndose", dice él. "Sigan elaborando sus demandas". ¡Les digo que necesitamos actuar ahora mientras los agricultores están más vulnerables! Pueden pensar que estoy loco, pero creo que ellos tienen algunos vegetales y frutas que necesitan recolectarse—. Algunos de los hombres asintieron con la cabeza al escuchar su opinión. Otros movieron su cabeza de lado a lado con frustración ante sus ya familiares discursos.

Nacho era un hombre paciente con un profundo respeto por las decisiones tomadas en Delano.

—Miren, estamos haciendo lo mejor que podemos— declaró mientras su irritación aumentaba. — El sindicato no está listo para venir para acá. Está peleando dos guerras en Central Valley y en Coachella. ¿Pueden comprenderlo? Ganz nos ha pedido que esperemos, que nos preparemos. Él nos aseguró que va a llegar nuestro momento, pero no todavía.

Peña, aún descansando de cuclillas, tomó una última inhalación de la colilla de su cigarrillo. Todos lo observaban cuando se levantó, aventó la colilla a sus pies y la pisó con sus botas de combate que le llegaban hasta los tobillos. Al levantare, dio golpes ligeros en el aire hacia Nacho.

—Entonces deberíamos actuar sin el sindicato. ¿Por qué necesitamos del sindicato para presentar nuestras demandas? Podemos empezar con las negociaciones. Nuestros salarios están muy retrasados en comparación con lo que están pagando en otros lugares. Cada día que pasa perdemos dinero. Si logramos llegar a un acuerdo con los agricultores, ¡entonces el sindicato tendrá que venir, sin importar si está listo o no!

Para este momento yo ya había escuchado suficiente. Aunque era un recién llegado, me di cuenta que no estaba sucediendo nada para avanzar. Yo tenía poca paciencia para las conversaciones que saltaran de un tema a otro y para discursos que no llevaran a la acción. Me levanté como para irme, desviando la atención de todos de Peña y Molina. Me detuve un momento y miré alrededor del círculo. Molina me preguntó si yo tenía algo que decir.

—Yo soy nuevo aquí, pero, de ser posible, me gustaría hacer un comentario.

— ¡Por supuesto! —, dijo, —¡Siga!

—Creo que aquí tenemos tres problemas. Número uno, el señor Pena tiene razón. Número dos, el señor Molina también tiene la razón—. Los hombres se rieron y asintieron con la cabeza. Yo continué. —Y número tres, no estamos listos para que el sindicato venga para acá—. Se hizo el silencio en el grupo. —Necesitamos seguir el consejo de estos dos hombres. Yo no creo que el sindicato pueda ayudarnos pronto, pero tampoco creo que podamos esperar todo el verano, calentando la silla8 y soñando. Hay algo todavía más importante en lo que hay que pensar. Como yo lo veo, este comité no tiene valor alguno, ningún papel para mostrar a los agricultores. No somos nada para ellos. Lo que necesitamos es algo con lo que podamos negociar. Necesitamos legitimidad, ustedes saben, un proceso para enseñarles que representamos a los trabajadores. Me parece que tan sólo somos un grupo de residentes de "La Posada" que pasan el tiempo juntos conversando. Eso no significa nada. Necesitamos hacer una elección para que quien sea que conforme el comité pueda hablar con autoridad ante los jefes. ¿Por qué deberían escucharnos si no?

— ¡Es lo que he estado diciendo una y otra vez! —, exclamó Peña. —¡Órale! ¡Bravo, Sixto!

—Escuchen—, continué, —podemos realizar una elección. Cualquiera puede postularse para estar en el recién conformado comité del rancho, pero será el Comité del Rancho Pic'n Pac sancionado por los residentes, con la autoridad de

---

8 N. de T.: expresión mexicana que significa estar sentado sin tomar acción.

aprobar una lista de demandas. Después de eso, escogeremos uno o dos asuntos para presentarlos a los dueños.

—Dennis Powell nos puede ayudar con la elección—, ofreció Peña. —Señor Torres, Powell es un abogado de la *California Rural Legal Assistance9*. ¡Él va a saber exactamente qué es lo que hay que hacer!

—Tengo otra idea—, agregué.

—Sí, siga.

—Ahora tenemos a nuestras mujeres en los campos. Ayer, mi esposa comenzó a trabajar y no había baños para ellas. No es nada pedirle a un hombre que vaya a orinar en un árbol o en una zanja. Pero no es lo mismo para las mujeres. Los agricultores deben proporcionar baños.

— ¡Esa es una buena demanda para comenzar!

Todos estuvieron de acuerdo.

Después del trabajo, Nacho y yo nos sentamos en la mesa de la cocina.

—Me doy cuenta de que le gusta este tipo de trabajo—, declaró. —Noche tras noche, ir de puerta en puerta, explicando la necesidad de formar un sindicato. A algunos compañeros simplemente no les interesa. Otros lo único que quieren es hablar sin parar y, en seguida, le van a soltar diez quejas para que las anote en la lista. Puede ser un trabajo pesado si su corazón no está en ello.

---

9 Organización de asistencia legal rural de California

—Yo lo aprendí de mi padre—, respondí. —Él siempre estaba organizando a la gente para mejorar nuestro pueblito. A veces me llevaba con él para recolectar los impuestos. Con frecuencia, la gente llegaba a nuestra puerta con uno u otro problema. Él nunca les daba la espalda.

— ¿A su esposa no le importa que esté fuera?

Nacho preguntó con cuidado. Me froté el bigote con dos dedos.

—Me temo que sí le molesta. Tengo un pequeño problema con mi hígado, usted sabe. Ella se preocupa por mi salud, en particular cuando ve que mis ojos están ictéricos. Se preocupa de que trabaje todo el día con las fresas y luego esté fuera todas las tardes. Pero ya se ha resignado. Para mí recolectar es agotador, pero organizar a la gente me energiza. ¡Me da ánimos!

—Nacho tamborileó sus dedos en la taza de plástico.

—Usted debe saber que debería mantenerse alejado del alcohol—, me aconsejó.

—El doctor, mi esposa y ahora usted…— sonreí desvergonzado. —Únase a la larga fila o, como diría Peña, "¡llámeme loco!".

—Yo lo tuve que dejar—, me dijo Nacho, retrayendo su labio superior, revelando un diente con montura de oro. —De joven, yo no tenía control. Me arrestaron un par de veces y pasé tiempo en la cárcel. Para mí era cuestión de parar o morir.

—Me di cuenta de que no nos acompañaba a beber y me preguntaba por qué.

—Yo he aprendido mucho de observar y escuchar a César— mencionó. —La gente acepta su vida. Dicen: "Pero ¿qué podemos hacer?". Se sienten indefensos. La verdad es que hace falta alguien de fuera que los haga ver. Ese es el trabajo de un organizador.

Nacho se levantó, caminó hacia la estufa, trajo el café y rellenó las tazas. El café ya tenía varias horas de preparado. El aroma del obscuro líquido inundó la habitación.

—Yo era así—, confesé. —Nosotros hemos viajado a través de San Joaquín cada año por cuatro años, pasando por Bakersfield, Delano, Visalia y Selma, hasta Modesto, Manteca, Firebaugh, Mendota y por último a Gilroy. Seguimos las cosechas de jitomates y pepinos. En Modesto trabaje en las uvas.

—Comenzábamos a las cuatro de la mañana. Trabajábamos una hora o dos, y luego llevábamos a los dos mayores a la escuela para regresar corriendo al campo. Junior, Enrique y Celina se sentaban a esperar todos los días en los escalones de la escuela hasta que la abrieran. Los bebés estaban con nosotros, durmiendo en huacales de jitomates. Eso durante cuatro años, hasta que llegamos aquí, y así era nuestra vida entre marzo y octubre. No la cuestionábamos.

—Por supuesto, en Modesto el dueño era un gringo, pero era un buen hombre. Sólo tenía veinte acres. Vivíamos en un bungaló en su casa. Nos trataba bien. Durante esos años, a pesar de haber trabajado para un sindicato en Texas, sólo me preocupaba por el bienestar de los viñedos. Nos alegraba poder regresar para la siguiente temporada.

—Para los grandes agricultores de ahí—, continué, —los que tenían muchos acres de tierra, lo mismo que aquí, los trabajadores no son nada. No hay respeto. Antes de que llegara Chávez no había nadie que despertara a la gente. Cuando estuve en Modesto, ahí no vi injusticias porque yo no las sufría directamente y prefería no mirar demasiado a mi alrededor.

Nacho permaneció sentado en su silla y apoyó su cabeza contra la pared de la casa rodante.

—Sí, bueno, usted no estaba solo… y ahora tiene ojos para ver—, reflexionó. —Pero los agricultores quieren aferrarse a sus viejos hábitos, a la manera en la que se hacía cuando los braceros llegaron bajo contrato y con un fuerte control, para luego irse en silencio al terminarse la cosecha, como se había acordado antes. Ahora, con Chávez todo está cambiando. La gente está despertando. Los escucho decir: "¡Prepárense! ¡Una vez que César haya llegado, si ellos no firman, nos vamos!".

Una semana más tarde tuve una conversación con Mingo y Pancho Vega en el viejo Chevy Carryal de Mingo. Estábamos bebiendo una cerveza para finalizar el día. Mientras discutíamos sobre nuestras experiencias en los campos, nos dimos cuenta que encontrábamos ofensivas cosas que antes casi no habíamos notado. Pancho Vega fue el primero en hablar.

—Estaba cortando lechuga con mi hija Estela. Estábamos trabajando juntos, usted sabe. Era su primer día. Yo le estaba ensañando qué cabezas mantener y cuáles desechar. Trabajamos durante dos horas. Ella se dio cuenta de que el capataz estaba trayendo un contenedor de cinco galones de Kool-Aid. Lo puso sobre una mesa plegadiza a un lado del camino, como siempre. Dejó un cucharón junto al contenedor.

—Después de que se hubiera ido, Estela se acercó. "Papi, ¿dónde estás los vasos?", me dijo. Y yo le grité: "No hay vasos. Sólo bébalo". Y le mostré con mis manos. Ella miró alrededor. Para ese momento, ya tres de los hombres se habían acercado. Por turnos, ellos comenzaron a beber del cucharón. Una mujer estaba esperando. Mi hija observaba mientras la mujer sorbía el jugo.

Cuando la mujer terminó, ella le ofreció el cucharón a Estela. Mi hija tenía catorce años. Su madre le había enseñado sobre higiene. Yo podía ver cómo comenzaron a fluir lágrimas de sus tristes ojos. Se quedó mirando al cucharón que tenía en la mano. Lo dejó ahí. No bebió nada. Se regresó a las lechugas, recogió su cuchillo y comenzó a cortar de nuevo.

—Por supuesto que ella estaba en lo correcto. Yo me sentí orgulloso de ella ese día. Pero entonces, me pregunté a mí mismo, ¿por qué yo había estado aceptando este trato indigno durante tanto tiempo?

— ¡Ay! ¿Qué clase de vida es esta que lleva la gente? —, preguntó Mingo. —Mi amigo Carlos Carillo también tiene una hija, Guadalupe. Usted me recordó su historia. ¡Ella era una pistola! Debería haberla visto. Ahora ella se fue con su esposo. Se casó con un gringo, todos ustedes lo conocen, Robbie Rich, el organizador del sindicato. Después de que abandonar el boicot, él se dedicó a ayudar a que los jóvenes de aquí crearan los clubes de automovilistas y los involucró en la organización a todo lo largo del valle. De cualquier manera, Lupita podía cortar lechuga más rápido que cualquiera de los hombres. ¡Era fuerte y orgullosa! ¡Orgullosa la mujer! ¡Y una chavista de la chingada! —. Las tupidas cejas de Mingo se elevaban junto con sus palabras y sus labios dejaban mostrar sus grandes dientes.

—Yo le pregunté a Carlos cómo ella era tan fuerte, no sólo en cuerpo, sino en el corazón. Él me contó que, cuando llegaron aquí por primera vez, ella se había perdido. Viajaron desde Texas. Ella tenía quizás cinco años. Se detuvieron en algún lugar del camino para cargar gasolina. Era el crepúsculo. Todos los niños se bajaron en tropel. Pero entonces, cuando se metieron de nuevo al automóvil, ya estaba oscuro. La pequeña Juana todavía estaba en el baño. Ellos se fueron, pero ella no estaba dentro del automóvil.

—Por supuesto que sus padres estaban muy afligidos, pero, con todos los demás dormidos, ellos habían manejado durante horas sin darse cuenta. Regresaron al siguiente día a la gasolinera, con la esperanza de que ella estuviera esperándolos, pero, en el pánico, otra familia que pasaba se ofreció a llevarla, pensando que podrían alcanzarlos, lo cual nunca sucedió.

—Ella vivió con esa familia durante dos años y lloraba todas las noches hasta quedarse dormida, aferrándose a la esperanza de encontrarlos. Como era de esperarse, alguien conocía a alguien más que había escuchado esa historia y a la larga los reunió. Fue justo aquí en Salinas que ellos se encontraron de nuevo.

— ¿Cuántos de sus amigos y conocidos han muerto en el camino? —, pregunté. —Piensan que todavía están viviendo en medio del desierto de Sonora o de Tamaulipas. Beben una o dos cervezas y manejan o quizás caminan por la Highway 101, por Old Stage o a lo largo de Williams Road. Su automóvil se cae en una zanja o se atraviesan en medio del tráfico nocturno y alguien que va pasando los atropella. Se puede leer en los periódicos. Se escucha en la radio. Uno va a misas de funerales. También pasaba en Texas. Nosotros no comprendemos a qué nos estamos arriesgando aquí. En nuestras cabezas vivimos una vida distinta. No llegamos preparados para lo que vamos a encontrar.

—Todos los años, dos o tres trabajadores mueren atropellados por un tractor o en algún otro accidente extraño—, afirmó Pancho amargamente. — ¿Recuerdan a Tereso Morales en Watsonville? Él trepó con su tractor por un montículo y el tractor se volteó y cayó sobre él, dejando a cuatro niños sin padre. ¿Recuerdan a Lito, quien levantó una tubería de agua de 10 metros para moverla, sin estar consciente de los cables de alta tensión que había sobre él? La tubería tocó los cables y murió electrocutado. El pobre hombre murió instantáneamente. Y de nuevo me pregunto. ¿Qué clase de vida tiene nuestra gente? Y ni siquiera hemos mencionado los pesticidas y los azadones de mangos cortos.

Nacho resopló con disgusto entre dientes. —El estar agachados de esa manera todo el día, cortando la lechuga con el azadón, el cortito, ha destruido las espaldas de toda una generación de campesinos. Y los químicos que utilizan sin detenerse a pensar en quién estará trabajando en el campo aledaño. ¿Qué hará falta para hacer que se den cuenta?

Mientras un verano inusualmente caluroso se apoderaba de Salinas, los otros organizadores y yo sentíamos cómo crecía el impulso entre los trabajadores. Los residentes seleccionaron a un comité. Nacho, Rogelio, Mingo y yo nos encontrábamos entre los elegidos. Seleccionamos, de entre todas las quejas, algunas demandas que pensábamos que se podían ganar, para presentarlas a Pic'n Pac.

—Me dijeron que tenemos que presentárselas al administrador general, Johnny Simpson—, reportó Peña. —Llevé la lista a la oficina de Pic'n Pac. Una de las chicas prometió que se la entregaría.

—Y yo llamé a Delano—, aseguró Nacho. —Logré hablar con Richard, ustedes saben, el hermano de César. Le di nuestros nombres. Él no supo qué decirme. Me dijo que nunca antes habían tenido a un grupo que hubiera elegido un comité antes de que existiera un contrato con el sindicato. Me dijo: "Si la administración habla con ustedes, ¡genial! Hagan lo que consideren mejor.".

En los valles de San Joaquín e Imperial, los trabajadores estaban más renuentes a tomar el asunto entre sus propias manos. Nacho Molina dijo que Chávez y Marshall Ganz, su organizador en jefe, con frecuencia se habían quejado sobre la falta de un fuerte liderazgo e iniciativa entre los miembros en estos otros centros agrícolas de California. Nosotros, los migrantes texanos en Salinas, admirábamos a Chávez, pero no lo idolatrábamos como muchos otros en otros lugares. No queríamos ni esperábamos que él tomara todas las decisiones. Después de todo, se trataba de nuestro sindicato, no solo suyo.

El comité presentó las quejas: temas referidos a los salarios, a las condiciones de trabajo, a los abusos de los supervisores y al favoritismo. Johnny Simpson prometió estudiar la lista y comunicarse con nosotros después. Una semana más tarde, Simpson llamó a Peña.

—Lo que vamos a hacer es lo siguiente—, declaró. —Vamos a llevar un inodoro a cada uno de los campos. Yo no tengo la autoridad para discutir cualquier otro de los demás asuntos. Van a tener que reunirse con los mandamases para tratarlos.

Aunque era una victoria limitada, la gente celebró y el comité se motivó. Sin embargo, resultó que las unidades sanitarias eran viejas y estaban descompuestas. En una ocasión, una mujer se sentó y la mal construida base se rompió a la mitad, dejándola avergonzada, mojada y muy enojada. Presionamos de nuevo con nuestras demandas y a la larga llegaron nuevos inodoros.

No estábamos solos. Los trabajadores en Freshpict, InterHarvest y otras compañías también se habían organizado y presentado sus demandas. De hecho, esos otros comités agrícolas habían recibido un mayor apoyo por parte del sindicato que el que había recibido Pic'n Pac.

—Eso pasa porque Chávez no está pensando en las fresas—, dijo Nacho —No. Están pensando en las lechugas. Cuando lleguen aquí, van a ir primero con los agricultores de lechugas.

La presión en el valle continuaba en aumento, tanto que el sindicato accedió a llevar a cabo un mitin en el Towne House Motel. Yo estaba entre la multitud. Observé y admiré a César Chávez desde la distancia, un hombre de pequeña y al mismo tiempo gran altura, que usaba un sombrero de paja como un simple trabajador. Lo veíamos como uno de nosotros.

Se paró en la plataforma entre vítores y aplausos. Se veía animado y confiado.

—Los felicito por su espíritu y determinación, así como por el progreso que han alcanzado en las negociaciones iniciales con la administración. Pero también les advierto que deben esperar encontrase con problemas, angustias y oposición en su lucha.

Después del mitin, nos reunimos con César en una de las salas de conferencias del hotel. Marshall Ganz lo llevó hasta ahí y luego se fue. De inmediato di un paso adelante y me presenté.

—He escuchado su nombre—, dijo César, dándome un rápido vistazo. —Usted es uno de esos texanos, ¿verdad?

—Cierto—, asentí orgulloso. Chávez nos invitó a tomar asiento, mientras él se sentaba en una silla del pequeño círculo. No perdió tiempo explicando su preocupación.

—Ustedes van demasiado rápido—, dijo, hablando con frases cortas y rápidas. —Nosotros todavía no queríamos empezar aquí, ustedes saben. Todavía estamos luchando por nuestras vidas en Delano y Coachella. Una vez que hayamos comenzado aquí, estos agricultores se van a venir sobre nosotros.

—Ya estamos jugando nuestras cartas y presentando una lista de quejas—, alardeó Mingo.

—Lo sé. Ese es el problema. Ustedes son mucho más activos y agresivos que los miembros allá en San Joaquín. Me dicen que es porque todos ustedes son texanos. ¿Es eso cierto? — Chávez sonrió y todos se rieron y asintieron uno por uno. Su tono se tornó más serio. —Escuchen. El hecho es que no estamos listos para irnos a huelga en este lugar. No tenemos el personal o el dinero que se necesita para apoyar una huelga. Por desgracia, como mencioné con anterioridad, aunque no estemos listos, puede ser que no tengamos otra opción. Existe el rumor de que aquí los agricultores están tratando de cerrar un buen trato con los Teamsters—. Hizo una pausa y miró alrededor de la habitación. —Eso es lo que están buscando. Quieren que los Teamsters sean su sindicato. ¿Qué piensan ustedes de eso?

Como había sucedido en el mitin, expresamos en voz alta nuestro rechazo ante esa idea.

—Así que ese es el tipo de mierda a la que nos vamos a enfrentar. Vamos a tener que darles una lucha infernal, más de lo que estamos preparados para hacer, y por eso es que hemos estado teniendo que contenernos. Pero, al mismo tiempo, fue por eso que vinimos esta noche al mitin, aunque estamos luchando en otros dos frentes—. De nuevo nos observó por un momento a cada uno de nosotros antes de continuar. —Además, no están solos. Esto también está sucediendo en los estados de Oregón y de Washington. Por un lado, nos alegra ver esto. Pero, por el otro, no podemos estar en todos lados al mismo tiempo.

—César—, dije, sacándome mi sombrero Stetson blanco, —usted no tiene que estar aquí. Nosotros nos encargaremos del asunto en Salinas. Aquí todo mundo está dispuesto a hacer lo que sea que necesario. Venga cuando usted pueda. Aconséjenos. Nosotros nos haremos cargo del resto.

—Algunos de los hombres asintieron al mismo tiempo. Chávez se me quedó mirando fijamente con sus calmados ojos color chocolate. No dijo nada, como si no hubiera comprendido del todo lo que yo estaba sugiriendo, como si la noción de que nuestro sindicato tuviera éxito sin su supervisión directa fuera algo impensable. Yo estaba dispuesto a discutir mi idea con más detalle, pero él no respondió ante mi declaración.

—Ustedes tienen que darse cuenta de que las huelgas van a ser muy duras para ustedes y sus familias—, continuó.

—Nosotros hemos pasado por eso en Delano y Coachella y, ¿qué creen?—. Esperó un momento como para darle más fuerza a sus palabras. —El boicot de las uvas es un arma mucho más poderosa. En cierta medida, ustedes necesitarían tanto de huelgas como de boicots, pero los agricultores le temen más al boicot en especial estas empresas nacionales como son Purex y United Brand, y su jefe, S. S. Pierce. Ellos van a ser los principales blancos de un boicot nacional y ellos lo saben. Las huelgas requieren de muchos recursos para ser exitosas. Así que necesito que piensen con mucho cuidado lo que quieren hacer.

—Una cosa es segura, César—, afirmó Mingo. — ¡Nadie quiere aquí a los Teamsters!

Marshall Ganz regresó a la habitación. Se quedó parado en silencio afuera del círculo de sillas. Escuchó por un momento y César retomó la palabra.

— ¡Esperemos que los agricultores no hagan algo estúpido y comiencen una guerra en Salinas!

Ganz interrumpió la conversación

—Nos tenemos que ir.

Chávez se levantó y nos dio la mano a cada uno de los miembros del comité.

Vamos a regresar, quizás más pronto que tarde—, dijo. Al acercarse a mí, se detuvo y me observó con atención por un momento antes de que estuviéramos de frente. —Necesitamos de su cooperación , me dijo.   En este preciso momento, ellos nos están atacando por todos lados, pero vamos a regresar. Por el momento, manténgase en contacto con Marshall. Él va a estar yendo y viniendo de aquí a Delano y a Coachella tanto como sea necesario—, Ganz lo dirigió hacia la salida.

—Seguimos, pues—, respondí.

— ¡Sí se puede! —, gritó Chávez sobre su hombro. —¡Sólo continúen trabajando!

— ¡Por cierto, César!

— ¡Gracias, César!

— ¡Nos veremos pronto!

— ¡Hasta luego, César!

Vi cómo Chávez desaparecía por la puerta. Me di la vuelta hacia Nacho.

—Quizás Peña tiene razón—, dije. —Quizás deberíamos continuar por nuestra cuenta. Comenzar con nuestro propio sindicato.

Nacho ladeó su cabeza y encogió los hombros, restándole importancia a mi comentario.

— De cualquier manera, es tiempo de reunirnos con el jefe de Johnny Simpson—, replicó.

Unas pocas semanas más tarde, después de haber tenido otro mitin, Marshall Ganz nos vino a visitar. El comité se reunió frente a mi casa rodante. Todos los miembros estaban deseosos de contribuir con el proceso que habíamos creado. Habíamos definido nuestros asuntos, tales como salarios, higiene y uso pesticidas, y los habíamos presentado a la administración de Pic'n Pac.

—Señor Ganz—, comencé, —nos hemos estado reuniendo con la compañía y pensamos que hemos alcanzado un acuerdo sobre la paga y algunas otras demandas. Ahora sólo necesitamos que usted nos traiga los contratos y nos ayude a llenarlos para que podamos hacer que el jefe firme.

Ganz quizás medía 1.80 m de altura, tenía un cuerpo regordete y cabello ondulado negro, un bigote tupido y anteojos gruesos con forma circular. Molina dijo que él había nacido y crecido en Bakersfield e ingresó a Harvard después de la educación secundaria. Dejó la universidad justo antes de graduarse para unirse a proyectos sobre los derechos civiles en el sur, tratando de obtener el derecho al voto para los negros. Después de eso, en vez de regresar a la escuela, se unió a Chávez y a la causa del sindicato. Ahora, él era el principal arquitecto del boicot nacional. Me observó durante largo rato como meditando su respuesta.

—No es tan simple, Don Sixto. No me malentienda. Lo que ustedes están haciendo a través del comité está bien. Comprendo que están logrando progreso. César está muy impresionado con todos ustedes. ¡Ey! Cuando le contamos sobre los baños se quedó todavía más impresionado—. Sonrió y todos se rieron. —No. Es un asunto muy importante—, continuó, — y algo muy inteligente. Era exactamente el asunto correcto para comenzar. ¿Quién podría estar en contra de proporcionar baños? Así que, repito, ustedes están haciendo un buen trabajo, pero, antes de que se puedan elaborar contratos, Jerry tiene que estar aquí y, quizás, también Dolores, para completar las negociaciones—. Ganz se estaba refiriendo a Jerry Cohen, el abogado del sindicato, y a Dolores Huerta, su vicepresidenta.   Ellos no pueden venir en este momento. Están trabajando noche y día en los contratos de los agricultores de Delano.

Yo estaba impaciente. No estaba buscando alabanzas ni excusas. Estaba solicitando ayuda. El sindicato nos había pedido que nos preparáramos. En nuestras mentes ya estábamos listos.

— ¡Chingados! —, dije entre dientes. — ¡Eso está de la chingada!

Nacho me volteó a ver como para sugerirme tener paciencia. Marshall Ganz había pedido que el comité diera sus opiniones. Mingo y Peña no dijeron nada. Ganz habló por veinte minutos sobre las actuales dificultades con la huelga de las uvas y con el boicot nacional. De repente, se detuvo y miró su reloj.

—Yo debo ir a Freshpict —, dijo. —Nos veremos la próxima vez—. De pasada, le dio la mano a Molina y se dirigió hacia su automóvil.

Elida y yo pasábamos nuestros días agachados en los campos, recolectando fresas en Old Stage Road, a unas pocas millas al sureste de Salinas. Junior y Enrique copiaban nuestros movimientos a lo largo de los surcos. Las filas de plantas de verdes hojas moteadas con dulces fresas rojas se expandían a lo largo y a lo ancho, tanto al norte, como al sur del suelo del valle, y hacia el este hasta la base de las Gabilan Range. Con frecuencia, una bruma gris, proveniente del océano que estaba a quince millas hacia el oeste, flotaba tierra adentro, bloqueando el sol de la mañana y helando nuestros dedos cubiertos de jugo, mientras nos ocupábamos de recolectar los frutos maduros arrancándolos de sus tallos y colocándolos con gentileza en las canastas que estaban acomodadas dentro de las filas de bandejas de cartón.

Este trabajo requería de estarse agachando o acuclillándose constantemente al lado de los surcos. Nuestros músculos se tensaban por la torsión que hacíamos al girar hacia las enredaderas y luego de regreso hacia las bandejas que esperaban, así como al jalar las carretillas con marco de acero donde guardaban las cajas de fresas cosechadas. Nuestros muslos y pantorrillas estaban fatigados por las horas que pasábamos encorvados mientras nos movíamos con pasos diminutos. Nos dolían los brazos y los hombros, los dedos nos pulsaban y teníamos los ojos cansados, pero vigilantes, en nuestra búsqueda por encontrar únicamente la fruta más grande y madura.

Durante las primeras semanas del verano, por fin se despejaron las nubes bajas, revelando así el brillo de la templada luz del sol, suavizada por la briza del final de la mañana. Las cuadrillas de hombres, mujeres y muchachos y muchachas adolescentes se dispersaban a todo lo largo de los seiscientos acres de campo de Pic'n Pac. Aquí y allá se podía ver a un bebé corriendo a lo largo de las filas y a una joven madre interrumpiendo su colecta de bayas justo el tiempo suficiente para regresar al fugitivo a su lado.

Del otro lado de Old Stage Road, formado por dos carriles, un grupo de cortadores de lechugas también se encorvaban desde la cintura y, haciendo un silbido, pasaban sus cuchillos, con rapidez y destreza, por la base de cada cabeza de lechuga, sintiendo la pesadez de la humedad del aire. Después de cinco horas de trabajo, tomamos una breve pausa para el almuerzo. Del autobús, Elida trajo con las demás mujeres nuestras mochilas. Extendió una cobija a un lado del polvoso camino mientras los muchachos y yo dejamos nuestra cosecha para reunirnos con ella.

Otros trabajadores se reunían en pequeños grupos, esparciendo en el camino sus propias cobijas, y recostándose junto a las verdes hojas, las flores y la fruta. Pronto el aroma de tortillas recién preparadas, de carne asada, enchiladas de pollo y frijoles refritos sobrepasó el terroso olor de la enriquecida abonada, levantando el ánimo de todos.

Yo me senté, dejándome caer ruidosamente al suelo y suspiré de agotamiento. Noté que Enrique estaba pisando la última planta de fresas de la fila.

— ¡No, no, Enrique! —, lo regañé. —¡No se pare ahí! ¡Usted sabe que no debe hacerlo! ¡Respete las plantas, m'ijo!

— ¡Güey! — exclamó Junior, dándole a su hermano un amistoso empujoncito, mientras ambos se acomodaban sobre la cobija.

— ¡Es suficiente! — dijo Elida. Le sirvió un vaso de jugo a cada uno de ellos.

—Ya no veo por aquí a Mateo Molina—, señalé. — ¿Qué le habrá sucedido? —. Junior miró al suelo por un momento, recordando cómo Mateo les había ganado a él y a Enrique en la recolección en esos primeros días. Nos miró a su madre y a mí. Sentí que mi hijo mayor, de ahora casi catorce años, estaba ansioso por responder. — ¿Qué sucedió? —, repetí.

—Él asegura haber obtenido un mejor trabajo en un lavado de coches. Usted sabe, el que está en North Main.

Vi de nuevo Junior se quedó mirando fijamente al suelo. Volteé a ver a Elida. Me enojó la idea de que Mario pudiera ganar más dinero en un lavado de coches que lo que podría hacer recolectando fresas. Me rasqué el cuello y miré de nuevo a mi avergonzado hijo. Era claro que Junior no quería continuar hablando, pero sintió mi mirada sobre él.

— Al cumplir los dieciocho se fue de la casa—, declaró. — Escuché que se unió a una pandilla en East Salinas.

— ¡Oh, Dios! —, gimió Elida y se cubrió la boca con la mano. —Espero que usted nunca nos haga algo así, hijo.

— ¡Las pandillas son estúpidas! ¡Mateo es estúpido! ¡Cuénteles Junior! —, dijo Enrique. Junior le frunció los labios a su hermano y se dirigió de nuevo a ver a sus padres.

— ¿Qué? —, pregunté.

—Dicen que está vendiendo drogas—.

— ¿Sus padres saben lo que está pasando? —, pregunté.

—No lo sé—, respondió Junior.

— ¡Dios mío! — susurro para sí misma Elida.

Saqué un paquete de Marlboros del bolsillo de mi camisa y prendí un cigarrillo.

—Cuando yo tenía esa edad—, dije, exhalando el humo, —yo perdí para siempre a mi padre. No puedo imaginarme haciéndole algo así a mis padres.

—El corazón de Delia se va a romper cuando lo sepa—, dijo Elida.

—Tiene razón, Enrique—, dije. — ¡Eso es realmente estúpido! Algunos de estos muchachos no tienen respeto. No tienen respeto hacia ellos mismos ni hacia sus propias familias. Ellos deberían comprender lo que es ver morir a su padre. Deberían aprender pronto, como yo lo hice, de qué se trata la vida.

—A comienzos de la tarde, una fuerte brisa sopló sobre nuestras encorvadas espaldas. Cuando el sol alcanzó su punto más alto, la brisa sopló, golpeando con brusquedad nuestras flojas chamarras y pantalones. Las mujeres, quienes traían gorras de béisbol que cubrían las pañoletas que les protegían las caras, se apretaron más las telas contra la cara para que tan sólo las narices y los ojos sintieran las ráfagas de aire y la lluvia que caía a cántaros. Todos trabajamos hasta que, por fin, dieron las dos en punto, con el viento azotando sobre las cosechas con todavía más fuerza y sacudiendo los plásticos que estaban debajo de cada planta; el capataz tocó la bocina del autobús y nos llamó para que regresáramos al camino principal.

CAPITULO OCHO

A las 3 de la mañana me despertaron unos golpes en la puerta de la casa rodante.

— ¡Despierta, Sixto! ¡Despierta!

Me levanté y me fui trastabillando hacia el ruido en calzoncillos y una playera.

— ¿Quién es? ¿Quién toca?

— ¡Mingo! ¡Necesito hablar con usted, Sixto! ¡Ellos están aquí!

— ¡Momentito!

Regresé a la habitación y me puse un par de pantalones, luego me apuré para abrir la puerta. Salí al porche. Mingo estaba parado un poco más abajo que yo, sin aliento. Trató de hablar en voz baja, pero estaba muy excitado.

—He estado corriendo de casa rodante en casa rodante—, dijo. — ¡El comité se tiene que reunir! ¡Marshall Ganz está aquí! ¡Acaba de llegar!

— ¿Dónde? ¿Por qué?

—Está allá en Freshpict. Todo ha cambiado. ¡Descubrieron que los agricultores se van a aliar a los Teamsters!

— ¡No! ¡Pendejos!

— ¡Sí! ¡Ellos ya firmaron contratos a pesar de que ninguno de los trabajadores votó ni firmaron nada!

—¡Pura caca! ¡Mierda!

—Tenemos que ir a Freshpict ahora mismo!

Media hora más tarde, cinco de los miembros del comité, incluyéndome, llegamos al patio de distribución de Freshpict. Marshall Ganz ya se estaba dirigiendo a los treinta y pico de trabajadores allí reunidos. Vestía un rompe vientos y pantalones holgados. Nubes bajas cubrían esta mañana de julio, típica de mediados del verano en Salinas. Las naves de empaque de Freshpict se alzaban detrás de él. Estaba hablando en español.

— ¡Ya les ha llegado la hora a estos agricultores! —, exclamaba a gritos dirigiéndose los hombres. — ¡ Ahora es cuando! ¡Ya hemos visto esto antes! En Delano, un par de años atrás, ellos ya intentaron usar este truco de los Teamsters. Trataron de firmar sus amados contratos. ¡No funcionó allá, como tampoco va a funcionar acá! ¡Tan sólo sirve para demostrar su arrogancia!

— ¡Viva la causa! —, una y otra vez, todos los reunidos gritaron al mismo tiempo. ¡Viva la huelga!

Tras escuchar la palabra "huelga" me dirigí a un extraño que estaba junto a mí en la multitud.

— ¿Están hablado de irse a huelga?

— ¡Sí! ¡Por cierto! —, me contestó el extraño dándome un vistazo.

— ¿Cuándo?

— ¡Hoy! ¡Hoy en la mañana! ¡Usted no debería presentarse a trabajar! —. Junto con los demás, el hombre empezó a golpear el aire con su puño y a cantar: "¡Ahora! ¡La hora ha llegado!"

Ganz repartió un bonche de tarjetas de afiliación del sindicato.

— ¿Quién está listo para firmar su afiliación con la UFWOC? — Todos los hombres levantaron sus manos. — ¿Quién está listo para salir y hacer que otros se afilien?

— ¡Vamos! —, gritaron al unísono.

— ¡Viva la huelga! —, repetían. Algunos comenzaron a aplaudir cada vez más rápido y al unísono, mientras otros agitaban el estandarte rojo de la unión con su águila negra estampada.

Cuando el mitin terminó, regresamos a "La Posada". Levantamos a los demás residentes y difundimos la palabra de que la huelga había comenzado. La gente escuchaba los gritos que provenían desde el otro lado del campamento de casas rodantes.

— ¡Huelga!

— ¡Ahora es cuando!

— *¡Viva la unión!*

— *¡Chávez, sí! ¡Teamsters, no!*

Sus voces llenaron el aire matutino mientras la gente, que se había estado preparando para este momento, salía a las calles. Los cánticos se convirtieron en un ferviente coro conforme otros se unían y, al final, se asentó en una sola consigna.

— ¡Huelga! ¡Huelga! ¡Huelga!

Toda la gente se movía a empujones hacia la calle principal del campamento. El cántico cada vez era más fuerte hasta que alcanzó un tono hipnotizante. Justo en ese momento, alguien gritó por sobre el estrépito: "El nuevo grito es 'huelga'". En efecto, en nuestras mentes, la palabra huelga se había transformado en el mítico "grito" que, hace 160 años había encendido la Revolución Mexicana en contra de España. Ahora, con cada grito, la gente sentía como si el mismo Padre Miguel Hidalgo y Costilla se hubiera levantado de su sangrienta tumba y estuviera guiándolos de nuevo con el llamado: "¡Independencia!".

A las siete de la mañana en punto, los autobuses de Pic'n Pac entraron a Sherwood Drive sólo para descubrir que no podrían tomar sus rutas habituales a través de "La Posada". Los huelguistas habían puesto cadenas a lo largo de cada una de las cinco entradas. Nadie salió para abordar los autobuses. En lugar de eso, la agitada multitud recibió a los choferes con su cántico, tratando de convencerlos que se unieran a la huelga. Los choferes se quedaron sentados en fila mirándonos en silencio. Al final, se fueron para informarles a sus jefes de cuadrilla que, el día de hoy, no contarían con recolectores.

La multitud se quedó cerca de la entrada de "La Posada". Marshall Ganz apareció. Alguien había llegado hasta la oficina del sindicato para avisarle que las cuadrillas de Pic'n Pac habían declarado una huelga. Los trabajadores se reunieron alrededor de él. Su presencia reavivó los cánticos. Cuando los otros miembros del comité y yo nos acercamos, Ganz mostró tanto entusiasmo como preocupación por el giro que habían dado las cosas. Se nos acercó a Nacho y a mí para que lo escucháramos por sobre el clamor de la multitud.

—Ustedes saben, esto es una sorpresa para nosotros—, afirmó. —Estábamos esperando que Freshpict se fuera a huelga, pero no ustedes. Con ustedes uniéndose, ¿estaríamos enfrentando tanto la industria de la lechuga, como la de las fresas? ¡No es una gran estrategia! — El cántico continuaba. —Chávez está en la oficina. Voy a ver si quiere venir para acá a conversar con ustedes.

Pronto todos habíamos escuchado que César vendría. Cuando llegó, la multitud de quinientos hombres, mujeres y niños, se había excitado aun más. Le dimos la bienvenida con un largo aplauso y con gritos.

— ¡Viva Chávez!

— ¡Viva la unión!

— ¡Viva la huelga!

— Él habló al aire libre, con la gente empujándose para tratar de escucharlo mejor.

— ¡Les pido que todos regresen a los campos! —, gritó. —Están por enfrentarse a una larga lucha que el sindicato no podrá apoyar. ¡No tenemos los recursos necesarios para enfrentar esta lucha en este momento!

— ¡Viva la huelga!

— ¡Viva la huelga!

Chávez pronto se dio cuenta que no iba a poder convencer a los trabajadores para que se olvidaran de su convencimiento de que ganarían si se fueran en ese momento a huelga, cuando los agricultores se encontraban más vulnerables. Al día siguiente, se realizó una votación formal y se aprobó la huelga. Los trabajadores de InterHarvest y de Freshpict también abandonaron sus trabajos, poco después cuadrillas de otras muchas compañías siguieron el ejemplo.

Nosotros, los huelguistas de "La Posada", sabíamos muy poco sobre cómo nuestras acciones repercutirían al ser recriminados; no obstante, votamos voluntariamente a favor de la huelga con toda confianza. Nuestra arrogancia surgió de la ignorancia sobre lo que se avecinaba, así como por la confianza que teníamos en nosotros mismos. Ni la gente, ni los miembros del comité tenían idea de cómo íbamos a avanzar más allá de este temerario comienzo.

César Chávez se movió con rapidez. Obtuvo un préstamo de los frailes franciscanos de la provincia de Santa Bárbara para abrir una oficina en Wood Street en East Salinas y creó un fondo para la huelga. Amenazó con organizar un boicot nacional de lechugas a menos que las compañías aceptaran las demandas de la UFWOC y aceptaran su derecho a representar a todos los trabajadores que se encontraban en huelga en ese momento. El abogado principal del sindicato, Jerry Cohen, llegó para acelerar las negociaciones. El personal del sindicato administraba un fondo de huelgas, proporcionándoles un pequeño salario a los que estaban en el piquete.

Durante la semana siguiente al inicio de nuestra huelga, realizamos un mitin al que asistieron miles de trabajadores, muchos de los cuales habían marchado durante días para unirse a la manifestación y para manifestar su lealtad. Chávez se paró frente a la multitud y enumeró los éxitos del sindicato, pero insistía en levantar la voz en contra de este reciente movimiento por parte de los agricultores.

¡El día en que… – declaró indignado — en el mismo día en que los agricultores de uvas en el valle de San Joaquín accedieron a nuestras demandas, en el mismo día en que ellos habían acordado, después de cinco años de lucha en los campos, a firmar contratos con el sindicato… ese mismo día los agricultores del valle de Salinas y otros en todo el sur, incluso tan lejos como Santa María, anunciaron que ellos habían firmado sus propios contratos, no con la Unión de Campesinos, sino con los Teamsters! — Chávez cortó el aire con su mano en un enfático movimiento como si fuera un cuchillo.

Estos atractivos tratos están diseñados con un solo propósito: ¡el de invalidar a los campesinos, a todos ustedes, y el de debilitar al sindicato al otorgarle a los Teamsters el derecho a representar a toda la fuerza laboral agrícola del área! Estos contratos fraudulentos cubren a miles de trabajadores de tiempo completo y de medio tiempo. Ninguno de esos empleados, ni un solo campesino, fue invitado a participar en las discusiones. En su lugar, ¡las compañías y los Teamsters llevaron a cabo las negociaciones en secreto! ¿Acaso un sindicato no es algo que los campesinos deberían poder escoger por sí mismos? ¡Estos falsos acuerdos no se mantendrán!

Yo había aprendido que Chávez siempre había fomentado la no violencia y había manifestado su compromiso con esta idea a través de huelgas de hambre y de mostrar su pasión. Muchos sacerdotes y otros ministros se habían reunido a su alrededor y lo apoyaban. Ellos querían que nosotros siguiéramos las enseñanzas de líderes como Martin Luther King y otro gran hombre de la India llamado Mahatma Gandhi. Por otro lado, el sindicato nos animaba a provocar y desafiar a los agricultores.

Nuestra huelga había llevado las emociones y las tensiones en el valle hasta el límite. El mismo Chávez nos había dicho que temía que una larga y agresiva huelga llevara, con bastante certeza, a generar de más violencia, tal y como sucedió en San Joaquín. Aun así, el drama de una manifestación, de una huelga de hambre o de armar un piquete atrajo a un gran número de trabajadores. Creíamos que la gente que se organizaba alrededor de la sola idea de un sindicato podría superar la gran influencia y superioridad de recursos de los agricultores.

Nacho Molina me había enseñado que Chávez era un alumno de Saúl Alinsky, el mismo hombre que había organizado un sindicato en Texas cuando él trabajaba allí. También había organizado a los trabajadores de los rastros de Chicago durante los años cuarenta. Nacho dijo que otro hombre llamado Fred Ross, junto con el apoyo de Alinsky, había iniciado en San Francisco la Organización de Servicios Comunitarios10 donde Chávez, en ese entonces un joven líder de San José, aprendió cómo organizar. Para Alinsky, explicó Nacho, todos los oponentes se debían percibir como "el enemigo", y la única manera de lograr el cambio era provocando y desafiando "al enemigo". Estas ideas fueron el punto de referencia para desarrollar las tácticas de organización del sindicato, que habían resultado exitosas para doblegar a los agricultores del valle de San Joaquín.

Todos los días yo distribuía las tarjetas de afiliación yendo de un tráiler al otro y luego los recogía ya que los trabajadores los hubieran firmado. Los huelguistas de "La Posada" se unieron a los miles de chavistas que se congregaban desde Salinas hasta Santa María y de Watsonville a Gilroy. Nos reuníamos en los caminos rurales. Ondeábamos nuestras banderas y estandartes rojo con negro. Formábamos piquetes y les decíamos a los esquiroles que dejaran que las lechugas se pudrieran.

También se definieron los lineamientos políticos. El valle de Salinas se vio dividido en dos: un lado con una gran mayoría de anglos y el otro con una mayoría de mexicanos. Los Teamsters mandaban a sus representantes con banderas americanas para patrullar e intimidarnos. Nosotros confrontamos a los agricultores y a los rufianes armados de los Teamsters, en el

---

10 Organización de Servicio a la Comunidad

norte y en el sur cerca de la Highway 101, y hasta los campos que estaban a lo largo de los caminos interiores del valle.

Nuestra excitación en los campos de trabajo y fuera en los caminos era general. Todos nuestros defensores, algunos políticos, los sacerdotes y los ministros, así como muchos de sus feligreses, incluso algunos miembros de la prensa, todos estaban convencidos de que nuestra causa era justa y ética. Igual de fuerte era la furia y el resentimiento por parte de los agricultores y sus defensores. Ningún mexicano recién llegado les diría cómo debían llevar sus negocios.

Justo después de que los agricultores firmaran sus contratos con los Teamsters, Chávez acusó a las compañías de lanzar un "ataque Pearl Harbor" en contra de los campesinos. El principal periódico de Salinas, *The Californian"*, reimprimió una editorial del *Agribusiness News*. Peña nos resumió el artículo.

"De acuerdo con Anthony Harrigan, vicepresidente ejecutivo del *Southern States Industrial Council*11, debido a la tendencia a la sindicalización, los campesinos se están convirtiendo en 'esclavos de los jefes del trabajo agrícola', una condición que incrementará los precios de los alimentos y disminuirá la producción".

Era extraño que Anthony Harrigan dijera que nos estábamos "convirtiendo en esclavos" cuando la mayoría de nosotros sentíamos que estábamos ganando un nuevo sentido de libertad.

---

11 Consejo Industrial de los Estados del Sur

Vicente Molina, el hermano menor de Nacho, lavaba platos en el Pub Bar and Grill en Monterrey Street. El bar atendía a la comunidad de agricultores. Su decoración promovía la temática de la cultura del cowboy del valle de Salinas, para apoyar al evento anual del "California Rodeo". Las tenues luces del bar y su gruesa madera oscura proporcionaban el ambiente perfecto para beber y fumar, para el intercambio de propinas y promesas, para los cotilleos susurrados y guiños conocedores, y para compartir las noticias más recientes sobre lo que estaba ocurriendo ahí fuera, más allá de la oscuridad, en los campos y cobertizos del valle.

Vicente hablaba muy bien inglés. Era de trato fácil y muy amigable, con un bigote apenas visible y una actitud juvenil. Saltaba libremente de una mesa a otra, recogiendo los vasos y los platos y escuchando, siempre escuchando y reportando todo a nuestro comité.

Un sábado por la noche a principios de septiembre, los rufianes armados de los Teamsters llegaron del valle de San Joaquín. Veinte o más bien equipados y animosos "agentes", en un jaleo de gritos y risas, salieron en bola de sus camionetas pickups y sus autobuses. Ellos y sus esposas y novias se abrieron paso a través del ya abarrotado *bar and grill*. Se alinearon a lo largo de la barra y se movían socializando entre las mesas, saludando ruidosamente a los agricultores y a los miembros del personal de la oficina local de los Teamsters que ya estaban en el lugar.

Su líder era un bravucón insolente y fanfarrón llamado Ted Gonsalves, a quien todos conocían como "Speedy". Su fuerte personalidad y desagradable séquito rápidamente hicieron que se sintiera tensión en el lugar. Tenía obscuros ojos saltones, una maraña de cabello negro y una predilección por los grandes automóviles y las mujeres bellas. Vestía un brillante traje rayado, complementado con una camisa y corbata de colores llamativos. Poco después de haber entrado, Gonsalves se plantó en el pasillo central, entre el bar y los gabinetes. Levantó un jarro lleno de cerveza y anunció su propósito.

—¡Todos ustedes saben por qué estamos aquí! Por un motivo y un solo motivo: ¡para encargarnos de esos hijos de puta y para restaurar el orden en este valle! ¡Y eso es exactamente lo que vamos a hacer! — Todos aplaudieron y levantaron sus vasos.

Los gorilas Teamster traían consigo la reputación de toda la violencia perpetrada durante la batalla del sindicato por los contratos de las uvas. Gonsalves era nervioso y ostentoso. Su táctica era muy directa: diseminar el miedo y la intimidación. Nosotros los huelguistas observábamos con cuidado conforme los recién llegados patrullaban los campos, parados en la parte trasera de sus camionetas pickups sosteniendo sus rifles en alto.

Pasaron los días. El número de saqueos aumentó. Uno de los capataces del rancho tomó un tractor de oruga y lo estrelló contra el automóvil de uno de los huelguistas. Un rufián armado de los Teamster golpeó a Jerry Cohen en la mandíbula, mandándolo al hospital por una semana con una contusión. A un huelguista que habían acusado de lanzarle piedras a un esquirol lo hirieron con un disparo. En Santa María arrestaron a tres miembros del sindicato por dispararle a un esquirol y herirlo.

La prensa local publicaba historias sobre bombas detonadas en graneros y la quema de huacales de vegetales, sobre camionetas vandalizadas y mangueras de tractores cortadas. Algunos denunciaban a los huelguistas. Otros afirmaban que los Teamsters eran los que perpetraban los crímenes en un complot para desacreditar a los chavistas.

Rogelio Peña, quien formaba parte de los huelguistas más jóvenes y radicales de "La Posada", había tomado la costumbre de usar una chamarra verde militar, junto con redondos anteojos obscuros y una boina café como si fuera el mismísimo Che Guevara. Se metía los pantalones dentro de sus botas de combate. Él, junto con nueve de sus contemporáneos, jóvenes organizadores chicanos como Johnny Martínez, se reunieron bajo el estandarte de "Carnales Unidos". Pronto todos habían adoptado las camisas cafés, boinas ladeadas y anteojos obscuros.

Donde fuera que Chávez hablara en el valle, ellos lo flanqueaban, tanto del lado derecho como el izquierdo, como una brigada de seguridad vigilante y firme, con los brazos cruzados en la espalda y los pies separados. Por las tardes, la cuadrilla salía del campamento de casas rodantes a hurtadillas para ir a los campos de trabajo del valle para educar, persuadir y amenazar a los esquiroles. Ellos llevaban consigo bates de béisbol y desatornilladores, útiles herramientas para impedir que funcionaran los automóviles y camionetas de los impenitentes esquiroles.

Jerry Cohen se recuperó de la golpiza y puso una oficina de tiempo completo en Salinas. Dolores Huerta llegó para encargarse de las negociaciones. Marshall Ganz se reunió con los comités del rancho para mantenernos informados sobre los progresos de las pláticas.

Temerosos de que el sindicato hiciera un llamado para un boicot nacional, no sólo para un producto, sino para todas sus líneas de productos, las compañías de la costa este como United Brand, dueña de InterHarvest; Purex, la filial de Freshpict y Pic'n Pac, una subsidiaria de S. S. Pierce, trajeron en avión a sus ejecutivos para que se reunieran con Chávez, Huerta y Cohen.

Era claro que el sindicato contaba con la lealtad de la gran mayoría de los campesinos del valle. Los ejecutivos se encontraban presionados por fuerzas opuestas, por un lado las demandas de los empleados y por otro la resistencia de los agricultores locales, con quienes las compañías nacionales llevaban a cabo sus negocios.

Conforme la huelga se extendía de una compañía a otra y la amenaza de los boicots nacionales aumentaba, la United Brands y su asustadiza mesa directiva presionó a sus ejecutivos a firmar con el sindicato y su distintivo rojo y negro. La marca propia de la compañía, "Chiquita Banana", era en extremo susceptible a las tácticas de boicot del sindicato. La mancillada historia de su empresa predecesora, la United Fruit, en México y Guatemala hacía que United Brands fuera aún más vulnerable que cualquier otro agricultor local. Durante setenta años, gracias a los sobornos, la intriga política y otras estrategias opresivas con el apoyo del gobierno de los Estados Unidos y su ejército, la United Fruit Company había mantenido el control sobre los ferrocarriles, el envío marítimo y vastos trayectos por tierra a lo largo de Latinoamérica y el Caribe.

Dos semanas después de haber visto cómo sus empleados abandonaban el trabajo para irse a huelga, la compañía InterHarvest se doblegó y firmó el primer contrato del valle con el UFWOC.

Chávez y un millar de campesinos se reunieron en la oficina sindical en Wood Street en East Salinas para celebrar la victoria. El animado líder anunciaba a los cuatro vientos el contrato como la culminación de los largos años de lucha. El acuerdo reflejaba concesiones muy importantes en todos los aspectos: salarios, beneficios médicos, una prohibición de uso de pesticidas, el poder de contratar a los trabajadores, pasando por encima de los largamente establecidos y muy despreciados contratistas laborales, y la autoridad para contratar a los trabajadores desde un centro de contratación del sindicato.

El comité del rancho, junto con docenas de residentes de "La Posada", asistieron al mitin y vitorearon con la jubilosa multitud. Desde la llegada de Dolores Huerta y Jerry Cohen, habíamos dado un paso para atrás en los procesos de negociación. Yo tenía que admitir que los experimentados negociadores del sindicato habían presionado a InterHarvest mucho más allá de las líneas que nuestro comité había delineado en nuestras conversaciones preliminares con la administración de Pic 'n Pac.

Los propietarios de la zona estaban conmocionados y furiosos por el repentino desenlace. Los D'Arrigo Brothers, la Merrill Farms, Al Hansen y otros, se rehusaban a negociar con Chávez. Les resultaba difícil reconocerlo a él y a sus "locos de más allá de la colina" como merecedores de su atención. A los locales les irritaba que las compañías nacionales y forasteras, como InterHarvest, los hubieran traicionado poniendo así a toda la industria en peligro. Buscaron apoyo en la policía local, en las cortes y en los gobiernos estatales y federales, instituciones que tendían a aliarse con la poderosa comunidad de agricultores.

En vista de la obstinación que mostraron estas compañías locales, Chávez hizo un llamado a un boicot nacional de lechugas en contra de los que no estuvieran aliados con el sindicato. Ese era exactamente el movimiento que los agricultores habían tratado de evitar al firmar con los Teamsters y luego intentar obligar a sus trabajadores a afiliarse al sindicato de los Teamsters bajo amenaza de despedirlos si se negaban a hacerlo.

A las ocho de la mañana, algunos de los miembros del comité, incluyendo a Mingo, Pancho, Molina y yo mismo, salimos del centro sindical. Nos subimos al Chevy Impala del 59 de Mingo. Marshall Ganz nos había dado instrucciones. Debíamos ir hacia Hitchcock Road, casi hasta llegar a Davis Road. Del oceano llegaba una fina bruma. Conforme nos acercábamos a nuestro objetivo, podíamos observar a quizás a veinte huelguistas con carteles y banderas y, unos pocos pies más adelante, a una docena de defensores de los agricultores. Los dos grupos opositores se gritaban entre sí. A lo largo del borde del pavimento, junto al camino de tierra, había tres patrullas, probablemente para desalentar a cualquiera que intentara acercarse a la distante cuadrilla de esquiroles que estaban cortando lechuga. Mingo dirigió el auto hacia la multitud.

—¿Entonces sólo los vamos a ignorar? —, preguntó. Yo estaba sentado junto a la ventana con Peña en medio de nosotros.

—Eso es lo que nos dijo Ganz—, respondí.

—¡Vean! — Nacho señaló hacia la multitud opositora. — Miren para allá, ¡algunos miembros de la pandilla de Fresno! —. Tres de los intrusos de San Joaquín, rodeados por otros manifestantes locales anti-sindicato, ondeaban banderas americanas y sostenían carteles que decían: "¡No a los sindicatos! ¡No a los boicots!".

—Espero que esto funcione —, declaró Mingo mientras giraba el impala hacia la derecha y luego torcía con fuerza las ruedas hacia la izquierda justo frente al puesto de los guardias. Terminó de dar la vuelta y pisó a fondo el acelerador. El automóvil avanzó a los tumbos por el estrecho camino como un látigo o como la cola de un pez dirigiéndose de manera precipitada y desordenada hacia los esquiroles de lechugas. Su pie presionó el pedal al máximo hasta que el auto alcanzó la velocidad de 50 millas por hora.

—¡Aquí vienen! — gritó Molina, quien se asomaba por la ventana trasera. Una patrulla color verde obscuro nos perseguía a toda velocidad.

—¡Agárrense! — gritó Mingo.

A los pocos segundos, el Chevy, rebotando duramente por los surcos de la superficie del camino, se acercó al lugar de la cosecha. Mingo pisó el freno y se derrapó hasta detenerse por completo. Habíamos venido con un solo propósito: el de atosigar a los esquiroles. Nos bajamos muy rápido del automóvil que todavía se traqueteaba y comenzamos a gritar y a amonestar a los sorprendidos recolectores.

—¡Dejen de trabajar! —, gritábamos. — ¡Únanse a la huelga! —, los instábamos agitando los brazos y gesticulando. — ¡No sean los pendejos de los agricultores! — No prestábamos atención a nuestros acosadores uniformados, quienes pronto hicieron su propia ruidosa entrada a la escena, mientras los cortadores nos miraban fijamente con sorpresa, con sus cuchillos para cortar lechuga colgando a los lados.

Dos oficiales saltaron desde su vehículo y de inmediato corrieron en nuestra dirección. Ellos gritaban sus demandas de "cesen y desistan". Nosotros ignoramos a los oficiales y continuamos acosando y gritando a los cortadores, hasta que los oficiales nos rodearon y nos enfrentaron cara a cara.

—¡Fuera de esta propiedad! — gritaban. —¡Están violando la ley!

Hasta este momento, todo había salido tal como Ganz lo había predicho durante la sesión de la mañana. Peña, quien era el único en el grupo que dominaba el idioma inglés, dio un paso al frente.

—Oficiales —, dijo con tranquilidad, —quizás estoy loco, pero es mi opinión que ustedes no tienen derecho a exigirnos que salgamos de esta propiedad. Nos han informado que sólo el dueño de la propiedad puede determinar si es que estamos traspasando ilegalmente o no. Hasta donde tenemos conocimiento, el dueño no se encuentra aquí.

Peña había practicado muy bien su papel. Uno de los oficiales se quitó los anteojos oscuros y observó con despreció el uniforme militar y la boina de su interlocutor. Creo que estaba pensando: "¡Sabelotodo!". Pero cuando las palabras de Peña hicieron efecto, la expresión del oficial cambió de enojo a desconcierto. Se volteó hacia su compañero como pidiendo ayuda.

—¿Qué está sucediendo? —, preguntó, — ¿Es eso cierto? —. El segundo oficial dudó, observando al grupo y considerando sus opciones.

—Sí. Me temo que es cierto —. Sin decir otra palabra, los dos oficiales volvieron apesadumbrados a su patrulla, mientras nosotros continuábamos con nuestros esfuerzos por convencer a los cortadores, pero los cortadores regresaron a su labor de esquiroles.

A mediados de septiembre, un juez local declaró que la huelga de los campesinos era ilegal. Con esta decisión, el departamento del alguacil ya tenía una nueva arma en contra de los huelguistas y nuevas bases para mantenernos alejados de los esquiroles. Sus oficiales dispersaban o arrestaban a quien ignorara la orden de la corte. A pesar de este contratiempo, los huelguistas continuaron formando piquetes y Huerta y Cohen continuaron negociando, manteniendo así la presión sobre las compañías nacionales que todavía no habían firmado. Chávez, preocupado de que el surgimiento de más piquetes sólo incrementaría la violencia, dirigió su atención hacia el boicot nacional.

Un mes después del triunfo sobre InterHarvest, Freshpict, cuyas cuadrillas se habían ido a huelga, reconoció que no contaba con trabajadores suficientes para completar la cosecha, así que también firmó con el sindicato. De la misma forma, Pic 'n Pac pronto sucumbió ante la falta de trabajadores para cosechar sus fresas ya maduras. De mala gana, siguió a los demás y también firmó con el UFWOC.

Jubilosos por nuestro éxito, los trabajadores de Pic 'n Pac regresamos a los campos, obteniendo un alza del veinte por ciento sobre los salarios, además de beneficios médicos, distribución de los puestos de trabajo por antigüedad y el derecho a presentar quejas. Sin embargo, a pesar de nuestra victoria, el trabajo de organización proseguía.

—Ahora vamos tras las compañías locales y sus contratos con los Teamsters —, declaró Nacho. —Cuando terminemos la recolección de fresas del día, el sindicato nos necesita de vuelta en el piquete.

Una tarde, yo me paré frente al comité del rancho cerca de la oficina de "La Posada", a tan solo veinte yardas de la entrada del campamento de casas rodantes sobre Sherwood Drive. Me había convertido en un reconocido líder de las familias. En más de una ocasión, los reporteros locales habían publicado mis comentarios en defensa de los trabajadores y yo había aparecido en las noticias vespertinas.

Durante la reunión de esta noche, el comité estaba discutiendo problemas recurrentes del contrato con la administración de Pic 'n Pac. La oficina sindical era responsable de asignar a los trabajadores a los campos específicos designados por la compañía. Los miembros del comité estaban recibiendo quejas sobre la existencia de favoritismo al momento de seleccionar las cuadrillas.

Circulaban los rumores, los chismes, de que algunos pagaban en secreto para obtener sus asignaciones. El vocero de la compañía se quejaba con el sindicato de que uno de sus miembros estaba involucrado en "tratos sospechosos" en su distribución de este importante vale de trabajo.

—Tenemos que presionar a Beto Garza —,insistía yo. —Él está a cargo del centro de contratación, nadie más —. Mientras hablaba, de reojo vi a una pickup en Sherwood Drive y a un montón de hombres con rifles al hombro que corrían hacia la entrada.

—¡Al suelo! —, grité. Un instante después, escuchamos disparos y el distante pum pum de las balas pegando contra el metal. Nos quedamos acostados al lado de nuestras desperdigadas sillas. Podía escuchar a Peña abucheando sin parar.

—¡Chingones! ¡Pinches chingones! —. Nos pusimos de pie y corrimos hacia la reja abierta. Alcanzamos a ver a la pickup y sus tripulantes a lo lejos dirigiéndose por el camino hacia Laurel Drive.

—¡Esos hijos de puta de los Teamster están locos! —. Mingo gritaba furioso mientras la camioneta desaparecía.

Escuchamos un grito de dentro del campamento y volteamos para ver a Sabino Montes corriendo hacia nosotros por la calle principal. Estaba gritando y sostenía algo en su mano.

—¿Quién está disparando? —, preguntaba. —¿Quién está disparando?

—¡Pensamos que eran los rufianes armados de los Teamsters! —, respondí mientras se acercaba.

Sabino se detuvo a unas diez yardas y caminó rápidamente hacia nosotros. Respiraba con dificultad. Su mano todavía estaba extendida. Cuando nos alcanzó, dejó caer una bala aplastada en mi mano.

—Encontré esto clavado a un lado de mi casa rodante —, dijo.

—¡Esos hijos de puta de los Teamster están locos! —, repetía Mingo.

—¡Están locos! ¡Pudieron haber matado a uno de mis hijos! —, ladraba Sabino, tosiendo para recuperar el aliento. —¡Deberíamos llamar a la policía!

Mingo se mofó de esa idea.

—¿De qué va a servir eso? ¡El alguacil está apoyando a los Teamsters y usando sus macanas en nuestra contra! ¡Ellos no van a venir a hacer nada acá!

Tres días más tarde, Peña, Mingo, Molina, Pancho Vega y yo caminábamos por Hamilton Road, a media milla de las afueras de Salinas. Una ola de calor de fines de verano había acelerado la producción de lechuga. Algunos de los huelguistas ya no podían aguantar más. Habían regresado a los campos a trabajar bajo contrato con los Teamster.

Chávez les había dicho: "Trabajen si lo necesitan, pero ¡no firmen una tarjeta de afiliación con los Teamster!".

Las patrullas estaban alineadas a lo largo de las estrechas calles pavimentadas. Podíamos observar cómo los oficiales sacaban a la fuerza a los huelguistas del piquete. Los podíamos escuchar a lo lejos gritando: "¡Viva la huelga!", mientras los oficiales los metían a empujones a los asientos traseros.

Avanzamos a través del área de estacionamiento que estaba a un lado de la cosecha. Pasamos rozando los automóviles y las camionetas vacíos, fuera de la vista del puesto del alguacil, y nos dirigimos hacia los campos por un ancho camino de terracería. Habíamos visto a lo lejos a una cuadrilla de trabajadores de apio cortando y empacando.

—Esos pendejos no están respetando la huelga—, murmuró Peña. —Hace falta educarlos.

Unas 50 yardas más adelante, una camioneta de carga con rejillas de madera por ambos lados se les acercó por detrás y se detuvo a un lado de ellos. Sus rines y salpicaderas estaban cubiertos con tierra seca. Tres rufianes armados de los Teamster ocupaban la cabina. Uno de ellos tenía un *walkie-talkie12*. Cinco más venían en la parte trasera. Algunos tenían el torso descubierto. Otros usaban chalecos de motociclista negros. Estaban recargados en las chasqueantes rejillas laterales. Un musculoso hombre con la cara colorada, enmarañado cabello rojo y espesas cejas que quedaban a la sombra de una sucia gorra del beisbol nos miró detenidamente. Traía las mangas enrolladas hasta los codos. Empuñó un rifle 30-30 dirigiéndolo hacia mí.

—¡Ey, Torres! —, gritó, blandiendo el arma aún más alto en el inusualmente cálido aire vespertino. — ¡Los traemos huyendo a ustedes hijos de puta!

---

12 Transmisor y receptor portátil de radio que sirve para comunicaciones de corta distancia

Nos detuvimos y miramos hacia arriba. Nos cubrimos los ojos del brillante sol, vislumbrando sus caras con anteojos obscuros y las manos que sostenían más rifles y bates de madera.

—¡Hola, *beaners13!* —, chilló otra voz. Un imbécil gordinflón se asomó por arriba de las rejillas. La camisa a cuadros del hombre estaba desabrochada, exponiendo un abultado y rosado pecho blanco. Una cadena metálica de 3 pies colgaba alrededor de su cuello y engalanaba sus hombros. Traía una pistola enfundada. Miró de reojo a Mingo y a Molina.

—¡Regresen por donde vinieron! ¡Su sindicato está acabado!

Los hombres se reían mientras el camión se detuvo por completo. Un logo de Borzoni estaba pintado en la puerta. La imagen de "Lil' Moll", una amistosa muchacha cargando una bandeja de vegetales frescos, me sonreía a mí y a los verdes campos de apio que había más allá. Poncho vega había trabajado para las Borzoni Farms en el pasado. Se trataba de un productor de vegetales de tamaño moderado. Julius Borzoni se enorgullecía de que su compañía hubiera cultivado el valle por tres generaciones.

Le dimos un vistazo al camión y a sus pasajeros en silencio, y luego nos volteamos a ver entre nosotros.

—¡Oh, mierda! — exclamó Mingo.

No teníamos nada, ni pistolas, ni rifles, ni cuchillos, ni bates, ni cadenas. Nada. De repente nos dimos cuenta lo tontos que habíamos sido al venir sin prepararnos, en especial por el reciente incidente tiroteo de unos días atrás. Aunque los alguaciles más bien estaban del lado de los agricultores, su

---

13 Frijoleros: es un término despectivo usado en Estados Unidos para referirse a los mexicanos, o en general a los hispanoamericanos, similar al término "gringo" usado por los de habla hispana para referirse a los estadounidenses.

presencia cerca nos había dado una falsa sensación de seguridad ante los rufianes armados e instigadores que merodeaban.

Los hombres saltaron de la cabina y se pusieron frente a nosotros. Los que iban en la parte trasera se bajaron con dificultad del remolque. Ellos nos superaban en número y en armas. Nos miramos entre nosotros. Uno de los rufianes armados miró a todo su grupo alineado a su derecha.

—¡Ey!, ¿Rusty? —, preguntó. —¿Qué cree que deberíamos hacer con ellos?

Antes de que Rusty pudiera contestar, yo intenté aligerar el estado de ánimo.

—¡Hola, amigos!, traen un montón de armas —, reflexioné. —¿Cuándo salen para la guerra?

A Rusty no le hizo gracia. — ¿Qué están haciendo aquí? —, demandó.

Mientras hablaba, pude ver una pickup blanca acelerando hacia nosotros desde el distante estacionamiento, levantando polvo. Los otros se voltearon. El vehículo se detuvo detrás del camión de carga. Un hombre de mediana edad se bajó de la pickup. Era alto, delgado y estaba bronceado. A pesar del calor, se lo veía fresco y pulcro y vestía jeans y botas, y una camisa vaquera verde perfectamente planchada. Traía un sombrero Stetson blanco, muy similar al que cubría mi cabeza. Parecía enojado e impaciente mientras andaba a zancadas hacia nosotros.

Poncho Vega lo reconoció como el mismísimo patrón Borzoni, el hijo del fundador de la compañía. Se detuvo en silencio, analizándonos detenidamente a cada uno de nosotros con sus ojos. Se enfocó en mí por un largo momento. Rusty se inclinó y le susurró algo.

— ¿Qué están haciendo aquí en mi propiedad?

— Mire, señor —, dijo Mingo en español. Estamos buscando recolectar algo de apio, eso es todo.

Uno de los que venían en la cabina tradujo. Borzoni ignoró la respuesta de Mingo. Se volteó hacia mí y con sus ojos entrecerrados vi una señal de reconocimiento.

— Torres —, dijo como intercambiando cortesías, — usted es un bastardo suertudo. Por lo que he escuchado, usted ya debería estar muerto.

Yo estaba a tan sólo diez pies de él. Me costó trabajo entender las palabras del hombre. Peña susurró en español. Me preguntaba cómo alguien podía hacer semejante declaración sin el menor temor a ser recriminado. Le contesté en inglés.

Así que tú eres el chingón que me quiere muerto.

Borzoni inclinó la cabeza y consideró brevemente mi respuesta. Inhaló profundamente, sacudió con suavidad su cabeza, como si estuviera desilusionado de mí. Escupió al piso. Su cara se enrojeció de ira y nos volteó a ver a nosotros y luego sobre nuestros hombros a la distante escena de piqueteros y alguaciles.

—Creo que debería mostrar más respeto, Torres —, aseguró, mirando por un momento hacia sus guardias Teamster armados. — Está violando mi propiedad. Debería darse cuenta de que yo puedo hacer lo que quiera con usted en este momento. — Conforme su furia aumentaba, permaneció rígido considerando sus opciones y luchando por contenerse. Se relajó por un momento y se balanceó sobre los tacones de sus botas, con los pulgares metidos en su ancho cinturón. Entonces la furia resurgió y ladró con fuerza. —¡Yo puedo hacer lo que me dé la gana con usted, maldita sea! ¿Lo entiende? Y al verlos a todos ustedes aquí, haciendo lo que están haciendo, — dio un paso hacia nosotros, los blancos de su furia y desdén, —¡no me molestaría para nada verlos a *todos* ustedes muertos!

Nadie habló. Al final se dio la vuelta hacia su automóvil. Rusty lo siguió, para recibir instrucciones. Observábamos mientras dialogaba con su cuadrilla de secuaces. También yo me enojaba cada vez más mientras escuchaba y observaba al patrón. No podía permitir que el hombre se fuera sin haberle respondido.

— ¡Hola, señor! — lo llamé. —Antes de que se vaya, por favor respóndame esta pregunta. ¿Por qué cree que es tan terrible que nosotros violemos su propiedad, pero está bien que sus rufianes armados nos disparen en nuestros propios hogares? Esa es una gran pregunta para usted, ¿o no? — Mis compañeros me veían alarmados. No estaban ansiosos de presionar más.

Tan pronto como el pasajero de la cabina había terminado de traducir mis palabras, Brozoni se separó de los demás y vino directo hacia mí.

—¡Dense la vuelta y aléjense de aquí! ¡Ahora! —, gritó. Los rufianes armados se movieron con rapidez hacia nosotros. — No sean demasiado duros con ellos, muchachos, — dijo Borzoni. —Necesitan vivir para decirle a los demás que permanezcan alejados de este rancho.

Los pasajeros de la parte de atrás nos aguijoncaban con sus rifles, empujándonos por el camino hacia el estacionamiento. Nosotros empujábamos hacia adelante, haciendo las armas a un lado. Entonces, sin previo aviso, Mingo se volteó contra el pasajero de la cabina que le había traducido a Borzoni. Le dio un fuerte puñetazo en la cabeza. El hombre se aventó con fuerza contra Mingo.

—¡Maldito! —, jadeó. Rusty se movió con rapidez y golpeó a Mingo con la culata de su rifle, mandándolo volando hacia el piso. Él se quedó tirado en la tierra, sangrando. Rodó para ponerse de rodillas como para tratar de levantarse y volver a atacar, pero se tambaleó y cayó indefenso rodando sobre su hombro. En seguida lo rodeamos.

—¡Suficiente! ¡Suficiente! —grité. —¡Ya nos vamos! —. Vega y Peña ayudaron a Mingo a ponerse de pie.

—¡Malditos *beaners*! —, ladró Rusty. Él y los demás nos seguían apuntando con sus armas. —¡La próxima vez que los encontremos por aquí, son hombres muertos!

CAPITULO NUEVE

Al acercarme a nuestra casa rodante, vi a Junior, Enrique y Moisés pateando un balón de fútbol soccer, junto con dos muchachos vecinos. Habían colocado dos botas de hule en la calle, delineando la meta. Cada uno de los jugadores luchaba para obtener el control del balón, pateando y riendo.

—Moisés, eres tan lento, que cualquiera puede quitártelo —, dijo Enrique, molestando a su hermano menor, mientras atajaba la pelota con un rápido movimiento — ¡Flojo!

— ¡Eso crees! —, replicó Moisés. — ¡Tú eres el torpe!

A pesar del ser el más joven del grupo, Moisés se rehusaba a permitir que su tamaño lo limitara para perseguir el balón. Se abría camino a empujones entre la maraña de piernas y zapatos, aprovechando su corta estatura para obtener ventaja.

— ¡Dispara, flojo! —. Junior se unió a Enrique para provocar a Moisés. Tú tienes el balón. ¡Dale!

Moisés aprovechó su oportunidad, pero uno de los hijos del vecino, Tabo, la atrapó con facilidad y se la pasó a Junior. Me interpuse entre él y el balón antes de que mi hijo mayor, de ahora 12 años, se diera cuenta que me había unido al juego.

— ¡No es justo, papi! —, gritó Junior. Justo en ese momento Celina salió de la casa rodante.

— ¡Somos Celina, Moisés y yo contra ustedes, muchachos! —grité.

— ¡Les vamos a ganar muy fácilmente! — respondió Enrique, golpeando el balón con la cabeza para meter un gol.

— Eso es, Celina, ¡éntrele! —. Celina intervino y pateó el balón hacia mí. Le di con mi bota hacia la meta, pero se fue muy a la izquierda. Tabo la recuperó y se la volvió a lanzar a Junior. Todos estábamos enredados, chocando con los hombros y los codos, sin parar de reírnos.

En realidad, Enrique era el más rápido de todos nosotros, pero Moisés era persistente en la persecución, como un gorrión tras un halcón. Al final se las arregló para quitarle el control del balón a Junior y a Enrique. Lo pateó con desesperación, mandándolo hacia Celina, quien estaba lejos de la acción. Ella tenía un tiro limpio y lo hizo. Los tres festejamos su gol y levantamos nuestros puños en señal de triunfo.

El juego duró unos pocos minutos más, hasta que Enrique metió gol a través de los brazos estirados de Tabo. Me sentí aliviado por la oportunidad de terminar el juego en empate.

— Me voy a meter—, dije, agitando el cabello de Moisés.

— Sigamos jugando, papi, por favor.

— Quizás después de cenar— contesté. Todavía estaba respirando con dificultad cuando entré a la cocina. Elida estaba sentada a la mesa con Baby Gloria.

— Estoy a punto de darles de comer a los muchachos — me dijo. — ¿Quiere esperar o cenar con ellos?

— Como con ellos.

— ¿Qué está coloreando, m'ija? — pregunté mientras me sentaba junto a Baby, que ahora tenía seis años.

— Orugas y mariposas —. Ella me mostró sus garabatos.

— ¿Está creciendo, no? Eso es hermoso. Bien por usted.

Elida de dio un vistazo al libro con aprobación. Puso cinco platos hondos sobre la mesa y vertió un cucharón de caldo de res en cada uno. Cuando Jaime hubo terminado su sopa, se metió debajo de la mesa y reapareció a mi lado. Se trepó a mi regazo. Sus dos hermanos mayores dejaron sus platos de inmediato y también se amontonaron a mi alrededor.

— Mire lo que encontramos debajo de la caravana, papi—, dijo Romeo, mostrándome una gran pluma. — ¿De qué es?

— ¡Oh, Dios mío! —, respondí. — Esa no es una pluma común y corriente. Es una pluma de la cola de la serpiente emplumada, Quetzalcóatl. En tiempos antiguos, él era una mezcla de ave y serpiente de cascabel. Cuán afortunados son ustedes por haber encontrado esta pluma, pero tengo que contarles un secreto. — Observé intensamente los obscuros y sorprendidos ojos de mis tres hijos menores. — La verdad es que—, susurré, —porque usted, sus hermanos y hermanas son tan especiales, ustedes en realidad no encontraron esta pluma... Esta pluma los encontró a ustedes.

— ¿Cómo pudo hacer eso? —, preguntó Mario.

— ¡Ah! Quetzalcóatl tiene muchos grandes poderes. Los Aztecas dicen que nació de Coatlicue, quien tuvo cuatrocientos hijos, todos quienes ahora conforman las estrellas en la Vía Láctea. Ustedes recuerdan cómo hemos salido en la noche para explorar la Vía Láctea. Quetzalcóatl también era el protector de los sacerdotes y el creador del calendario y los libros. Era el Dios del aprendizaje, la ciencia, la agricultura, las artesanías y las artes. Ustedes vieron a Baby Gloria coloreando hace un ratito. Eso sucedió porque esa pluma estaba cerca.

Los muchachos se quedaron mirando fijamente a la pluma y después a mí.

— ¿Eso es cierto, papi?

Tenía que admitir que Romeo tenía razón al dudar de algunas de mis historias.

— Usted debe decidir eso por sí mismo, m'ijo. — Elida regresó después de haber acostado a Baby.

— Es hora de dar las buenas noches—, anunció. — Su padre está aquí para arroparlos. ¡Vamos!

— ¿Qué debo hacer con esto? —, preguntó Romeo, mostrándole la pluma a su madre.

— Pregúntele a su padre —, contestó Elida.

— La vamos a esconder bajo la cama porque, si Quetzalcóatl supiera que le hace falta, estoy seguro de que regresaría por ella.

— ¿En verdad, papi? —, preguntó Romeo.

— ¡Oh, sí! ¡Por cierto!

Mientras llevaba a los tres niños a la cama, los cuatro mayores subieron ruidosamente las escaleras del porche y aparecieron a través de la puerta.

— ¿Qué hay para cenar? —, preguntaron.

— Caldo de res —, respondió Elida y le sirvió a cada uno un cucharón de humeante sopa.

Yo había conocido a Dolores Huerta sólo de pasada, mientras ella pasó con prisa a través de la multitud como un remolino de energía y confianza. Todos sabían sobre su profundo compromiso y lealtad a Chávez, así como sobre su intrépida confrontación con los agricultores durante el sin fin de sesiones de negociaciones con cada una de las compañías.

Cuando Marshall Ganz le dijo a una habitación llena con miembros del comité del rancho que ahora Dolores Huerta era la encargada de las negociaciones, yo me puse de pie para cuestionar por qué los miembros del comité ya no iban a llevar la batuta durante esas importantes reuniones, así como lo habían estado haciendo durante ya varios meses.

— Así no va a funcionar —, dijo Marshall Ganz, sonando impaciente. — Por supuesto que los miembros del comité estarán presentes para delinear estrategias y aconsejar. Pero ellos no van a negociar un montón de gente hablando todos al mismo tiempo en una habitación. Alguien tiene que liderar y, créanme, Dolores es dura.

De nuevo insistí en mi punto de vista.

— No fue mi intención traer a "una habitación llena de gente".

— ¡Siéntese, Torres! —, gritó alguien atrás de mí. — ¡El senor Ganz ya contestó su pregunta! ¡Siéntese! —. Miré alrededor de la habitación como para desafiar al desconocido que habló, pero Marshall Ganz ya se había enfocado en otra mano levantada. Me senté y sacudí la cabeza consternado. ¿Qué le pasaba a la gente que no permitía que se hicieran preguntas? Siempre hay que cuestionar. ¿De qué otra manera uno va a aprender?

Recientemente, yo había estado haciendo demasiadas preguntas. Había confrontado a Beto Garza sobre los rumores de favoritismo en la aprobación de las asignaciones.

— ¡Algunos me han dicho que las están dando a cambio de dulces, por Dios! —, me quejé.

Garza había negado que cualquier cosa inapropiada estuviera sucediendo, pero los rumores persistían. Yo quería creerle a Beto, aunque, muy dentro de mí, yo sospechaba, todos sospechábamos, que había corrupción. ¿Cómo podía uno conocer la historia de nuestro propio país y no sospechar que estaban recibiendo mordidas14? ¿No había sucedido siempre que los caudillos de los viejos tiempos tomaban más de lo que jamás habían dado?

Una semana más tarde, los miembros del comité de Pic 'n Pac se reunieron en la pequeña sala de conferencias del centro de contrataciones del sindicato para tener una reunión con Marshall Ganz. Mientras esperábamos, Nacho Molina y yo prendimos unos cigarrillos. Mingo bebía una Pepsi a sorbos. Pancho Vega tomaba café de un vaso de McDonald's. Yo había solicitado la reunión. El comité del rancho tenía una propuesta para Marshall, el director de organización del sindicato.

— ¿Creen que lo van a aceptar? —, pregunté.

— Es difícil de saber. Deberían. ¡Están a favor del "poder del pueblo"! —, Mingo respondió y sonrió. — Por supuesto que todo el mundo está a favor de lo que cada uno ve para sí mismo como "el pueblo". Quizás no será tan así cuando hayan ganado algunas batallas y tengan el poder para sí mismos.

— Si dicen que no, deberíamos seguir intentando hasta que digan que sí —, declaré.

— Quizás estarán felices por la ayuda —, manifestó Pancho, soplando el humo del café y sorbiendo lentamente de la copa de poli estireno. — Parecen estar abrumados con todos los contratos que les están llegando al mismo tiempo. Escuché que Delano es una pesadilla en este momento.

Marshall Ganz arribó. Los cuatro nos pusimos de pie para recibirlo. A pesar de que Ganz tenía problemas con su peso,

---

14 N. de T.: Así se le llaman a los sobornos en México

siempre estaba en movimiento y traía consigo un remolino de energía que llenaba cualquier habitación a la que él entraba.

— Por favor no se pongan de pie —, dijo apresuradamente mientras nos daba la mano a todos a su alrededor. Ganz dejó un sobre manila sobre la mesa y se sentó en una silla de metal.

— ¿Mingo? ¿Ya está sanando ese chichón en su cabeza? — Mingo asintió, pero no dijo nada. Ganz miró a todos los demás. — ¿Todos se encuentran bien? ¿Sus familias están todas sanas?

— Sí, sí, excepto que tengo ocho hijos en casa y tres de ellos ya son casi adolescentes —, yo respondí. —¡Algunos dirían que eso no es sano!

— Su hijo mayor es un muchacho —, ofreció Nacho. — Todavía no puede quejarse. Una de mis hijas está en segundo año de la secundaria de Alisal.

— ¡Suerte con eso! —, le dijo Ganz a Nacho, con una sonrisa burlona. — Compre una escopeta y manténgala cargada.

— ¡Ya la tengo! — respondió Nacho. —¡Ya estoy listo para quien venga! —. Los hombres se rieron.

La habitación no tenía un acondicionador de aire por evaporación. Las descubiertas ventanas de aluminio estaban abiertas, pero el calor de la tarde de enero no proporcionaba brisa alguna para refrescar la pesadez del aire. Las moscas caminaban a lo largo de la superficie vinílica de la mesa. En una pared estaba colgada una foto de César Chávez.

— Entonces, ¿qué puedo hacer por ustedes? —, preguntó Ganz, mirando hacia mí.

— Nos han estado haciendo muchas preguntas —, comencé. — Por supuesto, los miembros están al tanto de que todos los contratos incluyen tres centavos por caja para financiar el plan médico del sindicato. También saben que parte de ese plan incluye la construcción de clínicas médicas.

Observé con cuidado a Ganz mientras yo hablaba. Él se había ganado el respeto de todos los comités de los ranchos en gran parte porque César lo tenía en alta estima. También era un hombre muy educado y práctico. Ganz abrió el sobre manila y sacó una pluma del bolsillo de su camisa. Sus gruesos anteojos hacían parecer a sus ojos más pequeños que su tamaño natural. Lo rodeaba una atmósfera de inteligencia y precisión.

— El sindicato ya ha estado discutiendo hace algún tiempo el tema de las clínicas—, observó.

— Bueno, sí —, continué, — y quizás eso es parte del problema. Tenemos muchas preguntas concernientes al plan médico y cómo va a funcionar cuando todo esté en su lugar. Por supuesto, la gente sabe que el dinero ya se está recolectando, todos los días, con cada caja, tres centavos. Muchos ya están usando la cobertura médica que tienen y están felices con eso. Pero también entienden que parte de ese dinero se va a usar para construir una clínica médica en Salinas.

— Esa es la parte que están cuestionando—, interpuso Mingo. —Ellos no entienden qué está sucediendo con ese dinero. ¿Cuándo van a construir la clínica? ¿Dónde la van a construir?

—Algunas veces, cuando la gente no ve que las cosas sucedan, usted sabe, empiezan a cuestionar —, afirmó Nacho y dejó caer el filtro de su Kent en su taza vacía.

— Ellos temen que el dinero se use para otra cosa—, declaré. —Nunca hablamos con usted o Beto Garza sobre este tema. No tenemos mucha información y no sabemos qué contestarle a la gente. Todo es muy nuevo para ellos y para nosotros. Así que, las preguntas continúan saltando: ¿Es real la clínica? ¿La van a construir?

— Por supuesto que la vamos a construir—, afirmó Ganz, moviéndose lleno de impaciencia, causando que la silla rechinara. — Las queremos en cada pueblo donde el sindicato tenga fuerza. Hasta donde yo sé, eso siempre ha sido muy claro. Pero todavía no llegamos a ese punto, y probablemente no lo haremos hasta dentro de uno o dos años—. Se detuvo un momento. —Una vez más, ustedes los Texanos se nos están adelantando.

En la voz de Ganz apareció un tono filoso que no era familiar. Anotó algo en el bloc amarillo. Yo insistí.

— El punto es que hemos estado hablando mucho sobre la porción de los fondos de los planes médicos destinada a la clínica. Sólo esa parte, nada más. Les tenemos una propuesta a usted y a César…

— Es una propuesta para César—, interrumpió Ganz. — Él y su equipo toman este tipo de decisiones. Ustedes están hablando sobre cosas administrativas. Yo no hago nada administrativo si puedo evitarlo. Ya tengo demasiado en mis manos sin meterme en todo eso.

— En cualquier caso—, dije, —esto es lo que estamos pensando. Del dinero para la clínica médica, usted sabe, de los tres centavos por caja, que la parte destinada para construir la clínica de Salinas, que esa parte debería quedarse en Salinas en vez de enviarse a Delano —. Ganz continuó tomando nota. —Nosotros recomendamos que se administre a través de un grupo de supervisión local. Usted sabe, un comité comprendido por representantes de todos los comités de rancho locales —. Esperé, mientras Ganz se quedaba callado. —Esa es la propuesta. ¿Entiende? —, le pregunté.

—Sí, comprendo lo que me está diciendo. Quedó claro—. Ganz escribió algo más en la libreta. —No creo haber escuchado antes esta idea—, declaró.

De nuevo, nadie habló. Al fin, Nacho se inclinó hacia atrás poniendo la silla sobre las dos patas de atrás y se recargó contra la pared.

—Nosotros recomendamos que se quede aquí —, reiteró. —La gente quiere saber lo que está pasando con él. Cuando no ven nada, se preguntan si el sindicato va en serio con respecto a una clínica médica.

Ganz dejó de escribir y levantó la cara.

—No veo por qué eso es un problema. Cuando la gente pregunte, sólo contéstenles con la verdad. Como he dicho antes, pasarán uno o dos años antes de que tengamos los recursos para comenzar con la construcción. Ellos tienen que entenderlo. Francamente, creo que ustedes deberían ayudarnos a explicarlo. El dejar los fondos aquí no va a cambiar nada con respecto al tiempo para la construcción de la clínica —. Le dio un vistazo a su reloj. —Miren, con gusto le transmitiré sus preocupaciones a César, pero esto no es nada en lo que yo les pueda ayudar. Esto depende por completo de él y de la junta directiva. Me disculpo. Tengo otras tres reuniones antes del medio día —. Se levantó para retirarse, dándole la mano a cada uno de los hombres. —Que tengan todos ustedes un buen día. No se preocupen. Se lo haré saber a César. Gracias —. Se retiró rápidamente.

Todos nos sentamos. Mingo fue el primero en hablar.

—Esta idea no va a llegar a ningún lado si Ganz no lo promueve.

—Depende de nosotros mantener la presión —, respondí. —Tenemos que esperar a ver con qué nos sale.

A pesar de los conflictos internos, los debates y los problemas administrativos, los piquetes y amenazas de boicot del sindicato fueron desgastando poco a poco la resistencia de los agricultores locales. D'Arrigo finalmente se sentó a la mesa, al igual que L. H. Delfino, un gran productor de alcachofas de las afueras de Castroville. Otra vez los demás agricultores y sus seguidores se sorprendieron y se enojaron al saber que algunos de ellos ya habían capitulado. La huelga había resultado ser muy efectiva. Estas compañías, a pesar de estar bien establecidas, no podían darse el lujo de perder lo que quedaba de la temporada de cultivo de vegetales.

Todos los rufianes armados de los Teamster se habían ido, pero sólo despues de que "Speedy" Gonsalves, armado y probablemente drogado, había irrumpido iracundo en una violenta pelea en un estacionamiento, con sus secuaces que empuñaban rifles. La policía llegó rápidamente y se lo llevaron en una camisa de fuerza a un hospital de Modesto.

Al acercarse el otoño, la producción de moras fue disminuyendo. Pic 'n Pac despidió a sus trabajadores. La acción de la huelga también se disipó con el final de la temporada. Los líderes del sindicato se dedicaron al boicot nacional de lechuga en contra de los que no estaban afiliados al sindicato.

Elida estaba a favor de regresarnos a Mercedes, pero yo me quería quedar todo el invierno, quizás incluso de manera permanente. Mi hermana Licha había venido a vivir con nosotros. Mi madre y mis hermanos también estaban considerando mudarse para el oeste. El esposo de Licha, después de solo cinco años de matrimonio, había fallecido repentinamente de cáncer. Ella llegó tan sólo unos pocos días después de que recibimos su llamada telefónica pidiendo ayuda. No tenía ningún otro lugar adonde ir.

A pesar de estar amontonados en la casa rodante y de estar en duelo, Licha fue de gran ayuda cuidando de los niños, lo que le dio a Elida libertad para trabajar más horas en los campos. Los hermanos mayores estaban contentos con su escuela. No estaban ansiosos por regresar a Texas. A todos nos había ido bien con las fresas, en especial considerando el reciente aumento en la paga. Pero, sobre todo, no podía abandonar mi trabajo como organizador del comité, a pesar de los constantes problemas en la organización y las cambiantes políticas provenientes de Delano.

—No estoy seguro de entender el papel del comité del rancho —, le dije a Nacho Molina. —Comenzamos con nuestras propias ideas, pero ahora que Delano está más directamente involucrado, me pregunto qué es en realidad lo que esperan de nosotros. Entre más vienen para acá, todo parece más confuso.

—No está bien definido —, respondió Nacho. —Hasta el momento, ellos no han tenido que ser demasiado específicos. Nadie los ha presionado como lo hemos hecho nosotros.

—La gente necesita educarse —, dije. —Delano está creando un montón de nuevas reglas sobre la antigüedad y cuotas de afiliación debido a estos nuevos contratos. Los miembros tienen que comprender cómo reportar cualquier trato injusto y cómo presentar una queja.

Una semana más tarde, Marshall Ganz llamó a Nacho.

— Mire, presenté su solicitud en Delano —, dijo. — Simplemente no hay manera. El sindicato tiene que ser el responsable por todas las cuotas de afiliación recibidas. Ellos no pueden, ni quieren, compartir la responsabilidad con los comités de rancho locales. He ahí su respuesta —, dijo sin añadir ningún otro comentario.

Yo escuché el reporte de Nacho.

—Creo que tenemos que soltarlo —, declaró. Mingo estuvo de acuerdo, renuentemente. Yo no me di por vencido tan fácilmente.

—Nadie gana algo importante preguntando una sola vez y retirándose —, dije. —Creo que debemos insistir.

Temprano, en una gris y lluviosa mañana de diciembre, los numerosos residentes de "La Posada" se reunieron al amanecer en la calle Wood Street con dos mil campesinos de Salinas, y otros tantos provenientes de todo California, para prepararse para realizar una corta, pero solemne marcha. Marshall Ganz estaba de pie con el Padre Durán en una camioneta de carga que estaba estacionada cerca del centro de contrataciones del sindicato. La multitud se apilaba en las banquetas y más allá, ocupando todo el césped de la escuela Sherwood. Marshall Ganz comenzó a hablar en español, usando un megáfono.

—Ustedes saben por qué estamos aquí. ¡Bud Antle ha conseguido que un juez le extienda una orden de restricción contra el boicot! —. Antle era un gran productor de lechuga del valle y uno de los primeros en firmar contratos con los Teamsters.

—César ha desafiado esa orden —, continuó Ganz. —El día de hoy él debe presentarse ante el juez. Es probable que lo encarcelen.

Por todos lados surgieron voces apagadas.

—¡Viva Chávez!

—¡Viva el boicot!

—No, no —, advirtió Ganz alzando su mano. —Les pedimos a todos hacer esta marcha de manera pacífica y digna. Hoy no habrá gritos, ni canciones, ni ondeo de banderas. Vamos a caminar en silencio, de dos en dos, por la Alisal Street y hasta el palacio de justicia. Vamos a ser testigos silenciosos de la inequidad de un sistema que castiga a aquellos que se levantan por la justicia.

Ganz invitó al Padre Durán a ofrecer una plegaria. Cuando el sacerdote hubo terminado, invitó a todos los que se habían reunido a comenzar la marcha. Chávez, su esposa Helen y sus hijos salieron del interior del centro y guiaron al grupo hacia el oeste a lo largo de la sombría y desierta Alisal Street, a través de Old Town y más allá, hasta llegar al palacio de justicia y la cárcel. El apesadumbrado Chávez tenía una expresión solemne.

Tomé mi lugar en la fila, con Mingo a mi lado y Molina y Peña atrás de nosotros. Permanecimos parados bajo la lluvia durante horas, mirando fijamente desde el otro lado de la calle los deslucidos pilares del palacio de justicia y esperando a que comenzara la audiencia. Los agotadores meses de piquetes y de estridentes confrontaciones se diluían bajo la luz neblinosa. La multitud adoptó la postura de su líder, quien entró al edificio con una tranquila dignidad, determinado a transformar esta aparente derrota en una afirmación pública del subyacente triunfo del sindicato: la transformación permanente de las relaciones económicas y sociales del valle.

Un silencioso Chávez se presentó frente al juez y fue sentenciado a cárcel por rehusarse a obedecer la orden de la corte de acabar con el boicot a la lechuga. La foto del líder, parado frente a los barrotes de una celda justo antes de entrar en ella, fue publicada en toda la nación y en el mundo entero. Denis Powell afirmó que, para muchos, la foto evocaba las imágenes de Gandhi cuando lo encarcelaron en 1922 por alentar a sus compatriotas a ignorar una ley que requería que los indios se registraran y que se les tomaran las huellas digitales. También evocaba imágenes del encarcelamiento de 1963 del reverendo Martin Luther King por ignorar un mandato que prohibía "los desfiles, marchas, boicots, violación de la propiedad y piquetes".

Al día siguiente, Chávez publicó una carta desde su celda. Una parte decía: "En este punto de nuestra lucha, es necesario demostrar más que nunca nuestro amor por aquellos que se oponen a nosotros. Los campesinos se han visto afectados, día tras día, al negárseles la posibilidad de ser representados por el sindicato de su preferencia. La cárcel es un pequeño precio que pagar por ayudar a rectificar esa injusticia".

La vigilia fuera del palacio de justicia continuó durante muchos días, aun cuando dignatarios de todo lo largo del país, incluyendo a Ethel Kennedy y Coretta Scott King, viajaron a Salinas para anunciar a bombo y platillo su apoyo a Chávez y a su unión de campesinos.

Tres semanas más tarde, en Nochebuena, la Suprema Corte de Justicia de California ordenó que se liberara a Chávez.

Dolores Huerta y un joven asistente, cuyo nombre no yo sabía, se encontraban sentados en una elegante mesa de negociaciones al frente del salón. Estaban presentes quizás unos cien miembros del sindicato, trabajadores de InterHarvest, Freshpict y Pic 'n Pac, que esperaban sentados en acolchonadas sillas metálicas, en diez filas de diez sillas cada una. Para acomodar a todo el grupo, el sindicato había cambiado el lugar del encuentro de Wood Street al centro del sindicato de carpinteros locales. La habitación estaba llena de humo de cigarrillo y de los olores inherentes a un día de arduo trabajo en el campo. Dolores Huerta anunció que más tarde llegaría César.

Una vez que hubo comenzado la reunión, Pablo Acuña se levantó para expresar su preocupación sobre el pago de las cuotas. El sindicato había publicado una regla que declaraba que nadie iba a recibir sus asignaciones de trabajo a menos que estuviera al corriente con el sistema mensual de pago.

—Sí, señora, comprendemos la regla, pero esa regla no tiene ningún sentido —. Pablo tenía cuarenta y tantos años, era delgado y fuerte. —Cuando llega la primavera, ustedes nos dicen que no podemos trabajar a menos de que paguemos nuestras cuotas, pero el problema es que no podemos pagar a menos que trabajemos.

Se percibió un movimiento entre todos los que estaban escuchando, lo que indicaba que todos estaban de acuerdo con él.

—Mire, señor Acuña, esa es la regla. Debemos seguirla —. Como siempre, la respuesta de Dolores Huerta fue directa y corta, reflejo de su postura de no perder el tiempo y de su baja estatura.

—Tienen que planear con antelación —, continuó. —Cuando la cosecha todavía es intensa y ustedes están ganando bien, pueden realizar su pago por anticipado para cubrir todo el invierno. De esa manera, ustedes ya están listos para la primavera. El sindicato tiene que cubrir muchos gastos y sólo cuenta con unos pocos contratos. No puede sobrevivir a menos que todos hagamos nuestra parte.

Algunos miembros del comité ventilaron sus preocupaciones sobre el sistema de antigüedad. La antigüedad de un miembro comenzaba con el primer pago de las cuotas del sindicato. Esta nueva regla, junto con el control total del sindicato sobre el centro de contrataciones, le daba a la UFWOC todo el poder sobre los procesos de contratación. El sindicato ahora había reemplazado a los viles contratistas y capataces de las compañías. Había designado esta nueva estructura para acabar para siempre con sus abusos a los trabajadores.

Sin embargo, la regla de antigüedad también servía para limitar la relación directa del empleado con la compañía. A pesar de que el sistema conocido por su maltrato había terminado, el nuevo modelo afectaba las relaciones entre los trabajadores. Muchas cuadrillas habían trabajado como una unidad durante años. Muchos tenían longevidad y antigüedad con sus patrones. Ellos eran expertos en ciertos tipos de trabajos y siempre habían regresado a esos trabajos año tras año. Ahora, la antigüedad del sindicato determinaba en qué orden cada miembro era enviado a cada trabajo y para quién trabajaría.

Tan solo puedo decirles —, afirmó Dolores Huerta frente a un interlocutor enojado, —que ya hemos analizado esto. Comprendemos que el sistema ha sido perturbador para algunos, pero, con el tiempo, eso va a solucionarse por sí mismo. Al final, el nuevo modelo va a fortalecer al sindicato. Todos debemos sacrificarnos ahora para asegurarnos de no sólo sobrevivir, sino de florecer —. El trabajador inconforme se sentó en silencio, pero todavía seguía enojado. Yo me puse de pie para retomar el argumento.

—Señora, Huerta, como puede ver usted, estas reglas sobre el pago de cuotas antes de que uno pueda recibir una asignación de trabajo y sobre la antigüedad están causando preocupación por aquí. Hemos escuchado que la razón por la cual fueron impuestas es que la mayoría de los trabajadores de San Joaquín nunca estuvieron presentes en los piquetes. Ellos eran esquiroles. Se unieron más tarde al sindicato, tan sólo después de que la larga lucha para obtener contratos hubo terminado. Muchos habían sido esquiroles, que cosecharían los mismos beneficios ofrecidos a aquellos que lucharon durante años.

—Ya que los esquiroles nunca pagaron nada, tiene lógica que el sindicato quiera que ellos paguen sus cuotas antes de recibir una asignación. Tiene sentido que a ellos se les mande al final de la fila antes de empezar a disfrutar de los beneficios que ganaron los que lucharon por ellos. Sin embargo, aquí en Salinas es diferente. Ninguno de los que estamos aquí fuimos esquiroles. Nosotros fomentamos las huelgas. Nos arriesgamos en los piquetes. ¿Por qué nos están tratando como si fuéramos esquiroles? —. Algunas personas detrás de mí aplaudieron ante mi declaración. Otros murmuraban en desacuerdo. Aparentemente ellos pensaban que yo era un descarado. Dolores Huerta agachó la cabeza por un momento.

—Ya les he dado nuestras razones —, dijo sin emoción alguna.

Decidí continuar. De hecho, yo había venido a la reunión específicamente para presentar un punto de vista diferente y ahora era el momento para hacerlo.

—Señora Huerta, nuestro comité quiere que el pago, usted sabe, de tres centavos por caja para la creación de una clínica médica, que ese pago permanezca en una cuenta local y bajo el control del sindicato y de representantes de todos los comités de ranchos del valle. ¿Qué opina usted de esta idea?

Mientras yo hablaba, observaba cómo las facciones de Dolores Huerta cambiaban de calma neutral a impaciencia. Ella y su asistente estaban dialogando. Cuando terminé, Dolores Huerta se levantó con rapidez de su lugar detrás de la mesa, agarró su micrófono y dio un paso hacia adelante hacia el borde de la fila frontal de los asistentes. Me miró a los ojos, a no más de metro y medio de distancia.

—Señor Torres —, comenzó. —Estoy decepcionada de usted. Sé que Marshall Ganz ya había discutido esta idea con usted y su comité —. Se detuvo un momento y miró alrededor de la habitación.

—Sí, señora, nuestro comité… — comencé, pero Huerta me interrumpió.

—El sindicato está luchando muchas batallas… — Se detuvo de nuevo y levantó su barbilla para observar a toda la habitación para asegurarse de que incluso los miembros en la fila de atrás pudieran escuchar cada palabra. —No podemos hacerlo todo al mismo tiempo.

—Sí, entiendo… — intenté de nuevo.

— Muchas personas tienen ideas —, afirmó con la tensión de su voz en aumento. —El Sr. Torres aquí tiene muchas ideas, pero en este momento la tarea no es la de crear nuevas ideas. Es la de afianzar las victorias que ya hemos ganado.

—Entiendo señora, sin embargo… —

—Debo decirle, Sr. Torres, que esto no es útil…—. De nuevo cortó mi oración al mismo tiempo que se volteaba hacia mí. —… No ayuda que siga insistiendo en algo, cuando ya le hemos dicho que este no es el momento —. Miró hacia el piso y dio un paso hacia atrás, levantado su cabeza y masajeando su cuello.

Sentí que me había faltado al respeto; mi enojo aumentó.

—Señora —, me encontré a mí mismo diciendo, —¿por qué

no se calla un momento para que yo pueda explicarle…? —.
Cuando terminé esta pregunta, Dolores Huerta me miró.
Parecía aturdida. La habitación se volvió una confusión de
ahogados gruñidos y siseos. —Nuestro comité —, dije, pero de
nuevo me interrumpió.

—¿Sabe qué? —, Huerta sacudió su cabeza como
espantando un mosquito. —Creo que ya hemos terminado por
el día de hoy. Creo que debemos terminar esta reunión en este
momento. Vinimos a escuchar y eso hemos hecho. Llevaremos
sus preocupaciones a César. Les haremos saber qué es lo
que podemos hacer. Gracias a todos por haber asistido. —.
Regresó a la mesa y dejó el micrófono. Su asistente tomó su
abrigo. Intercambiaron un par de palabras. Rápidamente se
despidieron de la silenciosa multitud con un movimiento de las
manos y salieron de la habitación.

Yo todavía me encontraba de pie. Me sentía aislado y consternado. Observamos cómo los líderes del sindicato se reti-
raron. Beto Garza, que estaba sentado en la primera fila, se
levantó con rapidez y los siguió. Muchos de los trabajadores
seguían sentados mirando hacia el frente. Se tardaron en
darse cuenta de que Dolores Huerta había terminado la
reunión. Voltearon de un lado a otro para descubrir lo que
había sucedido.

—¿Qué fue lo que dijo Torres? —, preguntaron. —¿De
qué estaba hablando?

—No lo sé. Creo que alteró a Dolores Huerta y su asistente
y por eso decidieron irse. Creo que le dijo que se callara, así
que decidieron terminar la reunión.

—¿Todavía va a venir Chávez? Ella dijo que iba a venir.

—Quizás, pero no lo creo… No ahora.

Todavía desconcertado, eché un vistazo a Mingo y a los otros miembros del comité que me rodeaban. Mingo se me quedó mirando.

—Quizás no fue el mejor momento para manejar esto, Sixto.

Frustrado, me froté el bigote.

—No sé cuál es nuestro papel si no es el de hacer sugerencias y ofrecer ideas —, dije. Mingo no me contestó.

En la habitación los trabajadores se fueron levantando poco a poco. El barullo de sus voces se intensificó. Se dirigieron hacia la puerta. Algunos me saludaban calurosamente conforme pasaban.

—Me gustaron sus palabras —, decían.

Otros me miraban con dureza, como si yo hubiera traicionado algo sagrado. Reconocí a uno de los que se me quedaron mirando, a Ismael Vélez. Era un joven apasionado, con ojos oscuros y mirada intensa. Esos ojos ahora sólo se enfocaban en mí. En encuentros previos con Vélez, yo había notado cómo, en general, los ojos del hombre revoloteaban nerviosamente como a la expectativa de que, en cualquier momento, se iban a encontrar con el peligro y la decepción.

Vélez tenía veintitantos años y formaba parte de los "Carnales Unidos" de Peña, que actuaban como centinelas durante los discursos y mítines de Chávez. También era amigo de Mario Molina, el hijo de Nacho. Aunque Mario ya no vivía con sus padres, él y Vélez visitaban con frecuencia "La Posada", pasando el rato con algunos de los otros jóvenes. El delgado cuerpo de Vélez se detuvo al final del pasillo. Me levantó la barbilla y sonrió burlonamente.

—¡Ey, Torres! —, gritó. —¿Por qué no muestra un poco de respeto? —. Se movió hacia la puerta. —¡Ella se fue por su culpa!

Agité la mano como corriéndolo y me di la vuelta. Peña se movió hacia Vélez, lo tomó del codo y lo llevó afuera. Más tarde, en la banqueta, los miembros del comité se reunieron. Nacho tomó la batuta.

—No puede confrontar en público a Huerta de esa manera, amigo. No ha pagado suficientes cuotas… Le dije que lo soltara.

—¿Ahora qué? —, preguntó Pancho, mirándonos a Nacho y a mí.

Yo ya no tenía nada más que decir. Agaché la cabeza y presioné mis ojos con los dedos índice y pulgar. Un momento después, noté que Vélez estaba a un metro de nosotros, conversando con Catalina Castillo. Pensé que eso era raro. Catalina siempre había apoyado mi liderazgo y los esfuerzos del comité.

—¿Sabía que es la tía de Ismael Vélez? —, afirmó Nacho.

—No, no tenía idea.

—Sí. Yo tendría cuidado con ella —, advirtió Mingo. De nuevo, no respondí. Estaba cansado de recibir tantas miradas enojadas y desconfiadas.

—Fue suficiente por hoy —, dijo Nacho. —Hablaremos más por la mañana.

El grupo se dio la vuelta para retirarse. Cuando levanté la mirada, otros a lo largo del camino señalaban. Una caravana de tres automóviles conocidos se acercaba. Beto Garza, con la joven asistente a su lado, se encontraba manejando el vehículo de en medio, una camioneta café. César y Dolores Huerta iban en el asiento trasero. Supusimos que quizás sí iba a venir a pesar de todo. Los automóviles pasaron de largo. El conductor y sus pasajeros no nos prestaron atención y miraban fijamente al frente.

Pasaron dos semanas. Un delegado llegó de las oficinas centrales del sindicato en Delano. Se reunió con Beto Garza, quien trajo las noticias al campamento de casas rodantes "La Posada". El sindicato ya no seguiría reconociendo la existencia del comité de "La Posada". La formación del comité fue anterior a la huelga. Su elección no había sido monitoreada de acuerdo con el protocolo del sindicato. A todos los miembros, incluyéndome, nos habían eximido de cualquier responsabilidad del sindicato. Un nuevo comité del rancho de Pic 'n Pac sería designado bajo estricta supervisión del sindicato.

Un gran incendio quemaba la yesca sobre Big Sur. El humo cubría todo lo largo de la costa y las Santa Lucías hasta Salinas Valley. Las copas de los sauces, de los árboles de madera de algodón, los mulefat y los árboles de bayas de Navidad del banco de arena del río Salinas y la tierra cultivable que había más allá estaban cubiertos de una neblina gris. El denso cielo tan sólo contribuía a mi melancólico humor.

Las noticias sobre el despido del comité me envolvieron con dudas sobre lo que se venía en el futuro. A lo largo de las semanas y meses desde nuestra llegada, yo había redescubierto mi talento para organizar, para guiar a la gente hacia nuevos lugares, para ayudarlos a alcanzar lo que no habían podido lograr por sí mismos. Me acordaba de la panadería y de mi lucha con Conrad Klaus, de cuán rápido había asumido una posición de liderazgo en el equipo negociador. También ahí me había levantado rápidamente para después caer igual de rápido. Extrañamente, ese pensamiento me dio esperanza. Yo debía confiar en mi talento y en mis visiones, pero, claramente, tenía que aprender a ser más cuidadoso con mis métodos.

Seguí asistiendo a las reuniones del sindicato. Mis seguidores y yo permanecíamos en silencio con los brazos cruzados hirviendo de ira por nuestro precipitado despido. Observábamos con tristeza cómo los recién electos miembros del comité del rancho revoloteaban alrededor de Beto Garza. El esposo de Catalina, Adalberto Castillo, estaba entre aquellos elegidos. Los ojos de Garza escaneaban la habitación y se cruzaron brevemente con los míos. Emanaban seguridad en sí mismo. Levantó la barbilla y asintió ligeramente.

—Arrogante… —, pensé.

En su rol como director de la oficina local del sindicato, Garza había preseleccionado y promovido discretamente su lista de candidatos. Era de esperarse que el recién electo comité no fuera a desafiar o a mover las aguas. Yo sabía, durante todas las semanas previas a la elección, que tenía las manos atadas. La disolución del comité había confundido a los residentes.

—No. No —, les había dicho Garza, —Sixto es un buen hombre. Todos ellos son buenas personas. Hicieron un buen trabajo, pero su elección, hace cuánto tiempo que fue, hace dos años, no cumplió con el protocolo del sindicato. ¿Y cómo podría haberlo hecho? Sucedió antes del contrato. Ellos sirvieron bien, pero ahora tenemos que tener una elección apropiada. Quizás necesitamos de sangre nueva, de nuevas ideas.

Muchos me expresaban su decepción de que mi nombre, el de Mingo, el de Pancho Vega y el de los demás no estuviera dentro de los nominados. De nuevo, Garza ya tenía lista una explicación.

—Por supuesto que la gente puede nominar a cualquiera, pero, ustedes saben, nosotros siempre alentamos a que la gente nueva se anime a participar.

Elida estaba enojada. Sintió que el sindicato no me había dado el respeto que yo me merecía. Al mismo tiempo, ella esperaba convertir este desaire en algo positivo para la familia. Ella no había conocido a Beto Garza, a Marshall Ganz o a Dolores Huerta. Ella no se había interesado en ellos o en las políticas y personalidades que habían dominado mi vida durante gran parte de un año. Ella vio este despido como un motivo y una oportunidad para regresar a Texas. Sin mi trabajo en el comité, ¿por qué querría yo quedarme durante el invierno?

—Regresaremos en la primavera a recolectar fresas y nos olvidaremos de todas estas tonterías sobre los agricultores y el sindicato.

—No es tan simple —, respondí. Hablamos en voz baja, tratando de no molestar a Jaime, de dos años, quien dormía en una cuna junto a nuestra cama. Nuestras voces sonaban en el silencio de la noche. —Por supuesto que estoy molesto por lo que pasó, pero no puedo irme así nada más. ¿Quién puede comprender como se comporta la gente? La razón por la que nos despidieron. Por cierto, es pura mierda, pero no todo es así.

La confusión de las últimas semanas y la predisposición de Elida a dejar atrás las eternas tensiones y confrontaciones del valle, nos habían dejado a los dos resentidos.

—No —, dije. —Organizar no es una tontería, y la verdad es que la gente que está en el poder entiende una sola cosa: el poder. Tenemos que seguir organizando. Organizar es lo que cambia vidas, cuando la gente actúa junta, cuando aprende a hacer una diferencia. Afiliamos miembros y ganamos un contrato. Para mí eso es lo que importa. ¡Lo importante no es estar sentado en un comité, sino organizar!

La conversación había comenzado tarde por la noche, después de que todos se fueran a dormir y de que Elida hubiera repetido su petición de regresar a Texas.

—No me puedo retirar —, continué. —Tengo que seguir adelante, tengo que seguir organizando, educando y logrando que la gente firme sus tarjetas. Somos miembros de este sindicato, ya sea que nos quieran en el comité o no. ¿Le conté que nos dijeron "los texanos"? No saben cómo manejarnos porque no somos sumisos y callados como muchos de los recolectores de uvas de San Joaquín. Los miembros del sindicato de este lugar siguen fielmente a Chávez, pero también hay ahí muchos ilegales, que migran de ida y de vuelta, y muchas otras familias filipinas y mexicanas que han trabajado para el mismo agricultor durante años. Muchos de los ilegales y de los más viejos están trabajando como esquiroles. El sindicato jamás ha sido capaz de ganar su apoyo.

Hablé rápido, tratando de convencerla, pero yo sabía que nada de esto le hacía sentido a Elida. Ella inhaló profundamente y se quedó mirando fijamente al techo salpicado de óxido de la casa rodante.

—Usted recolecta fresas todo el día y está afuera todas las noches en las reuniones. Me preocupo por su salud.

—Voy a estar bien —. Siempre respondía de esta manera ante su preocupación, aunque yo estaba tomando medicamentos y visitando a mi médico cada pocos meses. —Tengo que decirle—, continué, — que a pesar de esto, cada vez que se levante la bandera roja con negra yo voy a saltar al piquete porque amo lo que representa el sindicato, aun cuando cometan errores y se rehúsen a escuchar a su gente. Peleamos contra los agricultores más fuertes del valle y ganamos. Tuvieron que negociar y eso ha hecho que este sea un mejor lugar. De cualquier manera, ¿qué hay para nosotros en Texas? —. Y yo contesté mi propia pregunta. —Una casa vieja, nada más.

—Fue nuestro hogar —, respondió suavemente Elida.

—Pero ya no lo es. Este es nuestro hogar, Elida. Esta pequeña casa rodante de nada es nuestro hogar… y este valle. Me siento más en casa aquí de lo que jamás me sentí en Texas. Encontré algo aquí. Me encontré a mí mismo. Olvide lo que dije hace un momento. En realidad, odio que me hayan corrido de ese comité, pero este no es momento para retirarme —. Me acerqué a ella. Se giró hacia mí. La abracé y con suavidad recorrí con mi mano su espalda de arriba a abajo. —Tenemos que seguir hasta el final —, dije. —Algo bueno va a llegar para rectificar esto. Estoy convencido. Ahora hay gente en el valle que confía en mí, que confía en lo que yo digo, no solamente Mingo y los otros miembros del comité, o más bien los ex miembros del comité. No sólo ellos, sino cientos de personas. Se me acercan en las calles. Tendría que verlos en el supermercado, en la iglesia. Cientos de personas, Elida, me buscan para guiarlos.

—Quizás presioné demasiado al sindicato. Quería que hicieran bien las cosas. Que hicieran lo que la gente les pedía que hicieran. De cualquier manera, a pesar de eso, aquí hay trabajo. Las escuelas son buenas. Los niños están aprendiendo. No puedo regresar a Texas, Elida. Por favor comprenda.

Permanecimos acostados uno al lado del otro, sin decir nada. Elida se quedó mirando fijamente a las densas sombras de la habitación pintadas por la distante luz de la luna que se filtraba a través de nuestras delgadas cortinas. Yo podía sentir su corazón latiendo con suavidad contra la sábana.

—No podemos seguir viviendo así, Sixto, al borde de la nada.

Yo sabía lo que ella estaba pensando: sus padres y sus hermanos acostados en sus camas a poco más de dos mil millas de distancia, seguros en "La Palma", todavía recolectando y vendiendo algodón y cortando heno. Su decisión de dejarlos y de venirse conmigo para vivir mi vida como mi compañera, después de tantos años, todavía le daba un sentido de incertidumbre y de inseguridad, a pesar del nacimiento de nuestros amados hijos. Ella extrañaba a su familia. Lo único que yo podía hacer era observar cómo ella luchaba por encontrar la confianza y la habilidad social para relacionarse con sus vecinos. Ella percibía que algunos de los residentes a su alrededor no confiaban en mí y la trataban como si fuera una extraña debido a mi hábito de alterar a la gente por decir lo que pensaba.

Rosa Galván le había contado sobre los mitotes y sus interminables chismes.

—Siempre está ocasionando problemas. ¿Por qué no se queda sentado? Le gusta estar bajo el reflector.

Se dio la vuelta hacia mí y presionó su cara contra mi pecho.

—Dale tiempo, mi amor —, susurré. —Algún día vamos a hallar una casa de verdad.

—Ya le he dado tiempo —, respondió Elida. —Nada cambia, excepto que usted se aferra a un nuevo sueño, mientras su familia vive en una casa rodante herrumbrosa.

Se dio la vuelta, cerró los ojos y no dijo nada más.

Me quedé mirando fijamente a la penumbra. Yo sabía que ella tenía razón. Me había involucrado con el sindicato y no había pensado en nada más. Me encontré a mí mismo en conflicto con las personas que tenían el poder, primero con los agricultores y ahora con los líderes del sindicato. Recordé a mi padre. Mi padre sabía cómo unir a la gente. Fue él quien ideó el salón comunitario y organizó a la gente para completar su construcción.

No recordaba que hubiera habido ninguna oposición o desacuerdo cuando mi padre se paró frente a los ciudadanos de San Ciro. Los conflictivos deben haber estado presentes, pero yo era demasiado joven y no me daba cuenta. Sólo recordaba a mi padre guiando con soltura y autoridad. ¿Cómo había yo podido ignorar la oposición que seguramente había estado presente?

A través de la oscuridad, vi los jóvenes y rápidos ojos y el fruncido entrecejo de Ismael Vélez, que me miraba fijamente después de la reunión con Dolores Huerta. Era imposible de creer… para Vélez, yo me había convertido en "el enemigo". ¡Cuán triste y sin sentido era eso!

Elida y yo encontramos trabajo en el invierno podando uvas para los viñedos *Paul Masson Vineyards* en Soledad. A pesar de mis años en el San Joaquín Valley, yo casi no sabía nada sobre la poda. Mi trabajo en Modesto siempre había comenzado en la primavera, después de que las plantas se hubieran despertado tras el letargo del invierno.

Un hombre llamado Ausencio era nuevo en Soledad, pero era un veterano en podar y en limpiar las hojas y los viejos sarmientos de las viñas latentes. Con sus anteojos de delgado armazón y su piel amarillenta, me recordaba a Fr. Valentino, uno de mis profesores de hace tanto tiempo en el seminario.

—Primero retire todos los capullos del tallo principal —, nos explicaba Ausencio a los nuevos trabajadores, mientras permanecíamos agrupados contra el viento y cubiertos con nuestros abrigos de invierno. —Mientras podan, escuchen los las tijeras. El sonido y la sensación les van a decir si la madera está viva o muerta. Corten en diagonal. Guíen el cordón para que crezca en un nivel plano y súbanlo con el cable de esta manera. Eso hará que la recolección sea más fácil cuando haya fruta —. El instructor se movía con calma a lo largo de la fila de postes y alambre, donde se enredaban los troncos y los sarmientos. —Poden para que tan solo queden dos brotes en cada rama. Eso va a estimular el proceso de maduración.

Poco a poco, con cada mañana que pasaba, Elida y yo aprendíamos las técnicas que Ausencio nos mostraba. Disfrutábamos el tiempo de silencio que pasábamos juntos a medida que avanzaba el día de trabajo.

—Licha ha sido de gran ayuda —, dijo Elida mientras cubríamos el tallo alrededor del alambre. —No sé qué haríamos sin ella. ¿Vio usted el examen de matemáticas de Enrique? Se sacó una A-. Licha ha estado estudiando con él. Se lo dejé en la mesa para que lo viera.

—Lo veré hoy en la noche.

—Y a Celina le fue bien en su redacción. También se la dejé ahí. Debería verlos y hacerle saber a sus hijos que lo vio y que aprecia su gran esfuerzo.

Fue un recordatorio suave y tomé nota.

—Lo haré hoy en la noche —, prometí.

Para cuando llegó la primavera, estábamos de regreso en los campos de fresas de Salinas. La administración de Pic 'n Pac no estaba contenta con la UFWOC y su contrato. Los problemas administrativos continuaban enfadando tanto a la compañía, como a algunos trabajadores. La administración había perdido el control de sus propios empleados. Mandaron a sus capataces, quienes intentaron reafirmar su dominio sobre los campos. Afirmaban que la calidad del empaque se veía afectada cuando ellos no estaban presentes para supervisar. En respuesta a ello, los trabajadores implementaron "la tortuga":

trabajaban a paso de tortuga hasta que la compañía reconsideró y retiró a los supervisores.

Durante el segundo año del acuerdo con el sindicato, Pic 'n Pac introdujo máquinas cosechadoras, enormes monstruos con bandas transportadoras y cortadoras de acero que se movían pesadamente a lo largo de las filas. Dave Walsh, el nuevo gerente general, un tipo alto de mandíbula puntiaguda, les enseñaba a los recolectores las técnicas correctas para dejar cada fruta madura en la banda de hule que transportaba la fruta hasta la cuadrilla de empacadores.

Después de varias semanas de haber probado la nueva tecnología, Pic 'n Pac se vio forzada a reconocer que había sino un experimento infructuoso. Las máquinas dañaban demasiadas fresas, dejándolas inútiles para los canales de distribución de los mercados de productos frescos. La compañía había invertido miles de dólares y había perdido todo. Dave Walsh culpaba a los trabajadores, alegando que afectaban la efectividad de las cosechadoras al manejar con brusquedad esta cosecha tan sensible. A pesar de esta afirmación, muy pronto la administración retiró los aparatos, y los trabajadores volvieron a llenar sus canastas y empujar sus charolas a lo largo de las filas.

Los fríos vientos de agosto trajeron consigo al valle los rumores de que Pic 'n Pac estaba planeando en discontinuar su operación de fresas en Salinas. Durante varias semanas, Dave Walsh negó la verdad sobre los rumores. Sin embargo, en septiembre, con la disminución de la cosecha, los residentes de "La Posada" nos sobresaltamos y nos enojamos al recibir la noticia de que al terminar la temporada cerrarían el campo residencial. En el pasado, la compañía siempre había mantenido abierto el parque de casas rodantes a lo largo del año para mantener ahí a su fuerza trabajadora local para la siguiente primavera.

Rogelio Peña y Nacho Molina fueron de los primeros en enterarse. Vinieron caminando rápidamente a través del aire frío y tenebroso para contarme que se estaban entregando órdenes de desalojo con treinta días de anticipación para todas las unidades. Los escuché, apoyándome contra el marco de la puerta. Nadie había esperado que la compañía hiciera este tipo de movida.

—Es sencillamente su manera de vengarse de nosotros por la huelga —, ladró Peña enojado. —Ellos jamás quisieron el contrato. Su objetivo principal es destruir el sindicato. Desde que firmamos, ellos han tratado de acabar con el contrato de muchas maneras. Todo esto no es más que un plan para deshacerse de nosotros. No les gusta el centro de contrataciones. No les gusta "la tortuga". Quieren pagarnos menos para quedarse con más.

—¿Qué cree que debemos hacer? —, me preguntó Nacho.

—Necesitamos una reunión —, contesté. —Tenemos que juntar a tanta gente como nos sea posible.

—Pienso que algunos están planeando irse de cualquier manera —, conjeturó Nacho. —Probablemente algunos ya se fueron. Intentémoslo mañana frente a la oficina. Pediré asistencia jurídica. También llamaré a Delano y les haré saber lo que está pasando.

Peña continuó expresando su enojo y descontento.

—Es una táctica muy hábil, sólo corrernos de aquí porque creen que así se desharán de nosotros. ¡Pinches máquinas recolectoras! Desperdician su preciado dinero en esos pedazos de basura y ahora están cerrando este lugar. ¡Díganme loco, pero yo digo que solo nos están jodiendo!

Miré a Peña. Sentí un chorro de energía renovada.

—No nos preocupemos de lo que hacen y de por qué lo hacen. Preocupémonos de lo que vamos a hacer nosotros —, dije. —Es muy simple. ¡Nos organizamos!

Al día siguiente, treinta de los residentes que quedaban nos reunimos en un círculo cerca de la oficina del lugar. Dennis Powell, un joven abogado de cabello color arena de la *California Rural Legal Assistance*, estaba entre ellos. Era un graduado de la escuela de leyes de la Universidad de Notre Dame y había venido al oeste para trabajar como abogado de asistencia legal. Sus raíces del medio oeste se reflejaban en su forma amistosa y su tono mesurado. Usaba pantalones arrugados, un saco sport de pana café y una corbata estampada de color rojo sobre una camisa azul claro. Era de complexión delgada y parecía aún más delgado al estar parado en la multitud entre lo ancho de Nacho y mi altura. Sin embargo, cuando Dennis Powell habló, la gente sintió su sinceridad y creyó en sus palabras.

—Tiene corazón —, dijeron.

Powell y yo en seguida nos volvimos amigos. Me contó sobre la *California Rural Legal Assistance*, el primer programa de servicios de asistencia legal de la nación designado para servir a las familias rurales. Jim Lorenz, un graduado de leyes de Harvard, era el director fundador de la CRLA. Él era un brillante e incansable activista legal que se había propuesto hacer justicia, en particular para las pequeñas comunidades rurales de California y de su tan maltratada fuerza laboral inmigrante.

La junta directiva fundadora de la agencia incluía a César Chávez, Dolores Huerta y a Larry Itliong. Este último era un feroz activista del sindicato de la comunidad de campesinos filipinos de Delano, quien organizaba las huelgas contra los agricultores de uvas. Los subsidios gubernamentales apoyaban al personal de la CRLA. La organización proporcionaba sus servicios sin ningún cargo a sus clientes. Con el tiempo, atrajo a un grupo de abogados jóvenes provenientes de las escuelas de leyes más prestigiadas de toda la nación, entre ellos a Dennis Powell.

Pedí a los residentes que pusieran atención. Powell habló en inglés, entremezclado con palabras y frases en español. Peña tradujo.

—¡Buenos días! —, comenzó Powell, atravesando con su voz el aire vigorizante. —Sé que ustedes están preocupados por estas notificaciones y su plazo de treinta días. Quiero que sepan que estamos haciendo todo lo posible para obtener una extensión para retrasar cualquier orden de desalojo de este campo. En la ciudad hay muchas personas que están preocupadas por lo que está sucediendo aquí. No se pueden desalojar a 130 familias de sus hogares y esperar que nadie se dé cuenta. Hasta el momento ya hemos recibido llamadas del ayuntamiento, de la *Office of Economic Opportunity15* y del *State Department of Housing16*. Todos están trabajando con nosotros para ver qué es lo que se puede hacer —. Una ola de entusiasmo corrió en toda la multitud al oír que otros se preocupaban por su situación.

— Ahora hay algo que ustedes tienen que saber y esto es muy importante: la ley está del lado de ellos. Pic 'n Pac tiene

---

15 Un programa del gobierno federal

16 Un programa del gobierno estatal

el derecho legal de hacer lo que está haciendo. Nuestra mejor esperanza es hacerlos comprender que hay una terrible escasez de viviendas en el valle para las familias de los campesinos. Tenemos que ejercer presión pública sobre ellos para que hagan lo correcto. Por supuesto que ellos ya saben que ustedes no tienen a dónde irse, pero tenemos que hacer que les importe. Si ellos no los escuchan, quizás podamos hacerlo de tal manera que ellos tengan que escuchar a esta comunidad. Creo que esta comunidad, cuando se dé cuenta de lo que está pasando, va a estar lista para ponerse de su lado.

Cuando Peña terminó de traducir, la multitud rompió en un aplauso.

— ¡Viva la CRLA! —, la gente gritaba. — ¡Viva "La Posada"!

A pesar de las sospechas sobre los motivos de Pic 'n Pac y el continuo entusiasmo creado por el esfuerzo de la organización inicial, muchos de los trabajadores desocupados empacaron y se fueron para sus hogares en Texas o hacia el sur a *Imperial Valley*. Conforme pasaban los días, otros me confrontaban como si yo personalmente hubiera decidido cerrar el campo y la compañía Pic 'n Pac.

— ¿Qué pasó, Torres? — exigía Raúl Bucio. —Ahora ya no vamos a ganar. No vamos a tener trabajo.

Algunas de las mujeres se amontonaban junto a la ventana de una cocina. Me miraban encolerizadas mientras yo pasaba en mi camino hacia otra reunión.

— ¿De qué sirve nuestro comité? —, preguntaban despectivamente. —¡Nos están dejando sin nada!

A finales de octubre, las ochenta familias restantes recibieron notificaciones de desalojo de tres días. Elida dejó caer el sobre en la mesa justo en el momento en que yo me sentaba al final del día.

— No veo qué alternativa tenemos —, afirmó. —Esto es serio, Sixto. Van a desalojarnos. Tendremos que regresar a Texas.

— Sólo están fanfarroneando —, dije. —Esto sólo les generará una mala publicidad. Todos en la ciudad están hablando sobre "La Posada". ¿Cómo nos van a desalojar? No tenemos a dónde ir.

Elida pronto se dio cuenta de lo que debería haber sabido hacía mucho tiempo, yo había encontrado una nueva causa para luchar por ella. No podría pensar en regresar a Mercedes, Texas en ningún futuro cercano.

— ¿Sabe qué? —, continué. —el gobierno acaba de emitir un reporte sobre la vivienda, apenas la semana pasada, donde mencionan que se necesitan un millar de nuevos departamentos en este valle para los campesinos y sus familias. Jerry me lo contó. Lo leyó en el periódico.

Jerry Kaye había comenzado a trabajar en los campos con Pic 'n Pac en julio. Pronto se había involucrado en la organización sindical. Unos pocos gringos habían decidido entrar a los campos a recolectar fresas y a cortar lechuga con las cuadrillas de mexicanos, y aquellos que lo hicieron no duraron más de uno o dos días. Pero Jerry Kay había tomado la decisión y, aún más importante, había sobrevivido el choque y la fatiga muscular y dolor de huesos que descorazonaban a muchos otros. Mingo y su familia se habían hecho amigos de Jerry y lo habían adoptado. Le enseñaron cómo cosechar, empacar y mover las cajas en las filas generando un estrés mínimo para su cuerpo.

— Vi a dos familias alejándose de aquí esta mañana con sus camionetas llenas —, declaró Elida. —¿A dónde van a ir?

Prendí un cigarrillo y me acabé la última botella de Dos Equis.

—El condado y la ciudad se han involucrado —, expliqué. —Supuestamente la autoridad de la vivienda encontró lugar para dos o tres. No lo sé, quizás tengan familiares allá. Muchos de los garajes en East Salinas se están remodelando. Quizás encontraron un garaje en algún lugar. ¿Usted cree que podríamos encontrar un garaje?

Vi a mi esposa, con la esperanza de recibir una sonrisa, pero no hubo sonrisa alguna. Elida se levantó de la mesa en silencio. Ella siempre era la última en comer. Los muchachos mayores estaban en los cuartos traseros, sentados en sus camas, haciendo la tarea.

— De cualquier manera —, dije, —vamos a hablar con un abogado.

— ¡Un abogado! —, exclamó Elida. —¿De dónde vamos a sacar dinero para pagar un abogado? —. Licha se levantó de su lugar en el sillón y, sin hacer ruido, llevó a Jaime con los demás muchachos.

— No tenemos que pagarle. Trabaja para la CRLA. El gobierno federal la mantiene. Un hombre llamado Dennis Powell vino hoy a hablar con nosotros sobre las órdenes de desalojo. Es muy simpático. Él ya está en contacto con Pic 'n Pac y cree que se van a echar para atrás. Una reportera se me acercó durante la reunión; su nombre es Elena. Hizo muchas preguntas. Me cayó muy bien. Parece ser muy inteligente. Le conté que vamos a luchar por esto. Le dije: "Como un árbol que crece junto al río, ¡no nos moverán! —. De nuevo sonreí, pero Elida no respondió.

Nacho y yo estábamos sentados en la oficina de Dennis Powell.
Él se recargó en el respaldo de su silla, detrás un gran escritorio
de pino que estaba cubierto por archivos color café y montones de papeles. Una imagen del Papa Pablo VI colgaba en
una pared, reflejando el origen católico del abogado.

— ¿Fue al seminario? —, pregunté.

Powell sonrió con una gran sonrisa. —No, no —, respondió.
—Lo consideré por un minuto durante la preparatoria. Me
gustaban demasiado las chicas como para hacerlo.

—Yo fui durante tres años —, le conté. —No me arrepi-
ento de ni un solo día de ese tiempo, pero, al final, tuve el
mismo problema.

—No me sorprende saber que estudió para ser sacerdote.
Eso explica mucho —, observó Powell.

—¿Qué es lo que cree que está pasando con Pic 'n Pac? —,
preguntó Nacho.

Powell se inclinó hacia adelante, aflojando su corbata.
Apoyó su barbilla sobre sus puños cerrados.

—Se rumora que van a cerrar por completo. Están
intentando culpar al sindicato, pero creo que en realidad se
debe al margen de ganancias. Ustedes saben, cuando estas
multinacionales entraron en el negocio de la agricultura hace
algunos años, ellos analizaron los números y pensaron que
iban a ganar mucho. Asumieron que siempre tendrían una
mano de obra barata.

Powell agarró un libro que estaba sobre el escritorio. Levantó un libro de tapa blanda de color naranja con un campesino bosquejado en rojo en la portada.

— He estado leyendo esto que acaba de ser publicado en *Factories in the Field17*. Todo está aquí. Los magnates de California han estado importando mano de obra barata durante cien años: chinos y japoneses para trabajar en las minas de oro, construir ferrocarriles, recolectar fruta y desenterrar la remolacha azucarera. Y las mujeres eran excluidas para desalentar a los hombres de instalarse de manera permanente —, dijo.

—En cuanto los orientales empezaron a exigir mejores salarios y condiciones de trabajo más seguras, consiguieron que el Congreso aprobara leyes que los excluyeran impidiéndoles totalmente venir aquí. Entonces comenzaron a traer a los filipinos y a los mexicanos. También excluyeron a sus mujeres por el mismo motivo. Trajeron del sur a los hombres negros para recolectar el algodón en *Los Baños*. Por supuesto, cuando los Okies18 y los Arkies19 llegaron, la ley ya no podía seguir excluyendo a las mujeres.

—Durante casi cuatrocientos años, en cuanto un grupo comenzaba a organizarse, los expulsaban de los campos pertenecientes a la compañía y los aplastaban con acciones de la corte, nuevas legislaciones, la fuerza pública y vigilantes armados. Una alianza llamada *Farmer's Association* pagaba todo —. Powell dejó el libro sobre el escritorio y lo empujó hacia nosotros. —Ojalá hubiera una traducción al español para ustedes.

---

17 "Fabricas de la Milpa"

18 Obreros provenientes de Oklahoma

19 Obreros provenientes de Arkansas

—No necesitamos leerlo—, afirmé. —Lo estamos viviendo.

—Entiendo su punto de vista—, meditó Powell. —Después de que el programa Bracero terminara hace ocho años, nadie pensó en lo que sucedería después. Todos los braceros se regresaron a sus hogares, pero luego regresaron legalmente o de alguna otra forma. Los agricultores no sabían qué era lo que iban a hacer para tener mano de obra, sino hasta que la gente comenzó a cruzar el río nadando por millares. En cuanto a ellos les concernía, eso era un regalo del cielo. Por supuesto, las únicas viviendas disponibles eran las viejas barracas que habían ocupado los braceros.

Permanecimos sentados en silencio durante un rato. Por la ventana abierta entró una brisa y sacudió el papel sobre el escritorio de Powell.

—Es una pena que estén tratando de cerrar "La Posada" —, declaró. —Es uno de los mejores lugares, al menos en comparación con las barracas en East Salinas, Pájaro, Chualar y otros campos en los caminos secundarios en todo el sur del condado. Esos lugares son un infierno.

CAPITULO DIEZ

El compromiso de las autoridades de vivienda para reubicarnos fuera de "La Posada" y la continua cobertura mediática de la historia sobre nuestra negativa a irnos llevó a que obtuviéramos una extensión de treinta días. Sin embargo, unos pocos días después, el gerente general Dave Walsh anunció que Pic 'n Pac, la mayor compañía privada de cultivo de fresas del estado, cerraría sus puertas definitivamente. La compañía concluiría con su operación local en los días y semanas subsiguientes. Planeaba vender todos sus activos, incluyendo las casas rodantes de "La Posada", así como el terreno del campamento para casas rodantes, al mayor postor. Como Powell había predicho, Walsh le echó la culpa a la UFWOC por el cierre de la compañía.

—Esto significa que el contrato con el sindicato está acabado —, le gruñí a Elida tras regresar de una junta nocturna. Los muchachos y Licha estaban dormidos, pero yo estaba teniendo problemas para contener mi enojo. —¡Peña tenía la razón! —, siseé. —¡Se aprovecharon de nosotros! Una vez que hayan vendido todo, ¡ya no tendremos ni trabajos ni casas! —. Elida estaba parada junto al fregadero. Permaneció en silencio.

—Yo le dije a Powell que deberíamos comprar el lugar. Me refiero a todas las familias unidas.

—¡Oiga! —, Elida murmuró en un ataque de exasperación.

—Está loco. ¿De dónde saca usted estas ideas? —. Dejó de entretenerse con los platos sucios.

—Powell no lo consideró tan loco. Él dice que debemos hablar con la OEO. El gobierno tiene fondos para otorgar préstamos e incluso los utilizan para este tipo de cosas—. La *Office of Economic Opportunity* era una agencia federal encargada de responder ante las injusticias sociales y económicas de todo el país.

Elida aventó el trapo de cocina en el fregadero y gesticuló frustrada con ambas manos. Sus ojos estaban en llamas. Sus palabras saltaron entrecortadas con dificultad.

—Sixto, Sixto —, gemía. —Se lo digo de nuevo, ¡está loco! Costaría miles de dólares. ¡Nadie nos va a dar esa cantidad de dinero!

—Elida, escúcheme, Powell está organizando una reunión con la OEO en San Francisco. Él considera que es una buena idea. No perdemos nada con preguntar.

Elida se calmó y lavó la última taza.

—¿De qué sirve discutir? —, dijo. —Usted va a hacer lo que sienta que debe hacer. Nada de lo que yo diga va a cambiar eso—. Exprimió el trapo hasta que el goteo se detuvo y trajo la taza a la mesa.

—¿Quiere café?

—Gracias.

Vertió el humeante y denso líquido. Permanecimos sentados y escuchando la profunda respiración de los muchachos, que estaban dormidos en el sillón plegable a tan sólo unos pocos metros del fregadero y de la estufa. El pequeño y viejo calefactor eléctrico de pared crujía y matraqueaba contra el frío aire.

—Estoy lista para irme a la cama—, dijo. Se levantó y se inclinó para besarme.

—Iré en un minuto —. Agarré su mano para detenerla un momento. —Desearía que usted viera lo que yo veo.

—Desearía lo mismo, que usted pudiera ver lo que yo veo —, dijo. —¿Quiere que deje prendida la luz?

—No, está bien. Ya sabe cómo soy. No estoy durmiendo como solía hacerlo. El doctor me dijo que sucedería esto.

Pancho Vega, Juan Alcmán y yo bebíamos cerveza temprano por la tarde. Pancho era diez años mayor que yo. Profundos surcos formados por la carne de las mejillas enmarcaban su delgada nariz como el ángulo del techo de un establo y caían a ambos lados de sus delgados labios. Una gorra de béisbol verde de John Deere cubría su calva cabeza. En las últimas semanas le habían diagnosticado la enfermedad de Graves y estaba bajo el cuidado de un médico.

Sus ojos cafés sobresalían de sus cuencas y flotaban como si fueran un juego de huevos de un pequeño pájaro. El resultado era una persistente y, para el observador, perturbadora mirada de sorpresa. Pancho hablaba con soltura sobre su condición, ayudando así a sus amigos a relajarse. Se sentaba derecho con la barbilla en alto, disfrutando su posición como el mayor y más sabio miembro del comité organizador.

—Es peligroso esperar y no hacer nada —, me advirtió. — Todo mundo quiere celebrar sus victorias. Chávez esto, Chávez aquello…, el sindicato, los contratos, … Todo va a desaparecer a menos que continuemos luchando y encontremos el siguiente eslabón en la cadena de acontecimientos.

Como recién llegado, Juan Alemán mantenía un respetuoso silencio. Recientemente se había mudado desde Santa María, donde trabajaba en los campos de fresas, y se había unido a los piquetes durante la huelga. Juan y su esposa, Armandina, tenían seis hijos. Yo había aprendido a apreciar su espíritu y creía que se convertiría en un gran capital para nuestra causa. Pancho sacudió la cabeza.

—La gente viene aquí buscando una oportunidad, y algunos esperan que ésta caiga de un árbol y los lleve hacia adelante. No, no, tenemos que seguir presionando a los jefes o ellos nos empujarán a nosotros. Aunque en realidad todo está bien. ¡El jefe está huyendo! Él solía decirnos: "Les pagaré ochenta centavos. O lo toman o lo dejan". Cuando lo enfrentamos, todo cambió. Primero negociamos. Luego amenazamos. Los chingones se rieron de nosotros, pero no nos importó. Lo tomamos todo. Yo estaba ahí en el piquete. ¡Ustedes me vieron! Cuando los enfrentamos, ¡todo cambió!

El hijo adolescente de Pancho, producto de su segundo matrimonio, rodeó la cocina y salió por la puerta. Su cuerpo larguirucho, vestido con *shorts*, una playera y zapatos tenis nuevos, tenía la misma altura que su padre.

—¿A dónde vas? —, le preguntó Pancho, cuando iba saliendo.

—A encestar unas pelotas con Freddie —, gritó desde la banqueta debajo de la cocina.

—El próximo año ya irá en el último año de la preparatoria. Ama el basquetbol —, alardeó Pancho. Uno de los chicos gritó desde una de las habitaciones traseras. Se escucharon unas voces apagadas y el llanto cesó.

—¡ Lo que logramos es hermoso! —, continuó. —Todo en este valle cambió porque nos levantamos —. De nuevo su cara tenía una sonrisa y sus ojos se cerraron en satisfacción sobre sus redondos ojos.

—Por cierto —, coincidí. —El boicot fue y será la clave. Chávez siempre ha tenido la razón sobre eso, un millón de compradores diciendo no a las uvas y luego a la lechuga. Tenemos un lugar en la mesa gracias al boicot.

Miré sobre el hombro de mi amigo. El interior de la casa rodante de Vega era idéntico al de la mía. Los hijos mayores de Pancho ya hacía mucho que se habían ido del hogar. Su segunda esposa, Delia, le había dado tres hijos más.

—Es un teatro, Don Pancho —, declaré. —Somos actores en una obra de teatro política. Depende de nosotros el impulsar la acción hacia adelante. Estos últimos días han sido sólo el primer acto. ¿Cómo será el segundo acto? Todo mundo esta esperándolo.

Pancho me alcanzó otra cerveza. Como era mi hábito, chupé el pliegue entre mi pulgar y mi índice y cubrí ese punto con una pizca de sal. Probé la sal y bebí. Pancho miró pensativamente a través de la ventana de la cocina. Un gorrión revoloteaba de una rama a la otra en la higuera que había a un costado. Dirigió su mirada hacia mí.

Usted es un buen hombre, amigo. Nos mantiene a todos enfocados en el cambio. Nos hace aferrarnos a nuestras esperanzas. La mayoría de nosotros, usted sabe, estamos dispuestos a negociar, pero justo ahora, mucha gente en este campamento cree en usted porque usted no está dispuesto a llegar a un arreglo. Cierto, siempre hay algunas personas negativas, pero la gran mayoría respeta la manera en la que usted no permite que nadie lo detenga. Por lo que yo puedo ver, todos los que nos estamos quedando estamos dispuestos a seguirlo para luchar contra esta orden de desahucio.

El clima de otoño se endureció. La cosecha de fresas decreció. Elida y yo nos encontramos marginados hasta la temporada de poda. Una vez más yo estaba pasando mucho de mi tiempo en reuniones. Tras unos pocos días de desestabilización, yo ya había pasado de tener el papel de cabeza del comité del rancho al del líder y vocero para todos los que seguían ocupando "La Posada", a pesar de las cartas de desahucio de la administración.

La *Farm Bureau20* y sus miembros continuaban presionando para la creación de leyes que neutralizarían el poder de la UFWOC. Chávez llamaba a esos esfuerzos "racistas" y un representante de la *Farm Bureau* de Fresno, Clare McGhan, afirmaba que esa declaración era "ridícula".

—¡Los estatutos de la *Farm Bureau* prohíben la discriminación! —, afirmaba indignada. Nacho Molina escupió en el piso y sacudió la cabeza.

—¡Los estatutos prohíben la discriminación! —, repetía.

—¡Si tan sólo los campesinos lo hubieran sabido, jamás habríamos sentido los aguijones!

Mientras tanto, Chávez también había negado que la UFWOC fuera la culpable de la implosión de Pic 'n Pac.

---

20 Asociatión agrícola de California

En cambio, él señalaba a su "mala administración y alterca-
dos políticos".

Pic 'n Pac tenazmente procedía con su planeada disolución. Dave Walsh vendió sus casas rodantes a una firma en
San Francisco, sujeta a los derechos de los actuales ocupantes.
Sin embargo, continuó manteniendo los campos de fresas a lo
largo de la temporada inactiva, buscando proteger su inversión
hasta que pudiera encontrar un nuevo comprador.

Con la ayuda de la CRLA, los restantes residentes de "La
Posada" continuaban resistiéndose ante las amenazas y manio-
bras legales de la administración de la compañía. Las fechas de
desahucio se extendían una y otra vez, a pesar de que algunas
familias decidieron mudarse por su cuenta.

Le contamos nuestra historia a quien estuviera dispuesto
a escucharla. Formamos un piquete frente a la oficina del
congresista Burt Talcott ya que, de acuerdo con el periódico
Californian y, a pesar de los reportes de que todos los campos de
trabajo del condado estaban llenos, él había reportado al *Rotary
Club*[21] que sí había suficientes unidades desocupadas para acomodar a las familias de "La Posada". Se olvidó de mencionar
a su audiencia que en esa lista de supuestas unidades vacantes
disponibles que él sostenía entre sus manos, estaba incluyendo
en su conteo a "La Posada" y las mismas casas rodantes que
muchas de las familias, tras haber recibido las órdenes de desahucio, ya habían abandonado. Talcott afirmaba que los que
nos habíamos quedado estábamos más interesados en "la pub
licidad y el capital político", que en encontrar una alternativa
de vivienda.

Las oficinas locales del congresista estaban en el edificio
de correos en *West Alisal Street*, a tan sólo unas cuantas yardas

---

21 Club de rotarios

de la cárcel del condado donde Chávez había permanecido preso. Más de veinte piqueteros de "La Posada" se quedaron en la banqueta. Sosteníamos carteles de cartón manchados que decían: "¡Casas, sí! ¡Talbott, no!". Cantábamos canciones y repetíamos: "hacen falta mil hogares hoy", en referencia a un reporte publicado por el condado, en el que se calculaba la escasez de unidades familiares para los campesinos del valle.

Un asistente salió para informarnos que el congresista se encontraba en Washington.

—¡Oh, pueden estar seguros! —, dijo, —de que el congresista está completamente consciente de la situación.

Los ciudadanos de Salinas nos pasaban de largo en sus vehículos. Escuchaban nuestros cantos y leían nuestros carteles. Gesticulaban su apoyo o desdén con el pulgar o el dedo medio apuntando hacia arriba.

Me paré en el escalón superior de la oficina de correos para hablar.

—¡Vámonos a la OEO! ¡Este vato no está en casa! —, grité a la multitud. Marchamos una calle hacia el norte, a la oficina local de la OEO. El director, el Sr. Richard Barnes, salió a escuchar nuestra petición de una vivienda decente. Era un hombre regordete de cincuenta y tantos años, que se estaba quedando calvo y tenía una sonrisa con dientes de caballo.

—Quédense tranquilos —, dijo, —estamos haciendo todo lo que podemos, en conjunto con la oficina regional en San Francisco, para obtener los recursos para ayudarlos.

No pusimos mucha confianza en el Sr. Barnes. No fue ninguna sorpresa el que no escucháramos nada de él durante una semana. Después, Dennis Powell nos dijo que el hombre sí había arreglado para que pudiéramos hablar con el director general.

—¡Vámonos! —, le dije nuevamente a la gente, — ¡Vámonos a San Francisco para tener una reunión con los federales! ¡Viva el Sr. Barnes!

Manejamos durante dos horas hacia el norte hasta llegar al edificio federal en el corazón de San Francisco. El director regional y su asistente se reunieron con nosotros tal como lo habían prometido. Presentamos nuestra idea de adquirir "La Posada".

—Es algo que ya estamos estudiando. Planeamos discutirlo con nuestra mesa directiva regional.

Tras una nueva espera de dos semanas, la junta directiva de la agencia acordó enviarnos a Rogelio Peña y a mí a Washington DC para dialogar con el director nacional de la OEO, el Sr. Phillip Sánchez. Tras nuestro regreso, nosotros, los dos boquiabiertos viajeros, compartimos nuestra experiencia con los demás.

—Un comisionado local de la OEO nos aseguró que tanto nuestras habitaciones como alimentos estaban arreglados —, comenzó Peña, —y que alguien nos recibiría en el aeropuerto en Washington para encargarse de todo. Pero, cuando llegamos, no apareció nadie. Nadie nos recibió. De alguna manera nadie pasó los mensajes al personal de la OEO—. Peña sacudió su cabeza en reconocimiento de nuestra falta de experiencia como viajeros. —Todo era muy nuevo para nosotros: el aeropuerto y el vuelo. Ya que todo estaba arreglado, ni siquiera consideramos en llevarnos algo de dinero.

—Fue atemorizante —, dije. —Ahí estábamos, sin un centavo, ni siquiera para un taxi, ustedes saben, Rogelio con su chamarra del Che Guevara y su boina, y yo con mi sombrero Stetson y mis botas vaqueras, ahí entre miles de "corbatas".

La gente se reía. Yo acostumbraba describir a los burócratas como "corbatas" porque todos usaban corbatas alrededor del cuello. En mi experiencia, la gente que usaba corbatas dictaba todas las reglas, o al menos eso pensaban ellos.

—Y estábamos muertos de hambre. Estábamos a punto de llorar. No se había hecho nada para prepararse para nuestra llegada —, interrumpió Peña. —¡En ese momento nos sentimos tan inútiles como un lápiz sin un borrador!

—Pasamos toda la noche en el aeropuerto—, continué. —Afortunadamente, el hermano de Rogelio vive por ahí en un pueblo cerca de la capital, así que lo llamamos por teléfono. Al final, él nos recogió la tarde siguiente. Entonces fuimos a ver al director nacional de la OEO. Estaba apenado de que nos hubieran abandonado, así que se esmeró para hacernos sentir cómodos —. Rogelio, incapaz de contener su emoción, comenzó a hablar de nuevo.

—Nos llevó a cenar. Le contamos sobre "La Posada" y sobre todos ustedes y nuestras decisiones para luchar contra el desahucio; y le contamos sobre el trabajo del comité. Nos hizo muchas preguntas sobre los agricultores y la huelga y dijo que nos ayudaría de la manera que pudiera. Dijo que tenía algunas ideas y que debíamos mantener informado a su equipo—. Esperé un momento mientras la gente aplaudía.

—Entonces fuimos a ver al congresista Talcott, pero se enojó de que estuviéramos ahí y nos dijo que no quería vernos. Nos gritó: "¡No me importa lo que ustedes hagan, pero no voy a dejar que abusen de mí! ¡Si quieren hacer un espectáculo, háganlo, pero ya no me molesten!". Él todavía estaba molesto de que el mes anterior le hubiéramos hecho un piquete a él. La gente entraba al pasillo para averiguar el origen de todo el ruido, así que nos retiramos. Entonces fuimos a ver la estatua de Lincoln y algunos otros monumentos antes de regresar al aeropuerto.

A pesar del viaje y de la buena voluntad de Phillip Sánchez de la OEO, el préstamo de USD $1,300,000 que habíamos solicitado para comprar el campamento de casas rodantes "La Posada" se vio saboteado. Nosotros sabíamos el por qué: el honorable congresista Burt Talcott se había opuesto, aunque también algunas personas afirmaban que la OEO no podía usar legalmente los fondos solicitados para comprar terrenos.

Más adelante, Talcott le explicó al *Californian* por qué se opuso a la solicitud.

—Esta gente escogió quedarse aquí y ahora están buscando perpetuar su causa: ¡la raza y la causa! Sólo están interesados en desestabilizar la comunidad agrícola—. Después de eso nos llamó "parásitos".

—Mi hermana nos vio en las noticias de la tarde—, alardeó Mingo. —¡Ella asegura que se lo vio en la estación de San José, no sólo en la local! ¡La voz se está corriendo! El apoyo aumenta.

—Quizás—, advertí, —van a hacer falta más de una o dos historias. ¿Quién sabe? Miren lo que está pasando con la unión. Entre más fuertes somos, los agricultores cada vez hacen más en nuestra contra: los *Teamsters* siguen tratando de afiliar miembros; los agricultores todavía están tratando de acabar con nuestras huelgas, nuestros piquetes y nuestro derecho al boicot a través de la ley. todas nuestras victorias son, en el mejor de los casos, precarias.

A principios de la primavera, escuchábamos como John Jones, el director de la autoridad de la vivienda, resumía para beneficio de sus comisionados el estatus de su negociación con nosotros.

—Estamos haciendo todo lo que podemos —, dijo. —El hecho es que ellos no se van a mudar y, de cualquier manera, no hay vacantes en este momento. Una idea que hemos estado trabajando es enviarlos de manera temporal al viejo *Camp McCallum*. No es una solución perfecta, pero quizás es nuestra única alternativa.

Los comisionados consideraron esta opción, pero pronto se rechazó por ser impráctica. La autoridad de la vivienda había abandonado el viejo campo laboral al finalizar el "Programa Bracero" hacía casi diez años. Y estaba ahí vacío en medio del campo de lechugas ubicado a 5 millas al sur de la ciudad, con plantas muy crecidas y deteriorado.

Aún más, Virginia Barton, la superintendente del distrito escolar de Alisal se puso de pie y afirmó que mudarnos al Camp McCallum "crearía al instante un gueto". Declaró que el traer a los niños de "La Posada" a su distrito requeriría de "mejorar el transporte escolar, un aumento en los gastos del distrito y la ubicación de más estudiantes en sesiones dobles. En realidad, estarían destruyendo el Distrito Alisa*l*, remarcó. La mayoría de los residentes ingleses de Alisal presentes en la habitación aplaudieron su opinión.

—En algún momento—, continuó diciendo Jones en su reporte, —Pic 'n Pac va a determinar que la única alternativa que tienen es desalojarlos. No sé qué haremos en ese momento.

—Deben existir otras opciones—, declaró esperanzado el comisionado Bob Meyer, un agricultor de jitomates del condado sur. —¿Qué tal la tierra de Fort Ord? ¿Alguien ha hablado con el director de la prisión de Soledad? Quizás él tenga espacio.

Los abogados del sindicato nos ayudaron a presentar dos demandas. Ellos alegaban que la orden de desahucio de tres días violaba nuestros derechos constitucionales a un debido proceso. Al final, Pic 'n Pac logró exitosamente contrarrestar las demandas y los jueces locales las descartaron. Sin embargo, las demandas sirvieron para ganar unas semanas de retraso en la ejecución de las órdenes de desahucio.

Howard Hall, el administrador de "La Posada", todo el tiempo les recordaba a los residentes que los dueños estaban empeñados en completar la venta del campamento de casas rodantes.

—Va a llegar el día en que el alguacil se presente con sus comisarios y una orden de la corte—, declaró severamente. —¡Todos estos juegos no significarán nada en ese momento!

—¡Ahora comprendemos por qué llamaron a su compañíaD! —, dijo Rogelio Peña con una sonrisa. —¿Pero adivinen qué? No vamos a empacar. Vamos a mantenernos juntos sin importar lo que pase. No vamos a permitir que nos dividan.

—¿Qué tenemos que hacer ahora, Sixto? —, preguntó Nacho. —Usted siempre tiene buenas ideas, amigo. ¿Qué está pensando?

De hecho, sí tengo una idea —, dije. — Es una manera de hacer algo más que sólo permanecer unidos. Aprendimos mucho durante los piquetes. Aprendimos a no permitirles tener la última palabra sobre lo que va a suceder. Tenemos que tomar las riendas de los hechos. La idea que tengo va a lograr eso. Le va a mostrar a todos en este pueblo que no nos pueden hacer a un lado, incluso con órdenes de la corte.

—Okey, Sixto. ¿De qué se trata?

El comité escuchó. Hizo preguntas. Tomaron la idea y la analizaron desde todos los ángulos posibles. La picotearon y meditaron sobre ella. La deshicieron y se rieron de ella. Imaginaron la respuesta que iba a despertar en los corbatas, en los medios de comunicación, en los partidarios y en los enemigos.

—¿Cómo mantendremos el elemento sorpresa? — preguntó Mingo.

—Puede hacerse, pero va a requerir de una gran disciplina —, respondí.

—La gente debe comprender que debe permanecer en silencio —, afirmó Pancho. —Debemos insistir en ello —. El comité adoptó el plan y lo compartió confidencialmente con los demás.

Sabíamos que nuestro tiempo se acortaba. Después de que nuestro esfuerzo por comprar el campamento se vio frustrado y que las demandas ya habían llegado a su fin, habíamos acordado en una última extensión de treinta días hasta el 16 de mayo. En ese día, de acuerdo con Dave Walsh, debíamos entregar las casas rodantes a su nuevo dueño.

Cuando llegó el 16 de mayo, ya estábamos preparados. Nuestros carteles de cartón, junto con el estandarte rojo con negro de la organización recién establecida por la ley con el nombre de *United Farmworkers Union*, estaban frente a la puerta de todas las casas rodantes. Se desplegaron banderas tanto americanas como mexicanas y se ubicaron cerca. Los niños y los bebés ya habían sido alimentados y cobijados. Estaban sentados en sillones, con sus expectantes ojos inciertos por el cambio en la rutina matutina.

La noche anterior, Peña, Mingo, Pancho Vásquez y yo, habíamos corrido la voz: "¡Ni trabajo ni escuela mañana!".

A las ocho en punto, abandonamos nuestros hogares para reunirnos en la entrada principal del campamento de casas rodantes. Llegamos con termos llenos de café caliente y bolsas de picnic preparadas para pasar todo el tiempo que fuera necesario para confrontar la llegada de la fuerza armada.

—¿Qué haremos cuando lleguen? —, preguntó la señora Márquez.

—Momentito, Sixto lo explicará —, respondió Peña. —Lo importante es que todos actuemos juntos.

Dennis Powell y yo discutíamos conforme la multitud aumentaba. Mingo comenzó con el rítmico y ahora ritualista aplauso que se aceleraba hasta convertirse en un aplauso entusiasta y en una gran excitación. La gente había rodeado al comité que lideraba. Les pedí que prestaran atención.

—¡Señores, señoras, por favor! —. Miré a mi alrededor y vi todas las banderas y las treinta y cuatro familias restantes del campamento de casas rodantes. Una brisa matutina soplaba sobre nosotros. La gente estaba lista y sostenía sus carteles que decían: "Justicia para los campesinos". "El estado más rico de la nación, pero sin casas para las familias trabajadoras", criticaban.

—No estamos aquí para pelear con la policía o evitar las órdenes de desahucio —declaré. —Estamos aquí para mostrar solidaridad. Es importante que no permitamos que nos separen. Cientos de familias ya se han ido. Ellos permitieron que los hicieran a un lado y los olvidaran. Han regresado a

Texas o a quién sabe dónde. Nosotros todavía estamos aquí porque creemos que es posible cambiar cómo están las cosas —. Me detuve un momento, me saqué mi Stetson blanco y observé a la multitud.

—A través de las huelgas —, continué, —obtuvimos mejores salarios y beneficios, así como protección de los pesticidas. Nuestro mensaje de ahora es muy simple: estamos aquí para quedarnos y necesitamos que este lugar se convierta en nuestro hogar permanente. No estamos seguros de en qué momento va a llegar el alguacil, pero todos conocemos el plan para lo que haremos cuando ese momento llegue —. De nuevo me detuve un momento y señalé a Dennis Powell. —Ahora el señor Powell tiene algo que decir.

El joven abogado dio un paso al frente.

—Es importante recordar que nuestra intención no es la de provocar a la policía. Cuando ellos lleguen, todos van a ir a sus hogares, van a empacar sus pertenencias y nos retiraremos como planeamos. Hemos acordado retirarnos pacíficamente. Llegó el momento de mantener esa promesa.

La gente aplaudía con respeto. La reunión había terminado. Todos daban vueltas alrededor, manteniendo un ojo en *Sherwood Drive*. Conforme los minutos se convirtieron en horas, los ánimos se relajaron. Los padres pateaban balones de fútbol con sus hijos, y las madres se sentaban sobre el pasto y abrían sus bolsas de picnic para servir los refrigerios. Mingo reportó que había visto una patrulla pasar lentamente, pero sin detenerse.

—Me pregunto si de verdad van a venir —, meditó. —Quizás ellos pensaban que todos estaríamos fuera y que podrían tirar todas nuestras pertenencias a la calle.

A las dos de la tarde, apareció un equipo de televisión local y Robert Miskimon, un reportero del *Californian* comenzó a realizar entrevistas. Se acercaba la tarde noche. El sol flotaba hacia las Santa Lucías. Las familias también deambulaban hacia sus hogares para continuar empacando. Pensaban que su muestra de solidaridad le había dado a la policía motivos para retrasar y, quizás, repensar sus tácticas.

A la mañana siguiente, básicamente nos preparamos de la misma manera como lo habíamos hecho el día anterior, aunque nos levantamos más temprano y nos reunimos en la entrada principal a las 7:00 en punto. Tras haber esperado todo el día, ahora temíamos que nos perderíamos el hecho por completo. Lo que el alguacil no había hecho en el momento designado, quizás lo haría de forma apresurada el día posterior. Nuestra intuición estaba en lo cierto.

A las 7:15 a.m., una fuerza armada de veinte hombres del departamento del alguacil y veinticinco más de la estación de policía de la ciudad arribaron en autobuses. Una camioneta con ventanas enrejadas y sin pasajeros les abrió camino por la reja abierta. Estacionaron sus vehículos en línea en *Sherwood Street* a lo largo de la pared frontal de "La Posada". La brigada se bajó de los vehículos y armaron su formación. Los uniformados estaban vestidos y armados, preparados para un disturbio, con uniformes negros acojinados y cascos con protección para la cara. Llevaban armas de fuego y macanas. Marchaban serios en dos filas a través de la puerta, sin prestar mucha atención a la inmóvil multitud.

La patrulla se detuvo a unos veinte metros adentro del campamento. Una grúa se abrió el paso a través de la entrada y se estacionó en la curva. Un hombre de complexión media acompañaba a las tropas. Estaba vestido con un traje y corbata obscuros, pero modernos. Echó un vistazo a lo largo del camino principal del campamento lleno de casas rodantes alineadas, y con camionetas y automóviles dispersos. Observó a la multitud con un aire altanero. Tomó un megáfono de un ayudante uniformado y dio su orden.

—Soy el comisario del fiscal del distrito Jerrold Mitchel. Todos deberán ir de inmediato a sus casas rodantes y sacar sus pertenencias. Un oficial los acompañará. ¡Tienen diez minutos para abandonar estas instalaciones! ¡Cualquier automóvil que permanezca en la propiedad será removido con una grúa con costo para el dueño!

El asistente se presentó como el sub-comisionado James Rodríguez. Aún antes de haber traducido las palabras del fiscal, un murmullo de protesta circuló entre la gente. No estábamos preparados para un margen de tiempo tan corto. La multitud reaccionó con incredulidad y enojo.

—¡Eso no es justo!

—¡Es ridículo!

—¡Necesitamos más tiempo!

—¡No es justo!

Unos pocos padres corrieron hacia sus hogares, mientras algunos de nosotros intentábamos convencer al fiscal que nos otorgara más tiempo para retirarnos.

Los gritos aumentaron y en seguida se volvieron insultos agresivos y gesticulaciones amenazantes con algunos hombres avanzando hacia la patrulla. Desde algún lugar entre la multitud, un huevo voló hacia la fila de oficiales, pero cayó justo antes de dar en el blanco. Su yema salpicó todo el pavimento;

entonces, una botella de Coca Cola aterrizó más allá de la fila de hombres sin dañarlos. Las tropas se mantenían erguidas, aguantando su posición, a pesar de que sus ojos se movían de un lado a otro y sus manos apretaban con mayor firmeza sus armas tras cada provocación e insulto.

Noté que Junior se había abierto el paso para unirse a un grupo de adolescentes a tan sólo unos metros de las alertas tropas. Los muchachos se inclinaron hacia la fila de amenazantes figuras listas para imponer su voluntad sobre el ahora enardecido grupo. Su sangre joven se encendió rápidamente al ver que los difíciles sucesos de las últimas semanas y meses culminaba con esta orden arbitraria e irracional que nos daba tan sólo diez minutos para desalojar.

Junior pronto se olvidó de todo lo que le habíamos pedido a la gente sobre permanecer tranquilos. Ladraba insultos en palabras que jamás antes había usado en voz alta, al menos no frente a mí, y avanzaba centímetro a centímetro cada vez más cerca.

—¡Pendejos!   , gritaba, incitado por los otros cómplices.
—¿Acaso plancan dispararnos a todos, hijos de puta, si no nos movemos lo suficientemente rápido?

Otros se amontonaban alrededor y detrás de él. También ellos estaban gritando y empujando hacia adelante. Ahora los muchachos estaban cara a cara con los oficiales. Sus burlas e insultos continuaban. Alguien gritó una orden.

—¡Aléjense!

Unos segundos después, una macana cayó con fuerza sobre el hombro de Junior, que se desplomó torpemente sobre el asfalto, mientras Tony López y Jesús Urzúa se tropezaban con su cuerpo tendido boca abajo. Una tempestad de golpes cayó sobre ellos tres en una rápida sucesión. Yo estaba a unos pocos pies. De inmediato me moví para proteger a mi hijo.

Sin advertencia previa, ese tipo Mitchell se interpuso en mi camino y me clavó un dedo en la cara.

—¡Quédese ahí!

¿Quién era este vato para evitar que yo protegiera a mi hijo? Agarré al hombre por el cuello y lo inmovilicé con una llave de candado. Lo había posicionado para aventarlo a un lado cuando sentí que un agudo dolor cortaba mi espalda y mis piernas. Yo también caí, tratando con desesperación cubrir mi cabeza y mi cara. Otros de los residentes se acercaron de inmediato para ayudarme. Las tropas los golpearon hasta que también cayeron al piso.

A los pocos segundos, la gresca había terminado. Otros tres hombres, Junior, los dos menores de edad y yo, estábamos tirados en el piso con las manos esposadas en nuestras espaldas. Uno de los oficiales del alguacil se arrodilló junto a Junior.

—Este es el tipo que vi que nos aventó un huevo justo antes de que la pelea comenzara —, anunció en tono triunfal a nadie en particular. Nos obligaron a caminar o nos llevaron a rastras, todavía gritando, hasta el furgón policial para transportarnos.

Dennis Powell, Peña y Mingo habían tratado de contener a la gente durante la riña, gritándoles que guardaran la calma. Tan pronto como la multitud se tranquilizó, una segunda grúa ya había entrado al campamento. Desde el furgón policial, yo observaba cómo el conductor posicionaba el vehículo para llevarse uno de los automóviles estacionados. De inmediato, alguno de los hombres que estaban cerca se apuraron para llegar a la escena y amenazar al operador, quien sostenía sus manos en posición de sumisión.

—¡Déjelo! —, gritaban los hombres. El conductor se subió a su grúa y permaneció sentado en silencio, no dispuesto a poner a prueba la determinación de sus posibles asaltantes. Pronto llegó el dueño del automóvil y lo sacó por la salida.

Ahora las familias se apresuraron a ir a sus casas rodantes. Dennis Powell fue de inmediato a nuestra unidad. Él sabía que, con Junior y conmigo bajo arresto, Elida y Licha necesitarían ayuda para empacar en la camioneta. Los oficiales patrullaban en el campamento, acosando a los residentes para completar su labor y presionándolos a que salieran en cuanto sus vehículos estuvieran cargados. Ellos no disfrutaban de cumplir con este deber, algunos parecían sentir empatía hacia las derrotadas madres y sus hijos.

—Desearía que ustedes se hubieran ido por su propia cuenta —, le dijo Rodríguez a Powell.

Nosotros los arrestados fuimos transportados a la cárcel del condado. Más tarde supe que las familias no habían dicho nada mientras empacaban y cargaban. Trabajaron con callada determinación y con dignidad en silencio. Era su turno para demostrar su poder de la única manera en que podían hacerlo.

Uno por uno, los conductores se sentaron detrás de los volantes de sus abarrotados automóviles y camionetas. Se movieron con lentitud sobre la superficie de los caminos del campamento. Sus esposas e hijos caminaban junto a ellos. Se acercaron hacia la entrada, los vehículos rodando lo suficientemente lento como para que los caminantes pudieran mantener el paso. En la reja abierta, giraron hacia la derecha sobre *Sherwood Drive*. Avanzaban con lentitud, uno por uno. Encontraron un espacio abierto a lo largo del borde del camino. Había llegado el momento de la gran sorpresa que habíamos estado planeando.

Cada conductor se adjudicó un lugar. Cada uno se detuvo al costado del camino y se bajó de su vehículo. Entonces, los otros miembros de la familia abrieron las puertas laterales o cajuelas del automóvil, o se treparon a sus camionetas pickups, y descargaron sus pertenencias, apilándolas a todo lo largo de la arenosa orilla del camino a tan solo unos pocos metros de la transitada carretera.

Con unidad y deliberación, los desalojados revelaron nuestra respuesta ante el altanero procedimiento de desalojo de diez minutos del comisionado del fiscal de distrito Jerrod Mitchell. Nuestra respuesta estaba más allá del alcance de su autoridad. Las familias de "La Posada" se instalaron en las calles de Salinas. Los oficiales observaban a la distancia, incapaces o renuentes a frustrar sus esfuerzos.

Los ocupantes ilegales amontonaban cajas llenas con comida, trastes, ropa y toallas. Extendían lonas ahuladas en el piso húmedo. Algunos armaban tiendas de campaña y estiraban sábanas desde la cerca hasta sus vehículos para proporcionar protección contra el viento. Sillas plegables y asadores aparecieron con huacales apilados formando mesas. Láminas de cartón que las familias habían recogido de los basureros comerciales colgaban sobre los tendederos para generar cierta sensación de privacidad.

El comisionado del fiscal del distrito Jerrod Mitchell no dijo nada, ni se opuso a los que buscaban recoger cualquier bien olvidado de sus casas rodantes desocupadas. Sin embargo, a las 11:00 a.m. tomó el megáfono del alguacil para anunciar que el desalojo estaba completo. El campamento ahora era zona prohibida.

—¡Toda persona que permanezca en esta propiedad será arrestada! —, proclamó.

Howard Hall, el único representante de Pic 'n Pac presente durante los eventos de la mañana, tomó su turno al megáfono para reiterar las palabras de Mitchell. Las familias, ocupadas en asentarse, prestaron poca atención.

Elida y los muchachos fueron los últimos en salir. Se asentaron cerca de la puerta principal, donde Peña había reservado un espacio para ellos. Yo había discutido el plan por adelantado con Elida. Ella había aceptado a regañadientes. No le causaba ninguna felicidad o emoción, a diferencia de otros, todo el teatro que habíamos montado mi cuerpo de organizadores y yo. Una vez que me hubieran liberado de la cárcel, ella suponía que yo retomaría mi lugar como director del drama.

—No entiendo su forma de pensar —, le dijo a Dennis Powell mientras ellos y los muchachos desempacaban y arreglaban nuestros escasos muebles. —¿Cómo puede llevar a su esposa y a su familia a esto? ¿Por qué, señor? ¡Dígame por qué!

—No se puede hacer un omelet sin romper los huevos —, respondió Dennis.

Más tarde, Powell manejó hasta la cárcel de la ciudad para revisar el destino de los encarcelados. El secretario le informó que íbamos a comparecer al día siguiente ante la corte municipal.

—A todos los trajeron por resistirse al arresto. Los cuatro hombres van a recibir un cargo adicional por agresión. Le sugiero que esté presente en la corte municipal a las diez en punto—. Powell regresó para contarle a Elida que no vería a su marido e hijo para la cena.

Para media tarde, a pesar de los disturbios, muchas de las familias estaban con los espíritus en alto. De nuevo llegaron reporteros y cámaras de televisión, deseosos de cubrir este nuevo capítulo en la lucha de los ahora ex residentes de "La Posada".

CAPITULO ONCE

Junior y yo estábamos en nuestra celda sentados en dos sillas de metal frente a una litera.

—Puede que hoy llueva otra vez —, dije. —Me pregunto cómo le está yendo a tu mamá, instalándose con sólo la ayuda de los niños.

Junior no respondió.

—M'ijo…

—Sí, papi.

—Tengo que preguntarte algo.

Junior levantó su cabeza cubierta de rizado cabello negro.

—Sí, papi.

—Tengo que preguntarte, ¿tú lanzaste ese huevo?

Él miró al piso. Estaba manchado con marcas negras de tacones y tenía cicatrices de franjas de linóleo.

—Sí.

—¿Por qué hiciste eso?

—Un montón de nosotros hablamos sobre eso. Tito trajo una bolsa llena de huevos pero, después de que fallamos con el primero, ya no lo intentamos más. Yo tenía una botella, así que la aventé. Los demás se acobardaron. Entonces, cuando fallamos las dos veces, todos nos enojamos por lo que estaban haciendo y comenzamos a gritar. Lo siento mucho, papi.

—Tienes mi temperamento.

—Mamá también se enoja.

—Por cierto, pero, al menos hasta el momento, ella no avienta huevos o se pone cara a cara con la gente.

—¡Dios mío! —, exclamé. —Espero que estén bien.

—¿Te duele?

—Me temo que me pegaron muy duro en la pierna y cadera izquierdas. En este momento me duele mucho —. Me reacomodé para apoyarme del otro lado. —¿Cómo estás tú?

—Estoy okey. Cuando los demás se cayeron sobre mí como que quedé protegido… ¿papi?

—¿Sí?

—¿Por qué estamos haciendo esto? Me refiero a que mamá quiere regresar a Texas. ¿Por qué no podemos vivir allá?

—¿Es eso lo que tú quieres?

—No lo sé. La quiero ver feliz.

—Yo también, m'ijo, pero la pregunta es: ¿por cuánto tiempo vamos a poder ser felices en Texas? La casa allá es un desastre. No podemos hacer suficiente dinero para arreglarla y además pagar por la comida, la vestimenta, la luz y todo lo demás. Las escuelas aquí son mejores y, aunque tu madre no esté de acuerdo, pienso que lo que estamos haciendo es importante, ayudando en la lucha del sindicato y ahora en la lucha por vivienda. La verdad es que esto es lo que yo debo hacer. Me temo que no voy a poder trabajar en los campos por mucho tiempo más.

Me dejé caer en la silla y recargué mi cabeza contra la fría pared de cemento. Me querido Stetson estaba tirado en el piso. De alguna forma, a pesar de todo, me las había arreglado para no perderlo.

—No sé qué trabajo podré realizar cuando esté demasiado enfermo para recolectar fresas —. Junior jamás me había escuchado hablar tan abiertamente de mi enfermedad. — Piensa en ello de esta manera. ¿Qué pasaría si estuvieras en una profunda y oscura cueva y, de repente, pudieras ver una luz, una salida? No ignorarías que sucedió. No podrías. La seguirías paso a paso. Tendrías fe en que ese sería el camino correcto porque podrías ver esa luz y que, si te dieras la vuelta, lo único que verías sería la obscuridad y estarías perdido otra vez.

—¿Pero, y si tú eres el único que puede ver la luz?

—No somos los únicos, m'ijo. Es por ello que hay treinta y cuatro otras familias acampando en la calle hoy. ¿Ves?

—Sí, papi.

—Tú sabes, cuando yo tenía tu edad me fui de mi casa para convertirme en sacerdote. En el seminario nos enseñaban a tratar de vivir cada día de tal manera que el mundo cambie para mejorar. Yo no lo he olvidado.

—¿Entonces, por qué dejaste el seminario, papi?

Hice una pausa para pensar en mi respuesta y le sonreí a Junior.

—Porque supe que algún día conocería a tu madre.

A la mañana siguiente, nos presentamos ante la corte y nos liberaron provisionalmente bajo palabra. El juez retomaría el caso el 30 de mayo, y en ese momento nosotros podríamos presentar nuestra defensa. Dennis Powell y Junior medio me cargaron hasta el automóvil. Mi pierna magullada se había puesto tiesa durante la noche. Me recargué en la puerta del asiento trasero.

—¿Cómo está Elida? —, pregunté mientras manejábamos hacia el este y luego al norte por la calle Front.

—La gente los ayudó a instalarse ayer —, respondió Powell.
—Elida dijo que los bebés estaban un poco ansiosos. Un par
de los muchachos más grandes durmieron en el carro, pero,
en general, podría decir que les fue mucho mejor que a otros.
Pasé hoy en la mañana. Todos estaban levantados y tratando
de preparar el desayuno. No va a creer lo que está pasando.
La cobertura televisiva está generando un gran apoyo. Se están
recibiendo tiendas de campaña, sábanas, comida e incluso
dinero. La asociación Trabajadores Adelante pagó para que
hubiera baños portátiles que llegaron esta mañana. Eso es una
gran ayuda.

Atravesamos la calle East Market. La Iglesia del Cristo
Rey, con sus paredes de cemento pintadas de rosa, se alzaba
a nuestra derecha. La mayoría de los residentes de La Posada
asistían ahí a misa cada semana. Yo miraba derecho hacia
adelante. Mi corazón latía rápidamente conforme el automóvil
se acercaba a la primera lona que separaba los campamentos familiares. Estaba colgada a lo largo del lado este de la
calle Sherwood y anclada en la cerca de La Posada, estirada y
ondeando suavemente, sostenida por la puerta cerrada de un
automóvil estacionado.

Había llovido durante la noche. Las hojas de cartón empa-
padas estaban apoyadas inutilmente contra la cerca. Los niños
estaban sentados en parches de lodo y maleza fría y húmeda,
uno llorando. Un bebé estaba prolijamente arropado en una
andadera, a unos pocos metros de los automóviles que pasaban. Conforme me acercaba, al atravesar la calle Rossi, vi a
madres y abuelas revoloteando sobre sus hornillas de acampar,
con sus ollas llenas de frijoles pintos o arroz con pollo. Mi primera sensación fue de enojo por el hecho de que cualquiera
hubiera sido reducido a vivir en semejantes condiciones.

—¡Maldita sea! —, murmuré.

El automóvil rodó hacia adelante. Se veían cada vez más lonas impermeables de color brillante con una o dos tiendas de campaña entre ellas. Pasamos una gran tienda de campaña verde militar con las puertas echadas hacia atrás. Me sobresalté cuando me di cuenta que la mujer y los niños dentro de esa tienda eran Elida, Licha y Jaime. Un momento después, vi a nuestros hijos jugando en los espacios entre las lonas y las cajas.

—¡Mira! —, exclamó Junior, señalando hacia el refugio. —¿De dónde salió esa tienda de campaña?

Yo la tenía en mi garaje —, dijo Powell. —No la estaba usando.

El tráfico detrás de nosotros se estaba intensificando. No podíamos detener el automóvil de manera segura. Powell continuó manejando a lo largo de la fila de tiendas de campaña y lonas.

—Me daré la vuelta en la calle Bernal y ahí estacionaré —, dijo.

—Gracias, señor —, suspiré.

Noté a cada una de las familias conforme avanzábamos: Alemán, Vega, Arrellano, Peña y otras más. Los campistas, en especial los hombres y niños pequeños, nos saludaban con la mano dándonos la bienvenida, lo que ayudó a aligerar mi estado de ánimo. Conforme interiorizaba el significado de lo que había sucedido en mi ausencia, mi enojo disminuyó. Debido a mi arresto, el plan para continuar nuestra protesta al instalarnos en las calles podría haberse venido abajo. En cambio, las familias se habían mantenido unidas y llevado a cabo la táctica con habilidad y dignidad.

Powell dio una vuelta en U y manejó de vuelta por la calle Sherwood. Se hizo a un lado del camino y estacionó al otro lado de la calle frente a la tienda de campaña que le había dado a nuestra familia. Una vez más, él y Junior me ayudaron con mi doloroso traslado conforme caminábamos hacia el refugio improvisado. Los niños más jóvenes corrieron para darnos la bienvenida.

—Tengan cuidado —, advirtió Junior. —A papá le duele todo —. Elida me abrazó y luego a su hijo. Mi condición la preocupó. No había escuchado a detalle sobre la golpiza. Me senté para descansar mi punzante pierna.

Más tarde durante la tarde, los camiones trajeron a los niños de la escuela y unos pocos de los hombres llegaron a casa desde los campos. Mingo y Peña vinieron a darme la mano y darme la bienvenida. Estaban parados entre las bicicletas, los automóviles, los huacales, la ropa y los trastes de nuestro hogar.—Chuca va a traer dos barriles de acero del cobertizo para prender una fogata. Uno de ellos es para usted —, dijo Mingo, con sus pobladas cejas levantándose con una sonrisa. Peña también tenía novedades.

—Un hombre del Cristo Rey vino y dejó una camioneta llena de pedazos de madera al final de los campamentos. No hace falta que usted haga nada. Yo traeré un poco más tarde. Todos van a estar más calientitos hoy en la noche.

—Señora —,le dijo Mingo a Elida, —están entregando agua embotellada. No se preocupe. Usamos algo del dinero donado para comprarla. Un grupo de estudiantes de Stanford mandaron cien dólares. También tenemos sacos de dormir extras que trajeron algunas personas de la iglesia.

—¿Supiste? —, preguntó Peña. —Están diciendo que Dave Walsh se apoderó de Pic 'n Pac. Parece ser que le vendieron la compañía a él y la renombró la Compañía Dave Walsh.

—¡Increíble! —, respondí.

—Sí. Es la verdad. Y ayer un montón de trabajadores armaron una huelga para mostrar su apoyo a nosotros. Estuvimos fuera comprando cobijas y lonas. Hay mucha actividad. Los departamentos de salud, de bomberos y la policía, todos han pasado. No saben en realidad qué hacer con nosotros. Alguien dijo que puede ser que la Cruz Roja pueda ayudar.

Por la tarde, un viento malsano y húmedo proveniente del océano sopló a 18 km sobre el valle. Nuestra familia, como muchas otras, no tenía una mesa y sólo una silla o dos. Cenamos un platillo caliente de sopa de pescado y permanecimos inclinados sobre el barril con fuego que estaba justo al lado de la tienda de campaña. Junior y Enrique alimentaban las llamas con los pedazos de madera que había traído Peña. Los muchachos llevaban una linterna con luz tenue para ayudarlos a guiar a sus hermanos más pequeños a sus rincones asignados dentro del enorme refugio.

El viento golpeaba contra la tienda y mecía los soportes de aluminio. Para entonces, los niños ya sabían que su madre no tenía las respuestas a sus preguntas sobre cuánto tiempo tendrían que vivir en una tienda de campaña.

Eso es algo que tienen que preguntarle a su padre —, les había dicho impasible.

Conforme pasaban los días, nosotros y las otras familias trabajábamos para mejorar nuestros refugios para protegernos del helado clima. Se pasó la voz sobre nuestra acción. Los miembros de la iglesia, asociaciones sin fines de lucro e individuos de todo el norte de California mandaron tiendas de campaña, bolsas de dormir, cobijas, comida y dinero. Las mujeres del campamento armaron centros de alimentos a lo largo del borde de la carretera y preparaban el desayuno y la cena asegurándose de que todos contaran con una comida caliente. Comités de limpieza barrían diariamente el terreno, limpiándolo de basura y escombros.

Los medios de comunicación continuaron con su cobertura, detallando la vida entre tiendas de campaña y lonas. El Californian describía el buen estado de ánimo de los residentes y las variadas respuestas por parte de la comunidad. Por la noche, los niños se amontonaban en las bolsas de dormir y cobijas para mantenerse calientes.

—Muchas de estas familias son ciudadanos de los Estados Unidos —, le contó Rogelio Peña a un reportero. —Algunos de ellos ya están registrados para votar. Creemos que somos una comunidad y que formamos parte de una comunidad mayor que nos rodea. Si cada quien se va por su lado, las familias más grandes no van a encontrar hogares. Algunos de ellos tienen hasta diez niños y pueden pagar tan sólo $90 o $100 dólares por mes. ¿Qué les pasaría a ellos? Allá afuera no hay nada

Los reporteros entrevistaron a Mingo Ortega, describiéndolo como un campesino de veinte años que había abandonado la escuela desde los trece años.—Antes de que llegara el sindicato no teníamos nada. Ahora sabemos que, si permanecemos juntos, podemos exigir una mejor vida. Como individuos somos impotentes. Se pueden olvidar fácilmente de nosotros.

Los reporteros de TV me llevaron a un lado.

—¿Por qué llevaron a cabo una acción tan drástica y pusieron a sus familias en peligro?

—La verdad es que la gente pobre de México ha estado en peligro por 450 años —, les dije. —Perdimos nuestra tierra. Hemos perdido mucho de nuestra cultura. Hemos venido a los

Estados unidos para trabajar y encontrar una nueva oportunidad. Si perdemos esto, la oportunidad de trabajar y proporcionar refugio a nuestros hijos, ya no nos quedaría nada.

El apoyo a nuestra causa continuó creciendo. Los medios de comunicación citaron a Juan Valdez, un candidato de Soledad para la Asamblea de California.

—¿Dónde están los políticos? ¿Qué sucedió con el congresista Talcott y el senador del estado, Wood? ¿Acaso van a permanecer inmóviles en sus elegantes oficinas con la esperanza de que toda esta situación desaparezca?

Miembros del departamento de policía nos trajeron café y emparedados. Los distritos escolares de la preparatoria y primaria acordaron llevar temprano en camiones a los niños y adolescentes para que pudieran bañarse en sus escuelas y estar listos para la primera clase.

El candidato presidencial, el senador George McGovern de Dakota del Sur, al hacer campaña en California, envió un telegrama dirigido a "la banqueta". Él condenaba abiertamente las circunstancias de las familias.

—Merecen algo mucho mejor que las calles —, declaró.

Yo estaba determinado a prepararme para otro encuentro con los matones armados. El sábado, Junior, Enrique y yo manejamos hasta el mercado de pulgas en San José.

—Estamos muy expuestos —, le dije a los muchachos. — Será mejor que tengamos algo por si regresan.

Recorrimos todos los pasillos de ropa, joyería, herramientas, ollas y sartenes y muebles de segunda mano. Al final nos acercamos a un puesto con filas de pistolas que estaban sobre una mesa y filas de rifles acomodados en estantes de madera. Un hombre regordete y chaparro de cincuenta y tantos años, con un corte de pelo estilo militar y ojos color avellana, estaba esperando, con los brazos cruzados sobre su pecho. Examiné las pistolas y volteé las etiquetas de los precios.

—Necesitamos algo para nuestra causa —, le dijo Junior al vendedor, quien no perdió el tiempo.

—Esa de ahí es una verdaderamente buena. ¡Les va a gustar! Es una M1911 semiautomática y de acción sencilla. De alimentación automática y accionada con el retroceso. Usa un cartucho calibre .45. La han usado durante décadas. Utilizada por las Fuerzas Armadas de los Estados Unidos. Yep, usada hace mucho tiempo en la Guerra Filipino-americana, en la Primera y Segunda Guerras Mundiales y en la Guerra de Corea. Allá en Vietnam, algunos de los muchachos todavía la llevaban —. El hombre se rio entre dientes, revelando sus dientes manchados por el tabaco.

Le di mi dinero y manejé de regreso a casa con la primera pistola que había poseído, guardada en una bolsa de papel debajo del asiento. —¿Es esta la persona en la que me he convertido, lista para dispararle a alguien? —, me pregunté. Estaba apenado, aunque sabía que no podía dejar a mi familia desprotegida. Nadie hablaba. Al sur de Gilroy, las colinas que hacía tan sólo unos pocos días se habían cubierto de verde felpa, ahora mostraban trazos de café conforme la primavera daba paso al verano.

—No me gusta estar haciendo esto —, le confesé a los dos muchachos, — pero esos tipos de Fresno podrían regresar. Tenemos que estar preparados.

Cinco días después, un automovilista ebrio atropelló a Delia Pérez mientras ella caminaba por la calle Sherwood. La joven madre sólo sufrió heridas leves, pero el incidente nos preocupó a mí y a las familias. Habíamos acordado que el estrecho pedazo de tierra frente a La Posada donde nos habíamos instalado al principio era muy peligroso. Al otro lado del camino, las grises torres y transformadores de acero de la compañía de gas Pacific y de la subestación eléctrica se alzaban detrás de una cerca de pesadas cadenas.

Decidimos empacar nuestras pertenencias y movernos para aquí, donde el borde de la carretera era más ancho y seguro. Una vez que todos hubimos empacado y nos mudamos, un representante de PG&E nos sorprendió al anunciar que, por el momento al menos, la compañía no se iba a oponer a nuestro campamento temporal.

En el día once, el senador de los EE.UU. John Tunney visitó el campamento. Le mostré a él y a cámaras de la TV del área de la Bahía de San Francisco todos los refugios, empapados por otra lluvia de fines de la primavera. Cuando nuestro recorrido terminó, el senador le dio la cara a los reporteros. Llamó a esas condiciones "deplorables".

—Estoy anonadado por lo que veo —, declaró.

Era claro que nuestros sacrificios estaban teniendo un impacto significativo en la comunidad en general. Todo el episodio de La Posada se había vuelto una vergüenza para los padres de la ciudad que salían al aire todas las noches presentando las noticias y no tenían una solución inmediata. Sin embargo, la tensión entre Elida y yo también iba en aumento.

—Mira lo que está haciendo César —, le dije. —Ahora está haciendo huelga de hambre en Arizona. Ha estado viviendo de agua y nada más por más de una semana. Está haciendo eso para que todos presten atención a las injustas leyes que los agricultores fomentaron. Cada una de esas leyes fue diseñada para destruir a la Unión de Campesinos. ¡Chávez está poniendo su vida en peligro para tratar de que la gente escuche! ¡Lo mismo sucede aquí! Todo el propósito de este campamento es el lograr que los políticos escuchen. No nos olvidemos que han ignorado los problemas de vivienda por décadas.

—¡No me hables a mí de Chávez! —, respondió Elida. —¡Habla acerca de lo que le estás haciendo a tus hijos! Tú sabes, no eres el único que sufre. ¡Tus hijos están sufriendo y estás poniendo en riesgo su salud! ¡Todos están resfriados y Celina tuvo fiebre esta mañana!

—¡Celina tiene fiebre porque Pic 'n Pac nos sacó a patadas de nuestra casa, bebé!

—¡Nosotros tenemos una casa en Mercedes, Texas! —, replicó, acabando así con la discusión.

Un día por la tarde, Dennis Powell vino a visitarme. Elida y los niños ya estaban acostados. Nos sentamos bajo el toldo de la tienda, que ahora se había expandido formando un área de estar con paredes de lona. Yo había comprado una mesa plegable, sillas, una lámpara de queroseno y una botella de tequila José Cuervo en el mercado de pulgas. Elida, cuyo padre había poseído muchas armas, había aceptado mi decisión de comprar una pistola sin hacer ningún comentario. Ella más bien se enfocó en la botella.

—Sólo para cuando tengamos invitados —, advirtió en tono de disculpa.

Las llamas bailoteaban sobre el reborde del barril de aceite y nos calentaba a Powell y a mí protegiéndonos del viento. Antes de comenzar nuestra conversación, yo entré a la tienda, regresé y puse sobre la mesa la negra pistola calibre 45 en forma de L, junto con el José Cuervo. Dennis me miró perplejo.

—Sólo en caso de que nos disparen —, le dije, sirviendo dos tragos de la botella.

Powell había venido a hablar sobre King City, una ciudad localizada a 80 kilómetros del borde sur del valle. Durante años, el estado, a través de la autoridad local de vivienda, había operado un campo de trabajo instalado al borde de ese pueblo. El campo abría cada mes de julio, justo a tiempo para la llegada de los trabajadores del tomate, la mayoría de los cuales eran migrantes estacionales provenientes de Texas. Entonces, en cuanto los trabajadores terminaban de recolectar y empacar, las autoridades volvían a cerrar el lugar.

Los ojos azules del Powell y su cabello color arena brillaban con la luz del fuego. —Estamos considerando demandar al estado para obligarlos a mantenerlo abierto durante todo el año. De esa manera, usted y otros campesinos podrían quedarse ahí de manera permanente. Por supuesto que los locales nunca han querido que funcione como vivienda permanente,

—¿De qué sirve demandar? Años y años en la corte. Eso no nos va a ayudar.

—Quizás tenga usted razón —, respondió Powell. —Pero el punto es que ese campo se construyó con fondos federales destinados para el trabajo de los campesinos. No creo que ellos puedan decidir que sólo cierto grupo predeterminado de trabajadores pueda vivir ahí. Tienen que abrirlo para todos los trabajadores bajo los mismos términos. En este momento lo están tratando como si fueran viviendas particulares operadas para el beneficio de unos pocos agricultores de tomates que necesitan fuerza de trabajo. Cuando su necesidad pasa, ellos cierran el lugar. No tiene sentido. Solo que nadie les ha llamado la atención sobre el asunto sino hasta ahora —. Vertí dos tragos más. Dennis Powell continuó.

—Usted sabe, ya hace casi diez años de que el programa Bracero terminó y, aún así, los corbatas, como usted los llama, no han recibido el mensaje. El sendero de los migrantes está muriendo. No podemos continuar cerrando esos campos como si todos planearan empacar y regresarse a su casa en cuando se termine el trabajo —. Se inclinó hacia adelante. — Así que, este es el trato, este pequeño truco de establecer este campo al lado del camino está agitando una olla de jalapeños, amigo. Están logrando que cada buen ciudadano de este maldito valle piense en el hecho de que los mexicanos están aquí para quedarse y que están aquí con sus familias. La agricultura está cambiando. Se está privatizando. Usted puede trabajar para una compañía por nueve meses aquí y después un par de meses en Coachella o en San Joaquín, y de ahí regresar a México para visitar a la familia por un mes para luego regresar aquí a tiempo para regresar a la escuela. Eso es lo que está sucediendo. Sólo que no hay vivienda apropiada. Toda está tan improvisada como este campamento que instalaron, y nadie está prestando suficiente atención en eso. Ustedes están logrando que se den cuenta.

A la tarde siguiente, Powell regresó para anunciar que la oficina del fiscal de distrito había decidido no presentar cargos por agresión y resistir el arresto para ninguno de nosotros.

Esa misma tarde, la autoridad de la vivienda llevó a cabo una reunión especial para reconsiderar la idea de permitir que los ex residentes de La Posada se mudaran al campo McCallum en el camino Old Stage a ocho kilómetros al sur de Salinas. A pesar de todas las preocupaciones previas sobre que el lugar, tras haber sido abandonado hacía siete años, no era habitable, acordaron permitirnos mudarnos para allá como una solución temporal.

Citaron al comisionado en el periódico diciendo: — Cualesquiera sean las condiciones de ese lugar, no pueden ser tan terribles como vivir en las calles de Salinas.

Segunda Parte

CAPITULO DOCE

Mi amigo Dan Billings vino de visita al campamento el sábado por la tarde. Nadie lo perdía de vista. Su cuerpo de dos metros de alto apareció por Sherwood Drive. Su cara morena y cubierta de profundas arrugas cargaba un bigote colgante plateado. Para esta ocasión en especial, se vistió con pantalones vaqueros estrechos, una chamarra con borlas de piel de ante y botas a la altura de la rodilla haciendo juego, una bandana roja y un sombrero vaquero ancho de fieltro color ámbar, adornado con ramo de plumas de codorniz enhebradas en una banda de cuentas.

A poco de hacer su gran entrada se quitó el sombrero, revelando una melena plateada que ondeaba desde su gran cabeza. Traía consigo unas cacerolas con carnitas recién picadas para la barbacoa y dos ollas llenas de arroz y frijoles. De la parte trasera de su camioneta, descargó tres cajas de cerveza para los adultos y tres más de soda para los niños, junto con bolsas de pan dulce.

Su inesperada llegada creó un aire de agitación en toda la línea de tiendas de campaña, sobre todo entre las familias más cercanas a Elida y a mí, que sabían que el banquete y la fiesta iban a surgir de nuestro espacio.

Dan Billings se destacaba por sobre todos los demás. El timbre grave y la fuerza de su voz atravesaron el aire de media tarde al saludar a mi familia, a los vecinos y a mí con un "¿Cómo está? ¡Hola, amigo! ¿Qué tal?", que repitió a todo aquel que pudiera oírle. Los niños llegaron corriendo y se pusieron a revolotear naturalmente cerca de él. El más valiente se abrazó a sus pantalones con una mirada expectante. Él sacó dulces de su bolsa y repartió trozos a los que tenía más cerca.

Dan Billings era nieto de un Anglo de Texas, un hombre de gran estatura y mandíbula cuadrada que en 1887 contrajo matrimonio con una mexicana, heredera de una concesión de tierra española de modesto tamaño ubicada cerca de McAllister. En las décadas posteriores al tratado de Guadalupe Hidalgo, era común que las señoritas mexicanas aceptaran casarse con un pretendiente inglés para protegerse de las leyes de los Estados Unidos y de Texas, diseñadas para despojarnos a los mexicanos de nuestra tierra, basándose en la teoría de que teníamos demasiada.

El abuelo de Dan había sido un ganadero exitoso, pero su hijo, el padre de Dan, lo había perdido todo durante la Gran Depresión y el gran desastre del "Dust Bowl", que acabó con toda una generación de agricultores y ganaderos del medio oeste.

Dan mostraba orgulloso su herencia hispana. Al igual que su padre y su abuelo antes de él, se enamoró y contrajo matrimonio con una mujer de ascendencia mexicana. De su abuela había aprendido a hablar un castellano refinado. También gracias a ella había aprendido mucho sobre la historia de México, aunque al hablar de la revolución, ella tomaba claramente el partido de los gachupines, los españoles nativos de nuestra nueva y convulsionada nación, que luchaban obstinadamente para preservar el dominio que tradicionalmente ejercían sobre la tierra y su gente.

Cuando la familia de Dan perdió su rancho y su fortuna, su padre trajo a su mujer y a sus cuatro hijos al oeste de California. Se establecieron en el sur de Salinas, cerca del hogar de un tío abuelo.

De joven, a Dan le encantaba rodearse de niños, pero ahora vivía solo. La que fue su esposa durante casi cincuenta años había fallecido apenas el verano anterior. Su hijo e hija se habían ido de la casa y hacía veinte años que vivían por su cuenta en Los Ángeles y en San Diego. También sus nietos ya eran grandes, trabajaban y muy rara vez venían de visita.

Dan se veía a sí mismo como poeta y visionario. Y disfrutaba de contar una buena historia. Cuando narraba sus historias, sus ojos negros, enmarcados por tupidas y arqueadas cejas canas, brillaban como las cuentas de un rosario, expresando profunda alegría y celebración. Sin embargo, algunas veces languidecían como una lámpara de aceite, volviéndose sombrías, incluso taciturnas, o reprimían la ira como luces vigilantes que dieran testimonio de un Dios furioso pero distante.

Ahora, ya retirado, Dan Billings trabajaba como contratista laboral. Durante el final de sus cuarenta y el principio de sus cincuenta años, había trabajado para la Asociación de Empacadores y Agricultores de Valle de Salinas, coordinando el flujo de braceros que venían a trabajar al valle y luego se iban, y organizando la vivienda y comidas en varios campos de trabajo, entre ellos el Campo McCallum.

Fue el recuerdo de aquellos años lo que lo trajo a Sherwood Drive este sábado por la tarde. Su objetivo era celebrar la concesión de la autoridad de vivienda que habíamos ganado y brindar por nuestra mudanza inminente al viejo campo que él había manejado en otros tiempos.

Nuestro pasado común por haber vivido en el Valle del
Río Grande y nuestro amor común por la historia muy pronto
sellaron nuestra amistad. Una mañana, poco tiempo después
de habernos conocido, Dan me llevó a su casa en la Avenida
Katherine, la misma residencia que su padre había adquirido
mucho tiempo atrás. Me condujo a mí, a su nuevo amigo, a
una habitación trasera. Ahí, exhibidos sobre la pared había
docenas de cuchillos. Me quedé parado en la puerta, observando esa extraña colección. Cuchillos Bowie, cuchillos Buck,
cuchillos de bota, cada uno sujeto en su lugar contra el yeso,
algunos con empuñaduras de madera, otros de acero, otros
cubiertos de piel, algunos sin empuñaduras, sólo piezas sueltas
de metal afilado.

—Todos estos los tomé de los braceros —, dijo Dan, barriendo con un gesto toda la pared con su brazo extendido. —
Evitábamos muchos problemas de esa manera. Podían ser un
grupo muy rudo en algunas ocasiones —. Sonrió ampliamente
y se dirigió con rapidez a un rincón de la habitación. —Mira,
deja que te muestre algo más.

Trajo lo que identifiqué como un revólver Colt Walker de
acción sencilla calibre 44. El arma estaba un poco oxidada.
Estaba enfundada en una seca y resquebrajada cartuchera
de cuero.

—Este arma perteneció a Joaquín Murrieta —, declaró
con orgullo. —Mi tío abuelo, Toribio Esquivel, me la dejó. Me
contó que la obtuvo en Monterrey, de un hombre que vivió
ahí en 1853. El hombre le juró que el viejo Joaquín había sido
su amigo. Lo visitó una noche mientras huía. Dejó su pistola
calibre 44 y su silla de montar y se dirigió de incógnito al valle
de San Joaquín. Por supuesto que nunca regresó a recoger sus
efectos personales. Lo mataron a tiros ese mismo año en Tres

Rocas, cerca de Cantua Creek. Probablemente usted conozca esa historia.

Asentí. —La conozco muy bien —, contesté. —Para los californianos, él era una especie de "Robin Hood".

A Dan le gustaba compartir sus conocimientos sobre la historia local y disfrutaba del hecho de tener una conexión personal con ella.

Después de cenar, mientras un delgado borde anaranjado delineaba las Santa Lucías y el dulce olor de las carnitas persistía todavía en el aire, las madres y los padres acostaron a los niños más pequeños. Los que estaban más cerca de nuestra tienda regresaron para acercarse al fuego, porque las lonas se habían recogido, y Dan estaba sentado en medio de una veintena de oyentes. Anticipándose, todos habían traído sillas plegables. Los adultos y los adolescentes sorbían sus bebidas y se entregaban a la suave y resonante narrativa de Dan.

Elida y yo, Junior y Enrique, Celina y Moisés, nos sentamos cerca, mientras Dan esperó hasta que se hizo silencio con excepción del crujir del fuego y el paso ocasional de un automóvil.

—Quise visitarlos el día de hoy para contarles sobre el Campo McAllum —, comenzó Dan. —Los nombres son importantes. Cuando se escucha el nombre de un lugar, en especial de un lugar en el que uno va a vivir, debería aprender todo lo que el nombre puede decir sobre su pasado. Debería entender las historias que crearon ese nombre. De esa manera, ustedes llegarán a apreciar el espacio y recordar y valorar a la gente que ocupó ese espacio antes que ustedes.

La energía en los ojos de Dan atraía a la audiencia hacia su mundo y su majestuoso lenguaje los tenía petrificados. Entonces el gran poeta y visionario comenzó con su relato.

—En un descarnado extensión de arena en el Desierto de Chihuahua, los niños indios se sentaban a masticar ramitas. Eso lo habían aprendido de sus padres y abuelos. Durante siglos, sus ancestros masticaban el arbusto del desierto y aprovechaban el extracto, no sólo como combustible, sino también para jugar.

—La primera observación registrada sobre esta actividad comunitaria proviene de un visitante español de principios del siglo XVI que llegó a la parte norte de México y que describió cómo los niños usaban el producto de lo que habían masticado, una pequeña esfera negra, para jugar un juego similar al tenis actual. Los españoles estaban asombrados por la capacidad de rebote de la esfera.

—El arbusto cuyas ramitas masticaban los niños era muy inflamable y proporcionaba combustible para calentarse y para cocinar. Tiempo después, los misioneros franciscanos y dominicanos comenzaron a tomar nota de sus propiedades. A lo largo de las regiones de Zacatecas, Chihuahua, Coahuila, San Luis Potosí, Nuevo León y Tamaulipas, se lo conocía con una gran variedad de nombres como: *xikuitl, ulequahuitl, el copallin, el afinador, la hierba de hule, el* Guayule. Todos estos nombres pueden traducirse a grandes rasgos como la "hierba de hule". *(Nota del traductor: en otros países el hule es conocido con el nombre de "caucho".)*

—Ahora el hecho es que una gran variedad de arbustos raquíticos, pero muy provechosos, cubre las regiones desérticas de México y crece dentro del alcance de lo que hoy llamamos Nuevo México y el Suroeste de Texas, pero el efecto beneficioso del Guayule en la vida humana supera el de todos los otros. Los seres humanos lo han masticado, han jugado con él, lo han cortado y lo han quemado para calentarse, para cocinar y como combustible para hornos de fundición de las minas.

—El primer americano que recolectó muestras del guayule, según recuerdo, fue un científico que formaba parte de un equipo de investigación en el sur de Texas a principios de los 1850. Sin embargo, la industria americana no le prestó mucha atención sino hasta el siglo veinte con la llegada del automóvil.

Dan Billings estaba orgulloso de su dominio de todos estos hechos, algunos de los cuales había aprendido casi treinta años antes de esta noche y aun así se habían fijado en su memoria. Algunos otros los había adquirido en la biblioteca cuando tomó la decisión de ir a visitar a las familias en el campamento. Se detuvo un momento para observar el círculo de ojos y para asegurarse de que sus oyentes estuvieran listos para escuchar más. Esperó pacientemente.

—Ustedes deberían comprender que, durante ese periodo, los británicos monopolizaron el hule brasileño. A finales del siglo XIX, controlaban el noventa por ciento del mercado del hule.

—Sin embargo, con el cambio de siglo, los intereses americanos en el hule habían comenzado a cosechar guayule en México. Muchas compañías americanas de extracción surgieron a lo largo del desierto del sur y del norte de Texas, con la intención de reunir innumerables plantas de guayule y procesar su precioso hule para la emergente industria automotriz.

Los empresarios mexicanos también entraron en la competencia. La compañía más exitosa y reconocida fue una establecida por el mismo Francisco Madero, futuro presidente revolucionario de México.

Los mayores de entre los oyentes expresaron de manera unánime su aprobación ante la mención del presidente martirizado. Dan Billings continuó.

El consorcio Rubber Trust, una sociedad financiada por personas como John D. Rockefeller y Meyer Guggenheim, hombres muy ricos, eran los propietarios de la compañía Continental Rubber. La Continental, junto con otra docena de empresas financiadas por americanos, establecieron plantas procesadoras por todo el norte de México y en Marathon, Texas. Veo que algunos de ustedes conocen la empresa Marathon —. Algunos en la audiencia sonrieron orgullosos.

Entonces, justo antes del cambio de siglo, la Continental adquirió *Los Cedros*, una vieja tierra española que cubría los casi dos millones de acres del desierto mexicano, abundante en arbustos de guayule. A la larga, la Continental compró las demás compañías extractoras, junto con sus títulos de tierras mexicanas. Amasó alrededor de tres millones y medio de acres, obteniendo el control sobre el ochenta por ciento de la producción de hule del continente. La compañía de Madero estaba entre las que Rubber Trust había adquirido.

—Todo esto llevó a un solo hecho: entre 1906 y 1912, las variedades de planta de guayule produjeron cerca de 59 millones de kilos de hule para el mercado americano.

—Ahora presten mucha atención al siguiente hecho. Un hombre llamado Dr. William B. McCallum comenzó a trabajar para la compañía Continental Rubber en 1910 como el botánico en jefe, encargado de estudiar el cultivo del guayule y su misteriosa capacidad de producir hule. Sin embargo, dos años más tarde la extensa cosecha casi había acabado con el "interminable" suministro de la planta.

—Además de esto, la Revolución Mexicana y sus ejércitos merodeadores y bandas de pistoleros interrumpieron cada vez más la producción e investigación. Cada vez se volvió más claro que los magnates del hule americanos necesitaban una fuente más segura y renovable de hule para disminuir su dependencia del cultivo extranjero. Con el tiempo, la industria, el gobierno y la ciencia se juntaron para buscar una forma comercialmente viable de cultivar la planta del guayule de manera local.

—Yo conocí en persona al Dr. McCallum Era un gran hombre Me enseñó mucho de lo que les estoy contando hoy.

—Debido a la revolución, la compañía Intercontinental hizo que el Dr. McCallum mudara sus experimentos a los Estados Unidos. Debido a una prohibición por parte del gobierno mexicano de transportar plantas de guayule al otro lado de la frontera, el doctor viajó al norte con miles de semillas escondidas en una lata de tabaco. Una vez allí, desarrolló una serie de experimentos en distintos sitios en busca de la tierra ideal y el clima ideal para domesticar y modificar la planta de guayule para el mercado americano de hule que crecía con rapidez.

—En un principio se instaló en Arizona y luego en San Diego, pero después estableció un centro de investigación, producción y procesamiento en Salinas, donde la arcilla y el clima mediterráneo podían dar mejores resultados.

—Entonces vino la Primera Guerra Mundial. Eso, por supuesto aumentó el interés y la inversión en el estudio del guayule y la producción del hule. Hacia el final de los años veinte, el Valle de Salinas se había vuelto el centro de la investigación de McCallum. Contrataron agricultores para plantar ochenta mil acres de guayule.

—El buen doctor hizo grandes avances en su búsqueda de aumentar la producción y mejorar la calidad del látex que producían las plantas.

—El aumento de la hostilidad japonesa en el sureste de Asia y el subsecuente bombardeo de Pearl Harbor, impulsaron al Congreso de los Estados Unidos a autorizar un Proyecto de Emergencia de Hule. Se convocó a una gran variedad de

agencias federales para impulsar agresivamente la producción
de hule y apoyar así el esfuerzo bélico.

—El gobierno de los Estados Unidos compró la compañía
Intercontinental Rubber. A través del departamento de agricultura, continuó el trabajo de la compañía en Salinas, con
McCallum como consultor del proyecto. Una vez más, el guayule creció en miles de acres de la tierra del Valle de Salinas.

—El Dr. McCallum dedicó más de treinta años de su vida
a una investigación meticulosa diseñada para lograr que el
arbusto de guayule hiciera la transición desde sus salvajes y
desarreglados orígenes a los ordenados y cuidados campos de
la agroindustria. A través de procesos de hibridación y registro
muy precisos, condujo los esfuerzos nacionales para engendrar
un mejor producto y un rendimiento más predecible. Su trabajo contribuyó de manera esencial a las victorias de los aliados en Europa y Asia.

De nuevo, Dan Billings hizo una pausa. Los miembros de
la audiencia murmuraban entre ellos, repitiendo algo de lo que
habían escuchado. Pancho Vega estaba sentado muy erguido
cerca de Sixto.

—Cuando era un muchacho —, le explicó a todo el grupo,
—mi padre y yo recogíamos guayule cerca de nuestro hogar.
Lo quemábamos para calefaccionarnos.

Dan Billings reconoció su testimonio y continuó.

—Lo que les he contado hasta ahora es sólo el principio de mi historia. Ahora deben escuchar con atención la
segunda parte.

—Con la entrada del país a la Segunda Guerra Mundial,
al gobierno federal no sólo le preocupaba cómo reemplazar
el hule japonés, sino también cómo conseguir mano de obra
doméstica para levantar las cosechas del país. Después de la
declaración de guerra del presidente Roosevelt, millones de

trabajadores americanos se enlistaron en el ejército o pronto se encontraron trabajando en la fabricación de material de guerra. En muchos sectores de la economía escaseaba la mano de obra.

—Presionado por los agricultores californianos, Roosevelt viajó a la ciudad de Monterrey para reunirse con el presidente de México, Manuel Ávila Camacho y ponerse de acuerdo en un audaz plan para traer a miles de mexicanos a los Estados Unidos para levantar las cosechas.

—A principios de agosto de 1942, los gobiernos de Estados Unidos y de México iniciaron el Programa Bracero. Quizás algunos de ustedes escucharon hablar de él. — Dan sonrió irónicamente.

Los hombres mayores asintieron. "¡Sí, Por cierto!", exclamaron.

Dan Billings continuó. —Con la expansión de la guerra de los Estados Unidos, miles de campesinos y trabajadores buscaron ofrecerse como braceros. Dejaron sus escasos restos de tierra y viajaron a los centros de procesamiento en La Ciudadela en la Ciudad de México y al Trocadero en la ciudad de Chihuahua.

Comenzaron los disturbios en estos lugares lejanos conforme los hombres que no tenían a dónde ir se quedaban durante varios días, luchando por mantener su lugar en la fila, defendiéndolo de los recién llegados. Después de un examen físico superficial y de la revisión de las manos, que servía para determinar si estaban en condición de hacer trabajo en el campo, llevaban a aquellos seleccionados camino a las estaciones de paso en Juárez, El Paso o Calexico al otro lado de la frontera del Mexicali para completar el procesamiento y esperar un ofrecimiento de contrato de algún agricultor americano.

—Durante esa espera, dormían en barracas estériles y experimentaban por primera vez el sabor de la comida americana: sándwiches fríos de mortadela y mayonesa.

Todos nos soltamos a reír con la descripción de los extraños y desconocidos platillos que los americanos parecían amar tanto. Dan Billings se quedó un momento en silencio.

—Cada bracero firmaba un contrato de servicios personales aceptando sus derechos y responsabilidades. Ambos gobiernos aprobaron el formato del contrato e hicieron que fuera traducido al español. Sin embargo, muchos de los braceros no sabían leer. No tenían ninguna idea de lo que los documentos les exigían, ni entendían las protecciones que les proporcionaban.

—Después de firmar, cada trabajador era transportado sin costo para él hacia los campos de algodón en Texas, a las granjas de vegetales, a los viñedos o a las huertas de fruta de California, a los sembradíos de papas de Idaho, o a las huertas de manzana del noroeste.

—Antes de partir del centro de procesamiento y abordar el autobús que los llevaría a su lugar de trabajo, cada hombre debía pasar por una última humillación. Él y sus compatriotas eran alineados, se les exigía que se desnudaran y luego, uno por uno, los fumigaban con un líquido o polvo de DDT. A diferencia del americano que administraba la "limpia", no recibían ningún tipo de cubierta protectora durante el proceso, aunque les aconsejaban que cerraran los ojos. También les informaban que esto era "para matar a las pulgas mexicanas".

Sacudimos nuestras cabezas y en silencio maldijimos la estupidez de aquellos que habían diseñado semejantes medidas. Algunos de los hombres de mayor edad se miraban entré sí en reconocimiento.

—Ahora escuchen este asombroso hecho —. Dan Billings alzó un dedo y nos dejó en suspenso por un largo momento. —Se dice que, entre 1942 y 1964, durante la duración del programa, unos 400.000 braceros firmaron 4.6 millones de contratos de trabajo con agricultores americanos.

—Para muchos, en una situación semejante a la de ustedes, el camino al Norte representaba el comienzo de una nueva vida como campesino migrante y proporcionaba una nueva fuente de ingresos, necesaria para mantener a sus familias en México. Para otros, que habían sido victimizados por patrones embaucadores, arrogantes o abusivos, la experiencia era una fuente de enojo, resentimiento y desconfianza.

El ritmo del discurso de Dan Billings se aceleraba con su creciente indignación.

—En algunos locales, se encontraban con una discriminación evidente y, con frecuencia cruel. Al final de la semana laboral, los subían a los autobuses y los llevaban a los pueblos más cercanos para comprar víveres, mandar cartas y paquetes a casa o a buscar algún tipo de entretenimiento.

—La mayoría de los pueblos, en especial en la parte central y norte de Texas, no hicieron casi nada para proveer lo que necesitaban los miles de trabajadores que llegaban buscando un lugar para bañarse, comer, usar el sanitario o entretenerse. Los vendedores locales y dueños de restaurantes, hoteles, lavanderías y teatros los excluían sistemáticamente.

—Era común encontrar carteles que decían: "No se aceptan negros ni mexicanos", a pesar de la importancia de la fuerza laboral local y migrante para el bienestar financiero de la comunidad. Con frecuencia, los locales se quejaban de la suciedad de la ropa de los trabajadores y de sus poco higiénicos hábitos personales, a pesar de que ellos mismos conspiraban para negarles el acceso a las tiendas e instalaciones esenciales.

Reprochaban a los braceros por vivir bajo las mismas condiciones que esa misma gente había diseñado para ellos.

—Por supuesto, unos pocos comerciantes serviciales estaban dispuestos a cubrir la necesidad de víveres y servicios para los hombres, a pesar de la prevaleciente cultura de discriminación racial —. El narrador se detuvo para tranquilizarse. Hizo una inhalación profunda y bebió de una cerveza medio vacía.

—Por último, debo narrarles algo sobre los terribles acontecimientos que ocurrieron aquí hace tan sólo diez años y a tan sólo 16 km de este mismo lugar.

—Sin duda alguna, algunos de ustedes ya conocen bien esta historia. Un tren cargado con remolachas chocó con una camioneta de carga techada mientras cruzaba las vías en Chualar. En ese falso e infortunado autobús, cincuenta y nueve inocentes braceros estaban sepultados sobre bancas de madera y piedras.

—Iban de regreso después de trabajar todo el día en los campos de apio, a su hogar al escuálido campo de trabajo al otro lado de las vías. El ingeniero del tren vio al vacilante vehículo posicionado para cruzar. Hizo sonar su silbato repetidamente, pero la visión del conductor estaba bloqueada por su acompañante, quien estaba distraído con las tarjetas de registro diario de horarios, y el ruido de la maquinaria del camión cubrió el del silbato.

—El ingenuo conductor avanzó sobre las vías y, en cuestión de segundos, mandó a treinta y dos incautos hijos de Dios a la tumba. La masacre de los cuerpos destrozados enredados con el retorcido metal era un absoluto y grave desastre, que quienes lo presenciaron jamás podrán olvidar. Todos ustedes conocen a Johnny Martínez. Él tenía sólo diez años en ese momento y vivía en el pueblo de González. Johnny y su padre fueron de los primeros en llegar a la escena. Fue el más sangriento desastre de tráfico en la historia de California.

Dan Billings dio esto último con un tono de indignación y aflicción. Después se quedó en silencio. Por fin el visionario estaba listo para finalizar su narrativa. Percibió que su tiempo con nosotros también debía llegar a su final. Algunos nos acomodamos en nuestras sillas. Unos pocos se levantaron para irse. De nuevo, levantó un dedo invitándolos a quedarse un momento más y luego concluyó.

—A lo largo de las décadas de los cuarenta, los cincuenta y bien entrados los sesenta, los braceros fueron los hombres de brazos fuertes de dos naciones, cuyo trabajo ayudó a alimentar a los Estados Unidos y contribuyó a ganar sus guerras. Y al mismo tiempo mantenían no sólo a sus familias, sino también la crónicamente paralizada economía mexicana.

—Como mencioné al principio, vine para narrarles la historia del Campo McCallum. Ahora confío en que ustedes comprenden de qué tipo de lugar se trata; es un lugar tocado por la vida de miles de trabajadores inmigrantes, en su mayoría hombres solteros que vinieron para cuidar del guayule y cosechar remolachas, sorgo y lechuga.

—Yo conocí a estos hombres —, comentó el visionario. —Nunca se olviden de ellos. Sigan contando su historia. Háganlo y ustedes también habrán contribuido enormemente a la historia de campesinos de este valle.

Le dimos un respetuoso aplauso a Dan Billings. Todos se pusieron de pie para estirar piernas y brazos. Estábamos listos para regresar a nuestras tiendas de campaña, pero primero le agradecimos por hacernos comprender el nuevo hogar que estábamos a punto de ocupar.

Los adolescentes, quienes habían escuchado con atención toda la historia, se le quedaron viendo desde lejos, quizás demasiado tímidos para acercarse. Yo podía ver que el fuego del barril se reflejaba en sus ojos con tanta claridad como en los de él.

CAPITULO TRECE

Mi familia y yo dirigíamos la caravana. Nos seguían otros treinta y tantos automóviles y camionetas pertenecientes a las familias de La Posada. El sonido de las risas flotaba a través de las ventanas y llegaba a la calle mientras manejábamos hacia el este por Alisal. Los radios tocaban sus corridos. En este momento habíamos dejado nuestras tiendas, carpas y artículos del hogar en Sherwood Drive, muestra de nuestros 14 días de haber vivido en la calle.

Al borde de Salinas dimos vuelta hacia el sur, pasando la escuela Bardin, a través de los campos abiertos que se extendían hasta las Gavilanes y al suroeste de las Santa Lucías.

Manejamos 6 km hasta el camino Old Stage. Ahí dimos vuelta hacia el este y seguimos un kilómetro, a lo largo del estrecho cordón de pavimento negro. Disminuimos la velocidad para girar a la derecha hacia una franja con partes de asfalto gris y partes de tierra seca que formaba la larga entrada hacia el sitio abandonado del viejo Campo McCallum

El estado y la autoridad de vivienda nos habían ofrecido un contrato de renta por noventa días. A cambio de esto, nosotros debíamos abandonar las carpas y tiendas, ocupar el campo y mudarnos en cuanto ellos encontraran una vivienda alternativa para nosotros. La única opción que teníamos era aceptar sus términos. Ellos sabían que la ciudad ya estaba planeando quitarnos de la calle.

La descuidada vía hacia el viejo campo medía más o menos 250 metros desde el camino Old Stage. Un campo de hierbas secas yacía a la derecha. El camino nos llevó hasta una dañada reja. Un cartel prohibía la entrada, pero la reja estaba medio abierta.

Miré a Elida, quien miraba fijamente hacia adelante sin hacer ningún comentario. Ojeé el espejo retrovisor. Nuestros hijos contemplaban los imponentes árboles de eucalipto que delimitaban el borde oeste del campo. Celina, Romeo y Bebé Gloria charlaban, ansiosos de ver nuestro nuevo hogar. Jaime rebotaba en el asiento de en medio, tarareando y tratando de silbar.

Me bajé del Buick. Junior, Enrique y Moisés abrieron la puerta trasera y salieron huyendo. Pasaron volando a mi lado, con intención de explorar el denso bosquecillo. Arrastré la reja un poco más hacia la maleza para permitir que entrara la caravana. Luego me quedé sonriendo y saludando a los demás conductores. Conforme pasaban, yo cubría mis ojos protegiéndolos del polvo que se alzaba con la brisa de junio.

El último automóvil de la fila pertenecía a Dennis Powell. Él y yo nos volvimos buenos amigos a lo largo de las semanas que pasaron planeando nuestra respuesta para el siguiente asunto o la siguiente crisis. Powells se detuvo en la reja. Miró al frente a las filas de grises barracas y salvaje follaje. Se inclinó a través del asiento del pasajero y bajó la ventana.

—John Jones tenía razón —, dijo. — ¡Esto es un desastre!

Yo asentí con la cabeza y regresé a mi automóvil para seguir a Powell. Estacionamos, al igual que los demás, donde pudimos encontrar un pedazo de tierra libre de pasto y zarzas. Elida y yo nos bajamos del automóvil. Nuestros hijos más jóvenes siguieron a los dos mayores hacia el bosquecillo. Dennis Powell saludó a Elida con un firme apretón de manos. Ella sonrió ligeramente y asintiendo con la cabeza. Todavía apreciaba todo el apoyo que le brindó Powell el día de mi arresto.

Las familias, reunidas en un semicírculo, estaban dando la espalda al edificio principal, un centro comunitario destartalado, y a su asta bandera sin bandera. Nos esperaron mientras observaban cautelosos el camino principal de la propiedad, delimitado por ambos lados por filas de barracas descuidadas. Una delgada pared exterior de color gris envolvía las construcciones, cada una cubierta por un techo de dos aguas, con sus tejas de asfalto entrechocando por la brisa.

Cada edificio tenía filas de grandes ventanas enrejadas, muchas de ellas con los vidrios rotos. Las puertas ladeadas colgaban de sus bisagras en ángulos extraños. Árboles y follaje que habían crecido de manera silvestre engullían los costados y los techos y rebosaban sobre los caminos y entre las filas de estructuras.

— ¡Vamos! —, grité. —Tengan en mente que son dos familias por barraca.

La gente rompió su cortés silencio y se dispersó por todo el lugar. La brisa del fin de la mañana tomó fuerza, barriendo ligeramente las paredes exteriores y perturbando la capa de polvo. Los niños corrían por todos lados. Recogían la basura de cada una de las barracas, daban maromas en los fríos pisos de cemento y se asomaban a través de las ventanas rotas.

El viento chocaba contra las ventanas sueltas. El olor de los eucaliptos se mezclaba con el de la madera podrida y el metal oxidado. Los niños se escondían entre los altos y magníficos árboles y se perseguían los unos a los otros. Usaban pequeñas ramas como lanzas. Agarraban manojos de hojas y los aventaban en el aire. Se comunicaban entre sí cada nuevo descubrimiento: una vieja llanta, una revista descolorida, el armazón de un automóvil abandonado. La maleza y el óxido había asaltado el enorme tanque de agua que estaba en la parte trasera de la propiedad. Se mantenía precariamente de pie sobre su descascarada base.

Los padres advertían: "No toquen".

"¡Cuidado!"

"¡Déjelo!"

"¡Es peligroso!"

Mingo y su familia habían seleccionado rápidamente una unidad cercana. Se nos acercó a Dennis Powell y a mí.

—¡No puedo creer que estemos aquí! Una vez que lo hayamos limpiado, este será un buen lugar para nosotros —. Analizó la escena, la fila de barracas, los campos más allá, las montañas Gavilán al este. —Felicidades a ustedes dos —. Mingo me dio un apretón de manos a mí y luego a Powell.

—Todo el mundo trabajó duro para hacer que esto sucediera —, declaró Powell.

Yo observé a Elida entrando y saliendo de un edificio tras otro. Pensé que era mejor que ella decidiera cuál sería el nuestro. Cada una de las barracas medía 35 metros de largo y 7 metros de ancho, lo que sumaba más o menos 400 metros cuadrados de espacio de vivienda que dividiría entre dos familias. La primera de las grises estructuras en el lado oeste sin embargo permanecía aislada y medía la mitad de las demás.

Elida entró, con nuestros hijos más jóvenes pegados tras de ella. Yo sabía que ella estaba muy alerta sobre el rumbo que nuestras vidas habían tomado. Había sufrido por la inseguridad y la humillación de haber vivido en las calles. Todos a su alrededor celebraban la aprobación de la autoridad de la vivienda para mudarnos. Ella dudaba que hubiéramos ganado algo que valiera la pena el esfuerzo.

¿Era esta nuestra recompensa? ¿Un contrato de renta de noventa días por un campo de trabajo abandonado? Era mejor que la tierra y las carpas, pero, aun así, no era seguridad.

Elida se acercó. Señaló hacia la primera barraca de la mitad de tamaño. Después de todos nuestros años juntos, yo todavía estaba enamorado de sus ojos obscuros.

—Aquella está bien —, me dijo sin ningún entusiasmo.

—¿Estás segura?

—Está bien —, repitió. —Tiene algunas ventanas rotas en la parte de atrás. Habrá que repararlas.

Powell se volteó hacia mí.

—Voy a darme una vuelta. ¿Qué fue lo que dijo el condado? ¿Treinta y dos edificios construidos con madera de pino? ¡Un recurso increíble!

Yo le había dado la vuelta a la propiedad el día anterior con un Sr. Ames, el jefe de mantenimiento de la autoridad de vivienda. Estudiamos las barracas y los comedores en forma de T que tenían baños y regaderas comunes. Las estructuras se extendían a través del sitio y tenían un generoso espacio en medio, algunos daban al norte y al sur, otros al este y oeste. El Sr. Ames, quien había ayudado a darle mantenimiento al campo diez años atrás cuando todavía alojaba a los braceros, me aseguró que podría tener funcionando el agua, el gas, el alcantarillado y la electricidad en una o dos semanas.

—El mayor problema —, conjeturó, es la basura y el crecimiento excesivo de los árboles, los arbustos y la maleza, y las ventanas y puertas rotas —. Expresó su pesar sobre no tener idea de cómo iba a arreglar esos problemas. —Alguien más va a tener que idear cómo hacerlo —, dijo, mientras se trepaba de nuevo a su camioneta. —Le diré algo, este lugar no parece demasiado ahora, pero estuvo bien construido, con cielorrasos de machimbre de secuoya. ¡Nada puede superar eso!

Cerró la puerta y arrancó el motor. —Estaremos aquí por la mañana para prender la bomba y los calentadores. Le tendremos al tanto sobre cómo va todo.

Yo estaba satisfecho con la elección de Elida sobre nuestra vivienda. La ubicación me permitía monitorear el acceso a la propiedad. Caminé con ella para observar el lugar. Empujé para abrir la terrosa puerta y me hice a un lado para dejarla pasar. Entramos y nos quedamos quietos en silencio. El aire olía a madera vieja y húmeda. Las recientes lluvias habían encharcado partes del piso de cemento. El revestimiento gris también cubría las paredes interiores y el techo. Los vándalos habían robado algunas de las secciones, dejando hoyos irregulares que dejaban ver las vigas de secuoya y la pared exterior. Otras secciones estaban abultadas por el daño del clima, con esquinas rotas que colgaban. Algunos de los paneles del techo se habían desprendido parcialmente. Colgaban peligrosamente. Muchas de las ventanas estaban rotas y el excremento de los pájaros había manchado el cemento gris.

—¿Cómo vamos a vivir aquí? —, preguntó Elida. —No hay agua, electricidad, estufa o gas. No tenemos dinero, Sixto. ¿Cómo vamos a arreglar este lugar?

—La autoridad de vivienda nos va a ayudar. Me dijeron que no nos van a dejar mudarnos sino hasta que los servicios estén funcionando y las puertas y ventanas arregladas. Powell dice que ha recibido llamadas de gente que quiere ser voluntaria. Ya se nos ocurrirá algo. Ya hemos llegado muy lejos.

—Y vamos a seguir viviendo en la calle por uno o dos meses más. ¿Ese es tu plan?

—No va a tomar uno o dos meses, bebé.

Se dio la vuelta y salió al brillante sol de la mañana. Yo la seguí. Junior y los demás muchachos salieron del bosquecillo, nos vieron de inmediato y corrieron hacia nosotros.

— ¡Mamá —, gritó Mario, —encontramos un nido vacío!

— ¡Esos árboles huelen como a medicina! —, observó Celina, quien se agachó para cargar a Jaime.

— ¿Aquí es donde vamos a vivir? —, preguntó Enrique, mirando a través de la puerta abierta.

Todos se metieron a empujones, mientras los veíamos en silencio.

— ¡Todo está roto! —, gritó Moisés.

— ¡Tenemos que arreglarlo, papi!

— Lo haremos, m'ijo. Lo haremos. No te preocupes.

Antes de nuestra llegada, habíamos escuchado que la propiedad había estado cerrada por ocho años, no sólo porque el programa Bracero había terminado, sino también porque las familias de agricultores locales, en particular los Bardins y los Fanoes, los propietarios de la tierra aledaña, no querían que el campo interfiriera de nuevo con sus operaciones nunca más. Sin duda alguna, ellos monitoreaban muy de cerca la decisión del condado de permitirnos vivir en el campo.

Dennis Powell vino a visitarnos en Sherwood Drive.

— No va a creer lo que acaba de suceder.

— Dígame —, le dije, invitándolo a pasar al salón de estar hecho de lonas.

— OEO acaba de anunciar que su amigo, el Sr. Phillip Sánchez, aprobó un préstamo de $50,000.

Me levanté de la mesa.

— ¡Maravilloso! —, exclamé.

— Es obvio que su viaje a Washington impresionó al director nacional. Y vea esto: ¡parte del dinero será destinado para traer a los Boinas Verdes desde Fort Bragg en Carolina del Norte a Salinas, para ayudar a limpiar el Campo McCallum!

— ¡Es increíble! —, tartamudeé mientras Powell me estrechaba la mano.

— ¡Absolutamente, es increíble! Acabo de recibir la llamada desde San Francisco. ¡El quinto batallón del grupo de Fuerzas Especiales de los Boinas verdes de Carolina del Norte va a venir a Salinas! ¡Llegarán este fin de semana! —. El abogado sonrió emocionado, satisfecho con el giro inesperado de los acontecimientos.

— Dicen que Sánchez intervino personalmente con la organización. También logró que el condado, la ciudad y el departamento de vivienda del estado apoyaran su petición. Incluso la guardia nacional del estado está mandando gente para ayudar. Ellos van a coordinar a todos los oficiales en el Fuerte Ord —. El Fuerte Ord era la base militar local. Powell continuó. —Y si necesitaran de algún tipo de equipo, ellos lo van a traer desde allá. El senador Tunney también tuvo que ver en todo esto. Puedo imaginar que Talcott no debe estar nada contento al respecto.

Me senté de nuevo para absorber las palabras de Powell. Sánchez había prometido ayudar, pero yo no tenía ni idea del poder que tenía para poder llevar todo esto a cabo. Junior entró a la tienda para traducir las noticias a su madre, quien permaneció de pie en la entrada, junto a Jaime, quién estaba tosiendo mucho. Elida le limpió la nariz con una toalla mientras escuchaba. Ella y Jaime desaparecieron en el interior del refugio.

Powell continuó. —Esta unidad de las Fuerzas Especiales reconstruye aldeas allá en Vietnam una vez que nosotros o el Vietcong las bombardeamos o lo que sea. Ellos recogen lo que haya quedado y tratan de reconstruirlo. Llegarán el sábado. ¡Sólo en América! —, dijo, sacudiendo la cabeza.

A las nueve en punto del sábado por la mañana, dos transportes de tropas techados trajeron a los Boinas verdes y a la Guardia Nacional al Campo McCallum desde el Fuerte Ord. Detrás venía un camión de basura y otro con suministros. Nosotros y las demás familias ya estábamos trabajando en nuestras respectivas barracas, barriendo y limpiando. Algunos de nosotros habíamos traído nuestra primera carga de muebles y artículos del hogar. Dejamos un momento nuestra limpieza para observar como el convoy se estacionaba en frente del centro comunitario. Los soldados, vestidos con uniformes militares y botas, descendieron de los transportes. Los oficiales gritaban sus órdenes, y dos docenas de soldados comenzaron con su día de trabajo.

Durante dos semanas, trabajamos hombro a hombro con los soldados. Un respeto mutuo creció entre nosotros. Nos impresionó la concentración y la eficiencia de los soldados mientras pasaban de una tarea a la otra de una manera ordenada. Y los soldados admiraban nuestros hábitos de trabajo, en particular la resistencia de las mujeres.

Los soldados acamparon en el lugar. Cada mañana, mientras ellos se preparaban para las órdenes del día, observaban a los animados residentes ya ocupados en podar los árboles y arbustos o en arreglar puertas y ventanas. También aplaudían nuestro hábito de seguir trabajando mucho después de que su capitán ya les había dado la orden de descansar al final del día.

El departamento de estado de recursos humanos envió un camión cargado de material de construcción, camas y paneles de yeso. El Fuerte Ord contribuyó con un excedente de sillas. Los residentes rebuscaban en los mercados de pulgas para conseguir sillones, lámparas, comedores.

Cuando las tropas y nosotros completamos el trabajo, nos quedamos juntos observando el lugar, con la mitad de sus treinta edificios grises de nuevo útiles. Habíamos reparado las ventanas, vuelto a colgar las puertas, cubierto los hoyos en las paredes y techos, podado los árboles y retirado la basura y la maleza. Convocamos a una celebración.

Caravanas de los medios de comunicación locales y del área de la bahía llegaron con sus cámaras y reporteros. El capitán Thorne, quien dirigía a la unidad de los Boinas Verdes, afirmó que sus hombres habían llevado cuarenta camiones llenos de escombros al basurero.

— Terminaos una semana antes de lo esperado —, le dijo a la prensa. — ¡Esta gente de verdad sabe cómo trabajar!

Me paré frente a las cámaras de televisión. Una joven reportera llamada Phoebe se echó su rubio cabello hacia atrás y me acercó un micrófono.

— Esto es lo que sentimos: orgullo —, declaré, en respuesta a su pregunta. — Es por esto por lo que luchamos: una oportunidad para nuestros hijos, una educación para que ellos puedan al menos defenderse a sí mismos y una carrera para ellos, así como un mejor trabajo. Nosotros sabemos que todo eso está ahí afuera porque lo hemos visto. Hemos visto cómo otros lo tienen.

— Sr. Torres —, preguntó la reportera, —usted ha superado muchas cosas para estar siquiera parado aquí en este lugar. ¿Qué cree que es lo que sigue?

— Todos los padres aquí somos de los campos, siempre hemos estado en los campos —, afirmé. —Moriremos en los campos. Los agricultores quieren lo mismo para nuestros hijos, que estén en los campos, que anden a rastras en las hileras de plantas. En el futuro, nuestros hijos no van a tener que arrastrarse como nosotros tuvimos que hacerlo. Luchamos por nuestro derecho a organizarnos, a vivir en buenos hogares como los demás, pero todo esto se nos niega.

— Por algún motivo, los agricultores piensan que no somos personas normales. Eso es cierto, ellos son blancos, nosotros morenos, pero yo creo que nuestra sangre y su sangre son ambas del mismo color rojo. ¿Así que por qué piensan que somos diferentes? Nosotros trabajamos para vivir. Ellos trabajan para vivir. En eso somos básicamente lo mismo —. La reportera escuchó con atención. Yo continué. — Al principio, todos estaban contra nosotros. La compañía Pic 'n Pac nos dijo que teníamos tres días para desalojar. Los oficiales del condado dijeron que los agricultores tenían todo el poder y que no podían hacer nada por nosotros. La OEO nos ayudó con un préstamo, pero entonces Talcott lo negó. Le preguntamos al asesor del estado que por qué no usaban ese dinero para proporcionarnos vivienda. Él dijo que era dinero de los contribuyentes y que los contribuyentes no querían destinar sus fondos para ese fin. Les respondí que nosotros también somos contribuyentes. Cuando compramos ropa para nuestros hijos, pagamos impuestos. Nos deducen impuestos de nuestros salarios como a cualquier otra persona.

Más tarde regresé a la casa y encontré a Elida en medio de los muchachos y de las cajas desempacadas. Un fregadero que habíamos rescatado de uno de los viejos comedores estaba colocado en la desgastada madera laminada sobre la pared negra. Celina levantaba las sartenes en una improvisada superficie escurridora que los soldados habían construido con madera de desecho. Habían puesto dos estantes de un metro de largo, debajo del fregadero.

— Moisés —, dijo Elida, —pon estas toallas sobre tu cama. Ya les encontraré un lugar más tarde.

Moisés llevó las toallas a la parte trasera de la barraca, donde una sábana colgada del techo delimitaba la habitación de sus padres.

— Celina, quiero que lleves toda la comida de estas cajas para allá y la pongas en los estantes.

— ¿Dónde está Elia? —, preguntó Celina. — ¿Por qué no está durmiendo?

—Mandé a Romeo a buscarla. Sólo haz lo que te pido. Estarán de regreso en un minuto.

CAPITULO CATORCE

Habíamos estado viviendo en el Campo McCallum por una semana cuando Saúl Alinsky falleció de un ataque cardiaco en el pueblito de Carmel, a treinta kilómetros de nosotros. Lalo me trajo el periódico y me tradujo el artículo. En parte decía que Alinski había inspirado a una generación de organizadores de la comunidad con sus escritos y sus esfuerzos por enseñar a los indefensos cómo ganar poder político. Él y su compañero, Fred Ross, habían orientado a Chávez durante sus años en la Organización de Servicio a la Comunidad.

Yo no había recibido entrenamiento formal sobre los principios de organización de Alinsky: "incítalos, confúndelos e irrítalos" y "hay que dejar al descubierto el resentimiento de la comunidad". Pero había experimentado los éxitos de las tácticas de confrontación de la unión. Tenía talento para incitar, confundir e irritar a los corbatas.

Conforme pasaban las semanas, la autoridad de la vivienda continuó transfiriendo a algunos pocos residentes a los departamentos en renta disponibles. A un mes de iniciado el periodo de renta de noventa días, yo encontré una vivienda alternativa para siete de los treinta y cuatro paracaidistas originales. Sin embargo, algunos de nosotros en silencio nos resistíamos a la planeada transición para salir del campo.

Elise Burton, la directora del consejo de la autoridad de la vivienda, una mujer voluminosa, con una gran presencia en el condado, le escribió al senador Tunney que "las familias no parecen estar interesadas en entregar sus solicitudes para obtener un departamento…"

Un reportero local llamó a Rogelio Peña a su casa.

— ¿Me puede ayudar a entender por qué? —, preguntó.

Peña contestó con sus propias preguntas.

— ¿Qué deberíamos hacer? No tienen casas para familias con cinco, seis u ocho hijos, o para las familias extendidas. ¿Esperan que abandonemos a nuestros bebés o a nuestros padres que viven con nosotros para mudarnos a un departamento de dos habitaciones?

Por la noche permanecía recostado en la obscuridad detrás de las sábanas colgantes que nos separaban a Elida y a mí de nuestros hijos. Escuchaba el sueño inquieto de mi mujer. Los grillos cantaban impacientes del otro lado de la ventana. El intranquilo viento abofeteaba las ramas de los eucaliptos.

— Todo ocurre según la conveniencia de los corbatas —, pensé. —Ellos no hacen nada sino hasta que los fuercen a actuar. No podemos ganar a menos que les resulte conveniente que ganemos. Debemos hacer que no les quede más alternativa que ayudarnos. La escasez de casas no puede ser fortuita. O es algo planeado o es el resultado de la negligencia.

Me senté en el centro comunitario con las familias restantes. Todos estaban ansiosos porque el periodo de renta terminaría el 31 de agosto, y solo faltaba un mes. Quizás, de nuevo tendríamos que ocupar ilegalmente las calles de Salinas.

— He estado pensando —, dije, — que tenemos que resistir. Tenemos que quedarnos aquí y no permitirles que nos echen.

Juan Alemán se sorprendió al escucharme sugerir esta nueva estrategia. Habíamos prometido cooperar y reubicarnos.

— He estado hablando con mi amigo Dan Billings —, expliqué. — Él me dijo que el gobierno decide qué viviendas se pueden construir y dónde. El gobierno decidió cerrar el Campo McCallum y mantenerlo cerrado durante todos esos años. Él me dijo: "¿Por qué no los presionamos para mantenerlo abierto en forma permanente?

— Dan Billings dice que deberían habernos mudado para acá aún sin haber firmado ese acuerdo. Deberían haber hecho lo que fuera para mantenernos alejados de los noticieros. Me pregunté a mí mismo: ¿Qué es lo mejor para nuestros hijos: que nos metan en un pequeño departamento en Salinas o que nos quedemos aquí donde tenemos más espacio?

Adolfo Zúñiga levantó la mano. Él era de Yucatán. Su redondeada y elegante cara reflejaba la luz del atardecer.

— Don Sixto, usted sabe, yo di mi palabra. Eso es importante para mí. Si me ofrecen una casa o un departamento para rentar, yo lo voy a tomar como prometí.

La señora Catalina Castillo asintió con la cabeza.

—Algunos de nosotros estamos cansados de luchar —, declaró. —Queremos un hogar, un hogar permanente. Todo depende de ello, el trabajo, las escuelas. Para fines de agosto, los padres van a necesitar saber a dónde irán sus hijos a la escuela.

No me sorprendió que Catalina me retara. Últimamente había cambiado. Antes apoyaba mis opiniones e ideas sin cuestionarlas. Ahora siempre buscaba contradecirme de una u otra manera. Cada vez más, la había visto entrar a las reuniones con uno o dos personas más que compartían sus críticas.

Amparo Contreras se levantó para hacer su declaración. Vestía un delantal morado sobre un cómodo vestido negro estampado con flores amarillas.

— Cuando llegamos, todos estábamos felices de haber salido de las calles. Gracias a Dios, los soldados y los voluntarios nos ayudaron. Volvimos habitables estas barracas, pero todos sabemos que no es un lugar adecuado para un hogar permanente. No tenemos agua caliente. El sistema de cloacas apenas funciona. Ni siquiera tenemos alumbrado en las calles por la noche. Con nuestros automóviles retumbando ida y vuelta por los desgastados caminos, hay polvo por todos lados. Escuché que la directora de la escuela Bardin no quiere aceptar a nuestros hijos cuando llegue el otoño.

— Mire —, dije, —usted debe decidir si quedarse o irse por su cuenta. Yo no estoy tratando de convencerlos de una u otra cosa. Sólo les comparto cómo me siento y que creo que deberíamos negociar un nuevo acuerdo con ellos.

Las voces retumbaban en las desgastadas paredes y en el techo de la habitación por la reacción de las familias a esta declaración, algunos estaban de acuerdo y otros se oponían.

— Como dije, he estado hablando con mi amigo Dan Billings. Algunos de ustedes recuerdan sus historias de cuando estábamos en la calle. Él me ha estado contando más sobre la historia de este lugar y de este valle. Me contó sobre la gente que hubo aquí antes que nosotros, que vinieron de Oklahoma, Arkansas y Texas hace cuarenta años. Ellos eran migrantes, como nosotros, pero llegaron en los años treinta.

— Dan me contó que pasaba lo mismo que ahora. Los agricultores y el gobierno construían tan pocos campos como podían y luego los cerraban cuando ya se habían recolectado las cosechas para que nadie pudiera asentarse permanentemente. Cuando la gente trataba de organizarse y crear un sindicato, ellos los aplastaban, del mismo modo como están tratando de hacerlo ahora: con matones, con la policía y con las cortes. Había demasiados trabajadores y no había suficiente vivienda, igual que ahora.

—Cuando los migrantes de Oklahoma llegaron, algunos de ellos pudieron ocupar ilegalmente un pedazo de tierra en las afueras de Salinas, más allá de las vías del tren. Levantaron tiendas de campaña a lo largo de las calles de Madeira y Wood, de Market y Alisal, ustedes saben, cerca de donde se vende fruta. En ese entonces, nadie los corrió como estaban listos a corrernos a nosotros por acampar fuera.

—Después de un tiempo, ellos invirtieron un poco de dinero en un lote de terreno y construyeron una pequeña casa para reemplazar su tienda. Así fue como los migrantes pudieron quedarse. Todavía muchos de ellos están en Alisal.

Me detuve un momento y me senté detrás de una mesa plegable al frente de la habitación. Prendí un cigarrillo, inhalé y exhalé antes de continuar.

— He escuchado a muchos de ustedes decir que deberíamos llamar a César y preguntarle qué hacer. Si ustedes quieren llamar a César, deberían hacerlo, pero debo decirles que no creo que pueda ayudarnos con este problema que tenemos. El sindicato nos ha ayudado y debemos continuar con esa lucha, pero ellos no pueden solucionar todos nuestros problemas. Todos podemos ver lo que sucede. El sindicato está luchando por sobrevivir. Los agricultores no han cambiado desde los años treinta. Cada día es una nueva lucha. Ellos tratan de evitar que nos organicemos y que los boicoteemos. Chávez tiene que pasar todo su tiempo defendiendo los caos en la corte de California, Arizona y Texas.

— Quizás les ganemos, quizás no. Algún día lo sabremos, pero esto es lo que sabemos ahora: no podemos esperar que el sindicato pelee esta batalla por nosotros. Esto lo debemos enfrentar por nuestra cuenta; y este campo es una oportunidad, una oportunidad de tener un hogar permanente aquí mismo. Si no insistimos, lo perderemos para siempre.

Juan Alemán escuchaba. Él y su familia habían llegado a La Posada tan sólo unas pocas semanas antes de que Pic 'n Pac emitiera las primeras órdenes de desalojo. Él era panadero de oficio, pero su familia había estado recolectando fresas en Santa María cuando comenzó la huelga. A lo largo de los meses, nuestras familias habían desarrollado una relación cercana.

Juan era un hombre chaparro y musculoso con grueso cabello ondulado. Hablaba en frases rápidas y cortadas, como si su lengua y sus labios no pudieran mantener el ritmo de sus fervientes pensamientos y conclusiones. En los pocos meses desde su llegada, él había llegado a confiar en mí. El veía que su papel era ayudar a generar la comprensión y consenso entre los que dudaban.

Cuando terminé, Juan se puso de pie para hacer su declaración.

— Amigos —, comenzó. —Yo apoyo lo que Don Sixto está diciendo, ¿ven? Él nos ha guiado a través de tantas cosas hasta ahora. Organizó la protesta en las calles. Lo encarcelaron por defender a su hijo. Presionó para lograr una solución que nos trajo hasta aquí. Es un buen hombre, ¿ven? Deberíamos escuchar lo que tiene que decir.

Juan sacó un arrugado pañuelo azul de su bolsillo trasero y se limpió la frente.

— Creo que quizás tiene razón. El acuerdo que hicimos está chueco, es deshonesto. No tuvimos más opción que la de firmarlo o enfrentar otro desalojo. Cuando firmamos no sabíamos nada sobre este lugar. Nos dijeron que no era apto para vivienda humana, pero ahora podemos ver que se puede arreglar, ¿ven?

—Lo que Don Sixto está diciendo es que no tenemos que fijarnos sólo en lo que podemos ver ahora. Tenemos que pensar en lo que puede llegar a ser. Quizás el gobierno nos pueda ayudar a reparar el drenaje y el agua en las barracas. Quizás este campo sea una mejor solución que mudarnos a un pequeño departamento en Chualar. Estas barracas son grandes y están bien construidas. Tenemos espacio para jardines. Podemos reparar este centro para las reuniones. Dijimos que permaneceríamos juntos, en particular los de familias grandes. Debemos seguir juntos.

—Don Sixto ya lo explicó. El gobierno es quien decide que casas se construirán, y el mismo gobierno dice que este valle necesita un millar de nuevas viviendas para los campesinos y sus familias. Este mismo gobierno que ayudó a generar el problema, ¿ven?, nos hizo firmar un acuerdo para desalojar después de noventa días las únicas viviendas disponibles. Eso no es correcto y por eso es que ese acuerdo está chueco y deberíamos renegociarlo.

Conforme pasaban los días, cada vez nos sentíamos menos amenazados por un desalojo, a pesar de que nuestra renta vencía el 31 de agosto. La autoridad de vivienda parecía saber que no nos iríamos tan fácilmente. Al final, John Jones y sus comisionados nos dieron otra extensión de noventa días. Sentimos que habíamos triunfado de nuevo.

El verano dio paso al otoño y la cosecha decreció. Muchas familias del valle se reintegraron a la afluencia migrante, como siempre lo habían hecho. Algunos en el campo ya estaban hartos.

Chino Camargo tocó tímidamente mi puerta para advertirme de la partida de sus familias.

—Vamos camino a Yuma. Puede ser que regresemos. ¿Quién sabe? Espero que encuentres una manera de quedarte y reconstruir. Eso sería un buen trabajo —, nos estrechamos las manos. —Adiós Sixto —, dijeron.

Para mi sorpresa, Rogelio Peña, quien todavía lucía su chamarra y boina de la armada, también estaba entre los que partían.

—Dispense, Don Sixto, pero mi papá ha decidido regresar a Texas. Yo tengo que irme con él. Su plan es trabajar la próxima temporada en Michigan. Dice que este lugar está lleno de política. Dígame loco, pero quizás él tiene razón.

Me entristeció perder a amigos y seguidores tan cercanos. Los despedí con cariño.

Otras familias también vinieron a despedirse.

—No. Llegó la hora de irnos —, suspiró Rigoberto Amaya. —Nos ofrecieron un departamento de dos habitaciones, pero no viviremos nuevamente de esa manera. Somos demasiados. Vamos a México para la Navidad y después regresaremos a Wasco en la primavera. Adiós, Don Sixto. Quizás nos volvamos a ver. ¡Buena suerte!

El segundo periodo de renta de noventa días casi llegaba a su fin. Sólo quedábamos catorce arrendatarios. Le solicitamos otra extensión a los comisionados. Cuando llegamos a las siete de la tarde, la pequeña sala de juntas de la agencia estaba llena de partidarios y oponentes de nuestra petición. Los residentes del vecindario de Alisal del Este, junto con la Cámara de Comercio de Alilsal y el distrito escolar, presentaron una petición, junto con un millar de firmas, exigiendo que la agencia cerrara el campo.

—No suena a que la gente del Campo McCallum esté cumpliendo con su parte —, alegó la Sra. Bonnie Alvarado. — ¡Ya hace dos años que Pic 'n Pac cerró y sentimos que esto nunca va a acabar!

La Sra. Walter Bardin también tomó la palabra, indicando que los agricultores del área del campo se oponían a cualquier extensión.

—¡Ya hemos tenido problemas con los que están ahí! —, afirmó.

Llegamos preparados con nuestra propia petición, que reunimos recorriendo a pie todos los vecindarios de Alisal Este, consiguiendo tres mil firmas individuales. Nuestra petición solicitaba que la agencia nos permitiera permanecer en el campo.

—Nuestra mayor preocupación—, declaré, — es la educación de nuestros hijos. Si nos desalojan, vamos a tener que sacarlos de la escuela. Como ustedes saben, nosotros los adultos tenemos muy poca o nada de educación formal. Somos los sirvientes del campo. Nos hemos percatado de la importancia de asegurarnos que los chavales puedan permanecer en la escuela. Estoy seguro que comprenden ahora lo que nos ha costado tratar de formar parte de esta comunidad. No estamos pidiendo limosna. Queremos pagarlo como podamos, pero necesitamos más tiempo. Unos pocos meses más no es mucho pedir.

Arvin Carvel, un residente del Este de Salinas, se puso de pie y declaró ante la comisión: "¡Este tipo Torres no es más que un granuja! Prometió desalojar. Sólo tienen que ir ahí con el comisario y desalojarlos, tal como lo hizo antes Pic 'n Pac.".

Jason Corbett también se puso de pie y se acercó al micrófono.

—Todos sabemos cuál es el juego de Torres —, declaró, —pero no debemos subestimarlo. Es audaz e inteligente. Va a tener al Sindicato de Trabajadores del Campo y a la CRLA, y también otra demanda y un montón de radicales y estaciones de TV de San Francisco transmiticndo cuán injustos son el Departamento de Vivienda y todos ustedes con esa pobre gente. Ya hemos pasado por esto. Ya sabemos lo que va a pasar.

Los comisionados escucharon, pero no tomaron una decisión. York Gin era el propietario de una tienda de abarrotes en Salinas del Este. Estaba sentado en la mesa de en frente, y miraba sobre sus anteojos de molduras de oro.

—¿Qué es lo que están pensando? —, preguntó. —Tienen que darse cuenta de que no se pueden quedar. A pesar de las mejoras, las condiciones de ese lugar todavía son deplorables.

El invierno avanzó. John Jones, como lo había prometido, continuó ofreciendo a los restantes residentes las pocas unidades vacantes disponibles. Para el Año Nuevo, sólo diez familias continuaban viviendo en el Campo McCallum. Esperábamos para ver qué sucedería a continuación.

El febrero, el estado extendió el arrendamiento por 150 días más. Sin embargo, al mismo tiempo, la autoridad de vivienda entregó órdenes de desalojo con un plazo de 30 días. Un oficial estatal de la vivienda explicó que el tiempo adicional que se había otorgado le daría a la autoridad el tiempo necesario para vaciar el campo.

Pocos días después, la autoridad de vivienda, aparentemente en un esfuerzo de evitar tener que desalojarnos, decidió vender el Campo McCallum al mejor postor.

CAPITULO QUINCE

A Billie Leo Briggs le encantaba hablar de sí mismo. Después de hacernos amigos, me había contado la historia de cómo fue que llegó a comprar el Campo McCallum.

Había nacido en Big Spring, Texas, en 1938. Su papá era un vaquero de la Ciudad Cristal. Su mamá era una predicadora, la primera mujer de Texas en ordenarse en la Iglesia de Pentecostés, además de ser cantante y música. Era una hermosa y muy espiritual evangelista que se sabía de memoria la biblia, verso por verso. Había sido la conductora de su propio programa de radio y se volvió muy conocida en el cent de Texas.

La mamá de Billie Leo había impuesto sus manos sobre su cabeza en más de una ocasión. Él se sentía llamado a la grandeza, pero una víbora invadió el paraíso de Billie. A los seis años, su papá entró por la puerta de atrás de la casa y los llamó a él y a sus siete hermanos y hermanas para que vinieran a la mesa. Se reunieron alrededor de un largo tablón de dos por ocho que estaba apoyado sobre tres caballetes. Su padre se sentó en un extremo y su madre en el otro.

—Su madre y yo nos estamos separando —, declaró su papá. — Cuatro de ustedes van a venir conmigo y otros cuatro se van a ir con ella—. Dejó que esta declaración hiciera efecto en nosotros por un momento. Miró a cada uno de sus estupefactos hijos. —Hablen entre ustedes y decidan quién va a irse con quién. No tiene sentido protestar. Va a ser así.

Billie en seguida se dio cuenta que era un mal trato. Ningún niño debería tener que escoger entre su mamá y su papá. Sería como tener que matar a uno de ellos, así que el rebelde niño se escapó esa misma noche por la ventana y se fue a vivir por su cuenta. Adoptó a un perro de tres patas, un collie de pelo corto llamado Rooster. Nadie los vino a buscar a ninguno de los dos.

Incluso a sus seis años, Billie estaba consciente de los talentos naturales que Dios le había otorgado y los disfrutaba. Era alto para su edad, bien parecido, con cabello negro ondulado, una sonrisa de querubín y ojos azules, grandes como faros. Pronto se dio cuenta que podía cautivar a casi cualquiera con su trato confiado, su encanto y su ingenio.

Vendió periódicos en la calle escondiendo un brazo dentro de su camisa para que pareciera que sólo tenía un brazo. Era 1944 y todos los hombres se habían ido a la guerra, las mujeres trabajaban y estaban solas.

Las jóvenes bellezas que salían de los bares y las esposas que empujaban sus carritos de las compras hallaban a Billie irresistible. Lo llevaban a sus casas, lo alimentaban, lo vestían y le daban dinero. Se la estaba pasando muy bien hasta que, dos años más tarde, cuando la policía lo detuvo en la calle una mañana. Lo mandaron de regreso con su mamá, quien vivía en un lugar fuera de California, llamado Salinas.

Billie Leo comenzó el quinto grado en la escuela Roosevelt, sin conocer el alfabeto, los números ni la palabra escrita, pero el ingenioso chico estaba listo para aprender. A sus maestros les gustaba su naturaleza extrovertida, su gran energía y su disponibilidad para hacer las tareas.

Para el octavo grado, ya se había emparejado académicamente con los niños de su edad y entró a la preparatoria de Salinas ansioso por demostrar sus talentos atléticos como jugador de fútbol americano.

Billie Leo Briggs era un vendedor nato y aprendía rápido. Recién salido de la preparatoria, se enganchó con un amigo que tenía experiencia en abrir centros de salud. Abrieron dos establecimientos, uno en Fort Wayne, Indiana, y el otro en Des Moines, Iowa. Y una vez lanzados y exitosos, vendieron sus acciones.

Él obtuvo un puesto en Spreckels Sugar, donde se abrió paso con su encanto para ascender hasta que, una vez más, le ofrecieron un puesto directivo. Leía libros sobre cómo dirigir un negocio y aplicaba las ideas en su trabajo diario. La compañía le prestó atención cuando su división redujo los costos y aumentó las ganancias. Le pidieron que implementara sus ideas en toda la compañía. Pronto se encontró trabajando en la oficina central de Spreckel en la calle Market, en San Francisco, y viviendo con todo lujo en un elegante departamento.

Durante todo ese tiempo, Billie Leo continuó sonriendo y estrechando manos. Dejó Spreckels y comenzó su propio negocio de consultoría de dirección. Proporcionó servicios administrativos a la comisaría del condado, un contacto que le serviría mucho más adelante. Oyó hablar sobre una nueva compañía llamada Mobile One, que producía un aceite sintético. Sus desarrolladores afirmaban que la sustancia viscosa incrementaría la eficiencia de los motores y reduciría el desgaste de la maquinaria. Viajó a Texas para negociar la adquisición de la compañía en nombre de un grupo de inversionistas de California.

A su regreso, él y los inversionistas eran los propietarios de una franquicia de Mobile One. Le vendió las virtudes del producto al gobernador Ronald Reagan y muy pronto todos los vehículos oficiales del estado tenían borboteando dentro de ellos latas de la aceitosa mezcla.

En un momento de su acenso, Billie Leo Briggs se estaban embolsando 25.000 dólares por semana. Compró un rancho de 360 acres en el Valle de Carmel, y comenzó a criar peces Koi e invertir en biencs raíces. Hizo dinero en ambas ramas. Compró casas, construyó y adquirió la práctica de contribuir sistemáticamente a las campañas políticas de cada oficial electo del condado. Pronto aprendió que tal generosidad le podía facilitar conseguir los permisos para casi cualquier proyecto de construcción que emprendiera.

Billie Leo Briggs se retiró a su rancho en el Valle Carmel a la edad de treinta y tres.

—Nada mal —, dijo, —para un pobre niño de seis años que se escapó de su casa.

En su retiro, el brillante hombre de negocios aprendió a volar su avión privado, les ganaba a los demás en ajedrez o en un juego local de billar, y adquiría reputación como guitarrista y gran conversador.

A mediados del verano, un amigo le dio el dato de una nueva oportunidad de bienes raíces.

—El rumor era —, dijo más tarde, — que el viejo Campo McCallum iba a entrar en el bloque de subastas. El condado estaba buscando deshacerse de él. ¿Sería posible que alguien simplemente se metiera ahí e hiciera una oferta antes de que se llevara a cabo la subasta? El rumor era que aceptarían 53.000 dólares en efectivo.

Billie no era alguien que dejara pasar semejante oportunidad. Visitó la propiedad, estimó el número de residentes y el espacio adicional que faltaba por llenar. Para Billie, el Campo McCallum era una mina de oro. Al siguiente día, presentó una oferta ante la autoridad de vivienda del condado, con el pago completo en efectivo. El acuerdo de compra estipulaba una condición importante: que los residentes debían salirse antes de que se entregara el pago en garantía.

Yo azoté el teléfono en un arranque de ira. Celina y Moisés estaban jugando a las cartas al otro lado de la mesa de la cocina. Saltaron por el ruido y me miraron alarmados.

—¡Era alguien del condado! Llamaron para decir que van a vender el campo al señor Bricks.

Elida estaba parada junto a al fregadero.

—¿Lo vendieron? ¿Por qué harían algo así?

—Por lo mismo que Pic 'n Pac. No quieren lidiar con nosotros.

Levanté de nuevo el teléfono y le marqué a Juan Alemán. Mientras esperaba que sonara continué hablando con Elida.

—Dicen que el tipo que lo compró quizás quiera tirar todo el lugar para vender la madera… ¡Juanito, venga! Y llame a Mingo, Pancho. Llamen a todo el consejo. ¡Más problemas! ¡Necesitamos reunirnos!

La tarde siguiente, todos se reunieron en el centro comunitario. El languideciente sol cubría de sombras el edificio gris. Las hojas de eucalipto se agitaban unas contras las otras, generando un suave matraqueo en todo el campo. Algunos de los hombres permanecieron junto a la puerta con un pie dentro de la habitación y el otro pie fuera. Todas las mujeres estaban sentadas, aprensivas, hablando bajo.

Después de nuestra apresurada convocatoria a reunión de la noche anterior, los rumores sobre otro desalojo se habían desparramado por todos los hogares. Ahora Chuca había llegado listo a tomar la palabra. Era un hombre torpe, que generalmente permanecía en silencio y desconectado, pero ahora estaba un poco borracho y enojado. En cuanto inicié la junta, Chuca se puso de pie.

—Tengo algo que decir —, comenzó. —Mi amigo, el Sr. Torres, nos va a dar las últimas noticias. ¿No es cierto, Don Sixto? —. El corpulento hombre hizo una ligera reverencia en mi dirección. Luego cambió su peso de pierna y observó toda la habitación. —Va a decirnos que otra vez nos chingaron.

En cuanto terminó la oración, se bamboleó muy ligeramente sobre sus botas vaqueras. Se estabilizó tomándose de la silla de metal. De nuevo, observó toda la habitación.

—Quiero decir algo —, declaró una vez más, como si hubiera olvidado su oración inicial anterior. —¡Esto es inaceptable! —. Su voz cortó con fuerza el helado aire de junio. —¡Es inaceptable!

Mientras hablaba, Chuca apoyaba su silla contra la silla de junto, donde su esposa estaba sentada. La maniobra le permitió hundirse en la silla al apoyar una rodilla contra ella sin tener que agarrarse, liberando de esta manera sus manos para poder gesticular en agitados y amplios movimientos.

—¡Ellos están vendiendo el campo!

Chuca lo anunció como si las noticias fueran tanto nuevas como devastadoras. La gente comentaba entre sí. —Esto ya lo sabemos, hombre —. Chuca continúo impasible.

Hay rumores de que el nuevo dueño va a llegar el domingo para desalojarnos a todos. Vuelvo a decir que ¡esto es inaceptable! — Yo observaba con cuidado a mis compañeros. Hasta el momento, a pesar de su pesada lengua, se estaba manejando bastante bien, incluso tenía sentido. Le dejé continuar, pero permanecí vigilante. —Ahora, esto es lo que yo propongo. Propongo que recibamos a este hombre, quien quiera que sea...

—El señor Bricks. El señor Billie Leo Bricks —, interrumpí.

—... yo digo que nos enfrentemos a este hombre como un grupo, todos nosotros, todos juntos, justo ahí afuera. Hombres, mujeres y niños, ahí mismo —. Chuca señaló vagamente hacia el asta bandera, que se erguía junto a la puerta principal del centro. — ¡Y propongo que todos los hombres.... —. Aquí el orador mantuvo un momento a su audiencia en silencio hasta obtener toda su atención. —... que todos los hombres traigan sus rifles! Sí, ¡todos traigan sus rifles!

En ese momento, Chuca continuó como entonando una consigna, gesticulando con sus brazos hacia adelante en cada frase.

—Y, de nuevo, ¡todos los hombres traigan sus pistolas! ¡Sí! ¡Todos traigan sus pistolas! ¡Y todos los muchachos traigan sus bates de beisbol! Sí... —Ahora el resto de la gente se le unió: ¡Todos los muchachos traigan sus bates de béisbol!

La cabeza de Chuca se balanceaba rítmicamente mientras golpeaba la última palabra de cada frase, mientras los chicos más jóvenes gritaban: "Dale gas" y "¡Órale, Chuca"

—¡Y todas las mujeres y niñas traigan sus cuchillos de cocina y sartenes! ¡Y todas traigan sus cuchillos y sartenes! — repetía la multitud. Chuca se preparó para un final florido. —¡Y todo esto lo vamos a hacer y lo vamos a hacer juntos! ¿Por qué? ¡Como muestra de nuestra fuerza! —. Con las palabras finales, los ojos de Chuca se agrandaron y se volvieron amenazantes, con su boca abierta tan grande y redonda como el borde de una lata de cerveza. Golpeaba su puño contra su palma con la palabra "muestra", la palabra "de" y la palabra "fuerza!".

La audiencia se reía a carcajadas, y rompió en un entusiasta aplauso. Chuca se dejó caer sobre la silla. Cruzó sus brazos y sostuvo la intensidad de su propuesta frunciendo los labios y mirando fijamente al frente.

Yo sonreí cuando vi la respuesta de la gente. No era una mala idea. Mientras Chuca recibía el aplauso, yo di un paso adelante.

—Señor Chuca, debería hablar más seguido en estas reuniones. Usted nos acaba de dar algo en lo que pensar.

Cuando los residentes se hubieron calmado, Pancho Vega se puso de pie.

—Esta idea que mi buen amigo Chuca ha descrito es muy buena. No podemos permitir que este recién llegado, el Sr. Bricks, nos saque de aquí. Tiene que entender que estamos aquí para quedarnos. ¿Qué mejor manera de darle la bienvenida que el que todos nosotros nos reunamos y le mostremos nuestras intenciones de quedarnos?

El sábado, una camioneta pickup con el logo de la autoridad de vivienda de condado de Monterey impreso en la puerta se detuvo frente al cobertizo adyacente al centro comunitario. Una persona del personal de mantenimiento de la agencia cargó herramientas en la camioneta. Francisco Galván se acercó para platicar con el trabajador, quien era un compadre del primo de Galván. Intercambiaron saludos y, en seguida, Francisco le describió nuestro plan para darle la bienvenida al Sr. Briggs.

Tiempo después, Billie Leo me contó cómo, aquella tarde, el trabajador le mencionó la conversación a su jefe, el Sr. John Jones, quien llamó al nuevo propietario para advertirle del plan .

Un hombre menos seguro podría haber prestado atención a la advertencia del jefe oficial ejecutivo de la autoridad, pero Billie era ciento por ciento texano, y nunca había huido de un reto. Pensó en cómo iba a contrarrestar nuestro plan de intimidación.

El siguiente domingo, cuando el sol había alcanzado su punto más alto, Billie llegó a la reja del viejo campo en su convertible rojo Mark IV Lincoln, con el capó abajo. Entró en la propiedad. Observamos mientras el automóvil avanzaba lentamente. Los hombres levantamos nuestras armas. Las mujeres se aferraron a sus escobas y ollas. Los niños se pusieron sus bates y palos al hombro.

Billie Leo detuvo su automóvil a unos metros de la multitud. Se bajó y permaneció por un momento detrás de la puerta abierta. Mientras toda su alta estructura se alejaba de la puerta, nos quedamos mirándolo aturdidos. Billie Leo vestía unos negros y apretados pantalones charros con un lazo dorado. Traía guantes negros y botas hasta la rodilla blancas con dorado. El saco del traje tenía dos caballos bailarines tejidos en dorado en cada uno de los bolsillos. De inmediato se puso un sombrero que hacía juego sobre la cabeza.

Aún más impresionante fue que llevaba consigo dos Colt 45 con mango aperlado, que hacían juego, enfundadas en cada una de sus caderas.

El texano avanzó dando grandes pasos con afiladas espuelas tintineantes que marcaban cada paso. Se detuvo justo a seis metros de nosotros, y se quedó inmóvil como un puma justo antes de saltar. Lo incongruente era que, como un Billie the Kid moderno, trajera una relajada sonrisa en su cara.

Me vio parado más adelante y en medio de todos los demás.

—¿Sixto Torres? — me llamó. Asentí ligeramente.

Levantó un dedo y me invitó a acercarme a un nudoso árbol de pimientos que estaba a unos pocos metros de distancia, cerca de la tambaleante cerca. Se acercó hacia el árbol. Yo también caminé en esa dirección. La gente observaba intensamente, sin saber qué sucedería a continuación.

Billie Leo se dio la vuelta hacia el árbol y se inclinó ligeramente, estirándose para agarrar un cuchillo Bowie que traía enfundado en una bota. Sacó el cuchillo, lo tomó con destreza de la punta y, con un rápido movimiento de su muñeca, lo lanzó girando hacia el suave tronco de árbol, donde se clavó con un ruido mudo y un estremecimiento.

La gente observaba en silencio. Entonces, Billie Leo se dio la vuelta hacia mí. Con anterioridad yo había metido mi pistola, de las que usaban las fuerzas armadas de los Estados Unidos en 1911, debajo de la hebilla de mi cinturón.

—Así es como yo lo veo, Sr. Torres —, dijo Billie cordialmente. —Probablemente puedo matar a diez o doce de ustedes antes de que ustedes me maten a mí. Esto casi seguro que ese es el caso. ¿Así que cómo va a ser? Podemos empezar a disparar y a matarnos mutuamente o... —, Billie Leo Briggs hizo una pausa y me dirigió a mí y a los ansiosos residentes su mejor sonrisa texana, —... o podemos tener una fiesta.

Vi dentro de los astutos ojos del hombre y vi mi propio reflejo. Me di cuenta que el nuevo propietario del Campo McCallum había superado nuestra estratagema con una mejor de su invención. Le di la sonrisa más suave de la que fui capaz. Billie Leo continuó confiado. —¿Cómo va a ser? Porque traigo una camioneta llena de cerveza y comida y una banda que está esperando más allá en el camino. Así que escoja por todos nosotros, señor. ¿Qué se le apetece, tiroteo o fiesta?

Yo resoplé, agité mi cabeza y sonreí con una gran sonrisa. —¡Fiesta! —, dije, y volteándome hacia los residentes y haciendo gestos en el aire con ambas manos les dije. — ¡El jefe me dijo que tiene comida, cerveza y una banda! ¡Vamos a celebrar!

Mi vida y la de Billie Leo Briggs eran muy diferentes. Nuestras historias personales y lazos culturales nos debían haber alejado. Sin embargo, desde el primer momento en que nos conocimos, reconocimos en el otro una visión afín del mundo y de nuestro lugar en él. Los dos éramos hombres prácticos, aunque también éramos buscadores de sueños y visiones. Ninguno de nosotros tenía miedo de oponerse ante lo que fuera que los corbatas nos aventaran para castigarnos por nuestro arrojo, nuestra impulsividad y nuestra ocasional falta de respeto.

—¡Somos hombres astutos con buenos corazones! —, me dijo Billie Leo más adelante. —Eso es lo que nos hace diferentes. Para algunos somos tontos, para otros, héroes.

Para la mitad de la tarde, ya habíamos comido todo el pollo rostizado y habíamos bebido todos los barriles de cerveza de Billie Leo. Los muchachos corrían alegres, acelerados por el azúcar de la soda. La banda tocaba música ranchera y salsa, y las parejas se balanceaban junto con los árboles de eucalipto con la brisa del domingo por la tarde.

Billie Leo y yo nos sentamos juntos cerca del ahora distinguido árbol de pimientos en el que el cuchillo de Billie se había clavado. Nos comunicamos sin ayuda lo mejor que pudimos en nuestros distintos idiomas. Junior traducía cuando era necesario.

—¿Por qué compró este lugar? —, pregunté.

—Porque podía —, respondió Billie, — y porque se vendía a buen precio. Yo en realidad no sabía nada sobre todos los problemas que ustedes tenían. Pensé en arreglarlo, traer a más familias y rentar todas las unidades. Me imaginé que los techos y vigas de pino valían lo que había pagado. No vi que pudiera perder.

—¿Le dijeron que necesitaría un permiso? —, pregunté.

—¡Ey!, yo no me preocupó por ese tipo de cosas. Suelo poder manejar a la comisión de planeación —, dijo con una sonrisa burlona. —Sólo tiene que conocer a las personas correctas en la junta de supervisión —. Yo no respondía, aunque Billie Leo se dio cuenta que yo estaba tras de algo. —¿Qué opina usted que debo hacer? —, preguntó.

Permanecí en silencio. Se quedó inmerso en sus pensamientos un momento. De pronto sonrió.

— ¡Ah! ¡Ya entendí! ¿Ustedes quieren comprar el lugar, no es así? ¿Quiere que les venda el Campo McCallum a usted y sus familias?

Lo miré fijamente y asentí con la cabeza. —Usted vende. Nosotros compramos —, afirmé.

—¿De dónde va a sacar el dinero? —, preguntó, sin tratar de esconder su escepticismo. Él probablemente creía que yo había bebido demasiadas cervezas. Señalé a las parejas que estaban bailando.

—Estas familias y otras. Conozco a muchos que van a querer vivir aquí. Si usted da un buen precio, yo encontraré el dinero.

Billie lo pensó un poco más.

—¡El lugar eso suyo por 150.000 dólares!

—¿Cuánto tiempo para pagar? —, pregunté.

—Veamos. Yo debería recibir por lo menos un anticipo de $20,000 —. Él observaba mis ojos. No habían cambiado. —Y el resto en cuatro o cinco años —. Billie ahora sabía que yo iba en serio. — ¡Qué demonios! —, declaró. —Yo voy a triplicar mi dinero en unos pocos años y aún así los podré ayudar. —¿Cuánto pueden pagar por mes?

—Quizás dos o tres mil dólares.

—Espere un minuto —, dijo. Fue hacia su automóvil y regresó con un cuaderno y una pluma. Se sentó y escribió unos números. —Paguen $2500 por mes. Dividamos eso en $130,000. Eso da cincuenta y dos. Cincuenta y dos meses. Eso es cuatro años y cuatro meses.

—Y, Sr. Bricks —, declaré, intentando sellar la transacción, —no pagaremos intereses —. Billie dio un resoplido, pero el sabía que acababa de encontrar el oro que estaba buscando.

—Sin interés —, afirmó, — ¡pero yo me quedo con la hipoteca!

Miré inquisitivamente a Francisco Serna quien repitió: "Mortgage, hipoteca."

—¡Oh, sí! ¡Hipoteca! ¡Usted puede tener la hipoteca! — dije. Nos estrechamos las manos.

Mi corazón retumbaba excitado. Todo había sucedido tan rápido y con tan poco esfuerzo. Apenas había pensado en esta idea antes de ese momento, pero en el instante supe que era algo factible. Cincuenta familias podrían pagar un enganche de $400 dólares cada una y luego poner tan sólo $50 dólares por mes para juntar el pago de $2500. En cuatro años, todos serían los propietarios de sus propias casas.

—Ahora, sólo hay un problema —, Billie Leo comenzó a hablar de nuevo. —Un solo problema, y ese es que todavía no soy el propietario del campo. Tengo que cerrar el trato con el condado. Y hay un trato. Ellos no me van a vender el lugar a menos que todos ustedes se hayan ido de aquí. Tiene que estar vacío y lo van a checar. Ellos me lo dijeron.

—No tenemos a donde ir —, dije.

Billie tenía la barbilla apoyada en una mano.

—Mire, yo sé cómo funciona esto. Ellos van a venir una sola vez a inspeccionar las barracas. Van a ver que ustedes ya no están. Entonces se van a ir y no van a regresar por mucho tiempo. Todos ustedes sólo tienen que irse el día que ellos vengan. Sólo recojan todo y salgan de aquí ese día. Ellos van a revisar. Se van a ir. Y ustedes pueden regresar. Pueden quedarse en sus automóviles en la carretera por un par de horas. No me importa. Sólo tienen que desaparecer cuando les diga que llegó el momento en que ellos van a venir. ¿Comprende?

Dos semanas más tarde, en el día designado, nosotros llevamos a cabo la estratagema de Billie Leo. Por la mañana cargamos nuestros automóviles y camionetas igual que como lo habíamos hecho dos años antes. Algunos rentaron caravanas para llevar todas sus posesiones a Salinas donde las dejaron con amigos. Por la tarde, llegaron los inspectores del condado, dieron un vistazo, afirmaron que el campo había sido desocupado y se fueron. Para el anochecer, las nueve restantes familias ya estaban de regreso en sus barracas.

A la mañana siguiente, Billie Leo Briggs depositó $53,000 en garantía. John Jones depositó el título de propiedad firmado y, para las 11:00 a.m., la compañía First American Title cerró la transacción. Billie Leo se convirtió en el nuevo propietario del viejo Campo McCallum.

De inmediato me puse a reunir el dinero necesario para comprar el campo. Tenía sólo sesenta días para juntar la cuota inicial. La mitad de los residentes restantes del campo estaban recelosos. Pero Juan Alemán, Efrain Zavala, Francisco Galván y Juan Miranda firmaron sus nombres en la recién acuñada lista de socios.

Invité a quien quiera que estuviera dispuesto a escuchar a unirse en esta gran aventura: la compra de la propiedad. Los campesinos del valle conocían mi nombre. Me habían visto frente a las cámaras. Habían estado a mi lado en el piquete.

"¡Oh, sí!", decían. "Este es el vato que dirigió La Posada, que enfrentó a Pic 'n Pac, quien acampó en las calles durante tantas noches. Es un buen hombre. ¡Él lucha por la gente!"

Otros decían: "¡Oh, no! ¡Es un busca pleitos! ¡Tengan cuidado con él!"

Yo ignoré a los opositores. Me desplacé por todo el valle. Caminé por las calles del este de Salinas: Towt y Williams, Fairhaven y Garner, Acosta y Alma. Toqué en las puertas, extendí la invitación para que vinieran y vieran. Catalogué los nombres de amigos y conocidos y recolecté más nombres y direcciones, mientras esparcía la noticia sobre el trato que Briggs y yo habíamos hecho. Manejé por los caminos secundarios para buscar a los residentes de los campos de trabajo en

South County: en Metz Road en Soledad, en Campo Jiménez, Villa Camphora, Campo 21 y Campo 17.

En el Campo Jiménez, los niños jugaban en la tierra entre los abarrotados automóviles estacionados a lo largo de las cabañas en decadencia. Corrían a buscar a sus madres para decirles que el hombre grande había vuelto y estaba tocando las puertas de nuevo.

Me desplacé aún más lejos al sur de los pueblos de Greenfield y King City y me aproximé a desconocidos en sus patios los domingos por la tarde. Ya de regreso en Salinas, me trepé a desvencijadas escaleras para subir a departamentos de segundo piso para buscar a algún interesado o gritar desde la calle a la gente que estaba en sus porches. Distribuí volantes en La Pulga en Sanborn Road y abordé a los compradores que salían a toda prisa del supermercado Monte Mart, escabulléndose hacia sus automóviles. Grité para que me escucharan sobre el ruido de los automóviles y camiones que pasaban por la calle East Alisal.

—Mire, amigo, esta es una gran oportunidad para usted y su familia. Si quiere convertirse en un socio, es algo muy simple. De momento hay que pagar tan sólo $400 y luego $50 por mes durante cuatro años y cuatro meses. En cuanto obtengamos el permiso del condado, ustedes podrán venir a vivir en el campo.

La gente llegaba y yo les daba la bienvenida. Muchos examinaban detalladamente los todavía raídos edificios y caminos llenos de hoyos, el tambaleante tanque de agua y las tejas sueltas, así como el decreciente número de residentes. Notaban con preocupación mis palabras sobre la falta de los permisos apropiados. Me agradecían por la información y se iban susurrando entre ellos que yo me estaba engañando a mí mismo.

—¡Está loco! —, decían. —No desperdicies tu dinero. No va a salir nada de esto.

También aparecían otros que tenían ojos para ver. Creían en mi sueño de reconstruir y restaurar de alguna manera la vida en los huesos decrépitos del viejo Campo McCallum. Caminaban por los espaciosos edificios. Admiraban los enormes eucaliptos. Sentían el perfume alcanforado del aire. Visualizaban su futuro y, a diferencia de los que dudaban, decían que era bueno. Al finalizar su visita, los creyentes también se iban, pero, a diferencia de otros, prometían regresar y traer sus 400 dólares.

—Primero —, decían, —usted sabe, necesito que llegue el cheque de mi salario —. De todos estos, algunos sí regresaron y dejaron su dinero.

Cuando yo era un niño, en San Ciro no existían los bancos. De joven, en la Ciudad de México, yo vivía lo suficientemente bien con el dinero que ganaba mudando muebles. Guardaba con cuidado los billetes y las monedas en mi cartera. Incluso ahora, no tenía motivo alguno para entrar a un banco. ¿Por qué alguien podría necesitar de semejante lugar? ¿Por qué alguien le dejaría su dinero a un extraño? Todos los que yo conocía estaban de acuerdo en que hay que mantener el dinero cerca y a salvo en el propio bolsillo y en su hogar. Siempre comprar lo que se necesite con efectivo. No se puede confiar en los bancos.

De niño, yo había seguido a mi padre de casa en casa y de negocio en negocio, mientras recolectaba los impuestos municipales.

Mi papá me había dicho en más de una ocasión: "Nunca acepte dinero de nadie, m'ijo, sin entregarle un recibo a cambio, y asegúrese de que le firmen de recibido.".

Había observado cómo mi padre colocaba con cuidado un papel carbón detrás de cada recibo; cómo escribía el nombre, la cantidad y la fecha en el talonario; cómo solicitaba que la persona que pagaba firmara, incluso si sólo podían hacerlo con una letra "X", y cómo había arrancaba el talón original para entregarlo al firmante.

Cuando mi padre organizó la construcción del salón comunitario, un espacio para que los ejidos se reunieran, de nuevo había recolectado dinero de casa en casa. Guardaba el dinero dentro de una lata de café que colocaba en una repisa en la cocina del hogar de los Torres, hasta que llegara el día de entregar los impuestos de la gente a las autoridades o de construir el salón comunitario de los ejidos.

Ahora yo había comprado mi talonario de recibos. Con cuidado registré el pago de cada socio. Algunas veces un amigo se me acercaba en la tienda diciendo: "Ah, Don Sixto, está usted aquí. Tengo el dinero. Por favor, tómelo antes de que me lo gaste en mi camioneta.".

Entonces, recordando las palabras de mi padre, yo respondía. —No, señor. No tengo conmigo el talonario. Usted debe venir al campo. Venga mañana por la tarde, lo aceptaré y le entregaré su recibo.

A lo largo de sesenta días, los creyentes llegaron uno por uno. Dejaron sus $400 y se comprometieron a seguir pagando su cuota mensual, yo les entregaba su recibo, obtenía la firma y registraba su nombre en libro de contabilidad hasta que junté los cincuenta socios y recolecté el monto requerido de 20.000 dólares para el pago de la cuota inicial.

Con cada recibo firmado, Elida y los muchachos observaban en silencio conforme yo guardaba el dinero en una repisa en una lata de café en la cocina de nuestro hogar, hasta que llegó el día de cerrar el trato de la venta del Campo McCallum.

Dennis Powell nos visitaba con frecuencia en nuestra nueva oficina improvisada. Manejaba al campo temprano por la mañana antes de ir a su oficina. Hoy traía un paquete especial. Elida lo recibió con amabilidad en la puerta. El barril de aceite estaba vertical, con la tapa cortada a la mitad y con una pantalla que colgaba en la abertura. Un fuego de maderas, cuyo humo salía por un tubo de cocina oxidado calentaba la casa.

Powell y yo nos sentamos en la mesa de la cocina. Los muchachos andaban por ahí, preparándose para la escuela. Elida le trajo a nuestro visitante chorizo con huevos, tortillas recién hechas y café.

—No firme nada sin antes consultarme, ¿okey? — me dijo. Powell estaba en contra de la compra del campo, pero sabía que ya había perdido en la discusión. Yo estaba determinado a continuar con el trato que Briggs y yo habíamos hecho. — Aquí están los papeles de constitución de la sociedad. Tiene que firmar aquí abajo. Los enviaré a Sacramento el día de hoy —. Powell me entregó el sobre manila. Miré los documentos con poco interés, excepto para ver el nombre "San Jerardo, Incorporated, empresa sin fines de lucro". Powell se apoyó en la silla. El respaldo suelto de la silla crujió. —Todavía no entiendo por qué está escribiendo Gerardo con una "J", en vez de con una "G" —, comentó.

—Quiero que sea única en el mundo —, respondí con una sonrisa.

— En todo caso, ¿quién era él? —, preguntó el abogado.

—En México es el santo patrón de los jugadores.

—Ah, eso tiene sentido.

Cuando cerramos el trato, se corrió la voz por todo el valle. Briggs había transferido la propiedad a San Jerardo, Inc., y yo era el signatario de la hipoteca.

Los agricultores de Old Stage Road estaban encolerizados. La junta escolar de la escuela Alisal estaba furiosa. Los comerciantes y los feligreses de la iglesia del centro de la ciudad estaban bastante alterados. La comunidad inglesa en general, que en su mayoría todavía despreciaba a los huelguistas, menospreciaba a Chávez y condenaba abiertamente los tejemanejes del sindicato, tenía sus dudas.

—¡Ese tipo Torres compró el Campo McCallum" —, afirmaban.

—Nunca escuché algo así. Dicen que pusieron 20.000 dólares de anticipo. ¿De dónde sacaron esa cantidad de dinero?

—¡Tan sólo puedo imaginarme!

—¿Alguna vez ha escuchado cosa semejante? ¿Campesinos dueños de un campo de trabajo? No creo que sea legal. ¡Pienso que uno debe ser un agricultor o quizás un contratista laboral para ser dueño de un campo de trabajo!

—Y otra cosa. Ese tal Briggs es un tipo hábil, que triplicó su dinero en un par de meses. Seguro estafó a esos pobres bastardos. No tienen absolutamente nada. El condado todavía los va a correr de alguna manera. ¡Por lo que he escuchado, el lugar ya ni siquiera cuenta con un permiso!

—Y le digo algo más; ¡va a ser un semillero para el surgimiento de radicales sindicales!

—¡Tiene toda la razón!

Otros, tanto mexicanos como ingleses, que apoyaban la causa de los campesinos, se mostraban escépticos antes las noticias.

—Suena sospechoso. Están pagando tres veces su valor real. Me pregunto si el tipo que está organizando todo esto sabe lo que está haciendo.

—Recolectar dinero de gente que apenas tiene para comer, basándose tan sólo en un impulso, alguien debería investigar eso...

CAPITULO DIECISEIS

Conforme pasaban los meses, nos esforzábamos para pagarle al Sr. Briggs. Todo mundo estaba ansioso. Solo los Alemán, los Galván y nosotros continuábamos viviendo en el campo. Llegó el otoño con su clima frío. No teníamos dinero. Nos estábamos quedando sin latas de gas para cocinar. La compañía de luz nos había cortado la energía. No teníamos luces, ni agua

Habíamos estado viviendo de esta forma durante los últimos ocho meses. Walter Wong había venido del departamento de salud del condado. Sus inspectores se pasaron horas valorando cada edificio y anotando las violaciones página tras página: el sistema de agua, el alcantarillado, las ventanas y los postes, los caminos, las barracas, el baño y las regaderas; nada cumplía con los modernos requerimientos del condado.

Los inspectores nos enviaron demandas exigiendo que solicitáramos un permiso de uso e hiciéramos las reparaciones necesarias. Nos mandaron una montaña de papeles que yo no podía comprender. Sólo entendía que, para ocupar por completo nuestras casas y de manera permanente, íbamos a tener que reconstruir todo. Dennis Powell revisó los papeles. Nos dijo que no podríamos cumplir con los numerosos requerimientos a menos que reuniéramos una gran cantidad de dinero.

Algunos de los socios se salieron del proyecto. Querían su dinero de regreso. Les dije que eso era imposible. Habíamos gastado su dinero para pagar el anticipo.

Los días de celebración eran cosa del pasado. Nosotros pensábamos que habíamos hecho una gran labor. Yo había proclamado a todos que "¡lo que ha sucedido es bueno y maravilloso!".

Quizás desde cierto punto de vista sí era grandioso y maravilloso, pero no desde otro, ahora que entendíamos mejor lo que nos estaban pidiendo.

Algunos se burlaban de mí. —De ninguna manera —, decían. —Es imposible. Estamos desperdiciando dinero —. Yo continué poniendo todo mi corazón para mantener vivo nuestro sueño.

Francisco Galván tocó mi puerta enojado. Traía puesta una gorra de béisbol. Su cabello sobresalía por debajo en gruesos y toscos mechones. Tenía los labios apretados y los ojos hinchados por la falta de sueño.

—¿Cómo podemos vivir en este mugrerío? —, preguntó. —¡Esta jungla es un desastre!

—Pase —, respondí. —Hablemos —. Nos sentamos en mi mesa.

—No estoy enojado con usted, Don Sixto, ¿pero qué es lo que debo decirle a mis hijos para explicarles por qué vivimos así?

Traté de consolarlo.

—No debe verlo de esa manera. ¿Acaso no recuerda cuando estábamos en la calle, con los automóviles corriendo a nuestro lado, con los sinvergüenzas gavachos y pochos gritándonos que no valíamos nada? En la vida de uno pasan muchas cosas. Estuvimos en una caravana oxidada, luego en una tienda con goteras. ¿Ahora su techo gotea? No, no lo hace.

Usted sabe, sólo podemos ganar si luchamos. Esta es tan sólo
una lucha más. Es tanto lo que ya hemos ganado.

Mientras hablaba, vi que él observaba mi casa. Observaba
cómo vivíamos, con sábanas dividiendo nuestras habitaciones,
un barril de aceite como estufa. Elida estaba junto a la tarja,
vertiendo agua en una sartén para cocinar, vertiendo agua en
una tina para bañar a los niños. Todos acarreábamos agua
a los inodoros para poder vaciarlos. Con sus ojos hinchados,
observó nuestro raído sofá y nuestras sillas medio rotas. Notó
nuestras velas y lámparas de keroseno. Nosotros vivíamos igual
que él.

—No crea que estoy cegado a lo que está pasando. Ustedes
son ocho. En cierta forma, esto es un desastre. Hay mucho
por hacer, pero aun así, en otros sentidos es un lugar hermoso,
¿verdad?

Después de un rato, se fue para regresar a su mitad de barraca y a sus propias sillas medio rotas, con sus propias lámparas de keroseno y los cuartos divididos con sábanas colgantes.

Algunas de las mujeres que vivían en el pueblo, a pesar de
que sus esposos eran socios y continuaban pagando sus cuotas, nos trataban como si no valiéramos nada, como si estuviéramos tirados en el piso, como si fuéramos inválidos. Ellos
seguían a Catalina Castillo y se pavoneaban como si fueran
chupes, superiores. Nos culpaban por las demoras y la falta de
avances. Venían manejando desde el pueblo por la tarde para
esparcir sus chismes y rumores. En vez de apoyarnos, se eno-
jaban, afirmando que estábamos causando problemas para la
comunidad mexicana y los campesinos. Venían a mi puerta y
me gritaban.

—¡Está tonto! Nos dijiste que esto sería fácil, que todos
podríamos vivir aquí. ¡Usted no sabe lo que está haciendo!

¡Pronto vendrán del condado y los van a echar! —. Gritaban para que mi familia y las demás familias los oyeran.

Yo había llegado a respetar profundamente a Dennis Powell, quien nos visitaba casi a diario. A veces traía a su compañero de trabajo, Luis Jaramillo. Nos sentábamos y hablábamos por las mañanas con una taza de café antes de que ellos tuvieran que dirigirse a su oficina. Me recomendaban que ignorara a Catalina, que estaba haciendo un trabajo bueno e importante. Ellos querían compartir un poco más de esta carga, pero ambos eran abogados con muchos casos por atender. Solo podían aconsejarnos y alentarnos.

Elida lloraba con frecuencia. —No tenemos nada más que una ilusión —, decía. —Sixto, debemos hacer algo.

—¿Qué podríamos hacer que sea mejor que esto? —, pregunté. —Algún día lo vas a ver, después de todo, este es verdaderamente un lugar muy hermoso.

—Sé lo que estoy viendo ahora —, argumentó. —Estoy viendo a un hombre que está perdido, que no sabe cómo encontrar su camino porque permite que otras personas lo atrapen en sus problemas pero ignora los propios. ¿Qué es lo que buscas que estás haciendo esto?

—No estoy perdido, bebé. Esto es algo de mi alma, mi machismo, tengo que hacer algo.

Junior, Enrique y Celina se me acercaron esa tarde mientras me fumaba un cigarrillo sentado bajo la luz de la luna.

—Papi, por favor mudémonos al pueblo —, suplicaban. —Estamos cansados de esto. Estamos cansados de que la gente se pelee con usted y que digan cosas malas sobre usted. Lo escuchamos todo el tiempo.

Les dije lo mismo que le había dicho a su madre.

—Esto es algo de mi alma, mi machismo, es algo que tengo que hacer.

Nos quedamos sentados en silencio por un largo rato.

—Voy a ayudar a mamá —, dijo Celina. Se levantó y los muchachos entraron con ella en la casa.

Encontramos un poco de trabajo en la compañía International Vineyards cerca de Chualar. Por fin hicimos algo de dinero, pero entonces mi hígado comenzó a fallar. Una vez más, yo había estado tomando mucho. Pasaba mi tiempo compartiendo con aquellos que me apoyaban y que continuaban creyendo en mí. Juntos nos chupábamos botellas de Tequila Cuervo, Ron Castillo, Tequila Viuda de Martínez y, cuando todo eso se había acabado, tomábamos cervezas. Era también por eso que Elida estaba muy desconsolada. Ya no me decía nada, pero yo sabía que yo la entristecía.

Habitualmente no me emborrachaba demasiado, con excepción de una vez que me desperté en el piso de la cocina con la cara dentro de un plato lleno de comida de perros. Eso había sido suficientemente malo, pero también estaba sucediendo algo peor.

El domingo fuimos a misa y luego a Monte Mart. Necesitábamos ropa para los hijos. La escuela comenzaría en dos semanas. Debían tener pantalones, camisas, calcetines y ropa interior. Moisés necesitaba zapatos nuevos para comenzar con el primer grado. Debían tener lápices, papel y cuadernos…

Por la tarde, todos nos sentamos afuera con la luna cada vez más brillante. Puse a tocar una viejo gramófono a manivela que había comprado en una época mejor. Le dimos la vuelta a la manivela. Escuchamos los desgastados discos de los treinta. Venían junto con el aparato, algunos en inglés y otros en español.

Cocinamos maíz en una parrilla con los muchachos sentados alrededor. La caja de los discos tenía una amplia colección: canciones de amor como "*Moon Over Miami*" y "Aquellos ojos verdes" y otras desde Mozart hasta "Allá en el Rancho Grande". La música nos relajó. Incluso Elida disfrutaba estos momentos juntos.

Yo había conocido a Juan Morales una tarde fuera de Monte Mart. Él aceptó un folleto y expresó su interés en formar parte de San Jerardo. Me invitó a su casa, que resultó ser dos caravanas en un rancho no muy retirado de Camp McCallum. Me presentó a su esposa y a su familia.

Juan era un hombre pequeño, musculoso de facciones puntiagudas, que vestía con frecuencia con pantalones de trabajo color café, una camisa de manga corta café claro y sucios zapatos cafés. Los domingos se vestía un poco más formal: zapatos de vestir, pantalones anchos, camisa de cuello, saco y un sombrero de fieltro, todos cafés.

Con el tiempo, Juan Morales y yo nos convertimos en buenos amigos. Él fue un gran apoyo en mi trabajo a través de todos los retos que todavía tendríamos que enfrentar. Durante esa primera visita, me contó su historia.

—Yo soy de Jerécuaro —, me dijo. —Carolina y yo nos casamos cuando yo tenía veintidós años. Juntos tuvimos trece hijos.

—¿Cómo se las ha arreglado? —, pregunté.

—Solíamos cultivar un pedazo de tierra cerca de nuestro hogar. Usted sabe cómo es en México: uno hace lo que sea para salir adelante. A través de los años, vendíamos lo que podíamos casa por casa: nuestra cosecha, y revendíamos toallas, tazas y vasos, usted sabe, utensilios para la cocina y herramientas para el jardín, cualquier cosa que pensábamos que podían necesitar nuestros vecinos. Un año compramos una máquina para moler el maíz de todos. Llevamos una concesión de una dulcería en un cine. Incluso pusimos una cafetería en nuestra casa y servíamos el desayuno, pero jamás fue suficiente.

Así que en 1957 decidí irme con los braceros que veía que venían al norte. Había cientos en el centro de procesamiento, pero tuve mucha suerte y obtuve un contrato que me llevó a Salinas. Regresé a ese mismo rancho cada año. Después, en los sesenta, el programa terminó, nos subieron a un autobús y nos mandaron a casa. Supongo que pensaron que nos habíamos ido para siempre, pero la mayoría de nosotros regresamos. Teníamos que hacerlo. Necesitábamos el dinero. Comencé a cruzar el río, ida y vuelta, por seis años, cruzando de ida y de vuelta con los otros mojados. Era fácil conseguir trabajo. Los agricultores, mi jefe aquí, él y los demás estaban desesperados por que regresáramos.

—Por fin, después de algunos años, pude traerme a Carolina y a mi familia. Nuestro último bebé nació aquí, lo que significó que yo podía solicitar la ciudadanía y eso fue lo que hice.

Una semana más tarde, Juan trajo sus $400. Salí a recibirlo cerca de la vieja reja.

—Usted sabe —, dijo. — He seguido las historias en el periódico. Usted y su familia y otros están sufriendo mucho por este sueño —. Me vio con ojos de un atento hermano. —Pero usted tiene la razón de no darse por vencido. Mucha gente, los agricultores, los campesinos, aquellos que trabajan en las tiendas y las oficinas, todos están observando

La hija menor de Juan jaló su abrigo. Él se detuvo para cargarla. La besó en la mejilla y continuó. —Necesitamos una casa más grande. Esta es nuestra oportunidad de tenerla, pero ese no es el único motivo por el que estoy aquí. Quiero verlo tener éxito, Don Sixto. Quiero ayudarlo. Si de verdad hace que esto suceda, si todos tenemos éxito, eso será otro signo de que viene el cambio. Los agricultores continúan resistiéndose al sindicato. Algunos incluso harán todo lo posible por atacarlo a usted como si fuera otro Chávez, pero no todos ellos están contra este lugar. Es sindicato es una cosa, pero la mayoría de ellos saben que los trabajadores necesitan casas. No tienen ningún motivo para oponerse a este lugar.

Alfredo Navarro vino a verme una helada mañana de noviembre. Navarro manejaba una organización comunitaria sin fines de lucro: la Central Coast Counties Development Corporation. Todos la conocían como la CCCDC. Trajo con él a otro joven llamado Eduardo. Él era un gavacho, pero hablaba español.

Yo conocía a Alfredo porque él había organizado con éxito cooperativas agrícolas para las familias de los campesinos. Durante La Posada, cuando estábamos intentando comprar el campamento de caravanas, nos habló sobre comenzar una cooperativa agrícola y comprar los 600 acres de fresas de Pic 'n Pac sobre Old State Road, que en ese momento se encontraban a la venta. Esto no era tan sólo un sueño imposible. Gracias al trabajo de su organización en Watsonville, por haber creado exitosamente La Cooperativa Campesina, Navarro contaba con los fondos para realizar la compra. El gobierno federal ya había aprobado la propuesta. Él y Dave Walsh ya habían llegado a un acuerdo.

Sin embargo, las familias no estaban listas para emprender una empresa de semejante tamaño. Ellos y su consultor de Delano dijeron que era muy riesgoso pasar de ser un campesino a un agricultor. Después de eso vimos cómo Dave Walsh enterraba las fresas en la tierra.

Ahora, Alfredo me había dicho que quería apoyar el desarrollo de San Jerardo. Me ofreció un puesto de tiempo completo en su organización como un interno en el área de desarrollo comunitario y organización. La CCCDC me pagaría $200 por semana para dirigir el proyecto de desarrollo de San Jerardo y completar el trabajo para obtener los permisos necesarios. Alfredo estaba a punto de contratar a doce internos.

—Todos ustedes se reunirán por las mañanas —, dijo, —para discutir las estrategias para traer el cambio a las comunidades: cómo poder trabajar a través de los sistemas políticos, cómo juntar y administrar los fondos públicos, cómo acercarse a las fundaciones, cómo llevar a cabo una junta de manera correcta, un montón de temas distintos que los van a ayudar con el trabajo que estarán realizando mientras organizan San Jerardo. Nos designaron un cuarto como biblioteca para trabajar en la granja. Ahí es donde se llevarán a cabo las clases—. Alfred se refería a la granja de cien acres de la CCCDC que estaba justo frente al Campo McCallum. —Además —, dijo, —si usted acepta, les asignaré a Eduardo para asistirlos.

Yo no podía creer nuestra buena suerte. Yo tendría un trabajo de tiempo completo y San Jerardo se beneficiaría de la ayuda de un profesional de la CCCDC.

Eduardo no había dicho casi nada. Me preguntaba cuales serían sus antecedentes, pero, entre más hablaba con él, más fui descubriendo que tenía experiencia en lo que respecta a permisos y préstamos para vivienda. Me contó que él ya había construido casa para familias de campesinos en el Valle de San Joaquín. Sabía cómo obtener financiamiento del gobierno federal. Antes de que hubiera transcurrido la mañana, yo sentía que había renacido. Por fin, gracias a Alfredo Navarro y a su organización, teníamos un camino para salir adelante.

CAPITULO DIECISIETE

En su mente, Catalina Castillo debe haber pensado que era una mujer brillante y que sólo ella podía ver a través de mí. Sólo ella podía descifrar los muchos errores y decirle la verdad a la gente. Era su vocación y su deber: observar cada uno de mis movimientos, leer los signos de lo que ella percibía como mi ineptitud y corrupción y expresar su oposición en nombre de la razón y la justicia.

Era una mujer de baja estatura, de cara redondeada y ojos retadores que se veían más grandes debido a los gruesos anteojos que llevaba para corregir su miopía. Su cabello caía sobre sus pesados hombros en obscuros bucles y coletas. Siempre se vestía con pantalones anchos y blusas estampadas con flores, todo en colores brillantes, que contrastaban mucho con su actitud frecuentemente lúgubre.

Cuando hablaba, mostraba una absoluta confianza en lo que tenia para decir. Una vez que ella había formado su opinión sobre un tema o situación, una agresiva confianza en sí misma se apoderaba de ella, eliminando la necesidad de obtener información adicional o hacer alguna rectificación.

Cuando recién nos conocimos, Catalina y yo entablamos una relación amistosa. Me contó sobre ella. Había nacido en los cuarenta en Edinburg, Texas. Había aprendido inglés en la escuela. Sin embargo, más tarde durante su vida, se dio cuenta que era más útil fingir no conocer el idioma. En la adolescencia se había vuelto introvertida frente a los demás y evitaba la compañía de todos, con excepción de unos pocos compañeros de la escuela. Se casó con Adalberto cuando tenía dieciséis años. Aunque en ese momento estaba embarazada, el bebé nació muerto. Más tarde le diagnosticaron un tumor que requirió que le realizaran una histerectomía, así que la pareja se quedó sin hijos.

Según algunos, después de la operación ella cada vez se volvió más desconfiada de todos, menos de unos pocos amigos que podían apreciar su alma atormentada y su entendimiento especial sobre el comportamiento humano.

Catalina Castillo estaba orgullosa de su naturaleza combativa. A lo largo de su vida se había enfrentado a la autoridad cuando habían tratado de imponérsela. Aunque en general era reservada, siempre estaba deseosa de contarle a nuevos conocidos cómo, desde el primer grado en adelante, sus maestros la habían victimizado; cómo de adolescente, al trabajar en los campos, sus jefes la habían victimizado; cómo su doctor, quien, ella estaba segura, la había diagnosticado erróneamente, la había operado innecesariamente; y cómo la policía había detenido a Adalberto por manejar borracho, aunque él había bebido tan sólo dos cervezas.

De acuerdo con su relato, las autoridades habían victimizado de nuevo a la pareja cuando el fiscal de distrito emitió una orden de detención para Adalberto tan solo porque no se había presentado en la corte para defenderse del cargo por conducir bajo la influencia del alcohol, ni presentarse para la sentencia o el pago de una multa. ¿Por qué debían someterse ante el acoso de la corte? Tenía más sentido mudarse fuera de Texas y conseguir trabajo en otro lado.

Al igual que nuestra familia, los Castillo firmaron con el reclutador de Pic 'n Pac cuando realizaba su circuito a lo largo del valle de Río Grande. A las pocas semanas, Catalina y Adalberto se encontraban viviendo en La Posada y estaban listos para recolectar fresas. Cuando comenzó la huelga, se unieron a los piquetes y sintieron el brillo de una victoria inminente. Ellos no nos habían conocido a Elida y a mí en Texas, pero, debido a nuestras raíces comunes, en un inicio Catalina estaba dispuesta a apoyar mis esfuerzos de organización.

Después del desahucio de La Posada, Catalina decidió irse a vivir con su hermana en el este de Salinas, en vez de irse con las familias bajo las lonas en Sherwoood Drive. El matrimonio Castillo, sin embargo, pronto reafirmó su lugar entre los refugiados durante la mudanza al Campo McCallum. Catalina y Adalberto rápidamente pagaron su cuota y se convirtieron en socios de San Jerardo, Inc.

Catalina conspiró con mi enemigo, Beto Garza, tratando de desacreditarme y sustituirme. Garza viajó a las oficinas administrativas del sindicato en La Paz en las montañas Tehachapi en el lado este del valle de San Joaquín, que era para muchos, el centro del universo de los campesinos. Le susurró al oído a César que yo era un mal hombre. Quizás fue porque lo había cuestionado sobre la venta de asignaciones del sindicato y por decir lo que pensaba sobre muchos otros temas. Quizás fue por mi confrontación con Dolores Huerta.

Yo lo había visto venir. Él y otros diseminaron rumores para destruir mi reputación entre la gente. Dijeron que estaba robando dinero, que era un tirano, un dictador, un comunista. Dijeron que "me estaba chingando" a las familias de los campesinos. Exactamente esas palabras. Ismael Vélez y Catalina

Castillo estaban ahora como perros rabiosos. Yo era su blanco mientras trastabillaban en el camino de tierra que era su vida, sacando espuma por la boca.

Había estado bebiendo demasiado. Lo admito. Me había puesto muy enfermo. No podía dormir por la noche. Tenía ictericia. Fui al doctor. Sacudió su cabeza y me dijo que estaba muy mal y que ya no podía hacer nada por mí. Me dijo que yo debía dejar de beber. Debía dejar de fumar. Me dijo que tan solo un milagro podría salvar mi hígado.

Cada día manejaba los tres kilómetros hasta la granja donde Eduardo tenía su oficina y donde planeábamos nuestro trabajo. Yo había llegado a respetarlo a él y su conocimiento. Me había dado por llamarlo Lalo. En México, ese es el apodo para los que se llaman Eduardo. Juntos visitamos a los oficiales del condado para discutir el permiso de uso. Nos habíamos reunido con el director de planeación y con su asistente. Nos habían tratado de desalentar de continuar con el proceso. El director, el Sr. DeMars, dijo que sería imposible.

—Ese lugar tiene mucha historia y mucha oposición política. La comisión de planeación, la junta de supervisores, no los veo votando para reabrirlo —, dijo.

Cuando Lalo y yo salimos, me enojé, maldije a los *corbatas* y dije que organizaríamos una protesta contra ellos. Entonces nos tendrían que otorgar nuestro permiso. Lalo me dijo que yo debía cambiar mi actitud sobre los *corbatas*.

—Es un proceso —, dijo. —Para tener éxito, debemos seguir con el proceso. A menos que uno ya haya llenado todos los formatos y contestado todas las preguntas, uno no existe para ellos. Su enojo no significa nada. Hacer una manifestación en las escaleras del palacio de justicia será inútil. Usted piensa que esto es solo algo político. No es así. También es algo técnico.

Llevamos a cabo juntas mensuales con todos los socios. Nos reuníamos en una barraca vacía. Nos sentábamos en las desvencijadas bancas, con nuestras botas y zapatos de trabajo rozando el áspero cemento. Encendíamos un fuego con madera dentro de un barril de aceite para aguantar el aire helado. Le explicábamos nuestros planes a la gente, nuestra campaña para ganar la aprobación para obtener el permiso de uso de la comisión de plancación y de la junta de supervisores, nuestra estrategia para obtener un préstamo del gobierno federal. Buscábamos maneras de neutralizar a la oposición de la junta escolar de Alisal y de los agricultores propietarios de las tierras circundantes. Lalo se paró al frente de la habitación.

—Tenemos un problema muy difícil que debemos discutir con ustedes —. La gente se quedó en silencio. —Sabemos que todos ustedes están deseosos de poseer algún día su propio hogar en este lugar, pero ahora sabemos, por nuestras reuniones, que eso será imposible. Lamento tener que informarles que no van a poder ser dueños de sus hogares como individuos aquí en San Jerardo —. Un murmullo recorrió toda la habitación. Lalo continuó. —No van a poder ser dueños de sus hogares como individuos debido a que el uso de suelo no lo permite —. Algunas personas se enojaron. Se inclinaban hacia los que estaban junto a ellos y hablaban con frases rápidas.

—Por favor, esperen un momento. Déjenme explicarles —. Lalo no dijo nada más sino hasta que la habitación estuvo en silencio. —Esta propiedad tiene uso de suelo como campo de trabajo. De acuerdo con el condado, los campos de trabajo se deben tratar como una parcela y sólo una parcela. Esto significa que no podemos dividir el campo en cincuenta parcelas, una para cada socio —. De nuevo, la gente murmuraba. —Si nosotros proponemos que cada uno de ustedes sea el dueño de su propia casa, entonces estaremos violando el uso de suelo porque estaríamos creando una subdivisión ilegal en medio de tierra agrícola. El condado nos ha informado que jamás van a permitirnos esto. Si presionamos, los supervisores no nos otorgarán el permiso necesario.

Lalo había traído con él un atril. Dibujó una colonia con lotes en un gran pedazo de papel blanco y explicó cómo la ordenanza de zonificación regula la creación de parcelas y subdivisiones.

—Esto es algo que nosotros debemos entender claramente: debemos poseer esta propiedad como una corporación, como una sola entidad. Si tratamos de hacerlo como individuos, lo perderemos todo.

Yo me enojé por mi propia ignorancia. Jamás debería haberles dicho a los socios que, una vez obtenido el permiso, ellos podrían venir y ser propietarios de sus propias casas. En ese entonces, el condado me había dado un montón de papeles. Los *corbatas* me dijeron: "Llene estos papeles; conteste estas preguntas; cuando lo haya hecho, emitiremos el permiso". Yo no entendía nada de esos asuntos. No podía entender lo que decían los papeles. Fue sólo más tarde que Lalo me ayudó a entenderlos. Sólo más tarde fue que discutimos nuestras opciones con el director de planeación.

Lalo había analizado las alternativas con el abogado de la CRLA, David Kirkpatrick. Kirkpatrick y él nos habían recomendado a la junta y a mí que creáramos una cooperativa de vivienda. Ahora había llegado el momento de presentarle esta idea a los miembros.

Catalina se puso de pie y exigió que me sacaran del proyecto.

—¡Torres nos ha mentido! —, proclamó. —Él dijo: "¡Paguen su cuota y tendrán su propio hogar!". ¿Ahora qué es lo que dicen este gabacho y él? Dicen: "¡Ustedes no pueden tener su propio hogar!" —. El enojo iba en aumento en la habitación. Unos pocos me estaban gritado que renunciara como el presidente de la mesa directiva.

Juan Morales se puso de pie para calmar a la gente. Él ahora era miembro de la junta y era muy consciente. Mi amistad con él continuaba creciendo. Más que la mayoría de nosotros, él sabía cómo trabajaba el gobierno, después de todo, él había vivido en los Estados Unidos desde hace muchos años y ahora era un ciudadano. Era domingo. Juan Morales se veía muy distinguido, vestido con su ropa formal de domingo y su sombrero de fieltro color café.

—Señores, señoras, miren, no se dejen engañar. Yo he asistido a nuestras reuniones de la junta y he leído las cartas que ha enviado el condado. Sixto y Lalo están diciendo la verdad. Ellos se están enterando de nuevas demandas con cada día que pasa. Ustedes deben comprender. Sixto es un campesino, como yo, como ustedes. Ustedes saben cómo es esto. Uno no puede obtener una respuesta sino hasta que se haya hecho la pregunta. Sixto y yo en la junta estamos aprendiendo qué debemos preguntar. Algunas veces la respuesta que nos dan no es la que quisiéramos escuchar, aun así, es la respuesta. Algunas respuestas, ustedes saben, no las podemos cambiar. Por favor escuchen todos lo que Lalo les va a decir.

Catalina no paraba de despotricar. Alentada por dos mujeres que estaban sentadas cerca de ella, continuaba exigiendo mi destitución.

—¡Torres está cometiendo muchos errores! —, gritaba. —Él debería haber sabido todo esto antes de que pusiéramos nuestro dinero! ¡Yo les he estado diciendo a todos ustedes cómo nos ha mentido y ahora pueden verlo por sí mismos!

La gente se estaba impacientando con Catalina. Ellos querían que Mingo, quien era un sargento, la callara. Mingo se acercó hacia ella. Adalberto le ladró a Mingo que se regresara a su lugar, pero entonces le susurró algo a Catalina y ella terminó con su diatriba.

Juan Alemán sugirió que fuéramos a La Paz y le pidiéramos ayuda a César. Lalo respondió.

—Cuando se trata de temas de zonificación, la junta de supervisores escucha a sólo a tres grupos de personas: a su personal de planeación, a la comisión de planeación y a los votantes. ¿Cuántos de ustedes están registrados para votar?

De las setenta personas presentes en la habitación, seis levantaron la mano. La mayoría, como yo, tenían la Green Card. Otros, por supuesto, ni siquiera tenían documentación.

—Ese es el problema —, aseguró Lalo. —Como grupo, no contamos con voto. ¿Cómo podemos ganar si no podemos presionarlos como votantes? Debemos convencer al equipo de planeación para que recomiende la aprobación a la comisión de planeación. Esto sólo sucederá si respondemos punto por punto todo problema que presente el equipo. Debemos explicar nuestra necesidad de vivienda. Debemos mostrarles cuánto vale este lugar. Debemos hacerlos comprender nuestra forma de vida y nuestros sueños de tener un hogar decente. Debemos contestar sus preguntas, todas ellas. Si dejamos una sola sin contestar, tendrán una excusa para recomendar una negativa. Por último, debemos lanzar una campaña para convencer a los votantes de Salinas y al condado que deben apoyarnos. Necesitamos al menos a tres de los cinco supervisores para aprobar el permiso. Esto será muy difícil.

—Pero podemos organizar una marcha y traer a tres mil personas —, dijo inquebrantable Juan Alemán.

—Temo decirles que esto —, respondió Lalo, —no es una huelga o un boicot. Se trata de políticos elegidos localmente. Sin la aprobación del equipo y la presión de los votantes, una demostración, con una mayoría de no votantes, no nos ayudaría en nada y podría causarnos daño.

—¡Chávez ha vencido a muchos políticos! —, proclamó Juan.

Yo ya me estaba impacientando con Juan Alemán. Nosotros habíamos discutido esto en privado, pero él era un cabezón. No se daría por vencido. Me levanté de mi silla y le pedí que explicara su razonamiento.

— ¿Por qué hablaríamos con César? —, pregunté. La gente sabía que yo ya no era bienvenido en la sede del sindicato. Voltearon a ver a Juan y luego a mí.

—César tiene a 40,000 miembros por los qué preocuparse —, dije. —Está construyendo un sindicato, no luchando por un permiso de uso de suelo. ¡Son dos cosas diferentes, amigo! Las luchas del sindicato están en los campos, en las cortes y en las tiendas de abarrotes. ¡La junta de supervisores no toma decisiones sobre los campos, las cortes o las tiendas de abarrotes!

Juan se me quedó mirando. Él debe haber sabido que yo tenía la razón. Yo debía haberme callado, pero estaba agitado y hastiado.

—¡Si tú quieres estar con Chávez —, dije, —agarra tus cabras y vete a La Paz!

La gente se me quedó mirando en silencio. Juan se sentó y ya no dijo nada más. Vi a Catalina y a su grupo de chismosos intercambiando miradas. Mañana repetirían mis palabras a Beto Garza, pero no me importaba lo que ellos dijeran o lo que Garza pensara de mí.

Por la noche, Juan Alemán, a pesar de nuestras diferencias, patrulló la propiedad, en busca de vándalos. Nos preguntábamos si los agricultores o alguno de nuestros propios miembros que se oponían a nuestro liderazgo intentarían incendiarnos. Constantemente emergían rumores sobre complots e intrigas para arrancar de mis manos el control del proyecto. En algunas ocasiones, Juan llevaba consigo una escopeta como protección. Quizás nos estábamos volviendo paranoicos.

A veces los jóvenes que se reunían cerca del puesto de fruta en la calle East Market, llegaban en sus coches *lowrider*. Bajaban sus luces y se acercaban lentamente a la parte posterior de la propiedad para besarse con sus novias. En más de una ocasión, Juan y yo les habíamos tenido que pedir que se fueran. A veces llegaban otros menos amigables.

Una noche estábamos patrullando, cuando escuchamos un grito apagado en un edificio trasero. Primero vimos el automóvil y luego a través de una ventana lateral de una barraca trasera, vimos unas sombras moviéndose con cuidado. Conforme nos acercamos, escuchamos una quejido ahogado y desesperado. El mismo aire se sentía tenso y retorcido, cargado con los penosos y ahogados sollozos.

Descubrimos a dos hombres jóvenes, en cuclillas y vigilantes, con una linterna bamboleándose a través de la obscuridad. Juan levantó su escopeta y disparó al aire. Tres figuras corrieron desde la parte trasera del edificio y se lanzaron dentro a través de las puertas abiertas del vehículo, que salió rechinando por el camino hacia la salida. La esposa de Juan, Amandina, cuidó de la desdichada muchacha hasta que sus padres y la policía vinieron para llevarla a casa. El nombre de la muchacha era Lydia Abrego, la hija mayor de Carlos y Hortensia Abrego, amigos y miembros leales de San Jerardo.

Un tiempo después se procesó a los muchachos por violación y fueron declarados culpables. Juan y yo fuimos llamados para testificar. El juez los puso en la cárcel por diez años.

En el otoño, cuando una madre vigilante escuchaba el graznido de los gansos volando hacia el sur, ella se apresuraba a levantar y envolver a su bebé, protegiéndolo del cortante viento de octubre. Pegaba al niño a sus pechos y se apresuraba hacia la puerta. Se detenía sólo lo necesario para agarrar una cuchara de plata de la alacena. Salía al porche, esforzándose para escuchar el sonido el ave que migraba.

Buscaba en los cielos y, en el momento que veía la bandada de aves, levantaba a su bebé hacia la misma conforme los gansos se abrían paso a través del sedoso cielo. Inmediatamente tocaba los labios del niño con la cuchara, para así asegurarse que su bebé crecería hablando dulcemente y con claridad durante toda su vida.

La gente conocía muchos antídotos de este tipo para protegerse contra un mundo incierto. Para un niño solitario, que se sienta desolado o aterrorizado y que no pueda dormir por miedo a la obscuridad, si se pasaba un huevo bañado en agua bendita sobre el cuerpo del inocente mientras se rezaba, esto disiparía el susto y el niño podría descansar plácidamente. Las hierbas medicinales proporcionadas por la yerbera o el curandero curaban enfermedades y aliviaban el dolor o los daños de la vejez. El agua floral con romero y salvia limpiaban al cuerpo de impurezas.

Quienes están familiarizados con los curanderos y sus remedios comunican diligentemente los nombres de los enfermos y sufrientes para que se acelerara su tratamiento y recuperación. Por eso, no fue una sorpresa descubrir que uno de tales devotos, al darse cuenta de la ictericia de mis ojos, le diera mi nombre a su curandero de confianza, un hombre cuyo nombre pronto aprendería, Juan de Dios.

CAPITULO DIECIOCHO

Me internaron en el hospital. El doctor me dijo que tenía que intervenir. Me dijo que tendría que estar ahí por al menos un mes para que mi hígado pudiera tener cierto alivio de mis malos hábitos. Elida me visitó con nuestros hijos. Se inclinó para besarme. Me limpió la frente con un trapo, pero yo vi enojo y resentimiento en sus ojos. Me dijo que había tenido que meter una solicitud para recibir cupones alimenticios.

—No tenemos opción —, murmuró. Los muchachos permanecieron en silencio y con miedo. Mi hermana Licha entró en la habitación.

—Alguien vino a visitarte —, dijo. Para mi sorpresa, entró mi mamá. Había venido desde Texas. Mis ojos se llenaron de lágrimas cuando la vi. Ya habían pasado cuatro años. Su cabello estaba más canoso y más escaso. Su vestido colgaba de sus hombros caídos. También ella se inclinó para darme un beso.

—Debes cuidarte mejor —, dijo. Sus ojos negros eran al mismo tiempo acusadores y compasivos.

Me sentía mortificado por mi comportamiento. En una de las barracas traseras, atrás de una lona, había escondido una docena o más de botellas. Elida debía saberlo, pero no había dicho nada. Me decidí a venderlas o regalarlas en cuanto regresara.

Después de que se fuera mi familia, me quedé recostado en la ensombrecida habitación, deprimido y lleno repugnancia hacia mí mismo. Le había sido infiel a Elida. Me acordaba cómo me había ido hacia la obscuridad de la cantina Maida para sentarme en el bar hasta que la puta se me restregó y me llevó hacia la pista de baile. Elida debía haber presentido estas violaciones también, pero no había dicho nada. El padre Díaz entró a mi habitación.

—¿Cómo se encuentra usted hoy, Don Sixto?

—Me encuentro bien, padre.

—¿Puedo hacer algo por usted el día de hoy? ¿Desea recibir la comunión?

—Ahora no, padre, quizás mañana.

Esa era nuestra rutina, día tras día, pero el día de hoy, cuando llegó, le pedí que se quedara. Le dije que quería confesarme. Se sentó y tomó mi mano. Hablamos como si fueramos los más viejos amigos.

—¿Recuerda usted su tiempo de niño en México? —, pregunté sintiendo mis lágrimas brotando.

—Por supuesto.

—De que manera tan simple vivíamos entonces —, dije, —y cuán confiados estábamos de que podríamos cambiar este mundo. Con frecuencia pienso en una promesa que me hice a mí mismo de siempre buscar la belleza y la verdad, como insistía el padre Benito —. Miré al sacerdote fijamente desde mi almohada. —He fallado —, confesé. —He profanado mi cuerpo y he dañado a mi familia —. Le pedí que me perdonara.

Un domingo por la tarde, me visitó Lalo. Su cabello arenoso le había crecido hasta los hombros y ahora usaba patillas, como estaba de moda. Me alegré de verlo. Me explicó que él había continuado componiendo una solicitud para un préstamo a través del Departamento de Agricultura. Había presentado los papeles al condado, solicitando el permiso de uso de suelo.

Después de varias semanas de confinamiento en el hospital, le pedí al doctor que me diera de alta. Le prometí dejar de tomar, lo cual logré hacer. Llevé las botellas al mercado de la pulga en Sanborn Road y las vendí. Desde ese momento, solo tomé jugo y alguna cerveza ocasional. Yo sabía que tenía que hacerlo mejor o lo perdería todo. Nunca regresé a la vida nocturna de la calle Soledad o la calle John.

Entré al bosque de eucaliptos. Me quedé parado en silencio entre los árboles y me quedé mirando la diáfana noche sin estrellas. Me saboreé mi última fumada de un Marlboro y soplé el humo hacia el aire fresco, que tenía un denso olor de hojas en descomposición. En la tranquilizante obscuridad, la brisa rozaba alrededor de los delgados troncos y se abría camino a través de la corteza suelta.

Las barracas del campamento estaban unos metros más adelante, rodeadas de buganvilias y árboles de pimienta, y ahora sólo se veían como unos bultos negros, bordeados por el brillo de las distantes lámparas de las habitaciones. Aventé el cigarrillo al enmarañado piso y empujé el apagado brillo hacia las humedecidas vainas y ramas que había debajo de mí.

Había venido para estar solo, lejos de los niños, lejos de Elida y de sus dudas sobre mis visiones.

—Sus visiones —, me había dicho, —nos están dejando sin un centavo.

También había venido para poner tierra de por medio con Catalina y su constante hostigamiento y presión ante mis decisiones. Estaba cansado de ella y de algunos de los demás. Yo era su líder, su organizador, su soñador. Sin mí, esta oportunidad ni siquiera existiría; sin embargo, yo había cometido errores. Lalo me había dicho que era un error faltarle al respeto públicamente a la opinión de Juan con respecto a pedirle ayuda a Chávez. Lalo me advirtió que tenía que ser más inteligente.

—Usted debe tratar a los miembros, incluso a Catalina, con respeto.

Yo debía haberme dado cuenta que no era bueno invitar a Catalina y a algunos de los otros a convertirse en socios. "Pinche ruca", masculló mientras penetraba más profundo hacia los árboles. "Me tratan como a un extraño", pensé, "como si los estuviera dañando de alguna manera, como si fuera un maldito extranjero". Sonreí amargamente ante mi propia broma. Todos estamos aquí con nuestras pinches Green Cards. Somos todos extranjeros, mojados. No sabemos nada.

Mi internado en la CCCDC ya había comenzado. Todos los demás eran más jóvenes que yo y la mayoría eran anglos o estudiantes graduados de la universidad. Todos los días nos reuníamos en la vieja granja, situada en medio de los cien acres donde la CCCDC llevaba a cabo su programa para ayudar a las familias de los campesinos a aprender sobre el cultivo en un ambiente cooperativo. El primer día de nuestras discusiones nos presentamos entre nosotros. Les expliqué en mi medio cortado inglés cómo llegué a estar ahí con ellos, debido al interés de Alfredo en ayudarnos con San Jerardo.

—Yo tengo proyecto —, dije. —Una milla, viejo Camp McCallum —. Señalé hacia el norte. —Necesitamos permiso del condado... Dinero para construir nuevo.

Después, uno de los internos, David Foster, se me acercó. Tenía cabello despeinado, entre rubio y pelirrojo y un poco de barba. Sus ojos eran azules y puros con la transparencia y confianza de la juventud. Más adelante me enteré que había egresado hacía poco tiempo de la Universidad de Santa Cruz, a unos 65 kilómetros de distancia.

—Quisiera ayudarle —, dijo sonriendo con timidez. —... Trabajar con usted en su proyecto —. Su español era tan cortado como mi inglés. Sin embargo, en las subsiguientes semanas y meses, eso cambiaría a medida que íbamos aprendiendo el uno del otro y conspirábamos con Lalo viendo la manera de superar el poder de los agricultores y de los demás que estaban enfilados en contra de nosotros. Después del descanso, Lalo nos volvió a reunir.

—Durante las siguientes semanas —, había explicado, — vamos a pasar mucho tiempo aquí discutiendo qué es lo que significa para nosotros el desarrollo de la comunidad, el cambio social y cómo crearlo y mantenerlo, la justicia social, la organización de la comunidad, la construcción institucional, las estructuras corporativas, el proceso de crear y presentar artículos y estatutos locales, los deberes que tienen los miembros de una junta para con su organización, la responsabilidad fiscal y la supervisión de presupuestos y reportes financieros.

Aun después de que me tradujeran las palabras de Lalo, yo nada más tenía una vaga idea de lo que estaba diciendo, pero estaba determinado a aprender.

Los miembros de San Jerardo también sabían muy poco o nada de estos grandes conceptos. Conforme pasaba el tiempo, se volvió mi responsabilidad enseñarlos, a pesar de que algunos no querían aprender de mí. Yo temía que, entre más aumentara mi comprensión y dominio de todo este nuevo conocimiento, me volvería más ajeno y amenazante para Catalina y sus seguidores.

Ahora, en el bosque de eucaliptos, me asomé a través del conglomerado de hojas y ramas que brotaban de los sombríos troncos. Mientras observaba, la neblina del valle se iba levantando lentamente, revelando una diáfana luna que cubría los terrenos abiertos que rodeaban al campo con un suspiro de luz. Entonces, la neblina se disipó y la luna apareció en su totalidad, iluminando la estéril montaña Gabilán y las hileras de lechuga que yacían entre ella y las barracas de McCallum.

Mi paseo me había traído hasta el lado sureste de la propiedad. Estaba justo frente a la doblada y oxidada valla alambrada que separaba el campo de las granjas circundantes. Me quedé parado junto a la valla observando las Gabilanes iluminadas. Ahí, en las distantes colinas, podía divisar una diminuta luz que me miraba desde la casa de Jim Bardin.

Por mucho tiempo yo había pensado en el viejo Bardin, junto con los otros agricultores vecinos, como el enemigo. Ellos se habían opuesto al campo desde el día en que el gobierno decidiera construirlo al iniciar la guerra. Ahora, treinta años después, los Bardins y los Fanoes se estaban organizando de nuevo, tratando de obstruir su reutilización como vivienda para los trabajadores.

Hasta esa noche nunca había reparado en la luz de los Bardin, pero esa mañana Lalo y yo habíamos visitado al anciano. Habíamos llamando antes para solicitar la entrevista. "Este gringo tiene huevos", había pensado yo cuando Lalo me dijo que había arreglado todo para visitar al hombre en su casa. Fuimos subiendo por el largo camino en la camioneta de Lalo, admirando la hacienda de adobe de estilo mexicano que estaba frente a nosotros en una planicie elevada frente a las colinas cafés y con vista al valle.

Tocamos el timbre y esperamos. Una mujer de mediana edad abrió la puerta. Era claro que nos estaba esperando, aunque no dijo nada mientras nos guiaba a través del piso de baldosas rojas hacia el amplio espacio de la sala de estar, con su techo de vigas a la vista y un gran ventanal que daba al valle.

Bardin estaba sentado en una mecedora, con las piernas cubiertas por una manta de lana. A sus ochenta y tantos años, se veía frágil. La luz matinal se reflejaba en su piel tirante, con un matiz indefinido de naranja oscuro y manchas de color morado sobre blanco. Un mechón de cabello amarillento cruzaba su frente. Su ojos color azul estaban fijos en la ventana y su imponente vista.

La mujer nos ofreció tomar asiento y se retiró tras un breve: "Ya llegaron". Lalo nos presentó. Hasta el momento en que comenzó a hablar, Bardin había estado mirando fijamente hacia el frente sin darse por enterado de nuestra presencia.

—Hemos venido para discutir el tema del campo y las familias…

La conducta frágil del hombre desapareció de inmediato. Se enderezó y se volteó hacia nosotros. La piel tensa de sus antebrazos revelaba la intensidad de la emoción que corría a través de sus venas expuestas, mientras se le caía la manta y disparaba hacia arriba un puño cerrado junto con sus primeras palabras

— ¡Ese maldito campo no ha sido más que un dolor de muelas desde el momento en que lo construyeron! Me opuse entonces y voy a luchar contra él ahora. No debería estar ahí. Ustedes no tienen idea lo que hemos tenido que soportar. ¡Había doce mil braceros en los años cincuenta! Se comían nuestras cosechas, se robaban nuestro ganado, nuestro equipo,

¡lo que se les ocurra! —. Los feroces ojos de Bardin nos perforaban. —¡Y cada maldito Cinco de mayo, lanzaban sus fuegos artificiales y se robaban mi ganado para sus malditas barbacoas! —. Lalo se esperó a que el hombre se hubiera calmado para responder.

—No estamos hablando de doce mil hombres, Sr. Bardin. Estamos hablando de sesenta familias.

—¡Ajá! ¡Y sus hijos van a estar saltándose esa valla y van a pisotear mi lechuga!

—Quizás sus hijos van a trabajar para usted algún día.

—¡No trabajarán para mí, nunca lo harán! —, replicó Bardin. —¡Ni se les ocurra que van a tener mi apoyo!

No dijo nada más. Se cubrió con la manta y se quedó mirando fijamente hacia el frente. Lalo se puso de pie. Yo me permanecí en silencio todo el tiempo. Había cachado vagamente las palabras de Bardin, pero no había modo de confundir su emoción y significado. Mis entrañas resonaban como un becerro destajado en la tienda de mi tío. Sabía que si trataba de decir una sola palabra yo iba a explotar. No tenía palabras que este hombre supiera o quisiera escuchar.

Agitado, me levanté del sillón. Me quedé parado por un momento y dirigí la mirada intensamente por encima del anciano sentado en su silla, hacia la gran ventana. Podía ver el bosque de eucaliptos del campo. Me di cuenta que Bardin había estado sentado ahí, postrado y amargado, mirando fijamente hacia el campo durante semanas, quizás meses, sólo mirando y rumiando de manera obsesiva, desde el día en que se dio a conocer la noticia de que habíamos comprado McCallum

Pensé en todos los niños que algún día vivirían en el campo. Mis propios hijos asistían a la escuela Bardin, ubicada en el camino Bardin en el mismo borde de Alisal en el Este de Salinas, a ocho kilómetros de donde yo me encontraba parado.

Estábamos viviendo en medio del rancho Bardin y aquí, frente a mí, estaba el mismísimo chingón, el mero patrón, tratándome como si fuera una pulga chupándole la sangre, y a la que aplastaría con placer si pudiera.

— ¿Está enojado, cabrón? — pensé. —¿Estás enojado? Usted con su hacienda y su nombre en edificios públicos y caminos, con toda su tierra, ¿está enojado?

Las palabras corrían en mi cerebro. Lalo vio mis ojos y me hizo un gesto como para decirme: "Cálmate, hombre".

En ese momento, en la sala de estar de la hacienda de Jim Bardin, Lalo me agarró del brazo.

—Deberíamos irnos —, dijo en voz baja. —No diga nada.

La mujer que nos había recibido en la puerta vino para mostrarnos la salida. En el porche, ella dijo: "Soy su hija. Deberían comprender que nos han pasado muchas cosas con ese lugar". Lalo asintió en silencio y nos fuimos.

En el camino de regreso, Lalo dijo. —Usted sabe, usted y su temperamento tienen una reputación en este pueblo. Si quiere tener éxito con los políticos, tendrá que cambiar. Los políticos tienen que confiar en usted. Tienen que creer que no va a avergonzarlos. Esto significa siempre estar en su mejor comportamiento, aun cuando tenga ganas de gritar. Hoy lo hizo muy bien. No gritó.

Una nueva nube pasó sobre la luna y me trajo de regreso al ensombrecido límite de la propiedad. Le di la espalda al distante punto de luz que todavía brillaba desde la hacienda Bardin y caminé de regreso hacia mi familia entre las ennegrecidas barracas.

Abrí mis ojos con la primera luz del amanecer. Escuché unos golpecitos en la ventana. Un hombre me estaba llamando con una voz baja y reconfortante.

—¡Sixto Torres! ¡Sixto Torres!

Yo no había dormido bien. Todavía estaba adormilado, pensando que quizás tan solo se trataba de un sueño. Mi hígado todavía me mantenía despierto, a pesar de haber dejado de beber y de que ya sólo fumaba esporádicamente. Los golpecitos volvieron a sonar.

—Sixto Torres —, continuó la suave voz. —Sixto Torres, soy Juan de Dios y he venido a sanarlo —. Yo no conocía a este hombre ni su voz. Él repitió. —Sixto Torres, son Juan de Dios. Me han informado que usted está enfermo y he venido a sanarlo.

Me levanté, me vestí y me acerqué a la puerta. El visitante era de una complexión delgada, más o menos de mi edad a mitad de sus cuarentas. Era un güero con cabello ondulado castaño claro, frente amplia y cejas puntiagudas sobre los ojos de mirada intensa. Su boca y las líneas que bajaban por su barbilla estaba cubiertas con un colgante bigote. A sus pies yacía un morral desgastado. Se dirigía a mí con frases musicales largas y cortas, como si estuviera cantando, aunque sus palabras eran simples y concisas. Estaba vestido con un atuendo de peón, con una camisa blanca y pantalones, y llevaba un colorido sarape. Quizás porque yo todavía no terminaba de despertar, sentí que el movimiento de sus delgados brazos y el conjuro de sus palabras me atraían hacia el espacio interior de sus ojos.

—Sixto Torres, le traigo hierbas desde San Luis Cabrillo, Colorado. Aliviarán su dolor y, después de un tiempo, lo curarán.

Me vio con una gran bondad, como puede un padre ver a su hijo. Sentí un escalofrío que me recorrió el cuerpo, como si me encontrara en presencia de un visitante sobrenatural.

—Yo soy Juan de Dios y he venido desde la frontera, de San Luis Cabrillo, Colorado —, cantó de nuevo con la más profunda sinceridad. —He venido para sanarlo.

—Cierto —, dije. —¿Pero cómo? ¿Quién lo mandó?

Juan de Dios prefirió no contestar a estas preguntas. En lugar de ello, levantó el morral y me lo entregó. Al tomarlo, escuché un sonido apagado y adiviné que estaba lleno de hierbas.

—Le traje esto —, dijo. Yo me le quedé mirando fijamente. El escalofrío continuaba recorriendo todo mi cuerpo. Juan de Dios Continuó. —Ponga un puño en ocho litros de agua y hiérvalo hasta que queden tan sólo cuatro. Vierta esa solución en un tarro. Después del anochecer, ponga el tarro, todavía abierto, en una loma para que se enfríe con la niebla de la noche. Por la mañana, beba una taza llena. Guarde el líquido en el refrigerador y continúe bebiéndolo todos los días —. Con ello, Juan de Dios, todavía mirándome, caminó hacia atrás hasta su automóvil. En la puerta, se detuvo. —El morral debería alcanzarle para seis meses —, dijo. — Regresaré para traerle más.

Miré como se alejaba. Seguí sus instrucciones al pie de la letra y bebí el brebaje del curandero todos los días. Continué con esa rutina por cinco años. Y como podrán ver, tuvo su efecto…

CAPITULO DIECINUEVE

A la siguiente semana, Lalo y yo fuimos en mi destartalada camioneta GMC rumbo a casa, desde Gilroy hacia Salinas. Lalo bajó la ventana unos pocos centímetros. Una corriente del fresco aire de enero corrió entre nosotros.

—Mire hacia las colinas —, dije. —Ya se están poniendo verdes —. Justo acabábamos de abandonar una reunión con el representativo regional de la Administración de vivienda para los agricultores, una división del departamento de agricultura de los Estados Unidos. —¿Qué piensa usted de Quirós? —, preguntó Lalo.

—Es un cabrón —, respondí.

—Es difícil imaginar —, observó Lalo, —que hemos pasado dos meses armando una solicitud para un préstamo de la USDA. Seguimos las instrucciones de la agencia y reunimos todos los documentos necesarios. Los enviamos a la persona adecuada a la oficina especificada. Le dimos tiempo para revisar nuestra solicitud y solicitamos una reunión para discutirlo. En primer lugar, ese tipo ni siquiera revisó el paquete. Luego nos dice que el programa de préstamos 515 no existe. ¡Increíble!

—¡El sólo quiere que nos demos por vencidos! —, dijo.

—Bueno, va a tener que aceptar que no vamos a irnos a ningún lado. Cuando regresemos, voy a mandarle una carta a su jefe en Woodland, documentando el envío de la solicitud y su declaración de que el programa no existe. ¡Tenemos una copia del Registro Federal para comprobar que el Congreso lo volvió a autorizar!

—El problema es que ellos saben que a Talcott no le importa si nos ignoran. Los republicanos dijeron que quieren matar todos los programas gubernamentales de vivienda.

Pasamos a través de las colinas al sur de Gilroy y entramos en la planicie norte del valle de Salinas. Pedazos de tierra obscura con delineada con surcos cafés y filas de color azuloso a morado y verdes de achicoria, lechuga y brócoli, así como aglomeraciones de motas blancas de coliflores, se extendían en un gran círculo alrededor de nosotros.

Ya en Salinas, nos salimos de la carretera 101 y dimos vuelta hacia el este en la calle Alisal, a través de un ancho corredor de pequeñas y raídas estructuras de techos planos, que eran el remanente de los años treinta. Había cafés, tortillerías, tiendas de ropa, salones de belleza y prestamistas. Nos detuvimos en Sanborn Road en espera de que cambiara el semáforo, con edificios comerciales recién construidos por todos lados: el enorme supermercado de Monte Mart, la Safeway, los establecimientos de comida rápida, que reflejaban el creciente poder adquisitivo de la comunidad mexicana. Dimos vuelta hacia el sur en la escuela Bardin.

—Por cierto —, mencionó Lalo. —Saqué una cita con Virginia Barton. Por fin me regresó la llamada. Al principio dijo que no había nada que discutir porque, la semana pasada, la junta escolar se reunió y votó para oponerse a la reapertura del campo.

—¡Votaron sin siquiera darnos una audiencia! —, estallé.

—Eso pensé yo también —, dijo Lalo. —Le dije que queríamos venir y hablar de cualquier forma, así que obtuvimos la cita —. Más tarde en esa semana, nos reunimos con la superintendente en su oficina en la calle East Market.

Virginia Rocca Barton era una mujer de mediana edad, de carácter fuerte, carismática y con fuertes opiniones. A pesar de tener una constitución delgada, ocupaba toda la habitación con su poderosa voz y aires autoritarios. Su corto cabello estaba teñido de color ámbar otoñal. Vestía un traje sastre de color rosa. Su maquillaje estaba aplicado con escrupulosa precisión.

—¡Oh! Conozco el campo McCallum —, dijo. —Abrí una escuela ahí en los años cincuenta, cuando se le rentaba a los agricultores y a los exportadores, después de que se hubieran ido los prisioneros de guerra y regresaran los braceros. Les daban vivienda a las familias en ese entonces. Escuchamos que los adolescentes de ahí no iban a ir a la escuela porque debían trabajar los campos todo el día. Yo organicé todo. Logré que la oficina de educación para los adultos se involucrara, ayudé en la contratación y capacitación de todos los maestros. Fue entonces cuando empecé a aprender español e hice que todos los maestros también lo aprendieran. Enseñaba ahí tres noches a la semana, todo como voluntaria.

—Sra. Barton —, dijo Lalo, —planeamos rehabilitar las viejas barracas y…

No necesita explicarme. Sé todo sobre sus planes y no quiero que piensen que me opongo de manera personal. Pero deben entender algo. Mi opinión no importa. ¡Yo trabajo para la junta escolar, y la junta escolar está completamente en contra de lo que están haciendo, sin mencionar a todas las viejas familias que viven por ahí!

Lalo y yo manejamos de regreso por East Alisal y dimos la ahora familiar vuelta en Old Stage Road.

—Dígame algo, Lalo —, dije. — ¿Por qué está usted aquí, haciendo esto?

—Es algo real —, contestó. —Si uno puede darle un hogar decente a una familia, entonces habrá cambiado sus vidas para siempre. Los padres estarán orgullosos. Los hijos crecerán en un ambiente estable. ¿Qué alternativa existe en este valle con la gente amontonándose en la cocheras o diez personas durmiendo en un abarrotado piso en Chualar? Necesitamos más viviendas para los trabajadores. Si San Jerardo tiene éxito, quizás se sigan logrando más cosas.

Diseñamos una campaña para ganarnos nuestro permiso de uso de suelo. La junta escolar de Alisal continuó oponiéndose, diciendo que estábamos creando un gueto, que llevaríamos al distrito a la quiebra, que los residentes del distrito se oponían a nuestro plan. Lalo y yo viajamos hasta Sacramento para reunirnos con el Departamento de Estado para la Educación de los Migrantes. Sus representantes enviaron cartas a la junta escolar describiendo todo el soporte económico que recibiría debido a la afluencia adicional de los niños migrantes.

Juan Alemán, David Foster, nuestros hijos mayores y yo andábamos por todas las colonias de East Alisal. Al igual que hiciéramos con la autoridad de vivienda, recolectamos más de mil nombres en apoyo a nuestro permiso de uso de suelo. Investigamos las múltiples subdivisiones rurales que la comisión de planeación y la junta de supervisores habían aprobado en meses recientes y encontramos que se había autorizado la construcción de cientos de casas en el área del condado, la mayoría de las cuales se habían construido para residentes anglos de ingresos medios y altos y estaban ocupadas por ellos.

—¿Por qué no le llaman guetos a esos sitios también? —, preguntamos.

Nos enteramos que una gran compañía agrícola, la Bruce Church, había propuesto en alguna ocasión la construcción de cien unidades para viviendas para mano de obra agrícola en el Camp McCallum. La comisión de planeación les había denegado el permiso, pero había indicado que vería de manera favorable la construcción de sesenta y cinco unidades. Nuestra propuesta era de tan solo sesenta unidades. Este descubrimiento renovó nuestras esperanzas.

Nos presentamos ante la junta escolar de Alisal y recriminamos a sus miembros por aceptar una resolución en contra de San Jerardo sin siquiera habernos dado la oportunidad de hacer una presentación. Refutamos sus argumentos uno por uno. Presentamos los miles de nombres y firmas, apremiando al distrito para que apoyara la emisión de nuestro permiso. Lalo se paró frente a los directivos y defendió nuestro caso.

La gente de San Jerardo, como todos, necesitan hogares. Son afortunados en el sentido de que han encontrado una manera de lograr cumplir su sueño. Ellos han trabajado duro y se han sacrificado, al haber gastado más de $40,000 dólares de su propio dinero para hacer pagos de su hipoteca. Ellos saben, al igual que ustedes, que hay recursos del gobierno disponibles para ayudar a este distrito a hacer frente a la incidencia de sus hijos en el presupuesto de ustedes. No son ni cínicos ni desconfiados, sino que ponen su fe en las cartas que ustedes han recibido por parte del estado, diciéndoles que este apoyo está disponible. Ellos han presentado estas peticiones y están agradecidos con el consentimiento de las mismas personas que los eligieron a ustedes.

Helen Manning del *Californian* se encontraba presente con su libreta. Sus historias de primera plana sobre la continua oposición del distrito, a pesar de que todo lo que habíamos hecho para contestar sus preocupaciones, habían ayudado a voltear la opinión pública a nuestro favor. Yo observaba como ella escribía. Las cámaras de televisión también se encontraban presentes. Lalo continuó.

—Nuestra sociedad, nuestras leyes están fundadas sobre la creencia que las personas razonables, cuando se les presenta una opción razonable, elegirán actuar siguiendo la razón. Nosotros hemos hecho todo lo que está en nuestras manos. Dejamos en manos de ustedes, que son personas razonables, el responder de la misma manera.

Ni nuestro trabajo, ni nuestras palabras conmovieron a los directivos. La junta denegó nuestra petición. Al día siguiente, el titular del ejemplar matutino del *Californian* decía: "¡A pesar de la promesa de recibir ayuda del estado, Alisal sigue diciendo No!".

Aunque el rechazo era un contratiempo, la cobertura mediática tendía a neutralizar la oposición de la junta. Un sentimiento de compasión iba creciendo entre los buenos ciudadanos del valle. Nos enteramos que los agricultores habían contratado a un abogado con el nombre de Brian Finnegan para hablar por ellos frente a la comisión de planeación y la junta de supervisores. Lalo me dijo que se trataba de una persona bien conocida y respetada en el condado. Él trabajaba en una gran firma que representaba a muchos de los agricultores del valle. Decidimos contratar a un abogado. Su nombre era William Bryan. Él también tenía una fuerte reputación y era de una vieja familia de Salinas. Conocía a todas las personas poderosas que formaban parte de las comisiones y juntas, y que tomaban las decisiones importantes.

Lalo y yo nos encontrábamos en el salón de reuniones de la comunidad un cálido día de septiembre. Habíamos invitado a la comisión de planeación para que nos visitaran y conocieran nuestra propuesta. Los miembros se sentaron en una de las barracas. Estaban rodeados por las paredes de pino y cubiertos por el techo de dos aguas. Mi compañero interno de la CCCDC, David Foster, había tomado fotos de los 140 deteriorados campos de trabajo del valle, que a pesar de ello todavía operaban legalmente. Él y Juan Alemán habían visitado los lugares y habían entrevistado a los residentes. Habían documentado otros cincuenta campos en operación que no tenían permiso alguno.

Les mostramos las diapositivas de las chozas de una sola habitación en las que algunos de nuestros socios se encontraban viviendo en este momento. Les mostramos sus recibos de pago por los 130 dólares al mes que pagaban como renta de esas pequeñas chozas. Las lúgubres y sombrías diapositivas en blanco y negro pasaban frente a los ojos de los comisionados. Las fotos revelaban cuartos parchados con una o dos familias hacinadas, con padres e hijos, abuelos, tíos y tías. Revelaban décadas de ceguera intencional y de negligencia por parte de los oficiales públicos. Los resignados ojos de los habitantes miraban a la cámara. En una de las fotos se veía un hombre que vestía una playera con una bandera de los Estados Unidos ondeante y las palabras impresas: "Que Dios bendiga a América".

Las diapositivas mostraban el cableado expuesto, las tuberías agujereadas y los lavabos oxidados. En un caso, David había fotografiado una tubería de cloaca de la que brotaban borboteando aguas negras que enlodaban el área de estacionamiento del campo, con niños jugando alrededor. Los comisionados se quedaron callados. Era claro que los planeadores del condado y los inspectores de las construcciones estaban fallando en cumplir con su deber de monitorear el uso continuo de estas casuchas llenas de cicatrices del pasado. Los jefes de los comisionados de planeación, la junta de supervisores, no habían hecho nada para mejorar las condiciones de los campos o para demandar su remoción y reemplazo.

Les describimos nuestro plan para obtener un préstamo gubernamental. Presentamos bocetos de cómo se verían las barracas de McCallum después de que se transformaran en modernas casas de tres o cuatro habitaciones. Los arquitectos e ingenieros estaban presentes para confirmar que nuestro plan era factible. Un contratista de construcción validó que las estructuras y techos de pino del campo eran estructuralmente firmes y tenían un valor significativo. Reemplazar estos activos, declaró, costaría cerca de un millón de dólares.

—¿Quién será el dueño de la propiedad? —, preguntaron los comisionados. —¿Cómo se va a administrar? ¿Podemos ver sus estados financieros?

Lalo les explicó que, como la mayoría de los demás campos de trabajo del valle, San Jerardo sería manejada a través de una entidad corporativa, en este caso, una sociedad cooperativa. Los residentes no serían los propietarios de sus propias unidades, sino que poseerían una membresía dentro de la cooperativa. Una compañía administradora profesional se aseguraría de asegurar el mantenimiento adecuado y la integridad fiscal.

—Preguntan por nuestras finanzas. Sí, por supuesto, las tenemos justo aquí —. Lalo sonrió en mi dirección y me guiñó el ojo mientras distribuía los estados financieros. Desde el comienzo, él había insistido en que contratáramos a un contador para llevar nuestros libros. Yo pensaba que era un gasto innecesario. Ahora podía ver cuán importante había sido dar ese paso.

Al finalizar la reunión, era claro que el inmaculado mundo de conveniencia política de los comisionados se había hecho añicos. Ellos no vinieron esperando terminar convencidos de que la propuesta para rehabilitar el viejo campo McCallum era sólida y factible.

Douglas Ziegler, el único hijo de Abraham y Thelma Ziegler, se casó con Lydia Abrego en la iglesia de Christ Church en la nublada mañana de un sábado. Los padres de la novia, Carlos y Hortensia Abrego eran, como ya he mencionado, socios en San Jerardo y apoyaban fuertemente mi trabajo.

Debido a la espantosa experiencia de Lydia aquella noche, meses atrás, en las sombras de la barraca más lejana, sus padres habían compartido conmigo su miedo de que ningún hombre se querría casar con su hija mayor. Sin embargo, Douglas Ziegler era un joven romántico que se había enamorado profundamente de Lydia. Se rehusó a dejarse disuadir de su propuesta de matrimonio por la terrible experiencia de la muchacha.

Por la noche le pidió la mano de su hija a Carlos Abrego y se paró frente a su departamento en el Este de Salinas para cantarle a la muchacha con su clara voz de tenor. Carlos en seguida les dio su bendición para la unión y Lydia aceptó de buena gana.

En la iglesia, los veinte padrinos y madrinas de boda, entre ellos Elida y yo, nos preparábamos para la procesión. Todos vestíamos trajes y vestidos de color beige que hacían juego.

Abraham y Thelma, quienes acababan de volar desde la ciudad de Nueva York el día anterior, entraron en el estacionamiento de la parroquia manejando su automóvil rentado y descendieron de él. Abraham, un hombre enorme, sociable y placentero, de inmediato prendió un cigarro y, como el buen vendedor que era, se puso a recibir a los invitados que llegaban.

—Soy Abe Ziegler, el padre del novio —, proclamaba Abraham a todos los que pasaban a su lado caminando con rapidez hacia la puerta lateral de la iglesia. Thelma Ziegler estaba incómoda, parada cerca del automóvil, alta y extravagante con su saco hasta la cintura y su falda larga, también beige.

La mano que ofrecía Abraham desconcertaba a algunos de los que pasaban. Apretaban sus dedos con suavidad y seguían hacia la iglesia, agitando las manos para alejar el rastro del humo del puro. Otros simplemente lo ignoraban, haciendo de cuenta que no lo veían.

A diferencia de su marido, Thelma era reservada y cauta en estos ambientes ajenos, entre personas extranjeras que, como se enteró la noche anterior, hablaban poco o nada de inglés, comían comida incomible y que, al menos en esta ocasión, parecían extrañamente felices a pesar de su falta de riqueza material y confort.

Debido a la barrera del lenguaje, apenas había podido soportar la cena de ensayo, tratando de hacer conversación sentada con nosotros, el grupo de parejas de padrinos. Por suerte, su futura nuera la rescató trayéndole oportunamente a una tía conversadora y bilingüe.

Las paredes exteriores rosa chillante de la iglesia se levantaban a seis metros sobre la calle Front en Salinas Este. Su interior estaba adornado con columnas en espiral, teñidas con matiz color pastel. Estatuas de yeso de la virgen y los santos vestían con túnicas de gruesos pliegues de color azul y amarillo, con listones de oro, con ojos fervientes que miraban hacia el cielo. Pinturas barrocas españolas de los santos padres colgaban entre las columnas y las estatuas. Sobre el altar, rodeado de columnatas, se encontraba el demacrado y ensangrentado Cristo crucificado, colgado en la cruz.

A petición de los padres de la novia, los padrinos habían aceptado la carga de pagar por la boda. Como era costumbre, cada pareja era responsable de cubrir un gasto específico: el uso de la iglesia, los servicios del padre, el músico que tocaba el órgano, etc. De tal manera que, entre las diez parejas, no habían cubierto todos los gastos de la boda.

En el momento indicado, los padrinos marchamos hacia nuestros asientos designados con paso dignificado. Sin embargo, al llegar nos encontramos con que no habían retirado la cuerda que reservaba los asientos. Nadie se acercó a quitar la cuerda que obstruía el paso, así que nosotros los hombres, simplemente la saltamos y luego la levantamos lo más posible para que las mujeres, algunas con no poca dificultad, pudieran pasar por debajo de ella. La congregación nos observaba de manera titubeante y compasiva, pero la cuerda permaneció fija en su lugar.

Tras este precario comienzo, guiaron a Abraham y Thelma al frente de la iglesia, donde se sentaron solos en la primera banca. Luego, el acomodador escoltó a Hortensia Abrego a su lugar de honor.

Douglas Ziegler trabajaba para la UFW. Ganaba cinco dólares por semana como organizador del sindicato, investigando las quejas sobre violaciones a los contratos, entre otros deberes. Medía 1.80, y era ligeramente más alto que su hermosa futura esposa de ojos obscuros. Era uno de los muchos jóvenes americanos con estudios que había a lo largo del país, que se habían unido a Chávez y pronto se habían encontrado lejos de su hogar y profundamente comprometidos con las continuas luchas del sindicato de campesinos.

Luego, un acomodador se dirigió hacia el púlpito y anunció que el pastor de la iglesia, el padre Seitz, estaba enfermo y no podría realizar la misa de bodas. Explicó que un padre retirado, el padre Charlie, que era de la diócesis, tomaría su lugar. El acomodador también agradeció al organista por presentarse a tocar con tan poco tiempo de anticipación.

—¡Mucha gente se enfermó de gripa! —, él observó.

El padre, un hombre viejo y alto con piel pálida y un desaliñado círculo de cabello rodeando su calva, salió de la sacristía y tomó su lugar al frente y al centro. Le dio la bienvenida a la congregación con una sonrisa y un fuerte: "¡Buenos!", y luego preguntó cuántos de los asistentes "podían hablar inglés". Se levantaron una docena de manos. El padre inclinó la cabeza resignándose a su aprieto.

Douglas Ziegler se paró a la izquierda del padre Charlie en su esmoquin, con su cola y su kipá, esperando a que llegara su novia. Observó a sus padres en la banca frontal y a los padrinos detrás de ellos, algunos a los que conocía, y aún más atrás a los pocos amigos del sindicato que habían venido: a Beto

Garza, Mario Molina, Ismael Vélez, Catalina y Adalberto Castillo. Estaba orgulloso de que hubieran hecho ese esfuerzo, casi como si fueran los representantes del mismo Chávez. A pesar de eso, su presencia también lo ponía nervioso, incluso temeroso sobre lo que, quizás, vendría más adelante después de este jubiloso día.

El órgano comenzó a tocar la marcha nupcial. Los ojos del joven se encontraron con los de su amada, mientras ella avanzaba con lentitud por el pasillo, con Carlos Abrego a su lado. Carlos le presentó la mano de su hija al novio y luego tomó su lugar junto a Hortensia. El padre Charlie invitó a la pareja a acercarse. Comenzó con la misa.

—En el nombre del Padre, y del Hijo, y del Espíritu santo…

El padre Charlie hizo esta oración de apertura con una voz lenta, que sonaba como si cantara una canción sureña de Oklahoma. Al principio se sentía avergonzado por su falta de dominio del idioma español, aunque parecía determinado a enfrentar el texto de las oraciones y lecturas que tenía delante. Sin embargo, tras la primera oración, el padre pareció perder la valentía. Su voz se oía menos que el recital continuo de canciones de amor populares que tocaba el órgano, como "Strangers in the Night", "Love me Tender" y "Bésame mucho", entre otras, y cambió de su intento de español al latín y, en algunas ocasiones, al inglés, conforme lo veía conveniente.

Este patrón continuó a lo largo de toda la misa, español arrastrado, latín apagado y una apologética oleada de inglés, todo envuelto en el subyacente e incesante sonido del órgano que tocaba una variedad de familiares canciones de los cincuenta y los sesenta, incluyendo "Moon River", "The Thelf of Never" y "April Love".

La joven organista nunca antes había tocado en una misa católica. Al parecer, la secretaria de la iglesia simplemente le había dicho que debía presentarse y preparar música apropiada para una boda; y eso fue lo que ella hizo, sumando de manera inocente una nueva dimensión a la confusión cultural que estaba teniendo lugar. La culminación de su trabajó se dio durante la comunión, cuando a continuación de la invitación del padre a la mesa, ejecutó una cálida versión del tema de amor de la película "El padrino".

Al terminar la ceremonia, Douglas Ziegler y su nueva esposa avanzaron por el pasillo hacia la salida, sonriendo y saludando a sus amigos. El brillo en los ojos del novio se opacó al pasar junto a Beto Garza y sus seguidores. Sabía que debía escoger. No podría quedarse callado por más tiempo. Debía decirle a Carlos Abrego, que ahora era su suegro, lo que había visto la semana anterior.

Douglas había pasado a visitar inesperadamente a Beto Garza en su casa. Ismael Vélez y Mario Molina se encontraban ahí. Los tres se sentaron en la cocina, a tener una charla casual. La puerta del garaje había quedado abierta de manera inadvertida. Más adelante dijo que había podido ver con claridad una mesa con tarros alineados, una lata de gasolina y trapos. Se quedó mirando fijamente, sin poder creerlo: cocteles Molotov, ¡por Dios! ¿Podía ser cierto? Él había escuchado un rumor, pero pensó que era una exageración. El rumor persistía: chismes que describían un complot para incendiar, bombardear algunas de las barracas, las barracas traseras, con el fin de intimidar, desacreditar, desestabilizar, tomar el control. Sintiendo lealtades divididas, no me había dicho nada a mí ni a Carlos Abrego. Pero ahora sabía que debía advertirnos.

Lalo y yo siempre estábamos aprendiendo uno del otro y enseñándonos mutuamente. Un día me enseñaba para que yo pudiera enseñarle a los socios, otro día yo le tenía que enseñar para que pudiera comprender mejor a la gente y entender cómo responderían ellos a todo lo había que explicarles

Yo estaba aprendiendo sobre artículos de incorporación y estatutos, mociones y apoyos, ganancias y gastos, archivos y auditorías. Tenía que demostrarle al gobierno que la gente y yo entendíamos estas herramientas para que *los corbatas* aprobaran nuestro préstamo. Ya no guardaba las cuotas en una lata de café. Habíamos abierto una cuenta de banco. Seguíamos trabajando con el contador. Y yo le enseñaba a la gente todo lo que iba aprendiendo.

Repetía las palabras de Lalo: "Debemos seguir el proceso, paso a paso. No podemos ser reaccionarios, pensando que podemos sencillamente presentarnos en una reunión pública a cantar y aplaudir. No los podemos intimidar de la manera que uno podría intimidar a algunos de los agricultores con amenazas y boicots. Debemos resolver todos los problemas que surjan, de otro modo seremos derrotados en las audiencias para obtener el permiso".

Habíamos juntado nuevos socios para reemplazar a aquellos que se habían alejado y a quienes ya no podían seguir pagando sus cuotas. Algunos de los miembros originales, en particular Catalina y Adalberto, continuaban oponiéndose a mí. Habían convencido a un nuevo miembro, a Nicholas

Machado, para que se uniera a ellos. Estaban en contra de formar una cooperativa. Ahora estaban presionando para vender la propiedad y dividir el dinero. Yo creía que estaban buscando echar mano del dinero que se obtuviera. En cualquier caso, el sobrino de Catalina, Ismael Vélez y Mario Molina no eran trigo limpio. Corrían rumores de que vendían drogas en las calles de East Alisal y de East Market.

Nacho Molina vivía en el pueblo. Él no era un socio. Me había dicho cuan descorazonado estaba por el comportamiento de su hijo. Al mismo tiempo, yo había escuchado que Beto Garza estaba planeando dejar el sindicato y que pronto sería reemplazado. Quizás por fin sus líderes se estaban hartando de sus payasadas.

La nación había elegido a un nuevo presidente, el señor Jimmy Carter. Él estaba muy a favor de construir más hogares para las familias trabajadoras. Pocos días después del triunfo Demócrata, el Sr. Quirós de la Administración de Viviendas para Agricultores, el hombre que nos había dicho que no podía hacer nada para ayudarnos con nuestro paquete de préstamo, nos llamó para invitarnos a comer. Y trajo al administrador de la oficina de estado.

—Tengan la seguridad —, dijo el administrador, —de que esta agencia va a hacer todo lo que esté en a su alcance para ayudarlos a obtener este permiso —. Fue esta experiencia la que, por primera vez, me hizo pensar en convertirme en un ciudadano para poder votar en un futuro.

Continué tomando el brebaje que me había dado Juan de Dios. Continué evitando el José Cuervo. Mis ojos ya no estaban ictéricos. Volvía a tener energía.

Habíamos formado un comité con empresarios locales para que nos aconsejaran mientras nos preparábamos para la audiencia sobre nuestro permiso de uso de suelo. Reunimos cartas de apoyo de muchas organizaciones locales. Incluso encontramos a uno o dos agricultores dispuestos a apoyarnos. Nos reunimos con los supervisores del condado, uno por uno. Con frecuencia definimos estrategias con nuestro abogado, Bill Bryan, para idear nuestras presentaciones ante la comisión de planeación y la junta de supervisores.

Admito que me sorprendía que tantos gringos se estuvieran acercando a ayudarnos: el Sr. Briggs, Dennis Powell y otro abogado de la CRLA, David Kirkpatrick, el arquitecto y el ingeniero, Lalo y David de Central Coast Counties. Algunos, por supuesto, recibían retribución por su consejo, pero otros, como Sal Salinas, que era cuáquero, se ofrecieron para estar de nuestro lado y ayudarnos con sus ideas.

La gran mayoría de los socios también eran aliados fieles. Ellos comprendían que lo que nos esforzábamos por lograr llevaría tiempo. Pagaban sus cuotas y confiaban en que nosotros fuéramos leales en hacer nuestros pagos al Sr. Briggs. Pero había otros que no confiaban.

De alguna manera, Beto Garza y sus locos pensaban que eran invisibles e invulnerables, que nadie podía ver su estupidez. Ellos creían que cubriéndose con aura del sindicato estarían protegidos de cualquier recriminación. No confiaban en nadie, mucho menos en alguien como yo, que no estaba bajo su influencia y que, en sus mentes, había usurpado una posición de liderazgo entre los campesinos.

El domingo el helado aire cubrió los techos bajos del viejo campo. El sol relamía las distantes colinas. Bocanadas de nubes cubrían el cielo. Juan Morales y yo caminábamos juntos por el bosque de eucaliptos. Estábamos preocupados por la creciente oposición.

—Beto Garza y Catalina Castillo continúan alimentando la desconfianza entre los socios —, comentó Juan. —Los que

los escuchan, primero se vuelven reservados y luego se enfure-
cen. Están molestos por los retrasos y por todos los problemas
que todavía nos falta resolver.

—Es una enfermedad —, acordé. —Lo puedo ver en sus
ojos. No aprenden nada de mis palabras porque su desconfianza los asusta. El miedo altera su habilidad de aprender.
Recuerda cuando expliqué que la organización de Alfredo nos
paga el salario a mí y a Lalo. De inmediato ellos querían saber
cuánto. "Me pagan $200 a la semana", les dije, "pero no rec-
ibo nada más.

—No, no —, insistían, —¡ya sabemos cómo funciona eso!

—No los pude convencer de que no es un soborno, una
mordida. No los culpo. ¿Quién podría confiar en semejante
afirmación? ¿Quién vive en un mundo en el que nadie está
tomando algo por debajo de la mesa? Ellos piensan que estoy
mintiendo o que soy un ignorante y no sé lo que está pasando.
Usted me ha escuchado explicarles cómo podríamos obtener
un préstamo del gobierno, de los federales.

—Lo entendemos —, dicen, —¿pero qué mano debemos
engrasar? ¿A quién le debemos pagar? No vamos a obtener el
préstamo sino hasta que le paguemos al funcionario correcto.
¿Verdad, Lalo? ¿Verdad, Alfredo? Por cierto, le tenemos que
pagar algo a Alfredo.

—La desconfianza se alimenta a sí misma —, declaró Juan
Morales. —Aquellos que no pueden confiar, están indefensos
contra las confusas divagaciones de Catalina y aquellos que
escuchan sus divagaciones pierden su capacidad de confiar.

Yo pensaba constantemente en esto. ¿Por qué es que
algunas personas son tan fáciles de engañar, tan rápidas para
sospechar? ¿Es porque cargan con cicatrices de la historia
de nuestro país en su misma sangre? ¿Acaso jamás vamos a
escaparnos de estas sombras de nuestro pasado que nos van a

tener matándonos entre nosotros como las pandillas en East
Salinas todavía se matan entre sí? ¿Acaso estas sombras nos
tendrán siempre listos para asesinar a nuestros propios líderes
de una manera u otra?

Por fin llegaron una noche tarde con sus cocteles Molotov listos para prender y arrojarlos contra una barraca trasera. Juan
Alemán y yo los estábamos observando. Los vimos apagar los
faros delanteros de sus automóviles al atravesar el largo camino
de entrada. Seguimos la silueta del vehículo. Se detuvo frente a
la pandeada reja.

A pesar de la obscuridad, pudimos distinguir dos ágiles figuras que pasaron más allá de nuestros hogares hacia el bosque
de eucaliptos. Nos alejamos, salimos de la maleza, y nos mov-
imos de manera paralela a su paso hacia la parte trasera de
la propiedad. Los observamos mientras salían del bosque,
llevando en ambas manos sus tarros llenos de gasolina y trapos. Cuando salieron a campo descubierto y se dirigían hacia
la última barraca, Juan levantó su escopeta y disparó al aire.
De inmediato, las sobresaltadas sombras se dieron la vuelta y
se metieron de nuevo a los árboles. Los vimos corriendo febril-
mente hacia la reja de entrada, braceando al correr, ahora con
las manos vacías.

Los seguimos lo mejor que pudimos, pero eran demasiado
veloces. Para cuando alcanzamos el salón comunitario, ellos ya
estaban en su automóvil dando marcha atrás a toda velocidad

alejándose de la entrada, girando en un círculo. Juan disparó un segundo tiro al aire.

—¡Vatos locos! — gritó a través de la obscuridad. El conductor tocó su bocina y nos gritó obscenidades. El vehículo arremetió hacia las calles Old Stage Road y Salinas. Al día siguiente, encontramos sus tarros y trapos desparramados cerca del bosque de eucalipto.

Continúo bebiendo todos los días el té de hierbas que Juan de Dios me trajo. Me doy cuenta que estoy durmiendo mejor y que la ictericia de mis ojos ha desaparecido.

Una lluviosa tarde de septiembre, nuestro abogado, William Bryant, Lalo, las familias y yo nos reunimos en las cámaras de la comisión de planeación, usando en la solapa botones verdes y rojos que decían "¡San Jerardo sí!". También estaban presentes unos veinte miembros de la oposición.

La reunión duró dos horas con la presentación del testimonio de ambas partes. Al finalizar, los comisionados votaron cinco a tres para aprobar el permiso de uso de suelo. Habíamos ganado la batalla inicial en nuestra lucha para rehabilitar las barracas del campo McCallum y crear en la propiedad sesenta hogares de tres o cuatro habitaciones. Nuestra emoción no duró demasiado. Los agricultores, Bardin y Fanoe, entre otros, de inmediato presentaron ante la junta de supervisores una apelación diseñada para revocar la decisión de la comisión.

Seis semanas después, a media tarde, me presenté ante la junta de cinco miembros, cada uno de los cuales representaba a uno de los distintos distritos del condado. Trescientos hombres, mujeres y niños de San Jerardo se habían abarrotado en las cámaras, de nuevo usando botones en las solapas. Nosotros y los mismos doce miembros de la oposición formados por agricultores, representantes del distrito escolar de Salinas y residentes del este de Salinas, ocupábamos la habitación. El aire se sentía pesado con el olor de humo de cigarrillo y el sudor de los endurecidos cuerpos recién llegados de los campos.

Lalo y los demás me habían ayudado a preparar mi discurso. Yo había decidido que, a pesar de mi limitada comprensión del idioma, expresaría mis palabras en inglés. Me acerqué al podio a dos horas de haber comenzado la audiencia y después de haber escuchado los reportes del personal y la presentación de cada uno de los abogados. Como siempre, yo vestía unos pantalones y una camisa de característico corte vaquero, además de botas y sombrero Stetson. Antes de comenzar, en un gesto de respeto, me quité el sombrero y lo puse sobre el podio.

—Señores, les agradezco por esta oportunidad.

Hablé frente a un micrófono. Mi voz amplificada cortó a través de alboroto de la habitación. Los supervisores dejaron de revisar sus montones de papeles. Dejaron de mirar alrededor como ansiosos de que concluyera la audiencia. Mi decisión de comunicarme con ellos directamente, en vez de a través de un intérprete, capturó por completo su atención. Para entonces, ellos ya me conocían lo suficientemente bien como para comprender el esfuerzo que había hecho para preparar mi discurso de esta manera. También los socios estaban sorprendidos, así como nuestra oposición. Se hizo el silencio en la cámara. Continué leyendo de mi hoja de papel.

—Ya han escuchado a Mister Bryan, nuestro abogado. Mister Bryan les habló sobre cómo vamos a poseer y administrar San Jerardo como una cooperativa. Ya han escuchado de nuestro arquitecto, Mister Barstad. Él les dijo que estas barracas pueden remodelarse para formar hogares buenos y seguros para nuestros miembros y nuestras familias.

—Ya han visto las fotos de cómo vive nuestra gente en este campo de trabajo, sin un lugar apropiado para que los niños jueguen, ni un espacio tranquilo para que nuestros adolescentes hagan su tarea por la tarde. Ya han escuchado cómo, a lo largo de un año, nos hemos esforzado y sacrificado para realizar los pagos de esta propiedad. Estos pagos llegan a un total de más de $40,000 que han salido de nuestros propios bolsillos.

—Han recibido cartas de las agencias y de otras personas que nos apoyan. Los representantes de la oficina estatal de educación para los migrantes se han comprometido a ayudar al distrito escolar.

—Uno de nuestros opositores ha dicho que si ustedes aprueban nuestras casas, el distrito escolar va a fallar, que los impuestos aumentarán y que la gente a los alrededores se va a querer ir de Salinas. Sin embargo, ¿no es cierto que, en este condado, cada año ustedes aprueban la construcción de muchísimas casas para los pudientes? Entonces yo debo preguntarles algo. ¿Las escuelas cercanas a estas nuevas casas han fallado? ¿Han aumentado los impuestos? ¿La gente de los alrededores decidió mudarse? No creo que sea ese el caso.

—¿Por qué sucederían estos desastres sólo porque aprobaran nuestras casas, a pesar de que tales desastres no han sucedido cuando se han aprobado otras casas?

—Yo pregunto, ¿qué otra cosa podemos hacer para convencerlos de aprobar nuestro permiso? ¿Qué más debemos decir? Los que están en contra de nosotros tienen sus casas y su tierra. Ellos viven cómodamente, pero nos dicen que nosotros debemos continuar viviendo en los viejos campos temporales. Si ustedes lo aprueban, los que están en contra de nosotros todavía van a seguir teniendo lo que tienen; pero, si ustedes no lo aprueban, nos dejarán a nosotros con nada. El aprobarlo no les genera ninguna injusticia a ellos, pero el desaprobarlo nos causa una gran injusticia a nosotros.

—Decidan lo que decidan, por favor comprendan una verdad. Nosotros no vamos a desaparecer. Hace tres años, después de que Pic 'n Pac nos desalojó de las caravanas, no desaparecimos. Después de vivir en las calles de Salinas durante dieciocho días, no desaparecimos. Cuando expiró el contrato de renta del campo McCallum, no desaparecimos. La mayoría de los socios que están aquí el día de hoy, son familias de La Posada. Ellos no han desaparecido.

—Por el momento, ellos se vieron forzados a mudarse de San Jerardo. Ahora viven en cocheras en el este de Salinas. Viven en pequeños departamentos en Laurel Drive, Garner Avenue y Towt Street. Viven en Campo 21 y Campo 17. Viven en Campo Jiménez y Campo Villa Camphora.

—Algunos de los espacios que hay en estos campos no son casas. Ustedes han visto fotos. Más bien son cobertizos. Son pequeños y están en mal estado. Se construyeron como hogares temporales para los trabajadores migrantes hace mucho tiempo. Pero ahora resulta que los viejos cobertizos, barracas y cabañas de hace muchos años, son la única alternativa para nosotros los campesinos, a pesar de que ya no somos migrantes; a pesar de que ahora contamos con trabajos permanentes aquí en Salinas; a pesar de que estamos aquí para quedarnos; a pesar de que no vamos a desaparecer después de la cosecha.

—Como pudieron escuchar el día de hoy, cuando San Jerardo se haya completado, cuando haya sido reconstruido, ya no se parecerá en nada a esos campos de trabajo que están repartidos por todo el valle. Nuestras nuevas casas serán abrigadas y seguras para nuestros hijos, con caminos pavimentados y alumbrado público, con una zona de recreación, un centro comunitario y una guardería.

—Con su apoyo, nuestras familias ya nunca tendrán que vivir en un campo. Con su voto de aprobación el día de hoy, vamos a obtener mayor estabilidad y control sobre nuestras vidas. Vamos a ocupar y cuidar de esos hogares incluso con un orgullo aun mayor.

—Muchas gracias por su aprobación. ¡San Jerardo sí!

Cuando terminé mi discurso, los socios se pusieron de pie y aplaudieron. Lo que me sorprendió aún más fue que los supervisores también se pusieron de pie y me aplaudieron. Nuestros opositores fueron los únicos que permanecieron sentados. La audiencia duró media hora más. Cuando llegó el momento de que los miembros de la junta hicieran sus comentarios, el supervisor Dusan Petrovic, un inmigrante y ex prisionero de guerra alemán de la Segunda Guerra Mundial, hizo su declaración.

—No hay nada más importante para un ser humano que poseer el techo que lo cubre. Yo creo que no podría decir que no y seguir viviendo conmigo mismo.

—Yo apoyo el derecho de las personas a ayudarse a sí mismas, —declaró el supervisor Sam Farr.

—La propiedad tiene su valor. Debería remodelarse y utilizarse —, observó el supervisor Warren Church.

El director de la junta, Roger Pinter, tras haber contado los votos, cuatro a uno en favor de sostener la aprobación de la comisión de planeación, felicitó a las familias. —Ustedes han trabajado duro por esta victoria. Confiamos que trabajarán igual de duro para preservar y mantener la comunidad que están a punto de construir.

Después de la audiencia, el condado envió el permiso con sus condiciones: el propietario debe ser una sola entidad, como una corporación; sólo los miembros de la corporación podrán residir en la propiedad; ninguno de ellos podrá poseer una unidad como individuo; sólo podrán vivir campesinos en San Jerardo, que ahora se considera un sitio habitacional para trabajadores del campo y, por último, la rehabilitación del campo deberá comenzar durante el año en curso a partir de la fecha de aprobación del permiso.

Con mi trabajo en el CCCDC, yo pasaba casi todo el día fuera de casa, asistiendo a reuniones estratégicas y, con frecuencia estaba fuera de la ciudad. Lalo y yo viajábamos para obtener fondos del estado para el distrito escolar y para la reconstrucción, para obtener la aprobación del financiamiento por parte de la oficina nacional de la Administración de Vivienda para los Agricultores.

—Debemos ir ahí y resolver los problemas cara a cara. Es la mejor forma de obtener resultados —, nos había explicado Lalo.

Elida se iba cansando de la rutina. Estalló con los chicos más jóvenes.

—Necesito barrer —. Les dijo echándolos de la barraca con un gesto. Con sus siete años, Jaime era el menor.

—No quiero irme afuera —, gimió. —Tengo miedo. Hay fantasmas en los árboles —. Se limpió los ojos y se quedó parado al lado de la puerta.

—¡Déjese de tonterías! ¡Váyase!

Bebé Gloria, que tenía once años, los llevó a través de la puerta.

—Está bien. Vengan —, les dijo.

Mario, dos años menor, llevaba consigo un montón de comics maltratados bajo el brazo. Los tres niños de inmediato se dirigieron a la banca cerca del centro comunitario.

—¿Qué le pasa a Jaime? —, pregunté. Yo estaba sentado en la mesa escribiendo el reporte semanal para mi trabajo.

—¿Te sorprende? Por supuesto que tiene miedo —, respondió Elida. —Todos tienen miedo. Los mayores les llenan la cabeza con tontas historias de Halloween, sin mencionar lo que está pasando en este lugar.

—¿A qué se refiere?

—¿Usted cree que ellos no ven ni escuchan? Todas las noches, usted y Juan salen a dar vueltas, a vigilar con sus armas. Cada vez que un perro ladra, ellos me voltean a ver. Me preguntan si viene alguien. ¿Acaso es extraño que vean fantasmas? ¡Creen que el bosque está hechizado! Y cuando usted no está aquí porque se fue a sus reuniones, tienen más miedo. No entienden dónde está usted cuando pasa la noche en Sacramento o se va por tres días para ir a Washington. Lo primero que preguntan por la mañana y lo último que preguntan en la noche es: "¿Cuándo regresará papá a casa?".

Yo dejé de escribir y miré a Elida. Ambos habíamos envejecido. Yo había ganado peso. Elida mantenía su juvenil figura, pero la tensión de nuestra vida diaria se notaba alrededor de sus ojos y su boca.

Catalina Castillo continuó presionando a la junta. Ella quería vender el campo McCallum. Su amigo, Nicolás Machado, y tres o cuatro otros la apoyaban. Una vez que estos socios se enteraron de que no iban a poder poseer sus casas de manera individual, perdieron el interés en continuar. Catalina insistía en que convocáramos a una reunión especial y pusiéramos el asunto de la venta en la agenda para someterlo a discusión y votación. Los miembros de la junta aceptaron a regañadientes.

Con la ayuda de Lalo, la junta y yo nos preparamos para la reunión con tanto cuidado como si fuera otra audiencia formal ante los supervisores. Sabíamos que Catalina se había ocupado de hablar con todo aquel que estuviera dispuesto a escucharla, para promover la venta de la propiedad.

Muchas de las familias originales de La Posada todavía eran socios activos. Durante seis meses tras haber recibido nuestro permiso de uso de suelo, yo los había visitado en sus hogares en Salinas o en los alejados campos. Además, cada mes teníamos una reunión para informar de nuestro progreso a todos los miembros. En estas reuniones, Catalina hablaba en contra de nuestro plan para la rehabilitación de la propiedad. En estas reuniones, Nicolás Machado agitaba el dedo en el aire, insistiendo en que nosotros teníamos la obligación moral de vender la propiedad y devolverle a todos el dinero de inmediato.

Esta noche, el salón comunitario vibraba con la anticipación del debate. Esta era la primera vez que un tema nos había dividido tan profundamente. Para entonces, al menos una docena de socios estaban retando mi liderazgo. Yo lo sabía. El resto de la junta también lo sabía. No sabíamos con certeza cuántos más se les unirían, aunque por las conversaciones que había tenido con la mayoría, me sentía esperanzado. Sin embargo, sospechaba que algunos miembros me decían algo cara a cara, pero podían actuar de manera muy diferente más adelante. El voto sería secreto.

Como siempre, las familias estaban sentadas en filas en las sillas de metal, que ya se habían vuelto familiares. Catalina tomó asiento cerca del mismo centro del salón. Su grupo se sentó cerca de ella. Machado y sus seguidores se sentaron justo detrás de ella. Juan Morales, Jesús Miranda, Juan Alemán, Marcos Zabala, estaban todos sentados al frente con otros miembros de la junta. Yo me paré a su lado, listo para comenzar con la reunión. Lalo también estaba presente para contestar preguntas.

—Buenas tardes. Buenas tardes a todos.

Nicolás Machado se puso inmediatamente de pie. Tenía una altura promedio con una cara regordeta, una cabeza calva y ojos amenazantes. Tenía un fino bigote y una corta mata de pelo plantada debajo de sus labios. Tenía cincuenta y tantos años y usaba anteojos obscuros, sin importar la hora del día.

—¡La única manera de recuperar nuestro dinero es vendiendo a propiedad! —, declaró, mientras observaba todo el salón. —Es tiempo de preguntarnos, ¿es esta una buena inversión? En un principio, yo pensé que así era. Todos lo pensamos, pero ahora vemos que no lo es. Veintiún meses es mucho tiempo para quedarse con nuestro dinero y tener tan poco para mostrar. Si, ganamos un permiso, pero ha llevado mucho tiempo y ya no tenemos dinero para reconstruir el campo. Nos dicen que viene un préstamo, pero quién sabe cuándo. ¿Por qué no venderlo ahora a alguien que pueda reconstruirlo, a alguien que cuente con el dinero? Con el permiso, el campo vale ahora más que cuando lo compramos. Todos podemos ganar algo. Con esto, ustedes pueden comprar una casa en Salinas.

Catalina y su grupo aplaudieron la declaración de Machado. Juan Morales entonces se puso de pie.

—¡Momentito, amigos! ¡Momentito! —. Se esperó a que se hiciera el silencio en el salón. —Quizás, a diferencia del señor Machado y su grupo, el resto de nosotros no nos unimos a San Jerardo para hacer dinero. Nos unimos para darles un hogar a nuestras familias. Es mi entender que algunos de estos hombres que están presionando para vender ya tienen sus casas en Salinas. Sabemos que han invertido en San Jerardo con la idea de rentar la casa una vez que el trabajo se haya completado. ¿No es cierto, señores?

—Quizás fue un error haber invitado a estas personas con ideas diferentes. Ellos ya tienen sus casas.

Machado y los demás no respondieron.

Morales continuó. Si vendemos, es cierto que vamos a tener un poco de dinero en nuestros bolsillos, pero no será suficiente para comprar una casa. No se dejen engañar. Lalo ya ha analizado esta idea. Lo ha revisado con la junta. En primer lugar, casi no hay casas a la venta en el valle. En segundo lugar, las tasas de interés, como ya sabemos, son muy altas. En tercer lugar, muchos de nosotros no podríamos obtener un préstamo debido a nuestro trabajo estacional. No, no, no se dejen engañar por las astutas palabras de este hombre.

La discusión continuó hasta que finalmente estuvimos listos para votar. Catalina propuso vender. Machado la secundaba. Yo dije a los socios que escribieran sí o no en su papeleta. Lalo registró cada voto con una marca en el rota folio. Al final, el conteo quedó en veintitrés sí y treinta y siente no. Por el momento, habíamos silenciado a aquellos que se nos oponían.

Pasó un mes. Por fin recibimos buenas noticias. Habíamos obtenido la aprobación de un préstamo del Consejo de Asistencia para la Vivienda, una organización no lucrativa de Washington DC. El haber ganado el permiso de uso de suelo había generado esta aprobación. El dinero nos permitió pagarle lo que faltaba al Sr. Briggs y regresarle a cada familia el dinero que había invertido. No teníamos que pagar este nuevo préstamo sino hasta que comenzáramos con la construcción.

En cuanto recibieron el reembolso de su inversión, Machado y sus seguidores renunciaron. Catalina y sus seguidores no lo hicieron.

CAPITULO VEINTE

La mañana de Navidad, los niños fueron de cama en cama
despertando a sus hermanos menores. Se reían y susurraban
emocionados, tratando de no despertarnos a Elida y a mí antes
del momento justo. Sin embargo, Junior y Celina no pudieron
acorralar a Jaime y a Mario por más de unos instantes. Los dos
menores hicieron a un lado las sábanas que acordonaban nuestro espacio de dormir y se aventaron hacia la cama gritando:
"¡Feliz Navidad! ¡Despierten! ¡Feliz Navidad!

La familia se reunió alrededor de un pequeño árbol puesto
entre el sofá y el barril que fungía como fogón. Los niños
abrieron sus regalos, uno para cada quién de parte de Santa
y otros que habían enviado de lejos sus abuelos, tías y tíos.
Para entonces, mi madre se había mudado con Licha y dos de
mis hermanos a San José. Mi mamá había encontrado trabajo
empacando jitomates. Ella y los demás llegarían a tiempo para
la cena.

Sólo el día de hoy, con gran fanfarria, los niños iluminaron
el árbol de Navidad. Mi empleo estable en la CCCDC y el trabajo de Juan en la panadería, habían permitido que nuestras
dos familias pudiéramos restaurar la electricidad en nuestros

hogares, pero no podíamos darnos el lujo de ser extravagantes y gastar de más.

A pesar de la alegría de la festividad, las luchas para que San Jerardo fructificara continuaban. Lalo y yo sabíamos que debíamos comenzar con el trabajo de rehabilitación dentro del año subsiguiente a la emisión del permiso de uso o la junta de supervisores seguramente lo revocaría.

—¡Debemos "clavar un clavo" para cumplir con esa condición! —, había declarado Alden Barstad, el arquitecto.

Pero la burocracia federal de la Administración de Vivienda para los Agricultores era muy lenta. Tanto la oficina estatal como la nacional tenían que revisar y aprobar los documentos que reglamentaban a la cooperativa: artículos, leyes, el permiso de uso y sus condiciones, los planes arquitectónicos y de ingeniería, el presupuesto operativo del proyecto y el equipo administrativo, las propuestas de los sistemas de agua y de alcantarillado, las fuentes de gas y electricidad, los títulos de los contratistas y sub contratistas, y así con todo. La lista de asuntos a resolver era muy extensa.

Lalo y yo nos reunimos con Jim Rathbone, el director de la oficina estatal de la Vivienda Agrícola. Como muchos del personal ejecutivo de la agencia en este momento, Jim era sureño. Era alto y amigable. Sonreía sin esfuerzo, pero no toleraba pensamientos simplistas, por un lado, ni tampoco demasiada rigidez, por el otro. Le gustaba comenzar con mano dura y luego relajarse hacia una relación fácil, una vez comprendidos los límites de lo que él podía y no podía hacer por uno.

—Ahora, esta cooperativa, ¿de qué se trata? —, preguntó.

—Es la única manera en la que las familias puedan ser las propietarias —, contestó Lalo. —Otras estructuras, como una subdivisión familiar individual o un corporación con fines de lucro o sin fines de lucro, o bien no encajan en las reglas de zonificación, o no proporcionan algún tipo de posesión real. Con una sin fines de lucro, por ejemplo, en esencia los residentes estarían rentando. Con una cooperativa, ellos poseen una membresía que les otorga el derecho exclusivo a una unidad y se dirige de manera democrática, ya que cada miembro cuenta con un voto sobre los asuntos del proyecto.

—Bueno, ustedes saben, jóvenes, que están abriendo camino aquí. Es decir, la ley podrá decir que podemos hacer un préstamo a una cooperativa, pero sólo lo hemos hecho una vez en nuestros treinta años de historia. Eso fue allá en los cuarenta, creo que fue así —. Rathborne sacudió su cabeza con su blanca y delgada línea de pelo. —¿Y todos estos son campesinos? ¿Cómo van a administrar el lugar?

Lalo le explicó el plan de contratar a una compañía administradora profesional.

—Ahora, ¿qué es esto que escucho? ¿Están por encima de su presupuesto?

—Por eso es que estamos aquí, Sr. Rathbone.

Por favor, llámenme Jim.

—Hemos analizado nuestros costos con el contratista. Incluso tenemos familias que se han ofrecido a hacer algo del trabajo, parte de la pintura y parte del paisajismo, pero los precios continúan aumentando.

La oficina nacional parece pensar que todo esto es demasiado caro —, afirmó Rathborne. —No están acostumbrados a los costos de vivienda de California. ¿Han pensado en qué más pueden hacer?

—El único punto que se puede eliminar es el área de recreación —, ofreció Lalo. —Tendríamos que deshacernos de eso o del centro comunitario.

—Si hacen eso, ¿dónde jugarán los niños? —, preguntó Rathborne. —¿Dónde llevarán a cabo sus reuniones? Dicen que este lugar se dirigirá de manera democrática. Tienen que tener un lugar de reuniones.

—Entonces necesitamos que nos ayude con la oficina nacional —, dijo Lalo.

—Bueno, de hecho, nuestros muchachos aquí han analizado sus números y piensan que están bien —. Lalo se dio cuenta de que el interrogatorio de Jim Rathbone le había proporcionado las respuestas que necesitaba para convencer a sus superiores. —Voy a hablar con el equipo allá en Washington y veré lo que puedo hacer —. Una semana más tarde, recibimos una carta del asistente de Jim Rathborne indicando que Washington había aprobado nuestro presupuesto, manteniendo intactos el área de juegos y el centro comunitario.

Día tras día, Lalo y yo trabajábamos para resolver los conflictos políticos entre las jurisdicciones federales y estatales, para obtener la aprobación de los planes de construcción y el correspondiente financiamiento. Pronto descubrimos que muchas de las agencias respondían rápidamente que no a nuestras propuestas. Y que había que seguir presionando con suavidad, pero con persistencia, para obtener la aprobación.

Sin embargo conforme íbamos avanzando, nos enteramos que los vecinos circundantes de San Jerardo habían presentado una demanda en contra de la aprobación de los supervisores para el permiso de uso de suelo. Un miembro del comité asesor de San Jerardo, David Kirkpatrick, era un abogado en la CRLA. Lalo y él trabajaron durante semanas para prepararse para la audiencia en la corte.

La oposición sostenía que los campesinos no podían ser propietarios de un campo de trabajo. La vivienda para los trabajadores agrícolas sólo se permitía en una zona agrícola, pero, de acuerdo con los demandantes, sólo los agricultores o contratistas podían ser propietarios y administradores de ese tipo de vivienda. El primer argumento iba de la mano con una segunda cuestión polémica: si los ocupantes fueran los propietarios de las vivienda, en efecto se subdividiría la parcela, un cambio no permitido bajo la designación de la propiedad como zona agrícola.

Al final, después de haber escuchado el testimonio de ambos lados, el juez Harkjoon Paik emitió un fallo en favor de San Jerardo. La ley no prohibía que los campesinos pudieran ser propietarios de su propia vivienda para el trabajo agrícola. Y el hecho de ser propietarios de una membresía en una cooperativa no creaba ninguna subdivisión ilegal de la tierra. A pesar de eso, los agricultores persistían. Amenazaron con apelar la decisión tomada por la corte superior de justicia.

Para nuestro quinceavo aniversario de bodas, Manuel Santana invitó a mi familia a cenar en su restaurante en San Juan Bautista. Manuel era el director fundador de la junta directiva en la CCCDC. Alfredo Navarro, Lalo y otros pocos del personal y de la junta de la CCCDC también estuvieron presentes. Nos sentamos en un pequeño edificio que estaba separado del restaurante principal, remanentes restaurados del viejo adobe, con sus gruesas vigas en el techo y su piso rojo de adoquín. Los edificios estaban localizados a tan sólo una cuadra del terreno de la vieja misión de San Juan Bautista.

Manuel era un hombre chaparro, regordete, con una gran cabeza, brazos y piernas musculosos y ojos que brillaban

llenos de energía jovial. Usaba un bigote en forma de cepillo.
Le encantaba entretener a la gente y sentarse como un gurú
hindú entre sus amigos y clientes, dando consejos sobre los
temas políticos y sociales del día.

Era un excelente cocinero y un anfitrión generoso. Había
estudiado arte en su juventud. Las paredes de sus dos restaurantes, uno cerca de Santa Cruz y el otro aquí en San Juan,
estaban adornadas con cuadros de los mejores artistas mexicanos y con elegantes artesanías de nuestra madre patria. Y
también exhibían estatuas creadas por él mismo.

A pesar de que las luces estaban atenuadas, las velas pues-
tas en candeleros de hierro forjado iluminaban las coloridas
paredes y creaban sombras con los movimientos de los meseros
y de los invitados. La comida y bebida llegaban en abundancia
desde la cocina contigua.

Al principio, tanto Elida como mis hijos permanecieron
sentados en un incómodo silencio. En particular, los muchachos
observaban con grandes ojos el extraño y místico entorno. Las
mesas estaban acomodadas en forma de herradura. A Elida
y a mí nos invitaron a sentarnos a ambos lados de Manuel en
la mesa principal. La esposa de Manuel, Alicia, se sentó a la
izquierda de Elida. Los muchachos se sentaron alineados a su
lado, a lo largo de una de las mesas. Manuel observaba a cada
uno de ellos.

—Tú te pareces ser el más grande, así que debes ser Junior.
¿A dónde vas a la escuela?

—Alisal High. Me gradúo el próximo año —, sonrió Junior,
apenado porque lo habían puesto en evidencia. Sus hermanos
y hermanas observaban.

—¿Y cómo te está yendo?

—Okey, creo. Acabo de obtener una B en el final
de matemáticas.

—Creo que yo nunca obtuve una B en matemáticas. Bien por ti —, dijo Manuel, riéndose.

Alicia miró a Celina, sentada junto a Junior.

—¿Y qué hay de ti? ¿En qué año vas?

—En noveno, en el Sausal. Me gusta el inglés.

—¡A mí me gusta la historia! —, exclamó espontáneamente de repente Mario. —¡La semana pasada visitamos la vieja misión!

—Eso debe significar que estás en cuarto grado —, dijo Alicia. —Mis hijos lo hicieron cuando tenían tu edad.

Se volteó de nuevo hacia Celina.

—¿Por qué te gusta el inglés? —, preguntó.

—Me gustan las historias. Estamos leyendo "Veinte mil leguas de viaje submarino".

—Yo leí ese libro en la preparatoria —, dije. —Ahora mi hija lo está leyendo en la secundaria.

Mario reclamó nuevamente la atención. —En la misión, vimos viejas carretas y adoquín como este —, dijo mientras señalaba al piso, —pero con huellas de animales como de un coyote o algo parecido.

—¡Nosotros acabamos de ir al campamento de ciencias de sexto grado! —, gritó Moisés. —¡Dormí en una tienda de campaña toda la semana!

—¿Qué fue lo que hiciste? —, preguntó Manuel.

—Nada. Fuimos de excursión y aprendimos sobre los árboles. Había un lago. ¡Ya casi aprendí a nadar!

—Yo quisiera poder nadar —, dijo Manuel. —Me hundiría como una gran roca.

Todos los muchachos se rieron cuando formó un círculo con sus brazos, infló sus mejillas y tensó su generoso torso.

—¿Y cuál es tu nombre? —, preguntó Alicia a nuestra hija menor.

—Baby Gloria.

—¿Cuántos años tienes?

—Mmm... once.

—¿Qué es lo que más te gusta hacer?

—Mmm... ¡hacer galletas con mi mamá y Celina!

—¿Qué tipo de galletas?

—¿Qué tipo de galletas, mamá?

—Hacemos galletas de azúcar, m'ija —, respondió Elida.

Baby Gloria miró de nuevo a Alicia. —¡Galletas de azúcar!

La charla continuó con cada uno de los demás muchachos, dándoles su oportunidad de brillar. Alicia se volteó hacia Elida.

—Tienen una hermosa familia.

—Gracias, señora.

—Nosotros tenemos dos muchachos. Son mucho más grandes —, suspiró Alicia.

—Sixto —, preguntó Manuel, —¿qué es lo que he oído sobre retrasos y oposición?

—Usted sabe —, dije, —no acaba nunca. ¡El gobierno quiere mi carne y la gente quiere mi sangre!

—Eso suena totalmente correcto —. Alfredo Navarro se sirvió una porción de arroz.

—Escuche esto, Manny —, dijo. —Vivienda Agrícola les exige que presenten los estatutos de incorporación de la cooperativa antes de aprobar el préstamo. Mientras tanto, la comisión de corporaciones del estado afirma que no pueden presentar los estatutos, sino hasta que la lista de miembros de la cooperativa se haya establecido y sus miembros hayan firmado sus documentos. Al mismo tiempo. El departamento inmobiliario del estado no les permitirá firmar los documentos, sino hasta que se haya aprobado el financiamiento, lo que, a su vez, requiere un préstamo de parte de Vivienda Agrícola… ¡Es un círculo sin fin!

—Las familias están inquietas —, dije. —Siguen preguntando: "¿Cómo puede llevar tanto tiempo?" "¿Cuándo nos notificarán que se ha aprobado el préstamo?" Lalo nos pide que seamos pacientes.

"Está exactamente en lo cierto," respondió Manuel. "Si uno no hace bien las cosas, les da el pretexto para que sea fácil decir que no."

—Yo lo comprendo —, respondí, —pero, al mismo tiempo, tengo que encontrar el dinero para pagar los impuestos de la propiedad y la gente se vuelve cada vez más inquieta y desconfiada.

—Pero tenemos buenas noticias —, declaró Lalo. — Acabamos de obtener un pequeño préstamo de un ente sin fines de lucro para rehabilitar las primeras dos barracas. Eso significa que comenzaremos con la construcción a tiempo para cubrir el requisito de la fecha límite de un año, requerida por el permiso de uso de suelo. Creemos que los agricultores están planeando apelar la aprobación que los supervisores le concedieron al proyecto. Pero nuestro abogado dice que, si podemos comenzar con la construcción, tal vez ellos por fin se den por vencidos.

Los meseros distribuyeron copas de champaña, luego las llenaron con champaña, para los adultos, y con Seven-Up para los niños. Manuel se puso de pie y levanto su copa para ofrecer un brindis.

—Todos, tomémonos un minuto —, dijo, acallando al grupo. Observó alrededor de la habitación y luego dirigió su atención a los muchachos.

—Chicos, hemos disfrutado conocerlos a todos ustedes el día de hoy y saber sobre lo que están haciendo: libros, matemáticas, salidas de campo y, Moisés, allá tratando de nadar —. Los muchachos se rieron. —Así que es el aniversario de sus padres, un día especial. Espero que cada uno de ustedes cuide de ellos, de su mamá y papá. Están haciendo un trabajo duro en este momento —. Nuestro anfitrión nos miró de nuevo a Elida y a mí.

—Créanme que comprendemos por lo que ustedes están pasando. Cuando comenzamos con la CCCDC hace seis o siete años, y debo decirle que fue idea de Alicia, teníamos la visión de ayudar a las familias campesinas a volverse agricultores de fresas. Pasamos por el mismo proceso. Teníamos que crear el vehículo correcto, la institución correcta, para llevar adelante el proceso humano y el desarrollo de la comunidad. Al igual que ustedes, nos decidimos por una estructura cooperativa. La cooperativa se convirtió en lo que llamamos "el vehículo de desarrollo" necesario para sostener a los aspirantes a agricultores a través de la dura transición de trabajador a dueño de una finca.

—San Jerardo va a servir para el mismo propósito. A pesar de los retos, el hecho es que están creando una institución que no sólo va a cubrir las necesidades de sus miembros en lo que respecta a vivienda, sino que los llevará a través del proceso de ser dueños y administradores de la institución, por lo que esos mismos miembros van a aprender nuevas habilidades y una nueva comprensión de sí mismos y de su lugar en la sociedad. Para hacer ese viaje se requiere de trabajo duro, pero no se sientan descorazonados. Van muy bien.

Manuel vaciló. —Miren a los muchachos —, dijo. —¡Los estoy aburriendo! Okey, es tiempo de finalizar —. Levantó su copa. —¡Felicidades a Sixto y Elida en su aniversario y salud para San Jerardo y su futuro!

Con el pequeño préstamo puente a la mano, comenzamos con la construcción de las primeras dos unidades justo a tiempo para cumplir con la fecha límite de un año del permiso de uso de suelo. Pocos meses más tarde, cuando se habían completado estas unidades, obtuvimos el préstamo más grande de la Administración de Vivienda Agrícola y empezamos con la rehabilitación de las barracas restantes, creando cincuenta y ocho viviendas adicionales.

El abogado, el Sr. Bryan, llamó a Lalo.

—Se dieron por vencidos —, alardeó. —Los agricultores han retirado su apelación por la decisión de la corte superior de justicia. ¡Su permiso se encuentra a salvo!

De nuevo, nos regocijamos con nuestra victoria, aunque los problemas no cesaban. Los precios de los materiales continuaban aumentando. Everett Sánchez, nuestro contratista, venía conmigo una y otra vez.

—¡No hay suficiente dinero, Torres! Viendo hacia adelante, el presupuesto va a estar muy apretado. No tengo idea de cómo pagaremos por todo. Usted sabe, tengo una familia que alimentar. Tiene que conseguir más dinero.

¿Qué debía hacer? Lalo había exprimido todo lo posible de la Administración de Vivienda Agrícola.

—Le estoy diciendo —, dijo Lalo, —que no pondrán ni un centavo más. Puede que los miembros tengan que hacer más trabajo que lo que habíamos planeado. No hay otra salida.

Hablé con los socios. —Debemos comprometernos más. No sólo pintando adentro y afuera, sino que los hombres van a tener que ayudar a terminar los tejados.

Armendina Alemán se puso de pie para hablar. —No, Sixto, usted está equivocado. Las mujeres pueden trepar escaleras. ¡También ayudaremos poniendo los tejados!

A lo largo de los años, incluso en La Posada, mientras presionábamos para obtener nuestro permiso y ahora con la construcción, las mujeres, con excepción de Catalina y las pocas que sólo chismeaban y buscaban crear conflicto, habían dirigido gran parte del progreso entre la gente. Habían preparado la comida en Sherwood Drive para asegurarse de que todos comieran, habían organizado nuestras fiestas para celebrar las victorias, no sólo habían mantenido unidas a sus familias, sino que habían ayudado a mantenernos unidos a todos, incluso cuando algunos de los hombres estaban listos para rendirse. Y ahora estaban sobre los tejados con los martillos en las manos, clavando las tejas de asfalto.

Había llegado el momento de establecer la membresía formal de San Jerardo Cooperative, Inc. Teníamos que presentar el historial crediticio e ingresos de cada una de las familias ante la Administración de Vivienda Agraria para comprobar su elegibilidad. Juan Alemán y yo nos sentamos en el recién renovado centro comunitario. La luz del sol se reflejaba en las mesas de fórmica color beige y bañaba las nuevas sillas de metal con un suave brillo. Una aplanadora flotaba pasando las ventanas, compactando el recién colocado asfalto justo frente a las nuevas puertas de cristal del centro.

Revisamos el montón de solicitudes. Muchos de los miembros habían estado con nosotros desde La Posada y otros habían estado haciendo sus pagos como socios durante dos o tres años.

Miré a Juan y sacudí la cabeza. —Es claro que algunas de nuestras familias no van a calificar —, dije. —Los que tienen hijos más grandes, maltasea… ellos trabajan duro para ganar buen dinero hasta que llega la cosecha; entonces, resulta que ganan demasiado para calificar. Están por arriba de los ingresos máximos…

A mediados de abril, quinientas personas llegaron para celebrar la gran apertura de la comunidad. Estacionaron sus automóviles a lo largo del recién pavimentado camino de entrada, que ahora estaba delineado con jóvenes álamos y juníperos. El olor del recién colocado asfalto se mezclaba con el aroma de la lechuga recién recolectada que la brisa traía de los campos circundantes. Habíamos retirado la dañada reja de entrada del campo McCallum. Los visitantes permanecían en silencio maravillados ante el completo renacimiento de la propiedad.

Cada una de las barracas se había transformado en un moderno dúplex con paredes de yeso pintadas en brillantes colores pastel, con ventanas y puertas de marcos blancos, cubierto con un techo de tejas color terracota. El círculo de caminos y pasos peatonales por toda la propiedad, de asfalto y cemento, lucía limpio y arreglado a la luz del medio día. Los patios, barridos y fértiles, estaban en espera de que cada uno de los ocupantes plantara flores o árboles frutales. Los interiores de las casas brillaban con el aroma de la cinta, la textura y la pintura que todavía permanecía sobre los recientes colocados pisos de linóleo. Los muchachos gritaban emocionados, corriendo de una habitación a otra.

Veintiún de los treinta y cuatro invasores originales de La Posada ahora eran miembros oficiales de la cooperativa. El resto, o había dejado el área o había sido incapaz de calificar con los requisitos de la administración de la Administración de Vivienda Agrícola o del Condado. La información sobre el empleo y la documentación de veinte nuevos solicitantes todavía estaba bajo revisión de la junta y de las agencias de financiación. Otros diecinueve solicitantes todavía estaban en la fase de evaluación.

Las familias campesinas provenientes de todo el valle deambulaban a lo largo de los hogares mientras un mariachi comenzaba con la primera canción del día. Algunos de los mirones conocían poco de la historia del lugar. Otros comprendían los años de lucha que habían alimentado este sueño para hacerlo real. Parejas de recién casados se acuclillaban entre las recién adquiridas mesas. Hojeaban un folleto titulado "¡San Jerardo sí!" y se preguntaban si ellos todavía podían meter una solicitud de membresía.

Los antiguos residentes, muchos de los cuáles habían contribuido con los billetes de un dólar que, al comienzo guardaba en mi lata de café, venían desde distintos lugares del valle para celebrar el gran triunfo. Aquellos que habían vivido en el campo McCallum por un mes, o por seis, se quedaban anonadados por la transformación que veían frente a sus ojos.

Yo estaba de pie orgulloso y feliz frente al remodelado centro comunitario, con su brillante asta bandera que mostraba tanto la bandera americana, como la mexicana. La junta original de la cooperativa ya se había reunido por primera vez y me había designado como su primer presidente. Los miembros y yo mantendríamos nuestros cargos durante un año, hasta que se hubiera establecido por completo la membresía de la cooperativa y ya estuviéramos listos para elegir a una nueva junta sobre la base de un voto por persona.

Los trabajadores y los dignatarios se amontonaban cerca de donde estábamos los demás miembros y yo. Las mujeres pasaban corriendo en el fondo, preparando la comida. Llevaban ollas de frijoles y caldo de pollo, así como montones de tortillas recién preparadas, para la renovada cocina del centro. Juan Alemán estaba con Marcos Zavala y Juan Morales. El delicioso olor de las carnitas brotaba del recién cavado foso de la barbacoa.

—¡Bienvenidos a todos! ¡Bienvenidos! ¡Bienvenidos!—, exclamaba, apretando manos y abrazando a las personas que nos felicitaban. Los supervisores del condado y los comisionados de planeación se arremolinaban cerca del director de planeación y su equipo, todos los cuales habían jugado sus papeles en el drama de La Posada y del improbable surgimiento de San Jerardo. Los representantes de agencias tanto federales como estatales, cuyos recursos habían hecho posible la rehabilitación, se paseaban en el lugar. La música sonaba, la multitud comió y bebió hasta hartarse y los políticos dieron discursos alabando a las familias por su paciencia y perseverancia.

Tras varias semanas de espera, la junta y las agencias financiadoras aprobaron a todas las sesenta familias miembros. Al fin la cooperativa se encontraba completamente establecida y todas las familias se habían mudado a sus nuevos hogares. La felicidad que yo sentía por lo que habíamos logrado debiera haber sido ilimitada; jamás habíamos perdido la fe; nos habíamos aferrado al sueño; habíamos seguido el proceso y ahora el sueño se había vuelto realidad.

Los muchachos estaban emocionados de poder dormir por primera vez en habitaciones tan espaciosas. Elida y yo, por fin, teníamos nuestra propia habitación. A pesar de sus años de duda e incertidumbre, ella estaba contenta de estar en su brillante cocina y cocinar en su estufa nueva. La cuidaba como si fuera un hijo nuevo que había llegado para quedarse con nosotros.

Mi felicidad debiera haber sido ilimitada, pero me sentía preocupado e inquieto. Mi espíritu se sentía pesado por todo lo que estaba por hacer, por todo lo que me tocaba hacer. ¿Por qué todas las bendiciones estaban mezcladas? ¿Por qué nunca podía experimentar una felicidad pura?

Habíamos seguido el proceso como Lalo nos había aconsejado, pero nunca habíamos comprendido del todo que algunos ganarían, pero otros perderían. Ahora, muchas de las familias de La Posada estaban enojadas porque no habían calificado para vivir en San Jerardo. Algunos de ellos me maldecían y me recriminaban diciendo que yo era chueco, deshonesto, y que sólo había invitado a mis amigos y compadres para que tuvieran su casa, o que aquellos que habían sido escogidos seguramente habían pagado para serlo.

Estas afirmaciones estaban totalmente alejadas de la realidad. Con el permiso del condado venían condiciones. Con el préstamo del gobierno venían muchas más. Muchos de nosotros habíamos asumido que, de cierta manera, podríamos darles la vuelta a todas estas demandas gubernamentales.

Así funcionaba en México. Pero aprendimos que aquí en los Estados Unidos era diferente. Se aplicaron rigurosamente los límites de ingresos. *Los corbatas* eran inflexibles en estos asuntos. Descalificaron a algunos cuyos ingresos excedían los límites por tan sólo unos pocos dólares. No había nadie que pudiéramos "convencer" para ignorar las reglas.

Yo no revisé solo las solicitudes. Un comité de la junta llevó a cabo esta tarea en todos los casos, menos uno. Un solicitante debía ser aprobado primero por el comité y luego por las agencias financiadoras.

—Todos en esta habitación saben que seguimos las reglas —, le dije a la junta.   Algunos de ustedes estuvieron en el comité y llevaron a cabo las selecciones. Ustedes vieron la lista de la Administración de Vivienda Agrícola de las personas que no podían calificar. Yo admito que acepté a la familia Álvarez sin la aprobación de ustedes. ¿Pero qué otra cosa podía hacer? Rodríguez y Juan Alemán estaban fuera de la ciudad. La Administración de Vivienda Agrícola llamó para exigir inmediatamente la lista final o el préstamo no iba a estar listo el día prometido.

Incluso Juan Alemán se había enojado conmigo por aceptar la solicitud de los Álvarez en su ausencia. Él dijo que yo le había faltado el respeto al papel del comité. Por supuesto, Catalina y Adalberto vinieron a la reunión de la junta y también me recriminaron.

Unos pocos meses después de que ocupáramos San Jerardo, la CCCDC terminó con su programa de becarios. De repente, yo ya no tenía un trabajo, ni un ingreso. La cosecha anual ya se había completado. ¿Qué iba yo a hacer para pagar mis cuentas? Sentí justo reembolsarme a mí y a Junior. En realidad, ese monto cubría tan sólo una fracción de todas las horas que habíamos pasado a lo largo de casi diez años que tomó hacer que este sueño fructificara. Los cheques que escribí sumaban menos de 3.500 dólares. En mi mente, era un pequeño pago por todo lo que yo había contribuido y por lo que mi familia había sufrido, y era nuestro único medio de subsistir por varias semanas. Juan Alemán me reclamó algunos meses más tarde.

—No debió haber tomado ese dinero sin nuestra aprobación.

—Amigo —, dije, —usted sabe muy bien que usted, Robledo y algunos otros estaban fuera en México. ¿Qué más podía hacer yo?

Muchos de los nuevos miembros nos eran desconocidos. Los conocíamos tan sólo por nuestra entrevista inicial con ellos. Ellos no habían vivido en La Posada. No estuvieron con nosotros desde el principio. Sabían poco, o nada, sobre las luchas y sobre todos los años de incertidumbre. Entendían poco, o nada, sobre la cooperativa, los artículos y estatutos, acuerdos de ocupación, las reglas Robert, los pagos de los préstamos y la gestión administrativa, las cuentas bancarias los estados financieros, los reportes y las auditorías.

Teníamos que informar a esos nuevos miembros. Mi corazón estaba apesadumbrado porque sabía que Catalina, Adalberto y otros que se me habían opuesto desde el principio, ya estaban aprovechando el vacío de la información. Sus mentiras iban de puerta en puerta mucho más rápido que la agobiante verdad.

Adalberto se estaba postulando para tener un lugar en la nueva junta de la cooperativa. Las primeras elecciones se llevarían a cabo en unos pocos días. Él y Catalina estaban trabajando para asegurarse que no me reeligieran como presidente. Adalberto era más capaz que su mujer. Era más tranquilo, pero también tenía un temperamento explosivo. Había turbulencia en el fondo de sus ojos. Yo comprendía su constante lucha para controlar y dominar la furia interna.

A pesar de estos problemas, era hermoso ver a los niños y adolescentes con sus juegos de fútbol a ambos extremos del campo abierto que rodeaba el camino de entrada, todos jugando sobre el pasto verde en dos grupos separados, gritando y riendo, como debía ser. En los fines de semana, los padres los observaban. Al avanzar la mañana, regresaban a sus casas, complacidos, para barrer y trapear sus pisos y cuidar de sus jardines recién plantados.

Al llegar el primer aniversario de la cooperativa, los miembros llevaron a cabo las votaciones para la siguiente junta directiva. Yo no me había preparado bien para este evento. Quizás ya estaba demasiado cansado de los largos meses de estrés y de todos los problemas que habíamos enfrentado.

Resultó que menos de la mitad de los miembros votaron para que yo continuara en la junta. No era suficiente.

—¿ Don Sixto, por qué no fue de puerta en puerta —, preguntó Espiridión Rodríguez, —para responder a las acusaciones de Catalina?

Yo supe qué responder. Sin duda, él tenía razón, pero ¿porqué tenía yo que defenderme de los chismes, los rumores? ¿Por qué había gente dispuesta a escuchar lo que fuera negativo e ignorar la realidad frente a ellos que era una bendición en sus vidas? La realidad era esta comunidad, sus casas y los grandes obstáculos que habíamos superado. Todos ellos desaparecieron frente a los rumores de que yo era deshonesto, que había aceptado dinero y que era un tirano.

A pesar de que me sentía perturbado por la pérdida de mi posición, ofrecí ayudar a la nueva junta enseñándoles todo lo que necesitaban saber, pero los miembros prefirieron apoyarse en Juan Alemán, Marcos Zavala o José Ávila si necesitaban información. Jaime Robledo era el nuevo presidente. Él era un vendedor, vendía su sonrisa y tenía una naturaleza tranquila.

—Señor Robledo —, dije, —esta comunidad y usted tienen mucho que aprender sobre sus responsabilidades. Si yo…

El nuevo presidente me interrumpió.

—Don Sixto, dispense, ya ha hecho usted suficiente. Es momento de que otros den un paso al frente. Juan aquí, el señor Castillo y el señor Ávila, todos ellos nos están apoyando mucho.

Más tarde, acostado en mi cama, llegué a la conclusión de que algunos de mis ex compañeros de la junta se habían volteado. Todavía me sonreían de frente, pero no estaban dispuestos a enfrentarse con personas como Catalina y Adalberto. Juan y algunos otros aceptaban la opinión del que hablara más fuerte, diseminando sus falsas, pero simples respuestas. Yo temía por el futuro de esta cooperativa.

Mis pensamientos se dirigieron a mi amigo Efraín Gonzáles. Él era uno de los miembros más nuevos. Casi de inmediato, después de que él y su familia se mudaran, comenzaron los problemas. Efraín trabajaba hasta tarde. Tenía poco tiempo para encargarse de su casa. Incluso él mismo rompía las reglas y le gritaba a quien tratara de confrontarlo.

Su esposa Aurora se preocupaba, pero era una persona dócil, con muy poco entendimiento de lo que pasaba a su alrededor. Ella pasaba sus días luchando por mantener no tan sólo su casa, sino también un montón de niños incontrolables que iban y venían a voluntad. Efraín trabajaba como irrigador en la granja Hansen. Salía temprano por la mañana y regresaba tarde, cansado y con poca paciencia.

A sus diecinueve años, su hijo mayor, Crescencio, había abandonado la escuela y se había hecho amigo de Ismael Vélez y Mario Molina. Crescencio pronto se les unió en el consumo y distribución de drogas. Los sábados por la noche, el muchacho González y sus compinches se deslizaban por todo el camino central del San Jerardo en sus automóviles lowrider con sus ruidosos escapes.

Ellos y sus cuates se reventaban detrás de la cerca de madera que definía el pequeño patio de Efraín González. Tocaban su música a todo volumen. Ellos y sus novias bebían, gritaban y se reían estridentemente en la noche y se tropezaban pisoteando las flores de los vecinos.

Cuando recién nos conocimos, Efraín me cayó bien. Yo había promovido su aceptación en la comunidad. Ahora me sentía mal porque él y su familia tenían problemas con los nuevos líderes. "Quizás," pensé, "debería tratar de apoyarlo más y ayudarlo a mantener a su muchacho en línea.".

—¡No tienen respecto alguno! ¡Son salvajes! —. Juan Morales se había venido a quejar conmigo agitando frustrado sus brazos. —¡Están poniendo en peligro a los niños con la manera en la que corren por las calles! ¡Venden drogas aquí, dentro de la propiedad! ¡Yo lo he visto!

Me dicen que Robledo y un comité de la junta los fueron a visitar, pero que Efraín tan sólo se enojó y los amenazó. No creo que la junta sepa qué hacer —, continuó. —Usted sabe, usted estaba ahí, hemos estado discutiendo por meses su desalojo, pero el abogado insiste en aprobar cada decisión que tomamos.

Yo lo escuchaba. —He oído que la junta les mandó una advertencia escrita —, dije.

—Me sorprendería que Efraín se haya tomado siquiera la molestia de leerla —, replicó Juan Morales. —Miranda me dice que llamaron a Gonzáles a una audiencia. Después de eso, la junta decidirá si desalojarlo o no.

—Tal vez yo vaya, solamente a observar —, dije.

CAPITULO VEINTIUNO

Me presenté a la reunión de la junta directiva para presenciar el nombramiento de las nuevas autoridades y para escuchar la discusión sobre el destino de la familia González. El centro comunitario se encontraba bien iluminado y todavía estaba prístino con sus paredes blancas, el piso de vinilo y sus filas de brillantes sillas metálicas.

Era difícil para mí presentar mi alegato en favor de Efraín ante los mismos miembros de la cooperativa que habían conspirado en mi contra. Debería haber sabido lo que iba a ocurrir, sin embargo, yo continuaba siendo optimista. En el seminario, durante todos esos años, habíamos aprendido a creer que toda persona tiene la capacidad de cambiar, de redimirse. Habíamos aprendido a no dejarnos gobernar por el odio y la desconfianza. Por esas razones estaba allí parado frente a ellos con esperanza en mi corazón. Quizás, ahora que tenían el poder, esos hombres sopesarían con mayor cuidado la acción de desalojo.

Efraín González estaba sentado desgarbado y encorvado en una de las nuevas sillas de metal, en la primera fila. Tenía las piernas cruzadas y se golpeaba la rodilla con una mano con nerviosismo. Había otros veinte miembros presentes. González miraba fijamente a la junta con un aire desafiante.

Al frente de la habitación, detrás de la mesa de Formica de la junta, Jaime Robledo se encontraba con otros seis miembros adicionales a su lado, incluyendo a Juan Alemán, Marcos Zavala, Samuel Ávila y Adalberto Castillo. Mis amigos, José Miranda y Espiridión Rodríguez, también se encontraban presentes. Robledo dio inicio a la reunión.

—Sólo tenemos dos temas a tratar el día de hoy: el nombramiento de las nuevas autoridades y el estatus de la membresía de la familia González. Hemos enviado advertencias por escrito al señor González para informarle que podríamos dar por terminada su membresía debido a sus violaciones del acuerdo de ocupación.

Jesús tenía cincuenta y tantos y tenía papada y grueso cabello gris. A pesar de ser generalmente de trato fácil, se ponía serio una vez que comenzaba con las reuniones. Sin otro comentario, Zavala nombró la lista de nuevas autoridades. Robledo la sometió a votación y se aprobó de manera unánime. Ahora yo ya había dejado oficialmente de ser el presidente.

Adalberto estaba sentado entre Marcos Zavala y Juan Alemán. Marcos se apoyó en la mesa con su cabeza entre las manos. Tras un momento, levantó la vista y estudió a los demás miembros de la junta.

—El abogado ya nos dijo que tenemos buenos motivos para actuar —, dijo con desánimo. —No tenemos otra opción en este asunto y ya hemos esperado demasiado tiempo. Presento una moción para desalojar a la familia González. El padre le falta al respeto a esta comunidad. Su hijo corre por nuestras calles, poniendo en peligro las vidas de nuestros hijos. ¿Acaso esperaremos hasta que uno de ellos haya muerto para tomar acción? Les hemos hecho advertencias durante meses y nada ha cambiado. Anoche mismo escuchamos los escapes retumbando en nuestras ventanas y las llantas rechinando; hace dos días, uno de nuestros residentes fue testigo del intercambio de drogas por dinero entre él y sus amigos en la calle El Rosario. ¿Qué otra evidencia se necesita? La gente quiere que se haga algo. Es nuestro deber actuar.

Juan Alemán se dirigió directamente a González.

—Señor, tenemos un testigo que vio a su hijo rondando por el cobertizo de las herramientas la noche que se robaron la motosierra. ¿Sabe algo acerca de eso? ¿Tiene usted la motosierra? Si es así, vea, usted debería regresarla. Le pertenece a la gente de aquí, no a su hijo, ¿ve?

González se puso de pie y siseó entre dientes.

—¡Él no se robó su motosierra! ¡Son todas mentiras y rumores! Si ustedes hacen esto, si nos desalojan, se los diré de nuevo: tendrán que pagar por la luz solar que instalé —. Se sentó todavía sonriendo burlonamente y desafiante.

La junta no se conmovió. Por votación decidieron no darle pago alguno por la luz solar, afirmando que no tenía valor alguno porque les constaba que goteaba. Marcos Zavala presentó la moción de desalojar a Efraín González y a su familia de la cooperativa. Adalberto Castillo, quien no había dicho casi nada hasta ese momento y parecía que estaba tomado, secundó la moción.

Fue en ese momento que me puse de pie para defender a Efraín. En cuanto comencé a hablar, Adalberto Castillo dirigió su violencia alcohólica contra mí y convocó a votar para desalojar a la familia González. La junta votó a favor de inmediato. Entonces Efraín González comenzó a vociferar en contra de los miembros. Me acerqué para escoltar a mi amigo fuera de la habitación antes de que estallara la violencia.

Ya escribí al comienzo de mi historia cómo me senté junto a Efraín en silencio y en las sombras. Saqué dos cigarrillos y le di uno a él. Froté un cerillo sobre la dura banca de madera. El olor a azufre nos envolvió.

—Ahora van ir tras usted, usted sabe —, afirmó. —No se detendrán sino hasta que usted también se haya ido.

Jaime Robledo convocó a una reunión especial de la junta para el primero de octubre. Una ventana del centro comunitario estaba rota. Esteban Padilla había sido testigo del incidente desde su propia sala de estar, pero había poca luz. No podía estar seguro. Él pensaba que había reconocido a Sixto Torres Junior, a Horacio Amezquita y a sus hermanos. Estaban peleando con Paco Alemán. Creía haber visto a Crescencio González con Paco y su hermano, y quizás a Ismael Vélez y Mario Molina.

Los dos grupos se habían enredado cerca del lugar donde el ruido del vidrio roto había interrumpido su tranquila velada. Vio palos y cadenas, dijo, y quizás destellos de botellas y cuchillos. No reconoció a algunos de los jóvenes. Asumió que eran de Salinas, más de los pandilleros adolescentes de la pandilla de los *Madeira Barrios Locos*, conocidos como los MBL, que había invadido la comunidad y durante semanas habían creado problemas con sus bebidas, marihuana y cocaína. Los miembros de la junta directiva sabían que no era la primera vez que pasaba y que, probablemente, no sería la última. Tenían que hacer algo.

Un comité formado por Jaime Robledo, Juan Alemán y Esteban Padilla, se había presentado a nuestra puerta. Traían un afidávit presentado por Esteban. Querían hacerles unas preguntas a Junior, Enrique y Mario.

—Necesitamos los nombres de todos los que estaban aquella noche en la que se rompió la ventana del centro comunitario —, dijeron. Yo escuchaba.

—Momentito —, respondí y desaparecí dentro de la casa. Pensé que Elida podría saber algo al respecto. Elida salió a la puerta. Estaba de pie, limpiándose las manos en su delantal. Nuestros tres hijos adolescentes se juntaron en la sombra detrás de ella.

— ¿Qué es lo que quieren? —, preguntó.

—Quisiéramos que usted lea esto. Tenemos algunas preguntas para sus muchachos —. Tomó el papel y le dio un vistazo. —La gente está molesta con la ventana rota y las continuas peleas —, dijo Jesús. —Si sus hijos estaban presentes, quizás puedan identificar a los demás que estaban ahí.

El conflicto entre la comunidad de jóvenes reflejaba la reciente división entre sus padres. Las confrontaciones violentas habían aumentado con la llegada de los pandilleros de la MBL y sus drogas.

Horacio Amézquita, a quien todos llamaban Lachos, era amigo de Junior. Era un adolescente de dieciocho años y espíritu fuerte que luchaba contra un duro abandono. Para controlarlo había que agarrarlo por sorpresa, exactamente lo que había ocurrido en el club nocturno el Panchos en la calle East Market. Checo Caballero y su amigo Memo estaban en un rincón, observándolo. Lachos sorbió su bebida sin prestar ninguna atención. Antes de que supiera lo que estaba pasando,

Memo se deslizó en el gabinete detrás de él, y sin previa advertencia, lo golpeó de lado en la cabeza con una gran linterna. Una semana más tarde, su cabeza todavía envuelta en un trapo, Lachos se encontró con Checo y Memo tirando barra y fumando mota en las sombras detrás del centro comunitario de San Jerardo. Sólo les tomó unos momentos a los oponentes para reunir fuerzas y comenzar la pelea.

Elida no sabía nada sobre lo ocurrido y, en cualquier caso, no le interesaba escuchar nada de esta delegación de miembros de la junta directiva quienes, en su mente, habían confabulado para destituir a su esposo como presidente. Ya estaba harta de los chismes y acusaciones. ¿Cómo se atrevían estos güeyes a presentarse en su puerta y acusar a sus hijos?

En un instante, todos los años de frustración y enojo acumulados brotaron a la superficie. Rompió el afidávit y lo aventó a los pies de Esteban.

—Señora, por favor —, protestó. Elida salió del porche antes de que él pudiera terminar su oración. Sus obscuros ojos se convirtieron en lava derretida. La furia se desbordó mientras ella se acercó a Esteban y le dio una cachetada.

—¡Lárguese de mi patio! —, gritó. Él la tomó del brazo para refrenar el ataque, pero ella lo arañó y le clavó las uñas hasta que yo salí disparado por la puerta.

— ¡No la toque! —, grité y empujé a Esteban. De inmediato se zafó y se alejó con Alemán y Robledo. Elida y yo entramos de nuevo a nuestro hogar. Nuestros sorprendidos hijos se quedaron mirando a su madre. Los muchachos mayores tenían los ojos fijos en el piso, con arrepentimiento.

Ahora, una semana más tarde, la enorme sala de juntas del centro estaba bulliciosa, cuando Don Jaime Robledo golpeó el mazo en la mesa. Elida y yo estábamos sentados entre los demás residentes que asistieron. El presidente comenzó con un

discurso en el que le exigía a todos los presentes que contro-
laran a sus hijos, o la destrucción nunca se acabaría.

—Tenemos que hacer algo para que los muchachos no
inflijan tanto daño como lo que sucedió el sábado pasado —,
dijo. —Después de que la familia del señor Ávila disfrutara de
su fiesta, cerraron el salón y entonces surgió una pelea en la
que se rompió una ventana. ¡Estos daños le han costado a toda
la comunidad! ¡Esto tiene que parar!

Como siempre, Adalberto Catillo se presentó ligeramente
borracho. Sus ojos caídos recorrían toda la habitación.

—¡Deberíamos cerrar el centro hasta que se acaben estos
problemas! —, proclamó.

Juan Alemán se puso de pie para rogar la cooperación de
todo el mundo.

—Este es un problema que nos afecta a todos. ¡Tenemos
que asumir la responsabilidad de cuidarnos unos a otros! —,
dijo Esteban Padilla, tomando la palabra.

—¡El comité de la junta directiva fue atacado por Elida y
Sixto Torres! —, anunció. —Elida Torres me cacheteó mientras yo cumplía con mi deber como miembro de la junta. ¡Se
rehusaron a cooperar en la investigación sobre la ventana rota!

Padilla era un hombre bajo de casi treinta años. Había
ingresado al comité como uno de los seguidores de Castillo.
La acción de Elida y su acusación habían reabierto la cicatriz
de la herida de todas las tensiones entre Catalina y yo, que
había seguido supurado durante años por debajo de la vida de
la comunidad.

De inmediato Elida se levantó para responder. De nuevo, su
ardiente mirada cayó despectivamente sobre Esteban Padilla.

—Usted vino a mi casa a acusar a mis hijos de algo que
a usted le pareció ver. Estoy harta de sus rumores. Hemos
sido testigos de muchas fechorías en los últimos meses. ¡Vaya

e investigue eso! Se arrastran como cucarachas tratando de
echarnos la culpa, siempre señalando a nuestra familia. ¡No
vuelvan a presentarse frente a mi puerta a acusar a mis hijos
porque recibirán el mismo trato!

Juan Alemán se puso de pie y respondió gritando.
—¡Ustedes tienen la culpa porque sus hijos siempre están
ocasionando problemas, peleando y amenazando a todos los
demás! ¡No finjan que no saben que Junior atacó a mi hijo
Paco hace tan sólo dos semanas!

—¡Su hijo no es un santo! —, replicó Elida. —¡No tengo la
menor duda que él merecía lo que recibió!

Una mujer llamada Susana se puso de pie para hablar.
Gesticuló en dirección de Elida y yo.

—Esta gente no tiene respeto y no se responsabiliza por
sus hijos. ¡Los protegen y apapachan, dándoles alas para esta
falta de respeto! —. Yo no podía creer lo que oía. Apenas sabía
quién era esta mujer. Pude decir tan sólo tres palabras antes de
que Robledo terminara la junta con su mazo.

—¡Estás loca, mujer!

A pesar de la señal del término de la junta, el enojo y los gritos continuaron entre las familias. Elida regresó a nuestra casa
sin hacer ningún otro comentario. Afuera todo sucedió muy
rápido. La gente se empujaba a través de las puertas de vidrio del centro. Un frío de octubre se había asentado sobre la
obscura comunidad. Vi que había sombras que se movían muy

cerca. Eran Junior y el muchacho Amézquita, Horacio, que se levantaban de la banca del porche. Castillo salió dando de tumbos por las puertas abiertas.

—¡Usted debería mostrar más respeto, cabrón! — masculló pasando junto a mí.

—Usted es el burro que no se respeta ni a sí mismo —, le dije a Castillo.

Los últimos de la multitud se estaban alejando. Al otro lado, Guadalupe Amézquita estaban en una acalorada discusión con su esposa y uno o dos de sus otros hijos. Cuando Castillo pasó junto a mí, levantó la mirada para ver a Junior y a Horacio parados en su camino. Mi hijo Moisés también se les unió. Se detuvo dándose cuenta que se encontraba rodeado. Pensó que le íbamos a pegar. De repente, metió la mano bajo su chaqueta y sacó una pistola y apuntó el arma a todo su derredor.

—Ahora veremos —, dijo. —¡Los voy a matar a todos! —. Con esto, le di un empujón desde atrás. Al caer, dejó caer el arma. Los tres muchachos saltaron sobre él y lo golpearon. Yo comencé a gritarles que se detuvieran, pero en ese momento se escuchó un disparo. Nos dimos cuenta de que alguien había pateado la pistola hacia un lado. Esteban Padilla la había levantado y había disparado al aire. Mientras los tres muchachos se levantaban, Esteban de nuevo nos amenazó a punta de pistola. Se alejó, moviéndose lentamente hacia la calle El Rosario y luego se volteó y se echó a correr. Horacio y Moisés lo persiguieron. En la obscuridad, Padilla se tropezó en un tope y cayó de bruces en el asfalto, la pistola salió disparada. Vi a Moisés pateando a Esteban. Le grité que se detuviera. Horacio recogió la pistola.

Me volteé hacia Adalberto Castillo. Su cabeza estaba sangrando por haberse golpeado contra el pavimento cuando yo lo empujé. Juan Alemán se hincó a su lado. Le había dado una toalla de papel para detener el sangrado. Se levantaron y caminaron hacia la casa de Adalberto.

Llegó la policía e hizo muchas preguntas. Al principio, Adalberto negó haber tenido una pistola. Cuando lo confrontaron con el testimonio de muchos otros, admitió que estaba cargando una, pero negó haberla sacado o habernos apuntado con ella.

—Debe haberse caído de mi cinturón cuando los muchachos Torres me golpearon —, alegó.

La policía decidió presentar cargos por asalto y agresión en contra de mis hijos, el muchacho Amézquita y yo. El reporte se envió al fiscal de distrito, quien rápidamente retiró los cargos por falta de evidencia.

Cómo ya era mi hábito, estaba deambulando solo por el bosque de eucaliptos. Mi mente corría en un remolino de pensamientos y emociones. Hacía meses que seguía lleno de resentimiento por mi remoción como el presidente de la cooperativa. Me sentía perdido y sin sentido. No me podía contener, sabiendo todo lo que faltaba por hacer. No podía quedarme de lado, en silencio y sin hacer nada.

Algunos de los residentes no lograban controlar a sus hijos. Vi a un niño arrancando las ramas de uno de los arbolitos de la calle El Rosario.

—¡Mire lo que está haciendo! —, le grité desde el otro lado de la calle a la madre que estaba arreglando el jardín. —Tiene que prestarle más atención. Está destruyendo el árbol —. Más tarde, la mujer le dijo a la junta directiva que yo la había acusado y la había amenazado. Cuando escuché esto, me di cuenta que no podía hacer nada para mejorar mi situación ni la de la cooperativa.

Ya casi no asistía a las juntas, pero mis amigos, José Miranda, Juan Morales y Espiridión Rodríguez, me mantenían al tanto. Era difícil observar desde la distancia mientras la junta directiva convocaba a reuniones semanales para lidiar con las muchas dificultados de la comunidad de jóvenes: pagos ilegales, invitados no autorizados, adolescentes conflictivos y niños peleoneros. La lista era interminable.

Se les exigía a las sesenta familias que contribuyeran para la labor de mantenimiento de la propiedad. La junta directiva monitoreaba las horas y generaba multas para los que no cumplían. Después de varios meses, tuve que admitir que los nuevos miembros se estaban tomando en serio sus responsabilidades y haciendo un mejor trabajo de lo que yo esperaba. Aun así, después de la reunión de octubre, yo me había distanciado todavía más de Juan Alemán. Mi viejo amigo ya no me venía a visitar. Otros me decían que Juan ahora se cuestionaba algunas de las decisiones y acciones que yo había tomado durante los años que habíamos luchado juntos. Ahora resultaba cómodo encontrar fallas, pensaba yo, en particular no estando yo presente para explicar por qué había actuado como lo había hecho.

La luz matinal caía a través de los árboles punteando la tierra seca. Yo pensaba en cuán lejos había llegado para encontrarme otra vez dirigiéndome hacia un futuro incierto. Extrañaba a Lalo. Su puesto en la CCCDC había terminado un mes antes de que yo perdiera la elección. No había estado aquí para aconsejarme durante la lucha. Sin él, David Foster y Alfred Navarro, el manto de autoridad que me había protegido se había perdido. Antes de la elección, yo quería arremeter verbalmente contra los demás debido a las acusaciones y sospechas que rondaban en toda la comunidad como aire rancio Había logrado controlarme durante esos días difíciles. Pero quizás mi amigo Espiridión Rodrígues tenía razón al decir que yo no había peleado lo suficiente para aferrarme a mi lugar de liderazgo. Ahora, pensaba sonriendo tristemente, sabía que, al final, nada habría hecho una diferencia… Mientras caminaba, me parecía escuchar el graznido de los distantes cuervos y ver sus sombras moviéndose con rapidez sobre las ramas de los altos eucaliptos.

Espiridión, que era el miembro de la junta que más estaba de mi lado, seguía advirtiéndome que mis enemigos estaban detrás de mí. La familia Torres, afirmaban, era la fuente de la mayoría de los problemas de la comunidad.

—Tienen un abogado —, me decía. —Le han pedido preparar un resumen de sus supuestas violaciones a los documentos que rigen a la cooperativa. Beto Garza también los está asesorando.

No me sorprendía escuchar eso y, conforme pasaban las semanas y los meses, los miembros de la junta se reunieron a puerta cerrada en numerosas ocasiones. Cada vez más, me dijeron, se enfocaban en las pocas decisiones que yo había tomado que no les habían gustado. Una y otra vez, revisaban los eventos del 1° de octubre. Cada recuento reforzaba su resolución de echarles toda la culpa de la pelea a las familias Torres y Amézquita. Finalmente, armaron una lista con las quejas en contra mía y de mi familia, como preámbulo para la emisión de una orden de desalojo. Me imagino que el mencionado documento todavía se encuentra archivado entre las páginas de los libros de minutas de la cooperativa. En parte decía:

"Se afirma que los hijos de Sixto Torres agredieron a un miembro de la junta directiva."

"Se afirma que Sixto Torres tomó la cantidad de $3403.43 de los fondos de la cooperativa para su uso personal."

"Se afirma que Sixto Torres admitió en la cooperativa a la familia Abel Álvarez, sin seguir el procedimiento correspondiente."

Elida, nuestros partidarios y yo asistimos a las audiencias formales de la junta para responder a cada uno de los cargos. Para ese momento yo me encontraba incapacitado por una úlcera sangrante. Con nuestros tres hijos mayores trabajando en los campos durante los meses del verano, nos las arreglamos para reponer el dinero que yo había tomado para alimentar a mi familia durante el duro invierno anterior. Sin embargo, mis oponentes continuaron presionando para lograr mi desalojo. Nuestros esfuerzos por defendernos fueron en vano. Debido a las supuestas transgresiones, mi familia y yo fuimos desalojados de la Cooperativa de San Jerardo, Inc. a los cuatro años de haberse fundado.

CAPITULO VEINTIDOS

La noche anterior a que mi familia empacara nuestra vieja camioneta Dodge y nos mudáramos de San Jerardo, Lalo y yo nos reunimos en el Bar Maida, en la calle East Market en Salinas.

Lalo y yo nos abrazamos. —Lamento escuchar sobre sus problemas —, dijo.

Sacudí la cabeza. —Ha sido una larga lucha. No sé si algún día la entenderé por completo —. Ordenamos dos cervezas.

—¿Cómo está su salud? —, preguntó Lalo. —¿Está bien que beba eso?

—Lo crea o no, mi hígado se encuentra bien. ¿Recuerda el doctor que me dijo que necesitaba un milagro? ¡Ahora asegura que sucedió un milagro! Dice que estoy curado, pero no tiene idea de por qué. Le conté de las visitas del curandero, Don Juan de Dios, y de las hierbas que me había dado. Todos los días durante cinco años yo bebí ese extraño té. El doctor se burló, pero también admitió que no encontraba ninguna otra explicación para mi recuperación. Le sonreí a Lalo y levantamos nuestros vasos.

—¿Dónde se van a quedar ahora?

—Encontramos un departamento cerca de Closter Park.

Las paredes enyesadas del Bar Maida estaban cubiertas con una mohosa pintura naranja, acentuada con marcos de ventanas amarillos. Afuera, el sol de agosto se abría paso trabajosamente a través de una baja capa de bruma de medio día, dejando entrar una luz gris salpicada con motas de polvo, a través de las pandeadas y descoloridas persianas. Me quedé sentado por un momento observando a Lalo. Me acerqué un poco más a la mesa, arrastrando mis botas vaqueras sobre el desgastado piso de linóleo.

—¿Qué es lo que va a hacer? —, preguntó Lalo.

—Estoy de incapacidad por una úlcera. Quizás usted me pueda contratar, ¿eh?

—Ojalá pudiera, pero no tengo dinero para un organizador. Reagan acabó con todos esos programas. Incluso está tratando de cerrar la CRLA. No creo que el Congreso lo deje hacerlo. Ya veremos. ¿Cómo están Elida y los muchachos?

—Junior, Enrique y Moisés están trabajando en el verano. Nos las arreglamos.

Miré a mi amigo. Recordé nuestros primeros encuentros en las frías barracas, con las familias reunidas cerca del barril con fuego, preparándonos para la audiencia ante la comisión de planeación.

—He escuchado sobre lo que está haciendo ahora —, dije.

—Es algo bueno tomar lo que ha aprendido durante, ¿cuántos?, siete años, y comenzar con una nueva organización sin fines de lucro. Es muy bueno. Me gusta el nombre CHISPA, ¿cómo se dice?... spark.

—Escoger el nombre fue la parte fácil —, dijo Lalo. — Encontrar las palabras equivalentes para formar el acrónimo fue más difícil, pero no lo voy a aburrir con eso. Nuestra meta es, por supuesto, encender más el desarrollo de la vivienda para los campesinos dentro del valle.

De nuevo, levantamos nuestras cervezas y bridamos.

—De todos modos —, afirmó Lalo, —usted y yo sabemos que la verdadera chispa fue San Jerardo.

Me limpié la cerveza de mi bigote con la palma de la mano.

—El grupo de King City, La Buena Esperanza, me vino a ver —, dije.

—Lo sé. Yo les sugerí que lo hicieran.

—Querían saber sobre vivienda cooperativa. Creo que tienen la opción de comprar dos acres.

—Sí, CHISPA está haciendo el trabajo de pre desarrollo. Hemos involucrado a Vivienda Agrícola también. Por supuesto, los vecinos están luchando contra nosotros cada paso que damos.

—No van a poder detenerlos —, observé. —La gente ahora sabe qué puede suceder si se mantienen firmes, si se atreven a soñar como lo hicimos nosotros. Ahora saben confiar… — Quise agarrar un cigarrillo y me di cuenta de que no tenía ni uno en mi bolsillo. —Dejé de fumar. Elida por fin me convenció y los muchachos estuvieron detrás de mí también. Aprendieron en la escuela que provoca cáncer e insistieron en que lo dejara —. Le hice un gesto con la mano a la mesera para que nos trajera dos bebidas más.

—¿Los vecinos están luchando contra La Buena Esperanza? —, pregunté. —Supongo que no es de sorprenderse… Los vecinos —, repetí. —Cuán extrañas son esas palabras: los vecinos. Es el mismo nombre que los conquistadores españoles se dieron a sí mismos. Insistían en que las tribus indígenas los llamaran vecinos. No obstante, los españoles no fueron muy y buenos vecinos. De todos modos, no pudieron evitar que la gente se rebelara contra su poder.

—Dígame algo —, dijo Lalo. —¿Qué sucedió con Beto Garza?

—Escuché que se mudó a San Luis Obispo. Supuestamente está administrando un edificio de departamentos, pero ¿quién sabe? Algunos dicen que está distribuyendo drogas, así como lo hacía aquí. El cabrón conspiró con la junta directiva para correrme. Venía a San Jerardo por las tardes durante semanas para reunirse con Jesús, Juan y Adalberto. Al final salieron con el argumento de que yo abusé de mi autoridad. ¡Ridículo!

—Es difícil ser líder —, observó Lalo. —Si uno no es lo suficientemente fuerte, la gente se lo come a uno. Y, si uno es demasiado fuerte, también se lo comen.

—Pero ¿por qué tienen que festejar de esa manera? —, pregunté. —¿Es por celos? ¡Es envidia? No lo sé. Cometí errores, es cierto, pero eso no justifica que hicieran lo que hicieron. Cuando Juan Alemán se puso en mi contra, yo no podía creer lo que veía. Me interceptó un día frente al centro comunitario. Parecía estar en llamas con tanto enojo y pasión. Cuando pienso cómo estábamos, ahora hace casi quince años. Lo poco que entendíamos, todo lo que faltaba por recorrer… cuánto más podríamos haber logrado si no hubiéramos desperdiciado tanta energía en peleas irracionales entre nosotros.

—Se *va* a lograr mucho más, Sixto —, dijo Lalo.

—Estoy de acuerdo. Estoy seguro de ello. Pienso en los muchachos de San Jerardo. Ellos ya saben mucho más de lo que nosotros sabíamos. ¡Oh!, ciertamente son hijos de campesinos y algunos de ellos pueden llegar a escoger quedarse en los campos. Se fortalecerán y serán orgullosos trabajadores, así como lo fuimos nosotros. Pero algunos se convertirán en doctores y abogados, maestros y tenderos, soldados y enfermeras. Ya lo puedo ver: miles de hogares surgirán de San Jerardo. Los muchachos de esos hogares también van a encontrar las oportunidades que les quisimos proporcionar todos los que vinimos aquí.

Nos quedamos sentados en silencio un poco más. La mesera llegó con una segunda ronda de cervezas. Mientras las colocaba sobre la mesa, me lamí el pliegue entre el pulgar y el índice y lo cubrí con una pizca de sal.

—¡Salud! —, dije.

—¡Salud! —, respondió Lalo.

Por tercera vez en la tarde brindamos por el pasado y por el futuro.

Doce años después de que mi familia y yo dejáramos San Jerardo, yo estaba de pie junto a la bomba en la gasolinera de East Alisal, llenando mi descolorida camioneta pickup amarilla. Vestía mi único desaliñado traje y corbata, junto con mi mejor sombrero Stetson y mis botas. Me sentía orgulloso. Iba de camino regresando a mi casa después de prestar juramento en la corte. Ahora ya era un ciudadano americano.

Elida y los muchachos me esperaban en nuestra casa en Towt, a unas pocas cuadras. Jaime y Mario todavía vivían con nosotros, junto con Enrique y su esposa. Todos colaboraban para pagar la hipoteca. La mayoría de nuestros demás hijos estaban casados y vivían por su cuenta. Moisés seguía soltero. Se había enrolado en la marina.

Mientras la bomba runruneaba, noté a una pareja de indigentes de unos sesenta y tantos años, escarbando en el bote de basura de la estación. El hombre vestía pantalones vaqueros y una sucia camiseta blanca. La mujer vestía una bata con flores estampadas que caía sobre sus pantalones vaqueros. Su piel tirante y sus caras arrugadas me recordaron las fotos que había visto de los inmigrantes de Oklahoma, que llegaron a Alisal en los años treinta.

Un Cadillac blanco último modelo se detuvo en una de las bombas del otro lado, bloqueándome la vista de la pareja. Un hombre se bajó del lado del conductor, vistiendo pantalones blancos y una camisa negra debajo de un saco sport blanco. Sus anteojos oscuros se entrelazaban con ondas de cabello rubio. Miró a su alrededor, luego entró al minisúper de la gasolinera.

La puerta del lado del pasajero se abrió y del automóvil bajó Beto Garza. Vestía una camisa morada con el cuello abierto y pantalones negros. Chupaba la colilla de un puro. Cerró la puerta, se estiró y se volteó. De inmediato cruzamos la mirada.

—¡Hola, Torres! —, llamó. —Hey, hermano, ¿qué hay de nuevo? —. Estaba parado a quizás 6 metros de distancia.

Ya había pasado un mes de que me había topado con el padre de Garza. Me había contado que su hijo todavía estaba en San Luis y le apenaba decir que todavía vendía drogas.

Me quedé mirando fijamente a Garza, pero no respondí. Garza me llamó de nuevo por sobre el zumbido del tráfico y a través de un duro viento vespertino. —¿Qué hay de nuevo?

—Nada —, respondí. No me gustó su tono demasiado amistoso. —¿Ha preparado recientemente cocteles Molotov, vato? —, pregunté, dándole la espalda girándome hacia la bomba de gasolina.

—No, no —, respondió Garza. —Vamos, Torres. Eso fue hace mucho tiempo. "Perdonar y olvidar", ¿no? Qué dice, deme un abrazo. ¡Vamos por un trago!

—No ahora —, dije volverme a mirarlo.

—Como le plazca.

Garza se subió de nuevo al automóvil y esperó a que su secuaz regresara. Entré a la tienda para pagar por la gasolina. El hombre del traje blanco me empujó al pasar a mi lado y salir por la puerta. Pagué mi cuenta y le di un vistazo al periódico Californian del día anterior, hasta que vi que el Cadillac se alejaba.

Cuando regresé a mi camioneta, me di cuenta de que habían dejado una gran bolsa de maíz amarillo fresco en la caja de mi pickup. Una ofrenda de paz, pensé. El primer maíz fresco de primavera sería algo muy bueno para llevar a casa para la cena. Me quedé quieto por un momento, sacudí la cabeza, levanté la bolsa y atravesé el pavimento llevándola hacia el bote de basura donde la desolada pareja todavía escarbaba.

—Aquí tienen —, les ofrecí el maíz. Sonrieron a través de sus labios secos.

—Gracias —, dijeron. —Tenemos una cocineta allá en el arroyo. Esto nos dará de comer por un día o dos.

Me regresé a la camioneta y volví a casa para pasar la tarde celebrando con mi familia el comienzo de mi nueva vida como ciudadano de los Estados Unidos de América.

EPILOGO

Sixto Torres vivió por otros dieciocho años en el Este de Salinas. Eventualmente, la familia perdió su casa por la Calle Towt durante el colapso de hipotecas a mediados de los años 2000. Pocos meses después, Sixto falleció de insuficiencia cardiaca congestiva al lado de su cama estaba su esposa, hijos, y nietos.

Después de muchos años, Elida Torres vivió en la calle Laurel Drive en Salinas, rentando un pequeño bungalow detrás de un callejón con su hijo Mario. Un cierto domingo por la tarde, Lalo vino a verla. Ella se sentó en una silla de metal mojoso puesta precariamente en un estrecho tramo de cemento de la puerta principal. Sus hijos e hijas y nietos llegaban y se iban mientras ella y Lalo platicaban. Ella era sutil y frágil, mostrando todas las arrugas acumuladas durante sus ochenta y cinco años de su vida dedicados a crecer ocho hijos, al cuidado de su hogar, y sosegando a su esposo.

Ella estaba contenta de ver a Lalo, sin embargo, ella expresaba resentimiento sobre el pasado.

"Él nos dejó sin nada, tal como lo habían dicho mis padres que lo haría," ella afirmo. Lalo era tierno pero insistente.

"Por favor, Elida, usted no lo debería de mirarlo de esa manera. Solamente mire alrededor de usted; él le dejo a usted ocho bellos hijos y hasta ahora cuantos nietos. Todos ustedes pagaron un precio. Pero para la gente del valle, como usted debe saber, del gran progreso obtenido. Sin usted, Sixto no hubiera tenido éxito en su vida de trabajo. Sin Sixto, San Jerado nunca podría haber tenido éxito como hasta ahora. Sin San Jerardo, CHISPA no hubiera podido completar las más de mil casas en Salinas, González, Greenfield, King City, y Watsonville que ahora son ocupadas por trabajadores del campo y sus familias.

Después de muchos años, Beto Garza se regresó a Salinas para quedarse permanentemente. Él pudo sobreponerse de su adicción a las drogas y dejo atrás su vida de traficante. El tomo una posición en una agencia local no lucrativa de consejería de drogas y dedico sus últimos años luchando y ayudando a la juventud del Este de Salinas a superar sus dependencias de las drogas.

Después de una juventud dificultosa, Horacio Amézquita y su familia emprendieron y manejaron con éxito un negocio de agricultura en el Valle de Salinas. Eventualmente habiendo ganado su grado de bachillerato, Horacio tomo la posición como manejador de la Cooperativa San Jerardo, Inc.

Marshall Ganz paso dieciséis años trabajando con César Chávez y la Unión de Trabajadores Agrícolas Unidos. El continúo organizando comunidades por otros diez años antes de regresar a la Universidad de Harvard donde, en el 2000, obtuvo su grado de Doctorado en sociología. Él se volvió un profesor superior en pólizas publicas en la Escuela de Gobierno de Harvard Kennedy.

Después del fallecimiento de César Chávez en 1993, Dolores Huerta continúo trabajando para la Unión de Trabajadores Agrícolas Unidos. Eventualmente, ella estableció la fundación de Dolores Huerta. Su misión es "de crear oportunidades de liderazgo para organizar comunidades, liderazgo de desarrollo, Compromiso cívico, y apoyo de pólizas en las siguientes áreas de prioridades: salud y el medio ambiente, educación, desarrollo de la juventud, y desarrollo económico.

A su debido tiempo, las sesenta familias de la Cooperativa San Jerardo, Inc. aprendieron el duro trabajo de manejar solos su cooperativa de casas a través del sistema democrático de gobernanza. Eventualmente, la mesa directiva refinancio la propiedad, obteniendo un préstamo de un banco privado y pagando completamente al Departamento de Agricultura de los Estados Unidos por la sección 515 de préstamos.

AGRADECIMIENTOS

Expreso mi profunda gratitud a Cary Neiman, cuya amistad y mente clara fueron invaluables en la escritura de este libro. También agradezco a las siguientes personas: Alan Rinzler por su sabio consejo como consultante editor, al personal del Mill City Press y Hillcrest Media Group, Elida Torres y sus hijos, especialmente Mario Torres y Sixto Torres Junior, Rogelio Peña, Marcos Zavala, Jorge Gómez, Jerry Kaye, Roberto García, Juan Martínez, María Luisa Alcalá, Virginia Barton, Héctor de la Rosa, Dennis Powell, Horacio Amezquita, y Sabino López, a todos los entreviste para los antecedentes. Gracias, también, a Marc Moncrief, al Padre Ray Tintle, OFM, Dan Haight, José Flores, y a mi esposa, Judi, por sus ayudas en corregir el manuscrito. Gracias también a Mara Tubert, la traductora de la edición en español de *Raising the Blackbirds* y a José Tubert, Susanna Suaya, y Horacio Amezquita por sus apoyo en revisar la traducción.

En mi investigación, consulte los trabajos de Juan Bautista Chapa's *The First Official History of Texan & Northern Mexico, 1680-1690;* Carey McWilliams's *Factories in the Fields;* Mark Finlay's *Growing American Rubber;* Enrique Krauze's *Mexico, Biography of Power;* Oscar Martínez's *Border People;* Dewey Bandy's doctorado de la tesis de San Jerardo; Frank Bardacke's *Trampling Out the Vintage;* y Miriam Pawel's *The Union of Our Dreams.*